Vi Keeland

Mr Next Door

GOLDMANN

Buch

Val ist mit 37 Jahren viel zu jung, um allein zu sein. Das findet zumindest ihre beste Freundin Eve und meldet sie kurzerhand bei einer Datingplattform an. Val, die ihren mittlerweile 19-jährigen Sohn Ryan an der Highschool bekommen hat und frisch von dessen Vater geschieden ist, sträubt sich zunächst. Nach und nach findet sie aber Gefallen am sexy Chat mit einem zwölf Jahre jüngeren Mann. Als dieser sie zu einem Treffen überredet, taucht zu ihrem Entsetzen Ford auf – der Nachbarssohn aus Montauk, wo Val ein Ferienhaus besitzt und jeden Sommer verbringt. Als Teenager war Ford Ryans Babysitter und ist somit ein absolutes Tabu. Doch Ford ist zu einem Mann herangewachsen – und zwar einem ziemlich heißen Mann, der weiß, was er will. Die Anziehungskraft zwischen den beiden ist so groß, dass Val sich schließlich in Montauk auf eine Affäre mit ihm einlässt, die nach dem Sommer unbedingt enden muss …

Weitere Informationen zu Vi Keeland
sowie zu lieferbaren Titeln der Autorin
finden Sie am Ende des Buches.

Vi Keeland

Mr Next Door

Roman

Aus dem Amerikanischen
von Babette Schröder

GOLDMANN

Die amerikanische Originalausgabe erschien 2019
unter dem Titel »All Grown Up«.

MIX
Papier | Fördert gute Waldnutzung
FSC® C014496
FSC
www.fsc.org

Penguin Random House Verlagsgruppe FSC® N001967

1. Auflage
Deutsche Erstveröffentlichung Juli 2024

Umschlaggestaltung: UNO Werbeagentur, München
Umschlagmotive: FinePic®, München
Redaktion: Antje Steinhäuser
MR · Herstellung: ik
Satz: KCFG – Medienagentur, Neuss
Druck und Bindung: GGP Media GmbH, Pößneck
Printed in Germany
ISBN: 978-3-442-49508-5

www.goldmann-verlag.de

Das Alter ist eine Frage der Geisteshaltung.
Wenn man sich nicht darum schert,
spielt es auch keine Rolle.

– Mark Twain

1. Kapitel

Valentina

Tanga kaufen.

Ich rieb mir die Augen und beugte mich zu dem Post-it vor, das am Lampenschirm neben der Couch klebte, auf der ich eingeschlafen war. Ich musste mich verlesen haben.

Nein. Dort stand *Tanga kaufen*. Alles klar. Aber das war nicht meine Handschrift. Lächelnd zog ich den gelben Zettel von dem verspielt wirkenden Lampenschirm mit den Quasten ab, der sich dabei zur Seite neigte. Unwillkürlich streckte ich die Hand aus, um ihn geradezurücken, überlegte es mir dann jedoch anders. Ryan hatten ein schiefer Lampenschirm oder ein schiefes Bild verrückt gemacht, und ich freute mich wieder einmal, dass wir geschieden waren.

Wenn ich es mir recht überlegte, hatte mein Ex-Mann diese Lampe vom ersten Moment an gehasst, als ich sie mit nach Hause brachte. Ganz pflichtbewusste Ehefrau, ließ ich sie daraufhin im Gästezimmer verschwinden. Am Tag nach Ryans Auszug hatte ich sie entstaubt und ins Wohnzimmer gebracht und dazu ein paar farblich passende Fransenkissen besorgt, die er ebenfalls gruselig finden würde.

Als ich aufstand, hämmerte es in meinem Kopf. *Igitt*. Ein Weinkater. Ich tappte in die Küche, um mir einen dringend benötigten Kaffee zu kochen und zwei Ibuprofen einzuwerfen. Auf dem Weg dorthin fand ich einen weiteren Zettel – diesmal an der Haustür.

Anmelden bei Match.com.

Ich zog den gelben Zettel ab und zerknüllte ihn zusammen mit der Tanga-Notiz. Gestern Abend war meine beste Freundin Eve zum Filmabend hier gewesen. Einmal im Monat tranken wir zusammen eine Flasche Wein (oder auch zwei) und sahen uns Filme an. Das taten wir schon seit dem letzten Jahr auf der Highschool – mehr Jahre, als ich so früh am Morgen zusammenzählen wollte.

Alle meine Freunde wussten, dass ich eine leichte Obsession für Haftnotizen hatte. Meist klebten quadratische Zettel mit anstehenden Aufgaben an meiner Haustür, am Badezimmerspiegel, am Armaturenbrett meines Autos … einfach überall. Nachdem ich etwas erledigt hatte, zerknüllte ich den Zettel; das gab mir das Gefühl, dass ich etwas geschafft hatte. Derzeit klebten die Zettel überall – viermal so viele wie sonst –, weil ich sie nutzte, um mich auf die Prüfung zur Italienischlehrerin vorzubereiten. Überall im Haus klebten Post-its mit übersetzten Sätzen.

Offenbar hatte sich meine beste Freundin davon animiert gefühlt, bevor sie mich gestern Abend ohnmächtig auf der Couch zurückließ.

Sex haben klebte am Kühlschrank. Wenigstens las ich ihre To-do-Liste in der richtigen Reihenfolge – ich brauchte einen Tanga und Match.com, um meinem zölibatären Ich etwas Action zu verschaffen.

Erst Stunden später entdeckte ich den letzten von Eves Zetteln. An einem am Badezimmerspiegel stand: *Brunch mit meiner fantastischen besten Freundin. Sonntag um zwölf, Capital Grille auf der 72sten.*

»Du solltest mit Liam ausgehen.«

Jeden zweiten Sonntag gingen Eve und ich in ein anderes Restaurant, um die Konkurrenz zu studieren. Ihr gehörte ein französisches Bistro an der Upper East Side, und in neuen Läden nahm sie sich gerne die Speisekarte vor und prüfte die Preise – heute schien sie allerdings noch mehr auszukundschaften.

»Liam? Du meinst unseren Kellner?«

»Yep.«

»Wie alt ist er, zwanzig?«

Eve führte ein mit rosa Flüssigkeit gefülltes Martiniglas an die Lippen. »Ich habe Vibratoren, die älter sind als er.« Sie nippte. »Aber er ist schon volljährig. Und vermutlich könnte ich die Dinger wegwerfen, wenn ich ihn mit nach Hause nehme. Ich wette, er ist in der Lage, auf Kommando eine Erektion zu bekommen.« Eve schnippte mit den Fingern. »Werde hart, Liam.«

Ich kicherte. »Wenn du den jungen Mann mit nach Hause bringst, müsstest du Tom wahrscheinlich rauswerfen.«

»Bring mich nicht auf dumme Gedanken. Gestern Abend ist er um acht im Sessel eingeschlafen. Was für eine Freundin lässt ihre beste Freundin einen alten Mann heiraten?«

»Als ob dich irgendjemand hätte aufhalten können, selbst wenn wir gedacht hätten, die Heirat mit Tom wäre ein Fehler. Was es nicht war. Außerdem, wer zum Teufel würde es sonst mit dir aushalten? Wir waren alle dankbar, dass du nicht als alte Jungfer sterben würdest.«

»Apropos alte Jungfer …«

»Fang gar nicht erst damit an.«

»Bist du schon mit Mark ausgegangen?«

»Mark und ich sind nur Freunde.«

»Und er will dich vögeln.«

»Die Tinte auf meinen Scheidungspapieren ist kaum getrocknet.«

»Es ist demnächst anderthalb Jahre her.«

Im Ernst? Januar, Februar, März, April ... O je. Wo ist nur die Zeit geblieben?

»Achtzehn Monate sind keine lange Zeit.«

»Davor wart ihr bereits zwei Jahre lang getrennt. Wann hattest du das letzte Mal guten Sex?«

»Wir haben doch gerade noch über dich gesprochen, wie sind wir jetzt auf mein Sexleben gekommen? Oder mein nicht vorhandenes Sexleben? Schon wieder.«

Eve wollte mich schon zum Daten überreden, kaum dass Ryan seinen Krempel in den Umzugswagen geladen hatte. Sie meinte es gut. Aber in letzter Zeit hatte sich ihr leichtes Stupsen zu einem regelrechten Drängen gesteigert.

Sie ignorierte meinen Versuch, das Thema zu wechseln. »Wie lange? Zweieinhalb Jahre, Val?«

»Eigentlich.« Ich stocherte mit der Gabel in den Nudeln auf meinem Teller. »Wenn wir von *gutem* Sex sprechen, dann sind es leider eher zehn Jahre. Ryan war zum Ende hin nicht gerade leidenschaftlich.«

Der sehr gut aussehende (und sehr junge) Kellner kam zurück an unseren Tisch. »Kann ich den Damen noch etwas bringen?«

Dabei sah er mir in die Augen. Ich mag vielleicht nicht ganz auf dem neuesten Stand sein, was das Daten angeht, aber ich könnte schwören, dass er mit ihr flirtete.

»Ein Dessert? Etwas Süßes, vielleicht?«

Er ist wirklich hinreißend. »Ähm ... ich bin eigentlich ziemlich voll. Aber danke.«

»Das geht auf mich. Darf ich dich nicht ein bisschen in Versuchung führen? Lass dich überraschen. Man weiß ja nie, manchmal reicht eine kleine Kostprobe, um den Appetit wieder anzuregen.«

Ich blickte auf seine Unterarme – sehnig und tätowiert. *Das kannst du laut sagen.* »Ähm … klar. Vielleicht nehme ich eins für Ryan mit nach Hause.«

Das Lächeln des Kellners verschwand, kurz bevor er selbst verschwand.

»Warum zum Teufel hast du das getan?«, schimpfte Eve.

»Was?«

»Du hast einem Kerl gegenüber, der dich angebaggert hat, den Namen eines anderen Mannes erwähnt.«

»Ich meinte Ryan, meinen Sohn – er kommt vielleicht dieses Wochenende vom College nach Hause –, und nicht meinen arschigen Ex-Mann.«

»Das wusste ich. Aber der heiße Kellner wusste es nicht.«

»Und? Du glaubst doch nicht ernsthaft, dass ich mich mit einem Zwanzigjährigen einlasse, oder?«

»Warum nicht? Du musst ihn ja nicht gleich heiraten. Du musst nur wieder ausgehen, Val.«

»Ich gehe aus. Ich habe nur noch niemanden kennengelernt.«

Ich sah Eve deutlich an, dass sie mir das nicht abnahm. Und zu Recht. Seit meiner Scheidung hatte ich nicht einmal versucht, jemanden kennenzulernen. Offen gestanden machte mir die Vorstellung Angst. Das letzte Date hatte ich in der achten Klasse, als Jimmy Marcum mich zum Abschlussball der Middle School mitnahm. Mein Ex-Mann Ryan und ich waren seit der Highschool zusammen gewesen.

»Es stresst mich, jemanden zu daten. Eigentlich hab ich das noch nie gemacht.« Da ich spürte, dass ich niesen musste, nahm ich die Serviette von meinem Schoß. »*Hatschi!*«

»Gesundheit.« Sie beugte sich vor und legte ihre Hand auf meine. »Ich weiß, Süße. Aber je länger du damit wartest, wieder damit anzufangen, desto schwieriger wird es. Du machst dir zu viele Gedanken.«

Wir bezahlten die Rechnung und gingen untergehakt zu unseren Autos. Als wir bei meinem Volkswagen Routan ankamen, schüttelte Eve den Kopf.

»Du musst dir ein anderes Auto anschaffen.«

»Wie bitte? Warum?« Mein silberner SUV war gut in Schuss. »Volkswagen ist doch cool.«

»Ja. Der, mit dem Lara Meyers älterer Bruder zur Highschool fuhr, war cool. Ein Hippie-Bus oder ein kleines Käfer Cabrio, vielleicht. Das Ding da … ist ein Minivan. Es sieht aus, als würdest du damit eine Horde Kinder zum Fußballtraining fahren, bevor du zu Hause für deinen Mann das Abendessen kochst.«

»Genau dazu habe ich es benutzt.«

»Ja, Vergangenheit. Du hast dieses Ding seit zehn Jahren. Meine Güte, dein Sohn fährt seit fast drei Jahren sein eigenes Auto. Ich glaube nicht, dass du den Minivan noch brauchst, um ihn zum Training zu bringen.«

»Egal. Es ist nur ein Auto.«

»Wollen wir morgen ins Kino gehen?«

»Ich kann nicht. Morgen trifft sich unsere Arbeitsgruppe zum Lernen, die Prüfung ist bald.«

»Dann sehen wir uns nächsten Samstag?«

Ich blinzelte.

»Du kommst doch zu unserem Memorial-Day-Barbecue.«

»Wow, ist es schon Ende Mai? Ich glaube, mein Terminkalender ist bis Juni voll.«

Eve küsste mich auf die Wange. »Klugscheißer.«

Sie ging zu ihrem Auto, das ein paar Plätze weiter geparkt

war. »Übrigens habe ich für den scharfen Kellner deine Telefonnummer auf die Rückseite der Rechnung geschrieben«, rief sie mir über die Schulter zu und schloss ihren BMW auf. »Bis dann, Valentina. Viel Spaß.«

So wie sie mich angrinste, als sie winkend an mir vorbeifuhr, wusste ich nicht, ob sie einen Scherz machte oder es ernst meinte.

Gott, hoffentlich war es nur ein Scherz.

Als ich am nächsten Morgen mein Handy einschaltete, hatte ich zwei verpasste Anrufe von einer unbekannten Nummer und eine Nachricht von Mark.

Mark:
Chinesisch oder Italienisch heute Abend?

Unsere Arbeitsgruppe, die sich immer samstagabends traf, fand diesmal bei Mark statt, und der Gastgeber sorgte für das Abendessen. Er wohnte wie ich in Edgewater. Desiree und Allison, die anderen beiden in unserer Vierergruppe, lebten auf der anderen Seite des Flusses, in Manhattan.

Valentina:
Du weißt doch, dass mein Mädchenname Di Giovanni ist, oder? Ich würde niemals Moo Shu Fleischbällchen vorziehen. ☺

Mark:
Di Giovanni also? Das ist viel sexier als Davis. Du solltest ihn benutzen. Passt besser zu dir. Dann also Italienisch. Bis fünf.

Er war wirklich ein netter Kerl. Es wäre nicht schwierig, aus einer Freundschaft mehr werden zu lassen. Wir hatten viel gemeinsam – wir waren beide geschieden, hatten Kinder im gleichen Alter und uns spät für einen Wechsel zum Lehrerberuf entschieden. Aber ich stand einfach nicht auf ihn. Allerdings hatte ich mir nicht die Mühe gemacht, es auszuprobieren, auch wenn ich mir ziemlich sicher war, dass er auf mich stand. Genau wie Eve.

Während ich mir meinen Morgenkaffee einschenkte, vibrierte mein Telefon. *Unbekannter Anrufer*. Hmm … das dritte Mal seit gestern Abend. Ich lehnte den Anruf ab und schrieb eine Nachricht an Eve.

Valentina:
Hast du dem Kellner gestern Abend wirklich meine Nummer gegeben?

Sie antwortete, nachdem ich die erste Dosis Koffein intus hatte.

Eve:
Nein. Aber vielleicht habe ich deine Telefonnummer versehentlich jemand gegeben.

Valentina:
Versehentlich? Wie kann man jemandem versehentlich eine Telefonnummer geben?

Eve:
Versprich mir, dass du nicht böse wirst.

Anstatt noch eine weitere Nachricht zu schreiben, rief ich sie an. »Was hast du getan?«

»Fangen wir damit an, was ich *nicht* getan habe.«

»Okay …«

»Ich habe dem Kellner deine Nummer nicht gegeben.«

»Das sagtest du schon.«

»Ich weiß. Aber ich hätte es tun können, und du sollst wissen, dass ich deine Telefonnummer nie absichtlich herausgeben würde.«

Wenn Eve versuchte, mir etwas schonend beizubringen, wusste ich, dass es keine Kleinigkeit war. »Was hast du getan?«

»Ich habe deine Telefonnummer versehentlich bei Match.com eingegeben.«

»Du hast WAS?«

»Ich wollte sie nicht veröffentlichen. Ich dachte, das Ganze wäre noch offline, aber die Einstellung war falsch. Grün bedeutet Freischalten. Rot bedeutet Stopp. Wer zum Teufel programmiert eine Website so, dass Rot Ja bedeutet?«

»Was redest du da? Ich habe nicht einmal einen Match.com-Account.«

»Na ja … jetzt schon.«

Mir wurde mulmig. »Bitte sag, dass du das nicht getan hast.«

»Hab ich nicht.« Sie hielt inne, und ich war kurz erleichtert. Dann fuhr sie fort. »Ich *wollte* … das nicht.«

»Was hast du getan?«

»Ich hab dich gestern Abend, als ich nach Hause kam, bei Match.com angemeldet. Ich habe dir ein Profil eingerichtet, aber ich wollte es nicht hochladen. Zumindest nicht sofort. Ich dachte, wenn ich es dir leicht mache, lässt du dich vielleicht auf einen Versuch ein. Ich wollte beim Barbecue mit dir darüber sprechen.«

»Du wolltest es eigentlich nicht hochladen. Das heißt, du hast es veröffentlicht?«

»Das ist nicht das Schlimmste.«

»Was könnte schlimmer sein?«

»Weil ich dachte, der Account sei offline, habe ich ihn mit einem Scherzstatus versehen. Nur zum Spaß, wenn ich ihn dir zeige.«

O Gott!

Ich lief zu meinem Laptop und klappte ihn auf. »Was steht da?«

»Entspann dich. Ich habe das Profil nach einer Stunde wieder heruntergenommen. Aber bis dahin hatte es schon eine Menge Aufmerksamkeit erregt. Mir wurde klar, was passiert war, als auf dem E-Mail-Account, den ich extra dafür eingerichtet habe, alle zwei Minuten eine Nachricht einging.«

»Was stand da?« Inzwischen kreischte ich.

»Da stand: *Siebenunddreißigjährige, geschiedene Mutter eines Kindes sucht Gelegenheitsfick, um sich wieder aufs Daten einzustimmen.*«

»Bitte sag, dass das ein Scherz ist!«

»Ich wünschte, es wäre so.«

Eine Woche später schien sich mein Telefon beruhigt zu haben. Eines Abends, als ich mit einem Glas Wein auf der Couch saß, brachte ich sogar den Mut auf, mir das Profil anzusehen, das Eve für mich eingerichtet hatte.

Etwas, das du schon immer tun wolltest: Nach Italien fahren.

Lieblingsfarbe: Pink. Nicht Zuckerwatte- oder Erdbeereisrosa. Fuchsia. Je knalliger, desto besser.

Lächelnd nippte ich an meinem Wein. Genau das würde ich sagen. Eve kannte mich gut.

Beliebtes Zitat: *Una cena senza vino e come un giorno senza sole.*

Mein Lächeln wurde breiter. Sie hatte es tatsächlich richtig geschrieben. Ein Essen ohne Wein ist wie ein Tag ohne Sonnenschein. Das war das Lieblingszitat meines Vaters gewesen. Als er starb, ließ ich zwei Holzschilder anfertigen – eines für meine Küche und eines für die meiner Mutter.

Körperliche Beschreibung: Eins achtundsechzig, schlanke Taille, ober- und unterhalb davon kurvig. Olivenfarbene Haut, lange dunkle Locken, die ich zwanghaft glätte, auch wenn sie toll sind, und blaue Augen, das Einzige, was meine Mutter mir vererbt hat. Meine beste Freundin sagt, ich soll schreiben: »Du wirst zweimal hinschauen. Versprochen.«
Alter: Neunundzwanzig (plus acht, aber wer zählt schon mit?)
Wen ich suche: Mr. Right, ist doch klar.
Mein idealer Partner ist: Zwischen achtundzwanzig und achtunddreißig Jahre alt. Groß. Klug. Lustig. Liebt es zu reisen. Kann tanzen (weil ich es nicht kann). Nimmt beim Autofahren die landschaftlich reizvolle Route. Hat einen ausgezeichneten Geschmack. Heißt nicht Ryan. Hat einen lustigen Spitznamen. (Spitznamen wie Cunnilingus King kommen ganz oben auf den Stapel.)

Sie hatte ein paar Bilder von mir gepostet. Jedes war mit einer Unterschrift versehen. Das erste zeigte mich im Bikini, wie ich vom Sprungbrett eine Arschbombe in Eves Swimmingpool machte. Meine Haare flogen in die Luft, ich hatte die Knie angezogen und hielt mir die Nase zu. Man konnte nicht mein ganzes Gesicht sehen, aber an dem Profil war zu erkennen, dass ich lachte. Das Bild war lustig. Ich hätte es nicht ausgesucht, aber es hatte viel Persönlichkeit, und es gefiel mir. Darunter hatte sie geschrieben: *Keine Angst vorm Fliegen*.

Das zweite Bild war bei Ryans Abschlussfeier von der Highschool aufgenommen worden. Ich trug ein schwarz-weiß geblümtes Sommerkleid mit einem Neckholder-Top, in dem meine Brüste größer wirkten, als sie eigentlich sind. Auf dem Kopf hatte ich einen breitkrempigen weißen Sonnenhut, und da es an jenem Tag sehr windig war, hielt ich die Krempe nach unten. Sie verdeckte fast mein ganzes Gesicht, nur meine leuchtend rot geschminkten Lippen waren zu erkennen und dass ich von einem Ohr zum anderen grinste. Die Unterschrift zu diesem Bild lautete: *Ich als stolze Mutter.*

Die letzte Aufnahme zeigte Eve und mich auf der Highschool. Es musste in der neunten oder zehnten Klasse aufgenommen worden sein, denn ich war noch nicht schwanger. Wir hatten die Arme umeinander gelegt und trugen zueinander passende Outfits. Darunter hatte sie geschrieben: *Dieselbe beste Freundin seit fast zwanzig Jahren.*

Ich überarbeitete ein paar der verrückten Sachen, die Eve in mein Profil geschrieben hatte, lud es aber nicht hoch. Anschließend ging ich zum Kühlschrank und schenkte mir ein drittes Glas Wein ein. Als ich die Tür schloss, fiel ein Magnet auf den Boden. Der Zettel, den er gehalten hatte, schwebte durch die Luft und landete vor meinen Füßen. Ich hob ihn auf und überflog ihn. Es war eine Liste, die Eve vor ein paar Wochen bei einem unserer Filmabende erstellt hatte. Der Titel war großgeschrieben und unterstrichen: Vals Liste mit dem Titel »Jetzt bin ich dran!« Die ersten Einträge waren in ihrer Handschrift notiert. Es fing ganz harmlos an …

- *Lehrerin werden*
- *Nach Rom reisen*
- *Einen riesigen Garten nur mit Blumen anlegen*

- *Tanzunterricht nehmen*
- *Auf einen Ball gehen*
- *Surfen lernen*
- *Ein Musikfestival besuchen*
- *Meinen Weihnachtsbaum bis März stehen lassen*
- *Einen Mops anschaffen*

Das alles hatte ich tun wollen, es aber nicht getan, weil Ryan dagegen gewesen war – noch mal studieren, nach Europa reisen, einen Garten anlegen, nur des Blumenduftes wegen, einen Hund anschaffen. Wir hatten einen Garten hinter unserem Haus, aber mein Ex-Mann hatte Gemüse in ihm gezüchtet. Er hielt es für Verschwendung, Blumen zu pflanzen, wenn niemand sie sehen konnte. Und der Baum – ich liebte es, den Weihnachtsbaum aufzustellen. Es hat einfach etwas, wenn man morgens im Dunkeln die Treppe herunterkommt und der Baum das Wohnzimmer erhellt. Aber Ryan hasste Dekorationen – er bezeichnete sie als Gerümpel und bestand stets darauf, dass unser Baum am 26. Dezember entsorgt wurde. Wenn es nach mir ginge, würde ich ihn das ganze Jahr über stehen lassen. Außerdem hatte ich einen Hund haben wollen, einen Mops, um genau zu sein. Aber Ryan behauptete, er sei allergisch, obwohl es unter unseren Freunden viele Hundebesitzer gab und er bei ihnen keine Probleme zu haben schien.

Im Laufe meiner Ehe hatte ich meine Wünsche immer weiter zurückgestellt. Und genau darum ging es bei der Liste, die Eve für mich angefangen hatte – jetzt lag die Entscheidung bei mir. *Ich war dran.*

Während die ersten Punkte auf der Liste noch harmlos waren, wurden sie immer interessanter, je weiter der Abend voranschritt – und nachdem die zweite Weinflasche leer war.

- *Einfach so sexy Unterwäsche unter meiner Kleidung tragen*
- *Sieben Männer in sieben Nächten daten*
- *Sex an einem öffentlichen Ort haben, an dem ich erwischt werden könnte*
- *Ein One-Night-Stand – ohne Namen zu tauschen*
- *Analsex*

Ein Dreier war durchgestrichen, nachdem Eve und ich eine Zeit lang Vor- und Nachteile gegeneinander abgewogen hatten.

Ich faltete den Zettel zusammen und steckte ihn in meine Handtasche. Das war das Letzte, was mein Sohn vorfinden sollte, wenn er diesen Sommer nach Hause kam. Ich kehrte mit meinem gefüllten Weinglas auf die Couch zu meinem Laptop zurück und starrte eine Weile auf den Bildschirm. *Match.com.* Während ich an meinem Wein nippte, scrollte ich durch die Fotos, die Eve eingestellt hatte. Auf keinem war mein Gesicht zu sehen – wenn ich es einfach hochlud und mich ein bisschen umsah, würde es niemand mitbekommen. Und wenn ich auch nur die Hälfte der Dinge auf meiner Liste erledigen wollte, musste ich wohl mit einem Date anfangen.

Ich wusste nicht, ob es daran lag, dass mich die Liste an alles erinnerte, was ich nicht getan hatte, oder ob der Wein schuld war. Oder vielleicht … nur vielleicht, war es auch einfach an der Zeit. Jedenfalls tat ich etwas, das ich nicht für möglich gehalten hatte … ich ging in meinem Profil auf »Hochladen«.

Scheiß drauf. Jetzt bin ich dran.

2. Kapitel

Ford

Meine Assistentin hatte einen ziemlich scharfen Hintern.

»Wie zum Teufel kannst du hier nur arbeiten?« Logan folgte Esmée, die hüftschwingend das Büro verließ, mit seinem Blick und schwang den Kopf im Einklang mit ihrem Hinterteil.

Ich konnte es ihm nicht verdenken. Das verdammte Ding war ein Kunstwerk. Voll und kurvig – heute war es von rotem Stoff umhüllt, der sich eng um den Körper schmiegte – ein perfektes, auf dem Kopf stehendes Herz. Als Logan den Kopf nach rechts neigte, sodass er fast seine Schulter berührte, wusste ich, dass er dieses Herz im Geiste umkehrte.

Esmée erreichte die Tür und drehte sich mit einem koketten Lächeln noch einmal zu uns um. »Kann ich noch etwas für Sie tun, Mr Donovan? Mr Beck?«

»Alles in Ordnung. Danke, Esmée.«

Da Logan nun einmal Logan war, konnte er natürlich nicht die Klappe halten.

»Muss ich hier arbeiten, um Sie jeden Morgen mit diesem Akzent *Mr Beck* sagen zu hören?«

Esmée war erst kürzlich von Paris nach New York gezogen. Ihr starker französischer Akzent steigerte ihre sexy Ausstrahlung von einer Zehn auf eine dicke Elf plus. Ich hätte sie nicht bitten sollen, mir Kaffee zu bringen, wenn Logan in der Nähe war.

»Ignorieren Sie meinen Freund. Er kommt nicht oft in Kontakt mit anderen Menschen. Würden Sie bitte die Tür hinter sich schließen?«

Nachdem Esmée weg war, nahm ich ein Blatt Papier von meinem Schreibtisch, knüllte es zusammen und warf es nach Logan. »Hör auf, meine Mitarbeiterin anzumachen, du Dumpfbacke. Sonst werde ich noch wegen Belästigung am Arbeitsplatz verklagt.«

»Sag mir nicht, dass du es bei ihr nicht auch schon versucht hast.«

»Ich tauche meinen Stift nicht in die Firmentinte.«

»Seit wann? Als ich das letzte Mal in deinem Büro war, hast du die Rothaarige aus dem Controlling mit den verdammt sexy Schuhen gevögelt. Und wenn ich mich nicht irre, auch ihre Cousine – zur gleichen Zeit, du Glückspilz.«

»Das ist schon lange her. Seitdem bin ich reifer geworden.«

Logan wippte mit dem Stuhl nach hinten und grinste. »Ich vergaß. Stimmt ja. Die Empfangsdame, Mrs *Reif*. Wie war noch mal ihr Name? Rita? Rosie? Ruth?«

»Ruby. Und erinnere mich nicht daran. Das hat mich ein kleines Vermögen gekostet.«

»Für das, was diese Frau dir gegeben hat, hätte ich locker ein kleines Vermögen bezahlt.«

»Nur dass du kein kleines Vermögen hast, du Knalltüte.«

Vor ein paar Jahren hatte ich eine schwere Zeit durchgemacht, ich konnte nicht mehr klar denken. Meine Empfangsdame hatte gefilmt, wie sie mir unter meinem Schreibtisch einen Blowjob gab. Ich ahnte nicht, dass das Ganze eine Falle war. Sie hatte an zwei unterschiedlichen Positionen Kameras aufgestellt und mir gesagt, ich solle so tun, als wäre ich ein genervter Chef, der seiner Sekretärin Anweisungen erteilt. Bis dahin hatte ich keine Erfahrung mit Rollenspielen und fand die Vorstellung scharf.

Bis sie mir eine Kopie des Videos zeigte und drohte, mich wegen sexueller Belästigung am Arbeitsplatz zu verklagen. Mein Anwalt überzeugte mich, einen Vergleich zu schließen, bevor die Sache vor Gericht ging. Das war eine Lektion in Sachen Erwachsenwerden, die man mir auf dem College nicht beigebracht hatte.

»Wie sieht unser Plan für die nächste Woche aus?«, fragte Logan.

»Um sechs bei mir. Eine Haltestelle der Linie C ist einen Block nördlich auf der Einundachtzigsten.«

Jedes Jahr trafen wir uns mit unseren Collegefreunden zu einer Kneipentour. Wir fingen früh an und besuchten an jeder Haltestelle entlang einer U-Bahn-Linie eine andere fußläufig erreichbare Bar. Eine Stunde pro Bar. Zehn Haltestellen, zehn verschiedene Bars. Meist machten die anderen an der fünften Haltestelle schlapp. Nur Logan und ich hielten jedes Mal bis zum Ende durch. Ich trank immer Wasser zwischen den Drinks und hielt so länger durch. Und Logan, tja, der war nicht so konservativ. Aber er konnte mehr Drinks vertragen als jeder andere, den ich kannte.

»Was hältst du davon, wenn wir irgendwo schon mal ein bisschen vorglühen? Im O'Malley's?«

Ich checkte auf meinem Handy die Uhrzeit. »Es ist halb elf Uhr morgens.«

Logan zuckte mit den Schultern. »Und?«

»Ich muss arbeiten, und du musst jetzt verschwinden. In zehn Minuten habe ich ein Meeting.«

»Hier zu sitzen und dir von diesem Persianerkätzchen Kaffee bringen zu lassen, nennst du arbeiten?«

»Eine Frau aus Paris ist eine Pariserin, keine Perserin, du Trottel. Und nicht alles ist so einfach, wie es aussieht.«

Er zuckte mit den Schultern und stand auf. »Wie du meinst. Drinks heute Abend?«

»Kann nicht. Ich hole Bella ab.«

»*Annabella.* Wie geht's deiner kleinen Schwester?«

»Sie ist nicht mehr so klein. Sie war für ein Auslandssemester in Madrid. Heute Abend kommt sie zurück, und ich habe versprochen, sie vom Flughafen abzuholen.«

»Sie ist schon auf dem College?«

»Schon bald im zweiten Jahr. Neunzehn.«

»Verdammt. Sie war schon immer ein süßes kleines Ding. Volljährig ist sie bestimmt ganz schön scharf.«

»Denk nicht mal dran, Arschloch.«

Logan streckte mir grinsend die Hand hin, und ich ergriff sie. »Dann also nächste Woche, mein Hübscher?«

Die Gegensprechanlage summte, und Esmées Stimme meldete sich. »Ford, Mrs Peabody ist in der Leitung für Sie.«

Logan legte die Stirn in Falten. »Peabody? Redest du immer noch mit dieser Verrückten?«

»Sie ist nicht verrückt … nur exzentrisch.«

»Exzentrisch ist nur die höfliche Umschreibung für verrückt.« Logan schüttelte den Kopf. »Manchmal mach ich mir Sorgen um dich. Ich glaube, du könntest genauso verrückt sein wie sie.«

»Raus hier, Blödmann. Und belästige auf dem Weg nach draußen nicht meine Empfangsdame.«

Es lohnte sich nicht, das Büro zu verlassen und ganz nach Upper Manhattan zu meiner Wohnung zu fahren, nur um dann um zehn Uhr wieder zurück nach Downtown und zum Flughafen zu kurven. Ich hatte hier ohnehin genug zu tun, ich könnte mich tagelang beschäftigen. Gegen sieben war die Etage so gut wie leer – nur die abendliche Putzkolonne und ich waren noch da. Ich hatte mir thailändisches Essen kommen lassen und setzte mich damit in den Aufenthaltsbereich mit Blick auf die Stadt, anstatt hinter meinem Schreibtisch zu bleiben.

Ich ließ mich auf die Ledercouch sinken, zog meine Schuhe aus und legte die Füße auf den Glastisch vor mir. Da ich noch ein paar Stunden Zeit hatte, sah ich meine E-Mails durch, während ich mit Stäbchen aus einem Pappkarton aß. Mein Posteingang war eine verdammte Katastrophe. Ganz gleich, wann ich nachsah, es gab immer dreihundert ungelesene E-Mails und unerledigte Aufgaben zu verwalten. Ich sortierte sie nach Datum und öffnete eine, die ich seit fast einer Woche gemieden hatte. Der Marketingleiter wollte mich davon überzeugen, eine halbe Million Dollar in eine Werbekampagne auf Match.com zu investieren.

Normalerweise stellte ich sein Urteil nicht in Frage – er hatte bereits fünfundzwanzig Jahre für meinen Vater gearbeitet. Aber ich war mir nicht so sicher, ob eine Datingwebsite der richtige Ort war, um für einen eleganten Workspace in Manhattan zu werben. Und das war ein ziemlicher Batzen Geld. Zudem kannte ich mich mit Onlinedating überhaupt nicht aus und wusste nichts über die Kaufgewohnheiten der Nutzer.

Nachdem ich das PowerPoint-Exposé gelesen hatte, klickte ich auf den Link auf der letzten Folie und beschloss, die Website zu testen. Ich brauchte etwa zehn Minuten, um ein Profil einzurichten. Als ich aufgefordert wurde, eine Suche zu starten, fühlte ich mich, als würde ich im Supermarkt nach den Zutaten für mein Lieblingsessen suchen – Interessen, Hintergrund, Größe, Typ. Ich fing an, mich darauf einzulassen und fügte Dinge wie meine Lieblingssprüche und meinen Lieblingsort hinzu, damit die Website mich mit Frauen mit ähnlichen Idealen zusammenbringen konnte.

Meine Suche ergab mehr als tausend Profile. Ich klickte ein paar an, und innerhalb von Minuten verschwammen die Gesichter vor meinen Augen. Jede Frau, die ich in der beliebten Bar des Monats gesehen hatte, musste auch ein Profil auf dieser verdammten Website haben.

Ich klickte noch ein wenig weiter und bemerkte, dass einige Anzeigen erschienen. Innerhalb weniger Minuten wussten die Betreiber, welche Art von Produkt mich interessieren würde. Bei Hobbys hatte ich unter anderem Wandern angegeben und bei Einkommen das Kästchen für über zweihundertfünfzig Riesen pro Jahr angekreuzt. Auf der linken Seite meines Bildschirms erschien eine Anzeige für einen hochwertigen Allwetterrucksack der Marke Patagonia für vierhundert Dollar. Diese Website kannte ihre Nutzer – wahrscheinlich sammelte sie mehr intime Details über sie als jede andere.

Nachdem ich den edlen blauen Rucksack erstanden hatte, ging ich zu meinen E-Mails zurück und gab dem Marketingleiter mein Okay.

Da ich keine Lust hatte, weiter E-Mails aufzuräumen, und es noch Stunden dauerte, bis ich Bella abholen musste, schränkte ich meine Suchkriterien bei Match.com ein und aktualisierte mein Profil. Bei der Alterskategorie starrte ich etwa zehn Minuten auf den Bildschirm.

Achtzehn bis vierundzwanzig?
Fünfundzwanzig bis einunddreißig?
Zweiunddreißig bis achtunddreißig?

Im reifen Alter von fünfundzwanzig war ich mit den Achtzehn- bis Vierundzwanzigjährigen fertig. Diese Spielchen hatte ich hinter mir, dafür fehlte mir die Geduld. Ich wollte eine Frau, die wusste, wer sie war, und nicht eine, die versuchte, es mir recht zu machen. Ich löschte das Kreuz im Kästchen achtzehn bis vierundzwanzig.

Das für die Altersgruppe der Fünfundzwanzig- bis Einunddreißigjährigen ließ ich stehen und fuhr mit dem Zeiger über das nächste Kästchen. Warum schloss ich eine tolle Zweiunddreißigjährige aus? Sie hatte mehr Erfahrung. Und wahrscheinlich weniger Unsinn im Kopf. *Klick*.

Nach all meinen Änderungen gab es nur noch etwa ein Dutzend Frauen, die ideal zu mir passen sollten. Die Nummern eins bis fünf schienen interessant zu sein, auf jeden Fall waren sie einen zweiten Blick wert. Dann klickte ich auf Nummer sechs – eine Frau aus New Jersey. Bei der Beschreibung ihres Profils musste ich tatsächlich laut lachen.

Neugierig geworden klickte ich auf ihre Bilder. Es waren nur ein paar, aber eines erregte meine Aufmerksamkeit. Es zeigte sie von der Seite, wie sie mit angezogenen Knien in einen Pool sprang. Ihr dunkles Haar flog hoch in die Luft, und der Teil ihres Gesichts, den ich sehen konnte, zeigte ein Lächeln. Auch wenn ich ihren Körper nicht richtig sehen konnte, da sie die Arme um die Knie geschlungen hatte, war zu erkennen, dass sie den Bikini an den richtigen Stellen ausfüllte. Und was noch besser war: Sie wirkte wie eine Frau, der Spaß wichtiger war, als ob sie sich Haare und Make-up im Pool ruinierte. Letzteres schien irgendwie den Frauen wichtig zu sein, die ich in letzter Zeit anzog, wenn ich ausging.

Als mein Telefon mich daran erinnerte, dass es Zeit war, Bella abzuholen, hatte ich fast zwei Stunden auf einer Datingwebsite vergeudet, von der ich nie gedacht hätte, dass ich sie einmal besuchen würde. Gerade wollte ich meinen Laptop herunterfahren, doch das letzte offene Fenster zeigte das Foto der Frau, die mit einer Arschbombe ins Wasser sprang. Wieder musste ich lächeln, bevor ich es schloss.

Mein Finger schwebte über dem Knopf, um meinen Mac auszuschalten, doch dann überlegte ich es mir anders und rief noch einmal die Datingwebsite auf.

Ich ging die Matches durch und suchte nach einer bestimmten Person. Als ich Val44 fand, sah ich mir erneut ihr Profil an.

Was soll's? Warum nicht?

Viele Menschen nutzten Seiten wie diese.

Ich klickte auf die Schaltfläche unter ihrem Profil, um ihr mitzuteilen, dass ich interessiert sei.

»Hier ist es so langweilig.«

Ich schleppte die letzten Taschen meiner Schwester in die Wohnung und holte eine Flasche Wasser aus dem Kühlschrank. Für Ende Mai war es verdammt schwül.

»Manhattan? Ist langweilig? Das habe ich ja noch nie gehört.«

Bella verdrehte die Augen. »Ich meine nicht Manhattan. Ich meine deine Wohnung. Wie viel Spaß kann ich haben, wenn ich bei meinem Bruder wohne?«

»Wo solltest du denn sonst wohnen? Außerdem bist du nur den Sommer über hier, nicht für immer.« Gott sei Dank. Bella war vierzehn gewesen, als unsere Eltern vor fünf Jahren gestorben waren. Obwohl ich damals selbst erst zwanzig war, hatte ich keinen Moment gezögert, sie bei mir aufzunehmen und ihr Vormund zu werden. Aber ich musste zugeben, dass ich erleichtert war, als sie sich entschloss, aufs College zu gehen. Eine

Vierzehnjährige zu erziehen war eindeutig einfacher als eine Neunzehnjährige.

»Im Sommerhaus. Ich fahre den Sommer über raus nach Montauk.«

»Ich kann nicht jeden Tag von dort pendeln.«

»Und? Wer hat dich gebeten zu pendeln? Ich meinte, ich verbringe den Sommer da draußen und du hier.«

»Kommt nicht in Frage.«

»Warum nicht?«

»Weil du dann ganz allein wärst, und das Haus hat keine Alarmanlage.«

»Wir reden von *Montauk*. Dort schließt niemand überhaupt seine Tür ab. Früher haben wir dort jeden Sommer verbracht. Montauk ist sicherer als Manhattan.«

»Woher weiß ich, dass du keine wilden Partys feierst?«

»Und wenn?«

»Du bist neunzehn, nicht einundzwanzig.«

Sie zog eine Braue hoch. »Und du hast nie getrunken oder eine Party geschmissen, bis du einundzwanzig warst?«

»Das ist etwas anderes.«

»Warum?«

»Darum.«

»Gott, Ford. Wann bist du zu Dad geworden?«

Auch wenn ich in das Strandhaus im Osten eine Alarmanlage einbauen lassen würde, war ich mir nicht sicher, ob Bella dort gut aufgehoben war. Seit wir Mom und Dad verloren hatten, waren wir nicht mehr dort gewesen. Wenn es einen Ort gab, der voller Erinnerungen an sie steckte, dann Montauk – Mom, die unsere Füße in der Außendusche abspritzte, Frühstück mit Dad auf der hinteren Terrasse. Dad, der still in der Tür lehnte und zusah, wie Mom in der Küche zur Musik tanzte. Wie er lächelte, wenn er sie ansah – dieser Gedanke kratzte an einer Wunde, die gerade erst zu heilen begonnen hatte.

Als unser Steuerberater vorschlug, das Haus zu vermieten, hatte ich die Idee nicht einmal in Erwägung gezogen. Lieber würde ich den Verlust für die Instandhaltung der Immobilie in Kauf nehmen, als Fremde in das Haus zu lassen.

Bella konnte nicht mit all diesen Erinnerungen umgehen. Im Grunde war ich mir nicht sicher, ob ich es konnte. Wahrscheinlich sollte ich das Haus einfach zum Verkauf anbieten.

»Komm schon, Ford. Weißt du, ich brauche eigentlich nicht deine Erlaubnis, um dorthin zu fahren. Ich kann den Jitney nehmen, während du bei der Arbeit bist.«

Natürlich hatte sie recht. Bella war über achtzehn und konnte jetzt gehen, wohin sie wollte. Das Einzige, womit ich sie in der Hand hatte, war Geld. Bis sie einundzwanzig wurde, verwaltete ich ihr Vermögen.

»Vielleicht können wir erst mal ein Wochenende dort verbringen?«, bot ich an.

»Du meinst, wir beide? Oh, wie romantisch. Klingt nach einem Riesenspaß.«

Ich seufzte. Das würde ein verdammt langer Sommer werden.

3. Kapitel

Valentina

Zunächst war es unterhaltsam gewesen, durch die Antworten zu scrollen, die ich erhielt. Bei einem Glas Wein hatte ich die Datingprofile gesichtet und die endlose Flut an Nachrichten gelesen. Aber nach ein paar Tagen wurde mir klar, auch wenn einige der Männer sympathisch zu sein schienen, ich würde keinem von ihnen antworten.

Ich hatte keine Ahnung, was ich schreiben sollte. *Ich bin einfach noch nicht so weit.*

Als ich mich abmelden und ins Bett gehen wollte, tauchte am unteren Rand meines Bildschirms eine Nachricht auf. Ich wusste gar nicht, dass man so etwas verschicken konnte. Donovan620 aus New York City schrieb:

> Ryan ist mein zweiter Vorname.
> Bin ich jetzt disqualifiziert?

Ich hatte vergessen, den Teil meines Profils zu ändern, der besagte, dass mein idealer Partner nicht Ryan heißen dürfe. Ich war ganz damit beschäftigt gewesen, den Teil zu entfernen, in dem ich behauptete, eine Vorliebe für Männer mit dem Spitznamen Cunnilingus King zu haben. Doch vermutlich war das gut so, denn die Vorstellung, einen anderen Mann Ryan zu nennen, nachdem ich so viele Jahre mit meinem Mann zusammen gewesen war, erschien mir merkwürdig. Außerdem war es auch noch der Name meines Sohnes.

Als ich nach wenigen Minuten nicht antwortete, erschien eine weitere Nachricht.

Donovan620:
Echt jetzt? Ich werde wegen eines zweiten Vornamens abgelehnt? Wahrscheinlich kann ich ihn offiziell ändern lassen, wenn es mit uns klappt. Obwohl mein Großvater verärgert sein könnte.

Seine Nachricht brachte mich zum Lachen, also tippte ich zurück.

Val44:
Ich denke, Ryan als zweiter Vorname ist okay, solange du ihn in deiner Unterschrift abkürzt und dich nicht mit ihm vorstellst.

Donovan620:
Wenn jemand, den du hier kennenlernst, sich mit seinem ersten und zweiten Vornamen sowie mit seinem Nachnamen vorstellt, solltest du ihn sofort löschen. Das ist total schräg.

Val44:
Da hast du wahrscheinlich recht.

Donovan620:
Das höre ich oft. Also … was hast du gegen Ryan, Valentina D?

Er hatte meinen vollen Namen verwendet, was bedeutete, dass er sich mein Profil angesehen hatte. Neugierig klickte ich auf seins. Es gab nur ein Bild, das allerdings meine Aufmerksamkeit erregte. Das Foto war von unten aufgenommen und zeigte, wie er von einem Sprungbrett hoch in die Luft sprang und mit angezogenen Knien eine Arschbombe ins Schwimmbecken machte. Es war fast das gleiche Profilbild wie bei mir, nur dass er natürlich ein Mann war. Ich sah genauer hin – Donovan620 war unübersehbar ein ziemlich muskulöser Mann. Das erkannte ich an den definierten Armen, die um seine Knie geschlungen waren, und an den Wadenmuskeln, die selbst auf dem Foto deutlich zu erkennen waren.

Eine weitere Nachricht erschien. Ich hatte nicht auf seine Frage nach dem Namen Ryan geantwortet.

Donovan620:
Studierst du gerade mein Profil oder ignorierst du mich?

Val44:
Ich ignoriere dich.

Donovan620:
Nun, darin bist du aber nicht besonders gut, schließlich hast du gerade geantwortet.

Wieder brachte er mich zum Lächeln. Also gestand ich.

Val44:
Vielleicht habe ich mir dein Profil angesehen. Ist dir irgendetwas Interessantes an unseren Profilbildern aufgefallen?

Donovan620:
Das hat mich neugierig gemacht. Für eine Frau, die mit dem Hintern voran ins Wasser springt, ändere ich gerne meinen zweiten Vornamen.

Donovan war witzig. Ich mochte ihn. Und vielleicht, nur vielleicht, hatte er auch schöne Muskeln. Ich füllte mein Weinglas.

Donovan620:
Das war nicht der einzige Zufall. Nur zu, sieh es dir bis zum Ende an.

Ich klickte zurück zu seinem Profil und las weiter.

Alter: 25
Mein idealer Partner: Alt genug, um es besser zu wissen, jung genug, um sich nicht darum zu scheren. Klug. Liebt die Natur und die einfachen Dinge des Lebens, wie z. B. die landschaftlich schöne Strecke beim Autofahren.

Val44:
Hast du das gerade hinzugefügt?

Donovan620:
Nope.

Val44:
Nun, es scheint, als hätten wir ein paar Dinge gemeinsam. Schade, dass ich den Rest deiner Kriterien nicht erfülle.

Donovan620:
Welchen Teil?

Val44:
Ich bin zwar alt genug, um es besser zu wissen, aber ich schere mich darum.

Donovan620:
Ich werde über deine Sensibilität hinwegsehen, da du über meinen unglücklichen zweiten Vornamen hinwegsiehst.

Val44:
Das ist sehr nett von dir. Aber wir haben noch ein anderes Problem – ich fürchte, das können wir nicht überwinden.

Donovan620:
Und zwar …

Val44:
Du bist zu jung für mich. Du bist fünfundzwanzig. Ich bin siebenunddreißig.

Donovan620:
In deinem Profil steht, dass dein idealer

Partner zwischen fünfundzwanzig und achtunddreißig sein sollte.

Val44:
Das hat meine Freundin angekreuzt. Ich habe es kürzlich auf über 35 aktualisiert.

Donovan620:
Ist sie eine gute Freundin?

Val44:
Ja. Warum?

Donovan620:
Dann solltest du auf sie hören. Sie kennt dich und weiß wahrscheinlich, wovon sie spricht.

Val44:
Ja, aber …

Seine nächste Nachricht erschien, bevor ich meine beenden konnte.

Donovan620:
Das Alter ist nur eine Zahl. Wichtig ist, dass du offensichtlich im Herzen jung geblieben bist, da du immer noch mit einer Arschbombe ins Wasser springst und die landschaftlich schöne Strecke der Autobahn vorziehst. Sag noch nicht Nein. Chatte eine

Weile mit mir. Warte ab, ob wir uns verstehen. Dann entscheide dich.

Val44:
Ich weiß nicht, Donovan. Ich bin schon jung Mutter geworden. Mein Sohn ist nicht viel jünger als du.

Donovan620:
Eine Woche. Bitte. Das ist meine erste Erfahrung auf Match, die willst du mir doch nicht verderben? Wenn es danebengeht, könnte das ungeahnte Folgen haben.

Ich dachte eine Weile darüber nach. Ich hatte nicht vor, ihn in dieser Zeit persönlich zu treffen.

Val44:
Ist das wirklich deine erste Erfahrung hier?

Donovan620:
Ich schwöre. Du kannst in meinem Profil überprüfen, seit wann ich dabei bin.

Warum sollte er mich wegen etwas derart Unwichtigem belügen, also glaubte ich ihm. Vielleicht wäre es gar nicht so schlecht, den Sprung zu wagen und zum ersten Mal mit jemandem hier zu chatten, für den es auch das erste Mal war. Keiner von uns hatte feste Vorstellungen davon, wie das hier laufen sollte, sodass ich mir nicht vorkommen musste, als hätte ich keine Ahnung.

Val44:
Und wir würden in der nächsten Woche nur chatten? Uns nicht persönlich treffen?

Donovan620:
Wenn du das willst, ja.

Irgendwann musste ich mich wieder aufs Parkett wagen. Warum nicht einen kleinen Schritt machen und mit ihm chatten? Nur zum Üben.

Val44:
Okay. Eine Woche.

»Du hast mir nicht gesagt, dass du aus dem Memorial-Day-Barbecue eine Party machst.« Ich reichte Eve die gläserne Kuchenform mit meinem selbst gemachten Tiramisu. Es war ihr Lieblingsnachtisch.

»Nur ein paar Leute mehr.«

Man konnte durch eine doppelte Flügeltür von der Küche in den Garten sehen. Draußen mussten bestimmt fünfzig Leute sein, und auch drinnen tummelten sich ein paar. Normalerweise waren wir beim Monroe-Memorial-Day-Barbecue höchstens zwanzig.

»Ein paar? Wer sind all diese Leute? Ich hätte zwei Desserts mitbringen sollen.«

Eve machte eine wegwerfende Handbewegung, kramte dann in der Besteckschublade und zog einen riesigen Servierlöffel heraus. Bevor ich sie aufhalten konnte, nahm sie einen großen Löffel von dem köstlichen Dessert, das ich ihr gerade gereicht hatte, und schob es sich in den Mund.

»Es zu machen, hat mich Stunden gekostet!«

»Ich wollte es sowieso nicht teilen. Ist dir noch nie aufgefallen, dass ich es jedes Jahr hinten im Kühlschrank verstecke und aus Versehen vergesse, es herauszunehmen?«

In meiner Tasche vibrierte mein Handy. Das hatte es in letzter Zeit oft getan. Donovan und ich hatten uns in den letzten vier Tagen stundenlang Nachrichten hin- und hergeschickt. Wir waren sogar dazu übergegangen, nicht mehr in der Dating-App zu chatten, sondern uns zu texten – wahrscheinlich nicht die klügste Entscheidung, aber wenigstens musste ich so nicht mehr alle fünf Minuten die App öffnen, um zu sehen, ob ich etwas verpasst hatte.

Donovan:
Hast du etwas von dem Tiramisu zu Hause gelassen?

Valentina:
Ich kann nichts davon zu Hause lassen, sonst esse ich es. Das Zeug ist meine Schwäche. Bei den Kalorien, die da drin sind, könnte ich mir genauso gut direkt ein paar Löffelbiskuits an den Hintern kleben.

Donovan:
Das hört sich nach köstlichen Biskuits an.

Beim Lesen des letzten Satzes verspürte ich ein leichtes Kribbeln. Überwiegend waren seine Nachrichten höflich, nur manchmal warf er etwas zweideutige Sätze ein, und das gefiel mir irgendwie.

»Wem schreibst du da?«, fragte Eve.

»Niemandem.«

Sie blinzelte. »Niemandem? Aha?«

Tom Monroe bewahrte mich vor einem Verhör. Als er vom Garten hereinkam, legte er von hinten einen Arm um die Taille seiner Frau, zog sie an sich und nahm ihr den Servierlöffel aus der Hand. Er schob sich einen großen Bissen von meinem schönen Tiramisu zwischen die Lippen und sprach mit vollem Mund.

»Das Zeug ist besser als Sex.«

Eve zog eine Augenbraue hoch. »Ich hab's dir ja gesagt. Er ist alt.«

Ihr Mann, der an ihre nicht ernst gemeinten Sticheleien gewöhnt war, ignorierte sie. »Hast du Jonathon schon kennengelernt?«

Eve stieß ihn mit dem Ellbogen an. »Sie ist gerade erst gekommen. Ich habe Jonathon noch gar nicht erwähnt.«

Tom schnaubte. »Oder Will. Oder Jack. Oder Mike, Adam, oder Timmy. Obwohl ich glaube, dass meine Frau falschliegt und Timmy schwul ist.«

Ich starrte meine Freundin an. »Wovon redet er?«

Eve nahm ihrem Mann den Löffel wieder ab und schob sich eine weitere Portion Nachtisch in den Mund. Sie deutete auf ihre Wangen und brummte, um deutlich zu machen, dass sie gerade nicht sprechen konnte.

Ich blickte über ihre Schulter. »Tom, was hat deine Frau getan?«

»Sie hat mich dazu gebracht, jeden einzelnen Mann aus meinem Büro einzuladen. Ich nehme an, du hattest keine Ahnung.«

»Gut geraten.« Ich wandte mich an Eve. »Bitte sag mir, dass

du ihnen nicht erzählt hast, ich sei Single und wolle jemanden kennenlernen.«

»Natürlich nicht.«

»Gott sei Dank.«

»Ich habe ihnen gesagt, du seist Single und wolltest Sex haben.«

Ich sah sie mit großen Augen an.

Eve legte mir beruhigend eine Hand auf den Arm. »Nur Spaß.«

»Besser ist es.«

Sie befreite sich aus der Umarmung ihres Mannes und legte einen Arm um meinen Hals. »Komm, ich stelle dich ein paar Leuten vor.«

Jonathon erwies sich als wirklich netter Kerl, war allerdings nicht mein Typ. Er sah zwar ganz gut aus, war für meinen Geschmack aber etwas zu religiös. Nicht, dass ich etwas gegen Männer mit starken Überzeugungen hätte, aber wenn mir einer in den ersten zwanzig Minuten unserer Begegnung einen fünfzehnminütigen Vortrag über seine Kirche und Religion hielt, könnte er etwas zu ehrfürchtig für mich sein. Zumal ich gern mal eine anzügliche Bemerkung machte.

Will lebte bei seiner Mutter und war noch nie verheiratet gewesen – ein Warnzeichen selbst für eine Nicht-Dating-Erfahrene wie mich.

Mike erzählte mir eine halbe Stunde lang von seiner Ex-Frau. Offensichtlich war er noch immer in sie verknallt.

Timmy, nun ja … Tom hatte recht. Er war mehr an Mike interessiert als an mir.

Blieb nur noch Adam. Gut eins achtzig groß, glatt rasiert, breite Schultern unter einem marineblauen Poloshirt mit einem kleinen Pferd darauf und Ferragamo-Slipper. Mein Interesse war geweckt.

»Du arbeitest also mit Tom bei Dunn and Monroe?«

»Ich bin jetzt seit einem Jahr dort.«

»Als was?«

»Ich bin der stellvertretende Finanzchef.«

In der nächsten halben Stunde lernten Adam und ich uns kennen. Er war ebenso witzig und klug wie gut aussehend und höflich. Er erfüllte alle Kriterien für einen Mann, mit dem ich ausgehen sollte. Und doch … spürte ich keine Schmetterlinge im Bauch. Aber vielleicht waren meine Erwartungen zu hoch. Vielleicht hatte ich zu viele kitschige Liebesfilme gesehen. Ich hatte diese Aufregung zwar gespürt, als ich Ryan kennenlernte, aber damals war ich schließlich auch noch ein Teenager gewesen. Vielleicht war alles etwas zurückhaltender und freundlicher, wenn man mit Ende dreißig jemanden kennenlernte. Das schien mir logisch.

Doch als er sich entschuldigte, um einen Anruf entgegenzunehmen, wurde mir klar, dass ich mich geirrt hatte.

Mein Handy vibrierte ebenfalls, also holte ich es aus der Tasche. Auf dem Display leuchtete Donovans Name auf … und sofort beschleunigte sich mein Herzschlag, und in meinem Bauch meldete sich ein ganzer Bienenschwarm. *Verflixt.*

Donovan:
Wie ist die Party, zu der du mich nicht aufgefordert hast, dich zu begleiten?

Valentina:
Ganz nett. Obwohl es ruhiger ist als sonst. Die Stimmung ist ganz anders. Es ist nicht einmal jemand im Pool.

Donovan:
Keiner im Pool? Siehst du, du hättest mich mitnehmen sollen. Ich wäre im Pool und du auch.

Ich sah mich um. Das übliche Monroe-Poolparty-Barbecue wirkte dieses Jahr eher wie eine Cocktailparty. Die Leute waren schicker gekleidet, und die Atmosphäre war steifer. Es war nett, nur nicht die übliche unbeschwerte Party, die Eve sonst gab.

Valentina:
Es sind andere Leute als sonst. Mehr Arbeitskollegen von Eves Mann.

Donovan:
Was macht er?

Valentina:
Er managt Investmentfonds.

Donovan:
Klingt langweilig. Du hättest mich auf jeden Fall mitnehmen sollen.

Valentina:
Ach wirklich? Und was machst du, das so spannend ist?

Donovan:
Ich hab dir doch gesagt, ich bin selbstständig.

Valentina:
Ja, aber nicht als was.

Donovan:
Du hast nicht gefragt.

Da hatte er recht. Ich hatte in den letzten Tagen gezögert, mich zu sehr mit der Person Donovan zu beschäftigen. Je länger wir chatteten, umso mehr mochte ich ihn. Und ich hatte nicht vor, mich mit einem Jungen in seinem Alter einzulassen. Wenn wir zu viel Gemeinsamkeiten entdeckten, würde es noch schwieriger werden, die Sache am Ende der Woche zu beenden. Bevor ich antworten konnte, vibrierte mein Telefon erneut.

Donovan:
Nicht einmal ein bisschen neugierig?

Valentina:
Natürlich. Ich wollte nur nicht zu aufdringlich sein.

Donovan:
Aufdringlich = Angst, dich kennenzulernen, weil ich befürchte, dass ich dich mögen könnte.

Valentina:
Überhaupt nicht.

Er hatte den Nagel auf den Kopf getroffen!

Donovan:
Also, ich hab kein Problem mit aufdringlichen Personen. Frag ruhig.

Seufzend sah ich mich im Garten um. Ich stellte fest, dass ich heute zwar eine Menge netter Leute kennengelernt hatte, aber dennoch mehr an einem Gespräch mit Donovan interessiert war. Also setzte ich mich und biss in den sauren Apfel.

Valentina:
Liebster Donovan, darf ich fragen, was du beruflich machst?

Donovan:
Aber sicher, Val. Ich bin froh, dass du fragst. Ich bin in der Immobilienbranche tätig.

Damit hatte ich nicht gerechnet. Ich hatte mir Donovan als Fahrradkurier vorgestellt oder als Feuerwehrmann im ersten Jahr. Bestimmt nicht als einen Anzug tragenden Immobilienmakler aus Manhattan.

Valentina:
Wow. Das habe ich nicht erwartet.

Donovan:
Was dachtest du denn, was ich mache?

Ich wollte ihn nicht beleidigen, in dem ich ihm sagte, dass ich ihn für einen Kurier gehalten hatte, also entschied ich mich für Feuerwehrmann. Das schien mir harmlos.

Valentina:
Ich weiß nicht. Ich habe auf Feuerwehrmann getippt.

Vielleicht war es auch ein Tagtraum gewesen. Egal.

Donovan:
Frauen halten Feuerwehrmänner in der Regel für heiße Typen, stimmt's?

Valentina:
Bilde dir bloß nichts ein.

Donovan:
Na dann. Wie bist du darauf gekommen, dass ich Feuerwehrmann sein könnte?

Mist. Mir fiel keine passende Antwort ein.

In diesem Moment kam Adam zurück.

»Tut mir leid. Das war meine Tochter. Sie ist sechzehn und hatte eine Krise. Ihre Mutter hat ihr das Bügeleisen weggenommen, weil sie es angelassen hatte. Da fand sie es eine gute Idee, mich anzurufen, damit ich ihrer Mutter sage, sie solle es ihr zurückgeben.«

Ich lächelte. »Ich vermute mal, sie war nicht glücklich, als sie wieder auflegte.«

»Das kannst du wohl laut sagen. Meine Ex und ich sind uns zwar nicht in vielen Dingen einig, aber als Eltern spielen wir in einer Mannschaft.«

»Wie lange bist du schon geschieden?«

»Neun Jahre. Und du?«

»Woher weißt du, dass ich geschieden bin?«

»Könnte sein, dass Eve es erwähnt hat.«

Ich zwang mich zu einem Lächeln. »Das tut mir leid. Sie meint es gut. Aber sie findet, ich sollte mich unbedingt wieder mit Männern treffen, dabei ist es erst eineinhalb Jahre her.«

»Darf ich fragen, wie lange es vor der Scheidung schon nicht gut lief? Bei mir waren es mindestens fünf Jahre. Als wir uns schließlich trennten, waren wir also beide schon lange nicht mehr glücklich gewesen und bereit, nach vorn zu schauen.«

»Kommt mir bekannt vor. Vor der Scheidung haben wir zwei Jahre lang getrennt gelebt, und davor lief es schon eine ganze Weile nicht mehr gut.« Mein Handy vibrierte in meiner Hand, und ich sah nach unten.

»Willst du da rangehen? Ich kann uns was zu trinken besorgen. Wie wär's mit einer weiteren Margarita?«

»Sehr gern. Danke, Adam.«

Als ich mich wieder meinem Telefon zuwandte, hatte ich drei neue Nachrichten von Donovan, die im Abstand von einer Minute eingegangen waren.

Donovan:
Dir fällt nichts ein, stimmt's?

Donovan:
Gib's zu. Du glaubst, ich bin heiß.

Donovan:
Ich habe einen Kumpel bei der New Yorker Feuerwehr. Ich kann mir seine Uniform leihen, wenn du mit mir ausgehst.

Valentina:
Sorry. Ich habe mich mit jemandem unterhalten.

Donovan:
Mann oder Frau?

Valentina:
Warum fragst du?

Donovan:
Wenn es ein Mann ist, möchte ich wissen, ob du ihn auch heiß findest.

Valentina:
Du bist ziemlich eingebildet, kann das sein?

Donovan:
Ich? Du bist doch diejenige, die heiße Fantasien von mir als Feuerwehrmann hat.

Valentina:
Ich habe nie gesagt …

Schon wieder kam eine Nachricht von ihm. Er tippte schnell.

Donovan:
Gib es zu.

Valentina:
Warum ist das so wichtig für dich?

Donovan:
Weil ich dich mag. Und wenn du von mir träumst, ist die Chance größer, dass ich dich überreden kann, mit mir auszugehen.

Wäre er doch nur ein bisschen älter – nur ein paar Jahre, Anfang dreißig wäre schon passender.

Valentina:
Ich mag dich auch, Donovan. Ich will dir nichts vormachen. Ich habe es genossen, mit dir zu chatten … ehrlich. Aber du bist einfach zu jung für mich.

Donovan:
Ich bin eigentlich gar nicht so jung. Darüber habe ich gestern ernsthaft nachgedacht. Die durchschnittliche Lebenserwartung eines Mannes liegt bei 68,5 Jahren. Die einer Frau bei 73,5 Jahren. Das bedeutet, dass du wahrscheinlich fünf Jahre länger leben wirst als ich. Daher habe ich ein Handicap von fünf.

Valentina:
Ein Handicap?

Donovan:
Ja. Wie beim Golf. Ich darf fünf Jahre zu meinem Alter hinzufügen. Wir sind also eigentlich nur sieben Jahre auseinander, und das kann man sicher überwinden.

Ich lachte und schüttelte den Kopf.

Valentina:
Netter Versuch. Aber deine Logik ist fehlerhaft. Wir messen das Leben daran, wie lange wir schon auf der Welt sind. Daher erhältst du kein Handicap.

Donovan:
Es wird Zeit, dass du diese Ansicht änderst, Val. Das Alter sollte sich nicht nach der Zeit richten, die wir gelebt haben. Es sollte sich nach den Jahren richten, die wir noch haben. Blick nach vorn, nicht zurück.

Es war ein lustiger Schlagabtausch. Ich war nicht davon ausgegangen, dass er tiefgründig oder so etwas sein sollte. Doch seine Worte trafen mich. Ich blickte tatsächlich schon viel zu lange zurück. Donovan hatte recht.

Ich kippte den Rest meiner Margarita herunter und starrte eine ganze Weile auf das Handy. Die Party um mich herum war in vollem Gang, doch das nahm ich gar nicht mehr wahr.

Ich war Single.

Ich war zudem schon eine endlos lange Zeit nicht mehr glücklich gewesen.

Mein Sohn war erwachsen und brauchte mich nicht mehr.

Bald würde ich mich beruflich stark verändern.

Warum blickte ich ständig auf meine gescheiterte Ehe zurück?

Valentina:
Ich habe vielleicht ein bisschen davon

geträumt, wie du in einer Feuerwehruniform aussehen würdest. Und …

Ich holte tief Luft.

Valentina:
Wenn du immer noch Lust auf ein Date mit mir hast, dann lass es uns tun.

Donovan:
Du hast nur Mitleid mit mir, weil ich fünf Jahre früher sterben werde, hab ich recht?

Ich lachte laut auf. Es fühlte sich gut an. Wie ein tiefes Einatmen am ersten Frühlingstag.

Valentina:
Ich hatte nur gerade eine Erleuchtung. Ich blicke jetzt nach vorn. Und vergesse alle meine selbst auferlegten Regeln der Vergangenheit.

Donovan:
Das hört sich gut an. Wann kann ich dich treffen?

Adam kam mit einer neuen Margarita auf mich zu.

Valentina:
Können wir morgen reden? Ich war unhöflich zu dem Mann, der mir gerade einen Drink besorgt hat.

Donovan:
Mann?

Valentina:
Ja … Adam.

Als mir ein weiterer zukunftsorientierter Gedanke durch den Kopf schoss, hellte sich meine Miene auf. Nur hätte ich diesen Gedanken wahrscheinlich nicht mit Donovan teilen sollen. Aber ich war einfach so verdammt aufgeregt.

Valentina:
Vielleicht gehe ich auch mit Adam aus!
Wir chatten morgen! Gute Nacht.

Danach steckte ich das Handy in die Tasche und schenkte Adam meine volle Aufmerksamkeit. Die Welt war auf einmal heller geworden.

4. Kapitel

Valentina

»Was zum Teufel ziehe ich nur zu einem Date an? Ich hatte seit zwanzig Jahren keins mehr.«

Hektisch durchforstete ich meinen Kleiderschrank. Alles, was ich besaß, schien plötzlich *Fußballmom* zu schreien. Ich zog ein neues Outfit heraus, das ich vor ein paar Wochen getragen hatte, hielt es mir an und zeigte es Eve.

»Geht ihr zu einer Beerdigung?«

Ich hatte es tatsächlich für eine Beerdigung gekauft.

O mein Gott! Ich hatte nichts zum Anziehen.

Ich schleuderte die Kleiderbügel auf den Boden des Schranks, warf mich neben Eve aufs Bett und schlug die Hände vors Gesicht. »Ich kann das nicht. Ich kann da nicht hingehen«, murmelte ich.

»Du hast einen Schrank voller Kleider und eine tolle Figur. Da ist bestimmt etwas dabei, das du anziehen kannst. Außerdem brauchst du eigentlich nur schöne Unterwäsche. Das ist alles, was ihn interessieren wird.«

Ich sah sie mit großen Augen an. »Er wird heute Abend meine Unterwäsche sehen? Beim ersten Date?«

Offenbar hatte Eve Mitleid mit mir, denn sie gab schneller nach als üblich. »Entspann dich. War nur ein Witz.«

Ich griff auf dem Beistelltisch nach einem Taschentuch. »*Hatschi!*« Die andere Hand legte ich auf mein schnell schlagendes Herz. »Meine Güte. Ich habe ehrlich keine Ahnung, was er erwartet. Was ich erwarte. Was zum Teufel ich überhaupt tue.«

»Du holst dir dein Leben zurück. Jetzt bist du dran, Val. Darum geht es. Und das wird auch Zeit.« Eve stand vom Bett auf und ging zum Kleiderschrank. »Und wenn du diesem scharfen Jüngelchen heute Abend beim ersten Date deine Unterwäsche zeigen willst, dann los. Tu, was dich glücklich macht. Es wird Zeit, dass du deine Bedürfnisse ernst nimmst.«

»Aber was erwartet er denn, was passiert?«

»Wenn er *erwartet*, dass etwas passiert, ist er ein Arsch und deine Zeit nicht wert.«

»Vielleicht ist es noch zu früh.«

Eve steckte ihren Kopf aus meinem begehbaren Kleiderschrank und sagte in strengem Ton, der mich daran erinnerte, wie ich manchmal mit meinem Sohn gesprochen hatte: »Du gehst da jetzt hin.«

Ich ließ die Schultern hängen. »Ja, Mom.«

»Und nies den armen Kerl nicht an!«

O Gott! Was, wenn ich ihn doch anniese? Daran hatte ich nicht gedacht. Seit ich ein kleines Mädchen war, nieste ich, wenn ich nervös wurde. Das hatte ich jahrelang im Griff gehabt – wahrscheinlich, weil es in meinem Alltag nichts Aufregendes gab, was mich hätte nervös machen können –, aber in letzter Zeit war es wieder vorgekommen.

Eve war im Schrank verschwunden, kam jedoch wieder heraus. »Und mach dir keine Sorgen, dass du ihn anniest!«

Sie kannte mich so gut.

Es dauerte weitere fünfundvierzig Minuten, bis wir uns auf ein

Outfit geeinigt hatten, und am Ende lag fast der gesamte Inhalt meines Kleiderschranks als Haufen auf meinem Bett. Ich trug einen roten Rock, hübsche, hochhackige Riemchensandalen, die ich gekauft, aber nie getragen hatte, und ein figurbetontes schwarzes Oberteil, das einen Hauch Dekolleté zeigte.

»Findest du das Oberteil nicht zu eng?«

»Du siehst sexy und doch stilvoll aus.«

Ich griff nach einem Pullover, obwohl es ein warmer Abend war, doch Eve schlug ihn mir aus der Hand. »Du brauchst keinen Pullover. Du willst dich nur verstecken.«

Sie hatte absolut recht. Ich seufzte und atmete tief aus. »Gut.« Wir ließen das Schlafzimmer in desaströsem Zustand zurück und gingen in die Küche.

»Um wie viel Uhr holt er dich ab?«

»Tut er nicht. Ich treffe mich mit ihm.«

»Er hat nicht angeboten, dich abzuholen? Warte, lass mich raten. Er hat es angeboten, aber du hast gesagt, du würdest ihn lieber irgendwo treffen.«

»So ist es sicherer.«

»Und wenn du ihm deine Adresse gibst, kannst du nicht kneifen.«

Auch das.

»Ich werde nicht kneifen.«

Eve öffnete den Kühlschrank und holte eine Flasche Wasser heraus. Sie öffnete sie und dachte über etwas nach. »Ich könnte dich hinfahren und abholen?«, schlug sie schließlich vor. »Ich kann draußen warten und mich vergewissern, dass er kein Serienmörder oder sowas ist.«

»Du willst nur sicher sein, dass ich wirklich hingehe, und ihn persönlich auschecken.«

Sie trank das halbe Wasser aus. »Was hast du gesagt, wo ihr

euch trefft? Tom und ich haben überlegt, essen zu gehen. Vielleicht spioniere ich dir hinterher und sage dir, ob er es wert ist, beim ersten Date dein Höschen zu sehen.«

Obwohl ich zehn Minuten zu früh am Restaurant war, saß ich eine Viertelstunde nach der vereinbarten Uhrzeit immer noch im Auto. Ich hatte noch nie eine Panikattacke gehabt, aber ich war mir ziemlich sicher, dass mir genau das gerade passierte. Meine Handflächen waren feucht, mein Herz raste, und ich verspürte den unkontrollierbaren Drang, nach Hause zu fliehen und mich dort in Sicherheit zu bringen – wobei ich in diesem Zustand unmöglich Auto fahren konnte.

Als mein Telefon den Eingang einer Nachricht meldete, zögerte ich, sie anzusehen, denn die Wahrscheinlichkeit war groß, dass der Absender mich dazu zwang, mich mit meiner aktuellen Situation auseinanderzusetzen. Indem ich sie ignorierte, konnte ich Zeit gewinnen, und das tat ich für weitere fünf Minuten.

Als mein Telefon das nächste Mal klingelte, war es ein Anruf statt einer Nachricht. Ich warf einen Blick auf die Anrufer-ID. Es war Donovan, und ich war zwanzig Minuten zu spät. Bis jetzt war er so ein netter Kerl gewesen. Er hatte es nicht verdient, dass ich ihn versetzte, also atmete ich tief durch und nahm das Gespräch an.

»Hallo.«

»Valentina? Ist alles in Ordnung?« Seine Stimme war tief und rau. Ziemlich männlich und ganz schön sexy. Etwas anderes hatte ich nicht erwartet.

»Ja. Nein. Ja. Ich meine, nein. Es tut mir leid, Donovan. Ich schaffe es heute Abend nicht.«

»Was ist los? Ist alles okay bei dir?«

»Ja. Es ist … es ist … ich hab erst jetzt gemerkt, dass ich noch nicht so weit bin.« In diesem Moment ertönte in der Ferne eine Hupe. Ich hatte das Autofenster heruntergefahren, um frische Luft zu bekommen.

»Wo bist du?«

»Ich bin … ich bin … gewissermaßen auf dem Parkplatz.«

»Vor dem Restaurant?«

»Ja.« Ich kam mir total dumm vor.

»Nervös?«

»Das kann man wohl sagen.«

»Soll ich rauskommen?«

»Eigentlich nicht.«

»Wie kann ich helfen?«

»Gar nicht. Es tut mir leid. Ich weiß, das ist lächerlich. Ich benehme mich wie ein Teenager, das ist mir schrecklich peinlich.«

»Was für ein Auto fährst du?«

»Bitte komm nicht raus und hol mich. Das wäre mir nur noch peinlicher.«

»Ich komme nur raus, wenn du es willst. Aber ich will sicher sein, dass es dir gut geht.«

»Ich fahre einen silbernen Routan. Aber mir geht es gut. Ich muss nur eine Weile hier sitzen.«

»Okay. Bleib mit mir am Telefon. Vielleicht hilft dir das, dich zu entspannen. Du solltest sowieso nicht fahren, wenn du so aufgelöst bist.«

Ich lasse den armen Kerl sitzen, und er bietet mir an, mir am Telefon Gesellschaft zu leisten. »Danke.«

»Wahrscheinlich sollte ich dir das nicht sagen, wenn du ohnehin wegen unseres Treffens nervös bist … aber es ist ein zu merkwürdiger Zufall, um es für mich zu behalten.«

»Was?«

»Du musst reinkommen, denn eine alte Dame, die ich kenne, hat geträumt, dass ich heute meiner zukünftigen Frau begegne.«

»Was redest du da?«

»Mrs Peabody. Das ist eine lange Geschichte, aber ich habe eine ältere Freundin, die manchmal so eine Art Vorahnungen hat. Heute Morgen rief sie mich an und sagte, sie sei um zwei Uhr nachts aufgewacht und habe gewusst, dass ich heute meine zukünftige Frau treffen würde.«

»Ach wirklich?« Ich lachte. »Hat sie noch etwas gesagt?«

»Nein. Außer dass sie Zimtschnecken im Ofen gerochen hat und sich gleich danach übergeben musste.«

»Sie hat *was?*«

»Sie hat sich übergeben. Aber das ist normal. Sie übergibt sich immer nach ihren Vorahnungen.«

Ich schüttelte den Kopf. »Ich glaube, du hast recht.«

»Dann kommst du also rein?«

»Nein ...« Ich lachte. »Ich meinte, du hättest es mir nicht sagen sollen, denn jetzt habe ich Angst, dass du vielleicht ein bisschen verrückt bist.«

»Wir sind alle ein bisschen verrückt, Val. Wie lustig wäre es, wenn alles in unserem Leben normal wäre?«

Diese Frage konnte ich beantworten, denn mein Leben war in den letzten Jahren verdammt langweilig gewesen – und überhaupt nicht lustig. Vielleicht brauchte ich eine Mrs Peabody in meinem Leben.

»Du hast recht.«

»Was ist dein Lieblingsgetränk, Val?«

»Normalerweise trinke ich Wein, aber mein Lieblingscocktail ist ein Dirty Martini.«

Donovan klang amüsiert. »Nicht, was ich erwartet habe.«

»Was hast du denn erwartet?«

»Irgendeinen Damen-Cocktail.«

»Die haben nur unnötig viele Kalorien.«

»Also, ich werde mich an die Bar setzen und zwei Dirty Martini bestellen. Wenn du dich entscheidest hereinzukommen, wartet deiner auf dich. Ich habe es nicht eilig. Nimm dir ruhig ein paar Minuten Zeit, lehn dich zurück, schließ die Augen und entspann dich. Ich rufe wieder an, wie es dir geht.«

»Okay. Danke.«

Ein paar Minuten später schreckte ich hoch, als jemand an die Scheibe klopfte, und erstarrte in der Erwartung, dass es Donovan wäre. Aber er war es nicht. Stattdessen stand dort ein älterer Mann in einem weißen Hemd, einer schwarzen Weste und einer schwarzen Hose – ein Kellner und nicht mein Date. In der einen Hand hielt er einen Dirty Martini, in der anderen einen Antipastiteller.

Ich fuhr die Scheibe ganz herunter. »Hi.«

»Von dem Gentleman an der Bar.«

Lächelnd nahm ich die Lieferung entgegen, trank einen kräftigen Schluck Martini und drückte auf meinem Handy auf Anrufen.

»Jetzt zählt es als erstes Date«, sagte er, als er ranging. »Wir nehmen einen Drink zusammen. Meiner ist köstlich. Und deiner?«

Ich ließ mich wieder in meinen Sitz sinken. »Er ist lecker. Sehr dirty. Ich mag viel Olivenlake.«

»Da du es schon ansprichst, ich mag es auch dirty.«

Ich lachte. »Ach ja?«

»Ja. Es tut mir leid. Warte eine Sekunde. Bei mir klopft jemand an, da muss ich rangehen.«

»Mach nur. Ich sitze einfach hier und genieße meinen Cocktail.« Einen Moment war es still in der Leitung, dann meldete er sich wieder.

»Sorry. Ich sollte dir sagen, dass es noch eine andere Frau in meinem Leben gibt, eine sehr anspruchsvolle.«

»Oh?«

»Sie ist eine ziemliche Nervensäge, aber ich finde einfach nicht heraus, wie ich ihre Anrufe ignorieren kann.«

»Deine Ex-Frau?«

»Schlimmer. Meine kleine Schwester. Ich habe immer Angst, dass einmal etwas wirklich Schlimmes passiert und ich nicht rangehe.«

»Ist etwas passiert?«

»Sie ist genervt von dem Maler, der gerade in meiner Wohnung arbeitet.«

»Was hat er getan?«

»Er ist heute Morgen um neun Uhr gekommen … an einem Samstag.«

»Okay …«

»Sie steht frühestens um eins auf.«

Wieder musste ich lachen.

»Übrigens, dein Drink enthält nur wenig Alkohol. Es ist hauptsächlich Olivenlake. Aber vielleicht solltest du nur die Hälfte trinken, falls du dich entscheidest, nicht hereinzukommen, und in nächster Zeit fahren willst.«

Gott, dieser Mann war so verdammt rücksichtsvoll. Dass er mir alles so leicht machte, machte es mir gleichzeitig schwerer. Wir telefonierten noch eine halbe Stunde weiter. In Anbetracht unserer momentanen Lage drehte sich das Gespräch um schlechte erste Dates. Da ich seit zwanzig Jahren keins mehr gehabt hatte, bestritt Donovan den Großteil des Gesprächs. Er erzählte mir, wie schrecklich er es fand, wenn die Frauen von seinem Teller aßen, was allerdings häufig vorzukommen schien. Seine letzten drei ersten Dates hatten sich alle einen Salat bestellt, zu viel getrunken und dann auf seinem Teller herumgepickt.

»Meinem letzten Date hätte ich am liebsten jedes Mal mit der Gabel in die Hand gestochen, wenn sie meinen Teller plünderte. Ich versteh das nicht. Sollen sie sich doch selbst was Anständiges bestellen, wenn sie Hunger haben.«

»Wahrscheinlich ist es ihnen unangenehm, in Gegenwart ihres Dates eine große Mahlzeit zu bestellen.«

»Warum?«

»Weil fast alle Frauen Komplexe wegen ihres Gewichts haben.«

»Du auch?«

»Früher. Aber als ich auf die dreißig zuging, lernte ich zu akzeptieren, dass ich niemals gertenschlank sein werde. Stattdessen liebe ich jetzt meine Kurven.«

»Ich liebe deine Kurven auch.«

»Du hast meine Kurven doch noch gar nicht gesehen.«

Donovan verstummte.

»Bist du noch da?«

»Ja, ich bin noch da.«

Dann schwieg er wieder. Zwischen uns hatte es noch nie einen verlegenen Moment gegeben, und ich wusste nicht, was er dachte. Wenn er nur halb so schlau war, wie er schien, dachte er wahrscheinlich: *Was zum Teufel mache ich hier? Warum telefoniere ich mit dieser Verrückten?*

»Es tut mir leid wegen heute Abend«, sagte ich leise.

»Das muss dir nicht leidtun, Val.«

»Das stimmt zwar nicht, aber danke, dass du das sagst.«

Wieder schwieg er. Wahrscheinlich bedauerte er den Tag, an

dem er mir eine Nachricht geschickt hatte, und ich konnte es ihm nicht verdenken.

Nach einer ganzen Minute Totenstille ergriffen wir gleichzeitig das Wort. Merkwürdigerweise sagten wir beide das Gleiche. Ich sagte: »Hör zu, Donovan«, und er: »Hör zu, Val.«

»Du zuerst«, bot ich an.

»Ladys first.«

»Ich …« Als ich den Mund öffnete, um mich zu bedanken und zu verabschieden, sah ich wieder den Kellner auf mein Auto zukommen. Diesmal brachte er mir ein Stück Kuchen. »Der Kellner kommt mit einem riesigen Stück Schokoladenkuchen zu mir. Ist das auch für mich?«

»Ich musste dir doch einen Nachtisch besorgen. Ich darf nicht zulassen, dass dein erstes Date nach zwanzig Jahren ein Flop wird, oder?«

Der Kellner lächelte, als er näher kam. Ich wollte schon die Scheibe herunterfahren, um das köstliche Dessert entgegenzunehmen. Es sah aus, als hätte es einen Kern aus geschmolzener Schokolade. Doch dann wurde mir klar, wie verrückt ich mich aufführte. »Kannst du einen Moment warten?« fragte ich Donovan.

Ich schaltete auf stumm und stieg aus dem Auto. Dann bedankte ich mich beim Kellner und stand draußen mit dem Kuchen in der Hand. Nach einer Minute atmete ich tief durch und machte mich auf den Weg zur Tür des Restaurants, um das Dessert mit meinem Date gemeinsam einzunehmen. Persönlich.

An der Bar saß kaum jemand. Obwohl er mir den Rücken zugewandt hatte, war es nicht allzu schwer zu erraten, welcher Mann Donovan war. Am einen Ende des Tresens saß ein älteres Paar, und ein Stück neben einem Mann, der ein Telefon ans

Ohr hielt, hockten zwei Mädchen, die kaum volljährig zu sein schienen.

Ich schaltete das Telefon wieder auf laut und sagte leise. »Der Kuchen sieht köstlich aus. Danke.«

»Gern geschehen.«

Meine Füße fühlten sich schwer an, als würden meine Schuhe aus Betonklötzen bestehen. Ich starrte auf Donovans Rücken und beobachtete ihn einen Moment lang schweigend.

»Hör zu, Val, ich würde dich wirklich gern persönlich kennenlernen. Aber wenn du nicht bereit bist, bist du nicht bereit. Ich will es dir nicht noch schwerer machen.«

Ich schluckte. »Ich glaube, ich bin so weit.«

»Wirklich?«

Ich nickte. »Ich sollte es tun, ehe ich es mir noch anders überlege. Dreh dich um. Ich stehe etwa sechs Meter hinter dir.« Mit angehaltenem Atem beobachtete ich, wie er den Kopf umdrehte – es wirkte, als würde sich alles in Zeitlupe abspielen.

Unsere Blicke trafen sich. Er war noch attraktiver, als ich es mir aufgrund seines Profils vorgestellt hatte. Sein dunkelblondes Haar war sexy zerzaust, als würde er sich nicht darum scheren, saß aber trotzdem perfekt. Starke, männliche Züge – ein markantes Kinn mit Bartschatten, leicht gebräunter Teint, eine gerade, kräftige Nase und honigfarbene Augen. Seine dunkelblaue Krawatte war am Kragen gelockert, und die breiten Schultern füllten sein Hemd aus, das sich leicht über den Brustmuskeln spannte.

Umwerfend. Und doch hatte er etwas sehr Vertrautes an sich. Ich konnte es nur nicht genau zuordnen. Donovan machte ein paar zaghafte Schritte auf mich zu. Wenn ich es nicht besser wüsste, hätte ich gesagt, er wäre genauso nervös wie ich.

Der Kellner, der zu meinem Auto gekommen war, unterbrach Donovans Annäherung und hielt ihm eine Kreditkarte hin. »Ihre Karte, Mr Donovan.«

Mr Donovan?

Donovan ist sein Nachname, nicht sein Vorname?

Donovan … Donovan? Ich kannte einen Donovan.

Meine Augen weiteten sich.

O mein Gott!

Schlagartig begriff ich.

In seinem Profil stand, dass sein Lieblingsort Montauk sei.

Er hatte eine etwa fünf Jahre jüngere Schwester.

Donovan. *Ford.*

Ford Donovan.

Der Nachbarsjunge an unserem Sommerhaus.

Derjenige, der vor Jahren für mich auf Ryan aufgepasst hatte. Seine kleine Schwester hatte mit meinem Sohn gespielt.

Donovan bemerkte meinen Gesichtsausdruck.

Und dann sah ich, wie er ebenfalls begriff.

»*Mrs Davis?*«

Ich schlug mir eine Hand vor den Mund. »*Hatschi!*«

5. Kapitel

Valentina

Als schließlich der Morgen dämmerte, beschloss ich, früh aufzustehen. Die ganze Nacht hatte ich mich schlaflos im Bett herumgewälzt. Ständig gingen mir Gedanken an Donovan-Ford durch den Kopf, obwohl ich mir alle Mühe gab, den Albtraum zu vergessen.

Ich saugte das Haus, räumte den Geschirrspüler aus und hatte begonnen, einen Stapel Post zu sortieren, als mein Handy klingelte. Eves Gesicht erschien auf dem Display.

»Ich will alle Einzelheiten hören.«

Obwohl sie mich nicht sehen konnte, schüttelte ich mehrmals den Kopf. »Es war furchtbar.«

»Was ist passiert? Was hat dieser Mistkerl mit dir gemacht? Ich werde ihm die Eier abschneiden.«

Eves Antwort brachte mich zum ersten Mal zum Lächeln, seit ich mein Date gesehen hatte. »Nein, nicht auf diese Weise furchtbar. Er hat sich wie ein vollendeter Gentleman verhalten.«

»Okay …«

»Sehr süß und auch lustig.«

»Klingt furchtbar«, bemerkte sie sarkastisch.

»Und umwerfend.«

»Nieder mit ihm.«

»Das ist nicht das Schlimmste.«

»Warte … er ist jung, hinreißend, süß und lustig. Was könnte schlimmer sein? Er hat ein Gemächt wie ein Hengst?«

»Das weiß ich nicht. Und weißt du, warum nicht?«

»Weil du eine verklemmte Zicke bist, die seit Jahren keinen Sex mehr hatte?«

»Das mag stimmen. Aber das größere Problem ist, dass er ein Freund von Ryan ist.«

Eve lachte laut auf. »Das ist doch kein Problem, das ist *fantastisch!* Vögel ihm das Hirn raus und schick ihn mit deinem Ex zum Golfspielen. Soll er sich vor Kummer verzehren, wenn er begreift, was er verloren hat.«

»Ähm … Eve, ich habe nicht von meinem Ex-Mann Ryan gesprochen, sondern von meinem Sohn.«

»Ich bin in zwanzig Minuten da.«

Kaum hatte ich die Tür geöffnet, eilte Eve wortlos an mir vorbei, zauberte zwei Mimosas auf den Tisch und leerte ein ganzes Glas, bevor sie auch nur einen Satz gesagt hatte.

»Er hat dich also online auch nicht erkannt?«, fragte sie, während sie ihr Glas wieder auffüllte.

»Auf den Bildern ist nirgends mein Gesicht richtig zu erkennen, schon vergessen? Du hast sie doch hochgeladen. Außerdem habe ich ihn seit Jahren nicht mehr gesehen. Und er heißt Ford Donovan. Ich habe einfach angenommen, Donovan620 bedeutet, dass sein Vorname Donovan ist, und habe die beiden nicht in Verbindung gebracht … überhaupt nicht.«

»Warum hast du ihn schon so lange nicht mehr gesehen? Du bist doch im Sommer immer in Montauk. Ist sein Haus vermietet?«

»Nein.« Ich schluckte schwer. »Seine Eltern sind vor fünf

oder sechs Jahren bei einem Autounfall ums Leben gekommen. Ein Sattelschlepper hat während eines Eissturms auf dem Long Island Expressway die Kontrolle verloren. Ich habe erst eine ganze Weile später davon erfahren. Aber das Haus steht jetzt schon seit Jahren leer.«

»O Gott. Das ist ja furchtbar.«

»Ja. Seine Eltern waren älter als Ryan und ich. Aber die meisten Leute, die Kinder im Alter meines Sohnes haben, sind älter. Sie waren ein sehr glückliches Paar – ziemlich verliebt. Kannten sich wie wir schon seit der Highschool. Ich erinnere mich noch gut, wie ich sie im letzten Sommer, den sie in Montauk verbrachten, am Strand beobachtet habe. Fords Vater lag auf der Decke, den Kopf auf dem Schoß seiner Frau, die eine Sonnenbrille trug und ihm vorlas. Das war wirklich süß, und mir wurde klar, wie sehr Ryan und ich uns auseinandergelebt hatten.«

»Was hat Ford gesagt, als er dich erkannte?«

»Er sagte, es sei ihm egal. Er hat sogar versucht, mich zum Bleiben zu überreden und das Date durchzuziehen. Kannst du dir das vorstellen?«

»Warum bist du nicht geblieben?«

Ich sah Eve an, als hätte sie zwei Köpfe. »Hast du nicht verstanden, was ich gerade gesagt habe? Er ist nicht nur fünfundzwanzig, sondern er hat auch auf meinen Sohn aufgepasst.«

Eve seufzte. »Hast du wenigstens was getrunken?«

»Nein. Na ja, irgendwie schon. Bevor wir uns überhaupt getroffen haben, hatte ich einen kleinen Nervenzusammenbruch, und er ließ mir von einem Kellner einen Martini ans Auto bringen, als ich Angst hatte, hineinzugehen.«

Sie unterbrach mich. »Du meinst, zu deinem Minivan?«

»Ja. Meinem altmodischen Minivan. Der zu mir passt. Er hingegen gehört hinter das Steuer seines kleinen Sportwagens.«

»Was ist das für ein Auto?«

»Ich habe keine Ahnung. Was spielt das für eine Rolle?«

»Du verdienst einen Freund, der ein heißes kleines Auto fährt.«

»Er wird nicht mein Freund.«

»Warum nicht?«

»Eve, hast du unterwegs schon ein paar Mimosas gehabt?«

»Bringen wir es auf den Punkt. Was ist das eigentliche Problem? Stört dich sein Alter oder die Tatsache, dass er Ryan kennt?«

»Beides.«

»Also, wenn er Ryan nie getroffen hätte, würdest du mit ihm ausgehen?«

»Nein. Er ist zu jung.«

Eve grinste. Ich dachte wirklich, sie würde den Verstand verlieren. »Ich kann es kaum erwarten, ihn kennenzulernen.«

»Wie bitte? Du wirst ihn nicht kennenlernen.«

»Aber ich komme in zwei Wochen zu dir nach Montauk, um das Wochenende mit dir zu verbringen.«

»Und? Er war schon seit Jahren nicht mehr dort. Ich hoffe, dass sich das in nächster Zeit nicht ändern wird. Ich will diesen ganzen schrägen Vorfall einfach nur vergessen.«

Sie lächelte. »Tja, da bist du allerdings die Einzige.«

Nach unserer abendlichen Arbeitsgruppe begann Allison, Marks Esszimmertisch abzuräumen. »Ich muss los. Ich wusste nicht, dass es schon so spät ist. Das Auto meines Mannes ist in der Werkstatt, und er hat Nachtschicht, also muss er meins nehmen.«

»Geh ruhig. Ich helfe Mark beim Aufräumen«, sagte ich.

»Sicher?«

»Ja, natürlich. Mein Sohn ist auf dem College. Er sollte schon vor zwei Wochen nach Hause kommen, aber er hat in letzter Minute eine Zusage für ein Sommerpraktikum bekommen. Darum bleibt er in North Carolina. Leider vermisse ich es irgendwie, hinter jemandem aufzuräumen.«

Allison umarmte mich. »Du bist die Beste.«

»Hey, und was ist mit mir?«, fragte Mark. »Ich habe dieses ganze italienische Essen gekocht.«

Allison lachte. »Der Lieferjunge von Salpino's hat mir die Tür aufgehalten, als ich kam.« Sie schnappte sich einen Keks aus der weißen Bäckereischachtel auf dem Esszimmertisch und klappte den Deckel zu. Sie deutete auf den goldenen Aufkleber darauf. »Hast du die Kekse auch selbst gebacken?«

Da Desiree es nicht geschafft hatte, waren wir heute Abend nur zu dritt gewesen. Als Allison ging, waren darum nur noch Mark und ich übrig.

Ich räumte die Teller ab und trug sie zur Spüle. Küche und Wohnzimmer waren nur durch eine Stufe voneinander getrennt.

»Fühlst du dich gut vorbereitet für die Prüfung?« fragte ich.

»*Sta arrivando se sono pronto o no*«, antwortete er. *Sie findet statt, ob ich bereit bin oder nicht.*

Ich lächelte. »*Stai andando alla grande.*« *Du wirst das super machen.*

Mark packte die Reste des Abendessens und des Nachtischs weg, während ich die Spülmaschine einräumte. Als er fertig war, lehnte er sich mit der Hüfte gegen die Kücheninsel.

»Was ist?«

Er sah mich mit komischem Blick an.

»Nichts.« Er zuckte die Schultern. »Ich dachte nur, wir sollten feiern, nachdem wir die Prüfung bestanden haben.«

»Das ist eine ausgezeichnete Idee. Und deine Zuversicht gefällt mir – *nachdem* wir bestanden haben, nicht *falls* wir bestanden haben.«

»Vielleicht können wir essen gehen. Italienisch, natürlich.«

»Das klingt sehr gut. Ich glaube, Desiree fährt in der Woche nach der Prüfung weg, aber vielleicht die Woche darauf.«

Schon bevor er antwortete, las ich an seinem Gesicht ab, dass ich etwas falsch verstanden hatte. »Oh. Ich meinte, nur wir beide.«

Ich räumte den letzten Teller in den Geschirrspüler und trocknete mir die Hände ab. »Sorry. Ich dachte, du meintest uns alle vier.«

Es folgte ein Moment peinlichen Schweigens. Schließlich sagte Mark: »Und ich dachte, ich hätte das auf diese Weise elegant eingefädelt.«

»Oh, das hast du. Ich bin nur total aus der Übung. Ehrlich, man könnte mir ein Date auf dem Silbertablett servieren, und ich würde es nicht erkennen. Es ist schon lange her.«

Er sah hoffnungsvoll aus. »Na, das klingt, als wäre es mal wieder Zeit für eins.«

Ich wollte ihm nichts vormachen. Ich mochte ihn. Sehr sogar. Er war ein guter Freund geworden. Ich glaubte nur nicht, dass ich ihn auf diese Weise mochte. Was schade war, denn wenn er mein Freund wäre, könnten wir den ganzen Sommer in Montauk verbringen. Aber er sorgte nicht für ein Kribbeln – die Art von Kribbeln, das der falsche Typ in mir auslöste. *Verdammt, Ford.*

»Wäre es okay, wenn ich die Verabredung bis nach der Prüfung verschiebe? Ich möchte mich erst darauf konzentrieren.« Außerdem war ich mir nicht sicher.

Er zwang sich zu einem Lächeln. »Klar.«

Als ich ging, war ich leicht bedrückt. Ich wollte gern mit Mark ausgehen. Aber die Entscheidung aufzuschieben, schien mir richtig zu sein. Vielleicht würde ich ihn nach ein paar Wochen vermissen, wenn ich ihn nicht im Unterricht und in unserer Arbeitsgruppe sah, und merken, dass ich mich geirrt hatte.

Mein Handy war die ganze Nacht in meiner Handtasche gewesen, und als ich es zu Hause herausholte, um es aufzuladen, bemerkte ich, dass ich mehrere Nachrichten erhalten hatte. Als ich sah, dass sie von Donovan – oder besser gesagt, von Ford – waren, spürte ich wieder das vertraute Kribbeln im Bauch.

Donovan:
Ich war heute Abend mit einer Frau was trinken.

Schlagartig hörte das Kribbeln auf. So schräg es auch war, ich spürte einen Anflug von Eifersucht. Lächerlich, ich weiß. Bei einem Typen, mit dem ich nicht ausgehen konnte oder wollte und auf den ich keinen Anspruch hatte. Aber das machte meine Gefühle nicht weniger real.

Donovan:
Ich habe es früh beendet. Lieber hätte ich Cocktails mit dir getrunken, sogar auf dem Parkplatz.

Gott, warum musste er nur so süß sein? Und so verdammt jung. Wahrscheinlich sollte ich nicht darauf reagieren, aber …

Valentina:
Falls es dich beruhigt, mich hat ein Mann heute Abend gefragt, ob ich mit ihm ausgehe, und ich habe ihn auch abblitzen lassen.

Die kleinen Punkte sprangen umher, als er sofort eine Antwort tippte.

Donovan:
Ist es falsch, dass ich eifersüchtig werde, wenn ich nur höre, dass ein Mann mit dir ausgehen wollte?

Ich lächelte traurig. Mir ging es schließlich genauso. Bevor ich wieder antworten konnte, traf eine weitere Nachricht ein.

Donovan:
Warum hast du nicht Ja gesagt?

Valentina:
Mark und ich sind gute Freunde. Für mich ist es einfach nicht mehr.

Für einen Moment passierte nichts, und ich wartete gespannt auf seine Antwort.

Donovan:
Trink einen Kaffee mit mir.

Kaffee. Das klang so harmlos.

Valentina:
Ich kann nicht.

Donovan:
Warum nicht? Es ist doch nur ein Kaffee. Es ist nichts dabei, wenn zwei Erwachsene eine Tasse Kaffee zusammen trinken. Ich habe dich nicht eingeladen, ihn dir am nächsten Morgen in meiner Wohnung zu servieren, während du mein T-Shirt trägst.

Sofort schoss mir ein Bild durch den Kopf, wie ich nur mit einem T-Shirt von Ford bekleidet und einem dümmlichen Grinsen im Gesicht vor einer Kaffeekanne stand. Mein Haar war zerzaust von der Nacht, und er trug nichts außer eine graue tief sitzende Jogginghose. Er trat hinter mich, schlang die Arme um meine Taille und zog mich an sich, dann strich er mein Haar zur Seite und küsste mich auf den Hals.

»Morgen«, knurrte er an meiner Haut.

Ich tastete nach der Stelle, die er geküsst hatte, blinzelte ein paarmal und begriff, dass ich geträumt hatte. O je. Und zwar ziemlich lebhaft. Vielleicht sollte ich schnell duschen und das Handy weglegen. Ich steckte das Telefon ins Ladegerät auf meinem Nachttisch und zwang mich mit Nachdruck, den Raum zu wechseln.

In der Dusche war es schwieriger, mich abzulenken. Hier waren die Badezimmerfliesen aus Naturstein das Einzige, womit ich mich beschäftigen konnte, und meine Gedanken schweiften erneut ab. Meine blühende Fantasie wollte mich sogar dazu verleiten, eine Hand zwischen meine Beine gleiten zu lassen. Und meine Bemühung, Ford aus meinen Gedanken zu vertreiben, bewirkte nur das Gegenteil. Schließlich stellte ich energisch das Wasser ab und verließ die Dusche.

Nachdem ich mich wie immer vorm Schlafengehen eingecremt hatte, ging ich ins Bett und schaltete das Licht aus. Ich war fest entschlossen, das Handy zu ignorieren und einzuschlafen, doch nach einer halben Stunde hielt ich es nicht mehr aus. Wenn ich nicht wusste, ob noch mehr Nachrichten von Ford auf mich warteten, würde ich nie zur Ruhe kommen.

Also nahm ich unglücklich das Handy aus dem Ladegerät auf dem Nachttisch. Natürlich waren weitere Nachrichten eingegangen, während ich versucht hatte, ihn aus meinen Gedanken zu löschen.

Donovan:
Habe ich dich verloren?

Donovan:
Wenn du mich ignorierst, gibt es keinen Grund, sich zurückzuhalten. Ich hab nichts mehr zu verlieren …

Zehn Minuten später …

Donovan:
Okay, ich hab gelogen. Ich will mit dir Kaffee trinken, weil ich nicht aufhören kann, mir vorzustellen, wie du am nächsten Morgen in meinem T-Shirt aussiehst.

Donovan:
Du siehst darin übrigens sehr sexy aus.

Donovan:
Ein Kaffee.

Donovan:
Ich werde mich tadellos benehmen.

Donovan:
Ich schwöre es.

Das war seine letzte Nachricht gewesen, aber kaum hatte ich sie gelesen, traf eine neue ein.

Donovan:
Jetzt liest du meine Nachrichten. Ich hab gesehen, dass sich der Status geändert hat. Darum weiß ich, dass du nicht schläfst …

Ich lächelte traurig und seufzte.

Valentina:
Nein, ich schlafe nicht. Aber eigentlich sollte ich schlafen. Weißt du, warum? Weil ich morgen früh um fünf Uhr wach bin, egal, wann ich ins Bett gehe. Ich wette, du kannst bis mittags schlafen, wie die meisten jungen Leute.

Donovan:
Eigentlich bin ich jeden Morgen um 5:30 Uhr im Fitnessstudio und um 6:45 Uhr im Büro. Netter Versuch. Wie wäre es mit einem

Kaffee um 6 Uhr morgens, wenn du sowieso schon wach bist?

Ich lächelte vor mich hin.

Valentina:
Du bist hartnäckig. Das muss ich dir lassen. Aber es tut mir leid, ich kann einfach nicht, Ford.

Ich hatte angefangen zu tippen: *Ich kann einfach nicht – so gern ich auch würde*, es aber gelöscht. Ich musste diesem Wahnsinn ein Ende setzen, um unser beider willen.

Anstatt zu antworten, ging ich zu meinen Kontakten und änderte Donovan in Ford – eine sanfte Erinnerung daran, dass Donovan kein Mann war, zu dem ich mich jemals hingezogen fühlen durfte; er war einfach Ford, der Junge von nebenan.

6. Kapitel

Valentina – zwei Wochen später

Die Luft in Montauk roch einfach besser. Das Salz schien meine Lungen zu öffnen und den Stress des Lebens wegzuspülen. Als ich dort eintraf, war es schon lange dunkel. Nach dem Memorial Day wurde der Freitagabendverkehr in East Hampton zu einem Kriegsgebiet mit Menschen in Designerklamotten. Darum war ich immer lieber in Montauk gewesen. Sich fürs Abendessen schick zu machen, hieß für die meisten Männer dort, sich die Angelstiefel auszuziehen.

Als ich kurz vor Mitternacht auf der hinteren Terrasse stand, schloss ich die Augen, lauschte dem Rauschen der Wellen und atmete tief ein. Nach ein paar weiteren Atemzügen entspannten sich meine Schultern allmählich.

Bis mich eine Stimme aufschreckte.

»Mrs Davis?«

Ich zuckte zusammen und stieß einen ziemlich mädchenhaften Schrei aus.

»Es tut mir leid. Ich wollte Sie nicht erschrecken. Ich bin's, Bella – Annabella Donovan von nebenan.«

»Oh.« Ich schlug mir eine Hand vor die Brust. »Hi, Bella. Ich habe dich gar nicht gesehen.«

In unserer Siedlung gab es keine Zäune, nur einen Sandweg

zwischen den höher gelegenen Häusern. Bella stand am Strand, am Fuß der Treppe, die zu meiner Terrasse hinaufführte.

»Ich wusste nicht, dass noch jemand da ist«, sagte sie. »Ich war mir nicht einmal sicher, ob Ihnen das Haus noch gehört. Ich bin seit Jahren nicht mehr hier gewesen. Aber ich bin froh, dass ihr noch hier seid. Hier draußen ist es nachts so ruhig.«

»Eigentlich bin nur noch ich hier. Ryan und ich haben uns scheiden lassen, und mein Sohn Ryan bleibt den Sommer über im College, um ein Praktikum zu machen.« Ich zögerte kurz, bevor ich die nächste Frage stellte. »Bist du … allein hier?«

»Ja. Ich habe meinen Bruder so genervt, dass er mich für ein langes Wochenende hergelassen hat. Eigentlich wollte ich den ganzen Sommer über bleiben, aber das würde er bei Gott niemals zulassen.«

Eine verwirrende Mischung aus Erleichterung und Enttäuschung überkam mich. Ich würde lügen, wenn ich behauptete, dass ich in den letzten Wochen nicht oft an Ford gedacht hätte – er hatte mir jeden Tag ein- oder zweimal getextet. Aber seit der Nacht, in der ich von der Arbeitsgruppe nach Hause gekommen war, hatte ich nicht mehr geantwortet.

»Dann sind wir Mädels also allein«, stellte Bella fest.

»Sieht so aus.« Ich lächelte.

»Bis mein nervtötender Bruder aufkreuzt.«

Meine Haut kribbelte, und das lag nicht an der kühlen Luft. »Erwartest du ihn?«

»Eigentlich sollte er nicht rauskommen, aber er traut mir nicht. Momentan ist er auf Geschäftsreise, aber ich habe das Gefühl, dass er nach seiner Rückkehr hier auftaucht. Er hat mich heute fünfmal angerufen und eine Alarmanlage im Haus installieren lassen.«

»Tja, das ist wohl die Aufgabe großer Brüder – sie passen auf ihre Schwestern auf.«

Sie zuckte mit den Schultern. »Hey. Hätten Sie Lust, mit mir einen Yogakurs bei Sonnenaufgang am Strand zu machen? Der findet ein paar Häuser weiter statt. Ich stehe schon eine halbe Stunde vorher auf und gehe zum Aufwärmen am Strand entlang. Ich darf umsonst eine Freundin mitbringen, wenn Sie es morgen mal ausprobieren wollen.«

Dass Bella nebenan war, hatte mich ziemlich aus dem Konzept gebracht, ganz zu schweigen von der Aussicht, dass ihr Bruder vielleicht nach ihr sehen würde. Darum fiel mir auf die Schnelle keine Ausrede ein, warum ich kein Sonnenaufgangsyoga machen konnte.

»Ähm … Klar, sehr gern.«

»Großartig. Dann sehen wir uns morgen um sechs hier?«

»Klingt gut.«

»Okay, ich sollte jetzt duschen. Ich bin überall voll Sand. Gute Nacht, Mrs Davis.«

Sie lächelte und machte sich auf den Weg zu ihrem Haus.

»Bella?«, rief ich ihr hinterher.

Sie drehte sich um.

»Nenn mich bitte Valentina. Oder Val.«

»Okay, Val. Bis morgen.«

Als ich mit meinem Morgenkaffee auf die Terrasse kam, machte Bella am Strand hinter dem Haus Dehnübungen.

»Bin ich zu spät?«, rief ich nach unten und sah auf meinem Handy nach der Uhrzeit.

»Nein. Ich bin zu früh.« Sie beugte sich nach rechts und streckte den linken Arm über den Kopf. »Ich bin vor einer Stunde aufgewacht, weil ich dachte, der Regen würde gegen mein Fenster prasseln. Aber als ich rauskam, hat es gar nicht geregnet.«

»Willst du einen Kaffee?«

»Super gern. Mir ist der Kaffee ausgegangen, und ich musste heute Morgen koffeinfreien trinken. Das ist ungefähr so, als würde man im Regenmantel duschen. Was soll das bringen?«

»Ganz deiner Ansicht.« Ich deutete mit dem Kopf auf mein Haus. »Komm, besorgen wir dir einen anständigen Kaffee.«

Drinnen betrachtete Bella die kleinen Bilderrahmen, die auf der Fensterbank in der Küche standen, während ich ihr einen dampfenden Becher Kaffee einschenkte.

»Du und Mr Davis seid also geschieden?«

Sie konzentrierte sich auf ein altes Foto von meinem Ex-Mann und unserem Sohn. Ich hatte das Haus von allen anderen Spuren von Ryan Senior bereinigt, aber dieses Foto zu entfernen, schien mir nicht richtig. Mein Sohn trug sein Baseballtrikot aus der Little League und blickte bewundernd zu seinem Vater auf. Irgendwie hoffte ich, dass dieses Foto meinen Sohn eines Tages daran erinnern würde, was er dadurch verpasste, dass er seit unserer Scheidung auf Abstand zu seinem Vater gegangen war. Was zwischen Ryan und mir vorgefallen war, sollte nicht die Beziehung zwischen Vater und Sohn zerstören – aber mein Sohn stellte sich schützend vor seine Mutter.

»Ja, in diesem Jahr sind es zwei Jahre.«

Sie krauste die Nase. »Er war nicht sehr freundlich, oder?«

Ich lachte. Ryan war nie ein Fan der Donovans von nebenan gewesen. Er hatte sich darüber beschwert, dass sie zu laut Musik spielten und die Kinder zu wild herumtobten. Als Bellas Eltern auf der hinteren Terrasse zusammen getanzt hatten, hatte er die Augen verdreht, während ich sie insgeheim um ihre Ehe beneidete.

»Nein. Er war wohl nicht gerade der liebreizendste Nachbar.«

Wir lächelten uns an, und ich reichte Bella Milch für ihren Kaffee.

»Ich meine, ich habe ihn seit Jahren nicht mehr gesehen. Aber ich weiß noch, dass er immer so aussah, als hätte er gerade eine Zitrone ausgelutscht.«

Das war eine perfekte Beschreibung von Ryan in den letzten zehn Jahren. *Sauer*. Irgendwie verbittert.

Nachdem Bella ihren Kaffee mit Milch und genug Zucker für einen Zuckerschock versorgt hatte, setzten wir uns in die Liegestühle auf der Terrasse. Die Morgenstimmung am Strand war magisch.

»Was studierst du eigentlich?«

»Ich weiß es noch nicht genau. Ich würde gern so etwas wie Schauspielerei studieren. Ursprünglich hatte ich mich für Ökonomie eingeschrieben, aber mein Bruder hat bei seiner Geburt das ganze Hirn abbekommen und mir nichts übrig gelassen.«

»Ich bin mir sicher, du bist sehr klug.«

»Studierende des Fachs Ökonomie müssen im ersten Studienjahr einen Anfängerkurs in Buchführung besuchen. Der Professor hat uns vor dem ersten Test gesagt, dass wir den Kurs abbrechen sollten, wenn wir nicht mindestens sechzig Punkte erreichen, weil es von da an nur noch schwieriger würde. Ich hatte achtundzwanzig.«

Ich zog erstaunt die Augenbrauen hoch. »Von hundert?«

»Und ich hatte gelernt.« Sie nippte an ihrem Kaffee.

»Am nächsten Tag habe ich den Kurs abgebrochen. Ich weiß nicht einmal, warum ich Ökonomie als Hauptfach gewählt habe. Ich glaube, ich hatte einfach das Gefühl, ich müsste ein Hauptfach haben. Ich sollte wissen, was ich werden will, wenn ich groß bin. So wie Ford.«

»Nicht jeder weiß auf Anhieb, was er tun will. Ich war fünfzehn Jahre lang Röntgenassistentin. Das war praktisch. Ich konnte ich Teilzeit arbeiten, solange Ryan in der Schule war, auch wenn ich den Job nie mit viel Leidenschaft ausgeübt habe. Tatsächlich bin ich jetzt noch mal auf die Uni gegangen, um Italienischlehrerin zu werden. In ein paar Wochen mache ich die Prüfung. Meine Großeltern stammen aus Italien, und ich mochte die Sprache schon immer. Jetzt bin ich aber richtiggehend begeistert. Um das herauszufinden, habe ich allerdings fast zwanzig Jahre gebraucht.«

»Das ist cool. Das würde ich auch sofort machen, aber ich bin ziemlich schlecht in Fremdsprachen. Das ist einer der Gründe, warum ich denke, dass die Schauspielerei etwas für mich sein könnte. Man muss nicht unbedingt gut in Englisch oder Mathe sein. Außerdem …« Sie schmunzelte. »Meine Eltern haben immer gesagt, ich sei eine Dramaqueen.«

»Du wirst es herausfinden. Lass dir Zeit.«

Da Bella sie erwähnt hatte, dachte ich, es sei in Ordnung, über ihre Eltern zu sprechen. »Übrigens, das mit deinen Eltern tut mir sehr leid, Bella. Ich habe erst ein paar Wochen später davon erfahren, sonst wäre ich zur Trauerfeier gekommen. Ich hatte nicht einmal eure Adresse, um eine Karte zu schicken. Ich habe deine Eltern immer gemocht und ihre Beziehung bewundert.«

»Danke.« Sie lächelte traurig. »Es ist seltsam, hier draußen ohne sie zu sein. Jedes Mal, wenn ich die Hintertür öffne oder auf den Strand hinausschaue, erwarte ich, sie knutschen zu sehen. Früher fand ich das eklig, aber jetzt finde ich es irgendwie cool, wie sehr sie aufeinander abgefahren sind. Auf eine seltsame Art war es gut, dass sie zusammen gestorben sind. Der eine hätte es ohne den anderen nicht geschafft.«

Wow! Was für ein schöner, aber auch trauriger Gedanke. Danach tranken wir noch eine Weile in angenehmem Schweigen unseren Kaffee und genossen den Sonnenaufgang. Als sich am Strand eine Gruppe sammelte, fanden wir, dass es an der Zeit sei, aufzubrechen.

Bella und ich legten unsere Matten nebeneinander auf den Sand und dehnten uns ein paar Minuten lang. Ich beugte mich vor und ließ die Finger neben den Zehen über dem Sand baumeln, als ich eine Hand auf meinem Rücken spürte. Erschrocken fuhr ich hoch – so abrupt, dass ich mit dem Kopf gegen das Kinn des völlig überraschten Lehrers stieß.

»O mein Gott. Es tut mir so leid!« Ich rieb mir den Scheitel, während er sein Kinn betastete. Sein sehr attraktives Kinn. *Meine Güte. Wow.*

»Ist schon gut. Das war meine Schuld. Ich dachte, du hättest mich herumlaufen sehen. Ich habe versucht, dich zu führen, damit du dich gerade hinunterbeugst. Du neigst dich leicht nach rechts.«

Ich hätte ihn mit Sicherheit bemerkt. Unser Lehrer war groß, hatte das dunkle Haar zu einem Pferdeschwanz zurückgebunden, war braun gebrannt und hatte dunkle Augen. *Groß, dunkel und gut aussehend.* Eindeutig gut aussehend. Doch das war nicht das, was mich so irritierte. Nein, damit konnte ich umgehen. Aber die weite graue Jogginghose und der nackte Oberkörper – genau so hatte ich mir Ford vor ein paar Wochen in meiner Fantasie vorgestellt. Dieser Gedanke, zusammen mit der beeindruckend definierten Brust vor mir, machte mich zu einer brabbelnden Idiotin.

»Oh. Meine Güte. Ja. Sorry. Nach rechts? Okay. Ja. Noch mal sorry.«

Der Lehrer hob die Augenbrauen und grinste wissend.

Mir schoss die Hitze in die Wangen und blieb dort.

»Hm. Wirklich, sorry.«

»Kein Problem. Warum versuchen wir das nicht noch mal? Diesmal ohne Prügel.« Der scharfe Lehrer zwinkerte mir zu, dann legte er seine warme Hand auf die freie Haut auf meinem Rücken. »Beug dich in der Taille vor.«

Ich war froh, mein Gesicht verbergen zu können und eine Ausrede für meine roten Wangen zu haben. Als meine Fingerspitzen den Sand berührten, trat der Lehrer hinter mich, umfasste mit beiden Händen meine Hüften und leitete mich an, mich nach links zu drehen. »Jetzt bist du gerade. Wenn du dich in die Beuge streckst, ist die Wahrscheinlichkeit geringer, dass du dir den Rücken verrenkst.«

Ich blieb so lange unten, bis er sich einer anderen Person zuwandte. Als ich mich schließlich aufrichtete, beugte sich Bella zu mir und scheiterte mit ihrem Versuch zu flüstern.

»Er ist heiß und fährt voll auf dich ab.«

Der Yogakurs bei Sonnenaufgang stellte sich als der beste Sportkurs heraus, an dem ich je teilgenommen hatte. Nicht nur, dass der Kursleiter die Positionen hervorragend beherrschte und allen Kursteilnehmern half, in sie hineinzufinden. Er lehrte uns auch, in den Positionen die Schönheit um uns herum wahrzunehmen. Den Sonnenaufgang, das Licht, das auf das ungewöhnlich ruhige Meer schien, die orange- und goldfarbenen Streifen, die auf dem Wasser schimmerten – es war absolut atemberaubend.

Als wir uns durch unser Vinyasa bewegten und in den nach oben gerichteten Hund kamen, öffnete ich plötzlich die Augen, die ich in den letzten Minuten geschlossen hatte. Ich hatte das Gefühl, beobachtet zu werden, und spürte ein Prickeln auf der ganzen Haut. Ich schaute nach links und rechts, konnte aber niemanden in meinem Blickfeld entdecken, und der Lehrer half einer Frau ein paar Reihen vor mir. Dennoch hielt sich das seltsame Gefühl bis zum Ende des Kurses.

Nachdem unsere Stunde vorbei war, kam der Yogalehrer zu mir. »Wir haben uns noch gar nicht vorgestellt.« Er streckte mir die Hand hin. »Ich bin Ty. Ich habe dich noch nie im Unterricht gesehen. Machst du diese Woche Urlaub in Montauk?«

»Ich wohne nur ein paar Häuser weiter. Also, ich habe ein Sommerhaus hier. Ich bin gerade erst angekommen, und Bella … hat mich eingeladen, mit zum Kurs zu kommen. Wir sind Nachbarn.«

Ty lächelte Bella an und wandte seine Aufmerksamkeit dann wieder mir zu. »Hat dir der Kurs gefallen? Wir sind fünf Tage die Woche hier draußen.«

»Der Kurs war fantastisch. Du wirst mich definitiv wiedersehen.«

»Ich freu mich drauf.«

Irgendetwas an der Art, wie er das sagte, oder vielleicht war es auch das Funkeln in seinen Augen, gab mir ein gutes Gefühl. Ich mochte siebenunddreißig sein, aber mir gefiel der Gedanke, dass ich mit Würde altern könnte.

Bella und ich schüttelten den Sand von unseren Matten und rollten sie zusammen. Während sie ihre zusammenband, blickte ich aufs Meer hinaus. »Erinnere mich daran, dass ich vor dem Yoga keinen Kaffee trinke«, sagte sie. »Eigentlich musste ich schon bei den letzten sieben Positionen auf die Toilette.«

Beim Training hatte sich ein Schweißfilm auf meiner Haut gebildet, und als eine warme Brise über meine Arme strich, bildete sich dort eine Gänsehaut. Ich hätte mich schmutzig fühlen sollen, aber stattdessen genoss ich die Abkühlung und fühlte mich so lebendig wie schon lange nicht mehr.

»Vielen Dank für die Einladung. Darf ich dich zum Frühstück einladen, nachdem ich geduscht habe?«

Zur Antwort stöhnte Bella. Das war nicht gerade die Antwort, die ich auf meine Einladung erwartet hatte.

»Was ist denn los? Bitte sag nicht, dass du Diät machst. Du bist so schlank.«

Noch immer hatte ich den Blick aufs Meer gerichtet, drehte mich jedoch in dem Moment zu den Häusern um, als sie mich über ihr Problem aufklärte.

»Mein nervtötender Bruder ist hier.«

7. Kapitel

Ford

Ich stand auf der hinteren Terrasse und sah fast eine halbe Stunde lang beim Yogakurs zu, bis er endete. In den letzten zwei Tagen hatte ich mir eingeredet, dass ich nach Montauk kommen müsse, um nach Bella zu sehen. Ich müsse mich vergewissern, dass alles in Ordnung sei – deshalb war ich gekommen. *Nur* deshalb. Doch als Valentina in einer engen schwarzen Yogahose und einem abgeschnittenen Top auf mich zukam, das ihren flachen Bauch besonders zur Geltung brachte, hätte ich nicht einmal bemerkt, wenn meine Schwester ein Riesenloch mitten im Gesicht gehabt hätte.

»Ich hab dir doch gesagt, dass es mir gut geht«, jammerte Bella schon aus zehn Metern Entfernung.

Valentina starrte mich an und wirkte nervös. Ich nahm an, dass sie meiner Schwester nichts von unserem kleinen Match.com-Chat und unserem ersten Date erzählt hatte, und fürchtete, dass ich etwas verraten könnte. Natürlich würde ich das nicht tun. Ich hielt mein Sexleben vor Bella unter Verschluss – wobei es in Bezug auf Val da auch überhaupt nichts zu erzählen gab. Leider.

Auf der Terrasse angekommen, küsste meine Schwester mich züchtig auf die Wange und lief dann zur Hintertür. »Ich muss zur Toilette. Bin gleich zurück. Erinnerst du dich an Mrs Davis?«

»Ja.«

Bis ich anfing zu sprechen, hatte Val überall hingesehen, nur nicht zu mir.

»Wie geht es Ihnen, Mrs Davis?« Ich zog eine Augenbraue hoch und nippte an meinem Kaffee. Als ich hörte, dass die Hintertür ins Schloss fiel und meine Schwester außer Hörweite war, machte ich einen Schritt auf Valentina zu. »Du hast auf keine meiner Nachrichten reagiert.«

»Ich … ich wusste nicht, was ich noch sagen sollte.«

»Trotzdem hast du sie alle gelesen. Du hättest mich auch blockieren oder sie einfach ignorieren können.«

Sie wirkte verunsichert. »Ich wollte nicht unhöflich sein.«

»Aha. Nur unhöflich genug, mich zu ghosten, verstehe.«

Ich trat noch einen Schritt näher. »Darf ich dich etwas fragen?«

»Was?« Sie sprach zu meiner Schulter. Mied sie den Augenkontakt mit mir, oder hielt sie nach Bella Ausschau? Wahrscheinlich beides.

»Valentina?« Ich wartete, bis sie mich ansah. »Hast du seit dem Abend im Restaurant an mich gedacht?«

Sie schloss die Augen. »Das spielt keine Rolle.«

»Für mich schon.«

»Machen wir es nicht schwieriger, als es sein muss, Ford.«

Es war das erste Mal, dass ich sie meinen Vornamen sagen hörte. Und der Klang gefiel mir … er gefiel mir sogar sehr.

»Warum fange ich nicht an? Ich hab an dich gedacht. *Sehr oft.*«

»Was spielt es für eine Rolle, ob ich an dich gedacht habe, wenn nichts daraus wird?«

»Es spielt eine Rolle«, sagte ich.

Die Glasschiebetür an der Rückseite unseres Hauses gab ein hohes Kreischen von sich, wenn sie aufgeschoben wurde. Die salzige Luft ließ hier draußen alles verrosten.

Ich senkte die Stimme. »Sag mir die Wahrheit, und ich werde weiterhin so tun, als wärst du einfach nur Mrs Davis.«

Valentinas Augen weiteten sich. Als meine Schwester die Tür hinter sich schloss, quietschte sie erneut.

Ich senkte meine Stimme noch mehr. »Komm schon. Sag es mir. Hast du an mich gedacht?«

Ihr Blick zuckte ein paarmal zwischen meiner Schwester und mir hin und her. Ich beugte mich vor und flüsterte: »Sag es.«

»Nein.«

Ohne meinen Blick von Val abzuwenden, sprach ich mit meiner Schwester. »Hey, Schwesterchen. Ich wollte dir was erzählen.«

Valentina sah aus, als würde sie gleich ausrasten. Lächelnd formte ich mit den Lippen *Sag es*. Die Panik in ihrem Gesicht war hinreißend.

»Gut.« Sie knirschte mit den Zähnen. »Ja. Bist du jetzt zufrieden?«

Ich grinste von einem Ohr zum anderen. »Hast du das gehört, Bell? Auch *Mrs Davis* sagt, dass ich recht habe.«

Bella hatte keine Ahnung, wovon wir sprachen, verdrehte aber die Augen. »Was auch immer es ist, ermutige ihn nicht.«

»Ich werde versuchen, es mir zu merken.«

»Was machst du hier?«, fragte meine Schwester. »Und warum bist du so verdammt früh hier? Du musst um vier Uhr morgens in der City losgefahren sein.«

Ich zuckte die Schultern. »Ich dachte, ich komme dem dichten Verkehr zuvor.« Ich sah Val in die Augen. »Ich hab in letzter Zeit sowieso nicht gut geschlafen. Irgendetwas beschäftigt mich und hält mich wach.«

Meine Schwester nahm an, ich würde von der Arbeit sprechen. »Na, mach doch einfach, was du immer machst. Tu so, als ginge es niemanden etwas an, dann schaffst du es.«

»Ein sehr guter Rat.« Ich grinste.

»Wir wollten gerade frühstücken. Valentina hat mich eingeladen. Aber wenn du schon mal da bist, kannst du uns auch ausführen, Mr Geldsack.«

»Das kann ich machen.« Ich sah zu Val. »John's Pancake House?«

»Hmmm … es macht mir nichts aus, Frühstück zu machen. Du kannst gern dazukommen.«

Auf keinen Fall wollte ich mir die Gelegenheit entgehen lassen, ihr Haus zu sehen. »Noch besser.«

»Gebt mir ein bisschen Zeit, dann wasche ich mich und bereite das Frühstück vor.«

Sie verschwand in ihrem Haus, und ich wartete ungeduldig fünfzehn Minuten, dann kam Bella endlich die Treppe herunter.

»Du hast dich noch nicht einmal umgezogen?«, fragte ich.

»Meine Mitbewohnerin von der Uni hat angerufen, als ich oben war. Es ist unmöglich, Brooke zu unterbrechen.« Sie schleuderte das Handy auf die Couch und zog das Haarband vom Kopf. »Meinst du, Val hat etwas dagegen, wenn ich noch kurz dusche?«

»Ich könnte rübergehen und ihr Bescheid sagen, bevor sie mit dem Kochen beginnt. Dann kannst du dir Zeit lassen.«

»Perfekt. Danke, Ford.«

Ja, genau. Perfekt.

»Hey.« Val öffnete die Fliegengittertür und hielt hinter meiner Schulter nach Bella Ausschau.

»Sie kommt gleich. Sie wollte uns etwas Zeit für uns lassen.«

Val sah mich ungläubig aus großen Augen an. Sie war süß, wenn sie sich erschrak, aber ich ließ sie vom Haken und lehnte mich im Vorbeigehen dicht zu ihr. »War nur ein Scherz. Entspann dich.«

Ich war seit Jahren nicht mehr in ihrem Haus gewesen … wahrscheinlich seit ich mit siebzehn das letzte Mal auf Ryan aufgepasst hatte. Der Grundriss war genau derselbe wie bei uns, aber ihr Haus war in helleren Farben gestrichen. Ich folgte dem Duft und ging geradewegs in die Küche.

»Unsere Anstandsdame steht noch unter der Dusche. Was riecht hier so gut?«

»Ich mache Frittata mit Spinat und Feta, dazu Speck.«

Ein Haufen gelber Klebezettel am Kühlschrank erregte meine Aufmerksamkeit. Auf einigen waren offenbar zu erledigende Aufgaben notiert, aber auf einem stand nur *Öl*.

Val bemerkte, dass ich sie las. »Die Hintertür quietscht.«

»Dann brauchst du WD-40-Spray, kein echtes Öl.«

»Ah ja. Okay. Danke.«

»Ich könnte dir mit etwas Gleitmittel helfen.«

Sie sah mich von der Seite an, unsicher, ob ich einen Spruch machte oder nicht. Ich schaffte es, eine ernste Miene zu bewahren, und wandte mich wieder dem Kühlschrank zu.

Ich wies auf ein anderes Post-it und fragte: »VS?«

»Ach. Ich … äh … muss etwas abholen …« Sie schüttelte den Kopf. »Es steht für Victoria's Secret.«

»Auch dabei kann ich dir helfen. Den Spiegeln in den Umkleidekabinen kann man nicht trauen. Ich komme mit, dann kannst du sie mir vorführen.«

Valentina lachte, und das Geräusch war absolut wundervoll – gleichauf mit meinen anderen Lieblingsgeräuschen wie dem Meeresrauschen und einem knisternden Feuer. Es zog mich näher zu ihr an den Herd. Drei Platten waren gleichzeitig in Betrieb.

»Wow. Das sieht köstlich aus.«

»Ich habe nur drei kleine Pfannen, also kann ich nur zwei Frittatas gleichzeitig machen«.

Ich zuckte mit den Schultern. »Geht für mich in Ordnung. Bella braucht sowieso nichts zu essen.«

»Wie aufmerksam von dir.« Sie ging zum Kühlschrank, nahm den Feta heraus und begann, ihn in die Pfanne mit den Eiern zu bröseln.

Ich stellte mich hinter Val, eindeutig näher als unter Nachbarn üblich, und atmete tief ein. »Riecht köstlich.«

Sie ignorierte mich. Auf der Platte, auf der sie nicht kochte, stand ein mit Küchentuch ausgelegter Teller mit knusprigem Speck. Ich griff um sie herum, um mir ein Stück zu nehmen, dabei berührte ich mit der Brust leicht ihren Rücken. Selbst über das Brutzeln des Specks hinweg hörte ich das kurze Stocken ihres Atems.

Gut zu wissen.

Als ich mich vorbeugte, um ein zweites Stück zu stehlen, rührte sie sich nicht.

Diesmal streifte ich ihren Rücken absichtlich. »Du riechst gut.«

Ihr Haar war zu einem Pferdeschwanz hochgebunden, sodass ich ihren Nacken sehen konnte. Ihre Haut war von einer zarten Gänsehaut überzogen – also wich ich nicht zurück.

»Ich finde es toll, dass du diese Woche an mich gedacht hast. Bist du neugierig, was ich gemacht habe, als ich an dich gedacht habe? Denn ich denke ständig darüber nach, was du getan hast, als du an mich gedacht hast.«

Valentinas Atem klang etwas angestrengt. Am liebsten hätte ich sie umgedreht, meinen Körper an ihren gedrängt und sie dicht an meinem Mund keuchen lassen. Aber obwohl ich ihre Reaktion auf mich an ihrer Haut ablesen konnte, war ihre Körpersprache immer noch abweisend. Ich hatte es geschafft, die Tür aufzubrechen, aber sie lud mich nicht ein, hereinzukommen.

Zögernd berührte ich ihren Arm.

»*Ford.*« Ihre Stimme klang warnend, als ob ihr Kopf und ihr Körper miteinander stritten und ihr Kopf den Kampf nur knapp gewinnen würde.

»Ich fange an. Ich hab tagsüber bei der Arbeit an dich gedacht, wenn ich auf den Computer starrte, auf dem wir uns zum ersten Mal Nachrichten hin- und hergeschickt haben. Ich hab gestern Mittag bei einem Geschäftsessen an dich gedacht und mich gefragt, welchen Wein du bestellen würdest. Aber am liebsten denke ich nachts an dich. Ich ziehe mich aus, lege mich ins Bett, schließe die Augen und greife nach unten …«

»Jemand zu Hause?« Die Stimme meiner Schwester.

Verdammt. Instinktiv trat ich einen Schritt zurück. Val schüttelte ein paarmal den Kopf, dann eilte sie zur Tür.

Bella hatte noch nasse Haare vom Duschen. Vermutlich hatte sie ausgerechnet heute nicht eine ganze Stunde damit zugebracht, sich fertig zu machen. »Mmmm … hier riecht es gut. Das Training hat mich total hungrig gemacht.«

Ich fing Vals Blick auf. »Dabei zuzusehen, hat mich auch hungrig gemacht.«

Val ging zurück zum Herd und mied es erneut, mich anzusehen. Ich lehnte ein Stück entfernt mit verschränkten Armen an der Spüle und beobachtete sie.

»In der Kanne dort ist Kaffee. Milch ist im Kühlschrank«, sagte sie zu Bella. »Bediene dich.«

»Ich hab schon ewig keine Frittata mehr gegessen. Unsere Mutter hat sie immer gemacht. Du erinnerst mich irgendwie an sie. Erinnert sie dich nicht an Mom, Ford?«

Ich schloss die Augen und schüttelte den Kopf. »Sie erinnert mich ganz bestimmt nicht an Mom.«

Val richtete die beiden Frittatas an und stellte sie auf den Tisch. »Esst, ihr zwei.«

»Wir warten auf dich«, sagte ich.

»Eure werden kalt, während ich meine mache. *Esst.*«

Bella bemerkte meinen Blick und grinste, als sie sich an den Tisch setzte. Sie deutete mit der Gabel auf mich, bevor sie damit in die Frittata stieß. »Siehst du? *Wie Mom.*«

Nach dieser Bemerkung würde ich auf jeden Fall mit dem Essen auf Val warten. So richtig hungrig war ich sowieso nicht. Ein paar Minuten später saß sie endlich.

»Der Kurs heute Morgen war toll, oder?«, fragte meine Schwester.

»Ja. Es hat richtig Spaß gemacht. Es ist allerdings schon eine Weile her, dass ich Yoga gemacht habe, darum könnte ich Muskelkater bekommen.«

»Und der Lehrer stand total auf dich. Ich wette, er fragt dich das nächste Mal, ob du mit ihm ausgehst.«

Valentina schenkte meiner Schwester ein höfliches Lächeln, dann trafen sich kurz unsere Blicke. Meine Schwester war völlig ahnungslos, also fuhr sie natürlich fort.

»Er konnte seine Augen nicht von dir lassen. Wir sollten morgen wieder hingehen. Für ihn lohnt es sich auf jeden Fall, so früh aufzustehen.«

Ich hatte einen kurzen Aussetzer. »Vielleicht komm ich mit.«

»Du?« Meine Schwester schnaubte.

»Klar, warum nicht?«

»Du hast noch nie Yoga gemacht.«

Ich stand auf und stellte meinen Teller in die Spüle. »Ich probiere immer gern was Neues aus.«

»Tja, ich würde heute gern einen Job finden.«

»Einen Job? Du bist doch nur übers Wochenende hier.«

Bella schürzte die Lippen. »Ich hab ein Vorstellungsgespräch für einen Sommerjob als Kellnerin in einem Restaurant in der Stadt. Ich dachte, wenn ich einen Job hätte, würdest du vielleicht einsehen, dass ich verantwortungsbewusst genug bin, den Sommer über hier zu bleiben. Außerdem muss ich etwas Geld sparen. Während meines Auslandssemesters habe ich meine Ersparnisse aufgebraucht.« Sie blickte auf ihr Handy. »Mist. Mein Vorstellungsgespräch ist in zwanzig Minuten. Ich werde zu spät kommen. Ich helfe dir noch schnell beim Aufräumen, bevor ich gehe, Val.«

Valentina winkte ab. »Ich mach das schon. Geh du zu deinem Vorstellungsgespräch. Du willst doch nicht zu spät kommen.«

»Geh«, fügte ich hinzu. »Ich helfe Val beim Aufräumen.«

»Okay. Ich schulde dir was.«

»Ich füge es zu dem Stapel hinzu, den du mir schuldest.«

Nachdem die Fliegengittertür zugefallen war, schwieg Val, und ich fühlte mich bemüht, etwas Small Talk zu machen.

»Sie sollte nur ein verlängertes Wochenende hierbleiben und bewirbt sich um einen Job.«

»Na ja, wenigstens ist sie aktiv. Du hättest auch in ein Haus voller umgekippter Plastikbecher und ohnmächtiger Teenager kommen können.«

»Vermutlich.«

Val stand auf und räumte ihren Teller und den von Bella ab. Aber ich nahm sie ihr aus den Händen. »Ich mach das schon. Setz dich. Du hast gekocht.«

»Ich kann nicht einfach hier sitzen und dich spülen lassen.«

»Warum nicht?«

»Ich weiß nicht. Ich kann es einfach nicht.«

»Ich sag dir was, wenn du mich nicht spülen lässt, erzähle ich dir weiter, was ich diese Woche getan habe, während ich an dich dachte.«

Sie hob zu sprechen an, schloss dann aber den Mund und setzte sich mit leicht geröteten Wangen wieder hin.

Ich murmelte vor mich hin, allerdings laut genug, dass sie es hören konnte: »Schade. Es ist eine phänomenale Geschichte.«

Nachdem ich alles Geschirr abgespült und in die Maschine geräumt hatte, bemerkte ich eine Wasserpfütze zu meinen Füßen. »Ich glaube, du hast ein Leck?«

»Mist. Ryan sollte das reparieren, als er letzten Sommer hier war. Ich hab ihm gesagt, er solle einen Klempner rufen, aber da wir uns die Kosten für das Haus teilen, will er nie Geld für einen Handwerker ausgeben.«

»Ich kann mir das mal ansehen.«

»Nein. Ist schon gut.«

»Ich bin gut im Reparieren.« Ich grinste. »Lass dich von meinem hübschen Gesicht nicht täuschen, ich bin kein Waschlappen.«

»Wirklich, ist schon in Ordnung. Ich kann jemanden kommen lassen.«

Ich legte meine Hand auf ihre Schulter. »Ich bring das in Ordnung. Hast du irgendwo einen Eimer und einen Werkzeugkasten mit einem Schraubenschlüssel?«

»Ich glaube, Ryan hat ein paar Werkzeuge im Schrank.«

Bei genauerer Überlegung wollte ich aus irgendeinem Grund nicht das Zeug von ihrem Ex benutzen. »Ich laufe eben rüber und hole, was ich brauche, um den Abfluss zu zerlegen. Mal sehen, was da los ist.«

»Oh. Okay.«

An der Haustür drehte ich mich um, um einen anzüglichen Witz darüber zu machen, dass ich mich schließlich um ihre Rohre kümmern sollte, sah in dem Moment jedoch, dass ihr Blick fest auf meinen Hintern gerichtet war. Ertappt, sprang ihr Blick zu meinen Augen, und ein schuldbewusster Ausdruck huschte über ihr Gesicht.

Ich zwinkerte ihr zu. »Das beruht auf Gegenseitigkeit. Ich habe deinen Hintern fast die ganze Yogastunde lang bewundert, also sind wir quitt.« Ich hob und senkte die Augenbrauen. »Bin gleich wieder da und kümmere mich um deine Rohre.«

8. Kapitel

Valentina

So sah Ryan sicher nicht mehr aus.

Ich zupfte an meiner Lippe und starrte auf Fords untere Körperhälfte, die ausgestreckt auf meinem Küchenboden lag. Er hatte meine Spüle zerlegt, einen Riss im Abflussrohr entdeckt und war zu drei verschiedenen Sanitärgeschäften gefahren, um das richtige Ersatzteil zu bekommen – eins davon in East Hampton. Jetzt steckte er schultertief in meinem Schrank und installierte den neuen Abfluss. Ich stand daneben, reichte ihm das eine oder andere Werkzeug an und starrte auf seinen Körper. Ich konnte mir nicht helfen. Sein dunkles T-Shirt war hochgerutscht und bot mir einen Blick auf steinharte Bauchmuskeln, ein tiefes V, eine Tätowierung an der Seite und einen verdammt sexy schmalen Haarstreifen, der im Bund seiner Calvin-Klein-Unterhose verschwand. Bei diesem Anblick juckte es mir in den Fingern, diese hübsche Spur bis zum Ende zu verfolgen.

Er verdrehte den Körper, als er den Schraubenschlüssel benutzte, um etwas festzuziehen, und das V seiner Bauchmuskeln vertiefte sich. *Meine Güte.* Bei genauerer Überlegung war ich mir ziemlich sicher, dass Ryan nie so ausgesehen hatte. Ich seufzte und betrauerte im Stillen den Verlust dessen, was direkt vor mir war – nur Zentimeter entfernt – und was ich doch nie haben würde.

Ford glitt aus dem Schrank, und ich wandte rasch den Blick ab, in der Hoffnung, dass er mich nicht schon zum zweiten Mal heute beim Starren erwischte.

»Na los. Mach einen Testlauf. Stell das Wasser an.«

Ich beugte mich vor und hob den Griff des Wasserhahns an, während Ford von unten zusah. Nach einer Minute lächelte er. »So gut wie neu.«

»Wow. Vielen Dank. Ich stehe tief in deiner Schuld. Dafür möchte ich dir auf jeden Fall ein schönes Abendessen kochen.«

»Wie wäre es, wenn ich dich stattdessen zum Essen einlade?«

»Das ist keine Revanche für den Gefallen, den du mir getan hast. Damit erhöhe ich nur meine Schulden.«

Er hob eine Augenbraue. »Du kannst dich nach unserem Date revanchieren.«

»Ford …«

»Entspann dich. War nur ein Scherz. Mehr oder weniger. Wie wäre es stattdessen mit einem Bier auf der hinteren Terrasse?«

Ich lächelte. »Das klingt toll. Ich räume hier nur kurz auf, dann komme ich nach. Es steht reichlich Bier im Kühlschrank.«

»Ach, ich gehe eben rüber und dusche schnell.« Er hielt die Hände hoch.

Sie waren schwarz verschmiert und schmutzig. *Und männlich.* Ein Mann, dessen Hände aussehen, als hätte er keine Angst vor körperlicher Arbeit, war ziemlich sexy. Raue Hände hatten mich schon immer angetörnt. Und dann waren da noch die Tattoos auf seinen muskulösen Unterarmen. Ich musste wirklich aufhören, Dinge an diesem Mann sexy zu finden.

Jungen … ich meine an diesem Jungen.

Er ist kein Mann, Valentina.

Ich betrachtete seine breiten Schultern. *Gott, er sieht aber wie einer aus.*

Da ich eine Ablenkung brauchte, begann ich aufzuräumen. »Okay. Hört sich gut an. Dann bis gleich.«

Irgendwie schaffte ich es, ihm diesmal nicht auf den Hintern zu starren, als er sich zur Tür bewegte.

Nachdem ich das Chaos in der Küche aufgeräumt hatte, ging ich ins Schlafzimmer, um mich umzuziehen. Die Nachmittagssonne hatte bereits das Haus aufgeheizt, und auf der hinteren Terrasse war es bestimmt glühend heiß.

Die Wahl des Outfits erwies sich als schwieriger als gedacht. Normalerweise würde ich am Nachmittag einfach meinen Badeanzug mit Shorts oder einem Wickeltuch anziehen, aber ich wollte auf keinen Fall so wirken, als würde ich es darauf anlegen, Aufmerksamkeit zu erregen. Meine C-Körbchen waren auch unter den besten Umständen schwer zu verstecken. Ich zog mich dreimal um und entschied mich schließlich für ein schlichtes weißes T-Shirt und alte, zerrissene Jeansshorts. Die Shorts waren einen Tick zu jung für mich, aber Eve hätte vielleicht gesagt, dass ich darin einen knackigen Hintern hatte. Außerdem wirkten sie irgendwie lässig, sodass es nicht so aussah, als hätte ich allzu viel Aufwand betrieben. Ich kam gerade die Treppe hinunter, als Ford an die Eingangstür klopfte.

»Hey.« Er musterte meine Beine und grinste. »Du siehst gut aus.«

Er hatte das vom Duschen noch feuchte Haar zurückgekämmt und trug nichts weiter als Boardshorts und eine Pilotenbrille. Ich räusperte mich und versuchte, das Sixpack zu ignorieren und die Tattoos, die jetzt in voller Pracht zu sehen waren.

»Danke. Willst du Sonnencreme? Die Sonne brennt um diese Zeit auf der hinteren Terrasse.«

Gott, ich klinge wie seine Mutter.

»Nein. Vielen Dank. Ich bekomme keinen Sonnenbrand.«

Ich bereitete mich gedanklich auf meine *UV-Strahlen sind gefährlich, auch wenn die Haut nicht rot wird*-Rede vor, biss mir dann jedoch auf die Zunge. Ein fünfundzwanzigjähriger Mann braucht keine Belehrung.

Junge.

Er ist ein Junge, Valentina.

Ich holte zwei Bier aus dem Kühlschrank, und wir gingen auf die hintere Terrasse und setzten uns nebeneinander in die Liegestühle. Ford hielt mir sein Bier hin. »Darauf, wieder in Montauk zu sein.«

Ich stieß meine Flasche gegen seine. »Darauf, wieder in Montauk zu sein.«

Das eiskalte Bier schmeckte köstlich. Ford musste der gleichen Meinung sein, denn er stieß ein lautes »Ahhh« aus, als er die Hälfte der Flasche in einem Schluck ausgetrunken hatte.

»Das hier hat mir gefehlt«, sagte er. »Ich habe vergessen, wie gern ich hier bin.«

»Wann wart ihr das letzte Mal hier draußen? Ich weiß, dass ich euch seit Jahren nicht mehr gesehen habe. Aber Ryan und ich nutzen das Haus abwechselnd, und die letzten zwei Jahre habe ich es ihm überlassen, also könnte ich euch verpasst haben.«

»Ich war seit dem Sommer vor dem Tod meiner Eltern nicht mehr hier. Ich habe es vermieden, herzukommen. Dieser Ort steckt voller Erinnerungen. Aber bis jetzt fühle ich mich ganz wohl. Ich glaube, jetzt ist genug Zeit vergangen, um mich an das Gute zu erinnern und es zu schätzen, anstatt verbittert darüber zu sein, dass es vorbei ist.«

»Deine Eltern haben Montauk wirklich geliebt. Ich bin mir sicher, sie würden sich freuen, dass du so empfindest und neue, eigene Erinnerungen schaffst.«

Schweigend genossen wir eine Weile das Plätschern der Wellen, die gegen das Ufer schlugen, und die auf dem Wasser glitzernde Sonne. Obwohl es ein warmer sommerlicher Tag war, war der Strand ziemlich leer. Die touristische Hochsaison begann, wenn die Kinder Ferien bekamen, und das war erst in ein oder zwei Wochen.

»Ja. Sie haben die Sommer im Haus total genossen.« Er setzte die Bierflasche an die Lippen und blickte weiter aufs Meer hinaus. »Zu Hause in der City war unser Leben hektisch – sie haben viel gearbeitet. Hier draußen schien die Zeit langsamer zu vergehen.«

»Ich habe sie immer zusammen gesehen und sie um ihre Beziehung beneidet. Sie waren so liebevoll miteinander. Es machte mir bewusst, wie weit Ryan und ich uns auseinandergelebt hatten.«

Ford sah zu mir herüber und lächelte traurig. »Auf ihren Nachttischen nebenan standen Einmachgläser, in die sie im Sommer kurze Liebesbotschaften legten, die sie auf Zetteln notierten – ein oder zwei Zeilen, in denen sie irgendetwas erwähnten, das der andere an jenem Tag gesagt oder getan und das ihnen gefallen hatte. Am Valentinstag kamen sie jedes Jahr allein her, um nach dem Haus zu sehen. Sie blieben eine Nacht lang und tauschten die Gläser aus.«

»Wow. Wie romantisch.«

»Ja. Und wir haben meinen Vater immer damit aufgezogen, dass er einfach zu geizig war, um ein Valentinstaggeschenk zu kaufen.« Ford leerte sein Bier und sah mir in die Augen. »Weißt du, meine Mutter war ein Jahr älter als mein Vater.«

»Ach ja?«

Er nickte. »Es muss in der Familie liegen, dass wir uns zu älteren Frauen hingezogen fühlen.«

Ich lachte. »Ich glaube kaum, dass das genetisch bedingt ist, und ein Jahr sind deutlich weniger als zwölf.«

»Ich habe letzte Woche ein bisschen gegoogelt. Jay-Z ist zwölf Jahre älter als Beyoncé. Ryan Reynolds ist elf Jahre älter als Blake Lively.«

»Männer haben schon immer auf jüngere Frauen gestanden.«

Er wedelte mit dem Finger vor meiner Nase herum. »Ich dachte mir schon, dass du das sagen würdest. Darum bin ich vorbereitet. Die Frau von Hugh Jackman ist dreizehn Jahre älter als er. Der Freund von Allison Janney ist zwanzig Jahre jünger als sie. Und Sarah Paulson ist zweiunddreißig Jahre älter als Holland Taylor.«

Sein Einfallsreichtum sprach eindeutig für ihn. Zum Glück kam ich um eine Antwort herum, weil es an der Haustür klopfte.

»Valentina?«, rief Bella.

Ich ging zur Tür, um sie hereinzulassen, während Ford auf der hinteren Terrasse blieb.

»Hey.« Ich öffnete die Fliegengittertür. »Wie ist dein Vorstellungsgespräch gelaufen?«

»Toll. Ich kann den Job haben. Aber ich hatte gehofft, du könntest mir helfen, meinen Bruder davon zu überzeugen, mich den Sommer über hier wohnen zu lassen.«

»Kannst du deine Kämpfe immer noch nicht selbst ausfechten, Bella?«, bellte Ford von der Terrasse.

Sie ließ die Schultern hängen. »Verdammt. Ich wusste nicht, dass er hier ist.«

Ich schenkte ihr ein mitfühlendes Lächeln. »Tut mir leid.

Aber komm mit nach hinten. Und herzlichen Glückwunsch zum Job.«

Auf dem Weg nach draußen nahm ich ein weiteres Bier für Ford mit. Ich reichte es ihm und nahm Platz, ohne mir etwas dabei zu denken.

Bella sah zwischen uns hin und her. »Na, ihr habt es ja gemütlich.«

Auch wenn wir nichts Falsches getan hatten, fühlte ich mich aufgerufen, ihr eine Erklärung zu liefern. Eigentlich war es nicht ungewöhnlich, dass zwei Nachbarn zusammensaßen und ein Nachmittagsbier tranken.

»Meine Küchenspüle war undicht, Ford hat sie für mich repariert. Es hat Stunden gedauert. Er ist gerade erst fertig geworden.«

Ford sah zu mir herüber und schüttelte den Kopf. Er wusste, was ich tat.

»Was willst du, Bella?«, fragte er.

Sie stemmte die Hände auf die Hüften. »Ich möchte bleiben. Deine Wohnung in New York ist langweilig, und mir gefällt es hier draußen. Das Restaurant hat mich für die Stoßzeiten eingestellt – Donnerstag, Freitag, Samstag und Sonntag –, ich werde also die ganze Zeit arbeiten und kann keine Dummheiten machen.«

Ford setzte sich auf und kratzte sich am Kinn. Bella nutzte die Gelegenheit, ihn weiter zu bearbeiten.

»Außerdem wird Valentina den ganzen Sommer über hier sein und kann ein Auge auf mich haben.«

Er sah zu mir herüber und schob seine Sonnenbrille auf die Nasenspitze, um mir in die Augen zu sehen. »Bist du den ganzen Sommer über hier draußen? Nicht nur an den Wochenenden?«

Ich nickte. »Ich muss nächste Woche in die City, um mein Lehrerexamen abzulegen, aber ansonsten habe ich keine Pläne, wegzufahren.«

Ford blinzelte. Ich konnte sehen, wie es in seinem Kopf arbeitete. Er rieb sich das Kinn. »Den *ganzen* Sommer also?«

Ich nickte zögernd.

Er sah seine Schwester an. »Weißt du was? Mach nur. Bleib hier. Ich glaube, es könnte dir guttun, den Sommer hier draußen zu verbringen.« Er schenkte ihr ein schelmisches Lächeln. »Eigentlich freue ich mich, auch so viel Zeit wie möglich hier draußen zu sein.«

Nun, das war ja gründlich nach hinten losgegangen.

Später am Abend saß ich auf der Couch und lernte, als Ford an die Tür klopfte. »Hallo. Ich muss morgen früh vor der Rushhour zurück in die City fahren. Ich wollte nur kurz mit dir über Bella reden.«

»Klar, komm rein.«

Er betrachtete die überall verstreuten Bücher und meinen Stapel selbst gebastelter Lernkarten. »Büffelst du für deine Prüfung nächste Woche?«

»Ja. Die ist am Donnerstag.«

»Weißt du, dass ich etwas Italienisch spreche? Vielleicht kann ich dir helfen, falls nötig.«

»Wirklich?«

»In meinem zweiten Jahr auf dem College war ich für ein Auslandssemester in Rom. Eigentlich war ich nur etwa sieben Wochen dort.« Er sah weg. »Ich war dort, als ich den Anruf wegen des Unfalls meiner Eltern erhielt.«

»O Gott. Das tut mir leid. Das muss furchtbar gewesen sein – einen solchen Anruf zu bekommen, wenn man so weit weg ist.«

Er nickte. »Sag etwas auf Italienisch.«

»Und was?«

»Ich weiß nicht. Irgendwas.«

Ich dachte kurz nach und sagte dann: *»Spero davvero di non bombardare questo test.« Ich hoffe inständig, dass ich diesen Test nicht versaue.*

Ford grinste. »Ich habe keine Ahnung, was du gesagt hast, aber es klang verdammt sexy.«

Ich lachte. »Lass mich hören, was du zu sagen hast.«

Er legte den Kopf schief. *»Mi piace molto il tuo aspetto senza un reggiseno.« Es gefällt mir sehr, wie du ohne BH aussiehst.*

Meine Augen weiteten sich, und ich blickte nach unten. Und tatsächlich, meine Brustwarzen bohrten sich praktisch durch mein Shirt. Ich hatte nicht mit Besuch gerechnet. Ich verschränkte die Arme vor der Brust. »Es ist kalt hier drin.«

»Wirklich? Mir ist ganz schön warm.«

Ganz schön dreist.

»Du sagtest, du wolltest mit mir über Bella sprechen?«

Er lachte. »Ja. Sagst du mir Bescheid, wenn die Wände wackeln, weil sie eine Party feiert? Ich kann erst nächstes Wochenende wieder herkommen.«

»Sie wird sich sicher gut benehmen. Aber wenn du dich dann besser fühlst, habe ich ein Auge auf sie.«

»Danke. Sie ist eine Nervensäge. Aber ich will nicht, dass sie in Schwierigkeiten gerät.«

Ich lächelte. »Du hast eine weiche Seite, Ford.«

Er beugte sich vor und küsste mich auf die Wange, bevor er seinen Mund zu meinem Ohr bewegte. »Ich habe auch eine harte Seite, die ich dir gern zeigen würde.«

Nun waren nicht nur meine Nippel erwacht, sondern mein ganzer Körper.

Ford zog den Kopf zurück und sah mir mit einem verruchten Grinsen in die Augen. »Den *ganzen* Sommer. Ich kann's kaum erwarten.«

9. Kapitel

Valentina

»Ich bin so froh, dass es vorbei ist.« Vor Erleichterung stieß ich einen tiefen Seufzer aus.

Mark und Allison waren bereits draußen und warteten darauf, dass Desiree und ich die Prüfung ebenfalls beendet hatten. Sie waren früher fertig geworden, aber ich wollte jede verfügbare Minute nutzen, um meine Antworten ein drittes Mal zu überprüfen.

»Wie ist es bei dir gelaufen?«, fragte Mark.

Es war leichter als gedacht, aber ich hatte Angst, dass es Unglück brachte, wenn ich das laut aussprach. »Ich fühlte mich gut vorbereitet.«

Desiree lächelte. »Ich auch. Obwohl ich meinem Urteilsvermögen nicht so recht traue. Ich dachte auch, dass mein Ex, Travis, mir an dem Abend, als er Schluss gemacht hat, eigentlich einen Antrag machen würde.«

Alle lachten. »Was macht ihr im Sommer? Nachdem wir keinen Unterricht mehr haben und nicht mehr lernen müssen, haben wir ja jede Menge Zeit«, sagte Mark.

»Ich fahre für ein paar Wochen nach Minneapolis, um auf meinen Neffen aufzupassen, weil meine Schwester eine Hysterektomie machen lassen muss«, sagte Allison.

»Das tut mir leid, aber du bist eine tolle Schwester, dass du ihr hilfst. Ich bin den Sommer über in Montauk. Wir haben da ein Haus. Wenn du früh zurück bist, solltest du mich dort draußen besuchen und dich ein wenig entspannen.« Ich sah meine drei Lernpartner an. »Ihr alle.«

»Wir? Teilst du dir das Haus mit jemandem?«, fragte Allison.

Ich schüttelte den Kopf. »Nein. Sorry. *Wir* sind mein Ex-Mann und ich. Wir wechseln uns ab, dieses Jahr hab ich das Haus. Es ist jetzt fast zwei Jahre her, aber ich sage immer noch manchmal ›wir‹. Da es uns gemeinsam gehört, ist es in diesem Fall aber wohl theoretisch richtig.«

»Ich war noch nie in Montauk«, sagte Mark.

»Und du hast dein ganzes Leben in New Jersey gelebt?«

Mark lachte. »Ja. Geboren und aufgewachsen direkt in Edgewater. Ich war auch noch nie in den Hamptons. Ich denke, das sollte ich bald mal nachholen.«

»Das solltest du unbedingt. Ich persönlich bräuchte die Hamptons nicht. Im Sommer sind da nur schicke Läden und jede Menge aufgemotzter Leute. Montauk ist viel entspannter – ein altes Fischerdorf und lockerer. Ich bin total gern dort.«

»Na, dann muss ich diesen Sommer unbedingt rauskommen. Vielleicht kannst du mich ein bisschen herumführen?«

»Klar.« Ich sah Allison und Desiree an. »Wirklich, Leute. Lasst uns in Kontakt bleiben. Wenn ihr rauskommen wollt, ihr seid herzlich willkommen.«

Wir umarmten uns und versprachen, uns bald zu besuchen, dann ging ich zu meinem Auto. Ich hatte mein Handy vor Beginn der Prüfung ausschalten müssen und schaltete es erst jetzt wieder ein. Sobald das Display aufleuchtete, erschien Fords Name mit einer neuen Nachricht.

Ford:
Na, wie ist es gelaufen? Spann mich nicht auf die Folter …

Ich lächelte. Ford und ich hatten uns die ganze Woche über getextet. Ursprünglich war es um Bella gegangen – er hatte gefragt, ob ich sie gesehen hätte und wie es so lief. Aber in den letzten Tagen hatten die Nachrichten nichts mit seiner Schwester zu tun gehabt. Es kam mir so vor, als wären wir wieder da, wo wir angefangen hatten, uns zu schreiben. Als ich noch nicht wusste, dass Donovan620 Ford war – der *Junge* von nebenan.

Ich würde lügen, wenn ich behauptete, dass ich unseren Austausch nicht genossen hätte. Er war witzig, und obwohl ich es nicht sollte, freute ich mich darauf, von ihm zu hören. Möglicherweise hatte ich einige Tage sogar wie ein Teenie ständig mein Handy gecheckt. Ja, es war falsch, aber ich rechtfertigte es vor mir damit, dass ich wegen Bella mit ihm in Kontakt blieb. Das war richtig. Und jetzt war er einfach nur herzlich und fragte, wie mein Test gelaufen war. Das war alles. Er war ein netter Nachbar … Nicht zu antworten, kam nicht in Frage.

Ich seufzte, weil ich genau wusste, dass ich Quatsch erzählte, und schrieb trotzdem zurück.

Valentina:
Ich glaube, es lief ganz gut.

Er antwortete umgehend.

Ford:
Ausgezeichnet. Das müssen wir am Wochenende feiern.

Es nervte mich, dass ich bei der Vorstellung, er würde bald wieder in Montauk sein, Schmetterlinge im Bauch bekam.

Valentina:
Kommst du am Wochenende raus?

Ford:
Ich bin schon da. Bin vor etwa einer Stunde zurückgekommen.

Ich überspielte meine wahren Gefühle.

Valentina:
Oh. Das ist ja schön. Bella freut sich bestimmt über Gesellschaft.

Ford:
Vergiss sie. Ich hoffe, du freust dich auch über Gesellschaft …

Ich wollte nicht ehrlich antworten, also beschloss ich, gar nichts zu schreiben. Der Mann machte mich ohnehin schon nervös, und ich musste fahren. Ich würde ihn morgen sehen. Also warf ich das Handy in meine Handtasche und startete den Wagen.

Der Mann machte mich nervös.

Junge.

Sieh ihn als Jungen, Valentina.

Das wollte ich ja.

Aber es wurde immer schwieriger, sich sein Alter bewusst zu machen.

»Hallo«, rief ich zu Ford hinüber, als ich auf die Terrasse hinaustrat. Er blinzelte ein paarmal und schaute von seinem Laptop auf. Ich dachte, er hätte mich herauskommen sehen, aber anscheinend nicht.

»Du bist wieder da.«

»Ich bin eben erst gekommen. Wie geht's Bella?«

»Ihr geht es gut. Sie ist gerade zur Arbeit gegangen. Das Haus steht noch, also ist wohl alles gut gelaufen.«

Ich lächelte. Eigentlich wollte ich mich auf die Terrasse setzen und die späte Nachmittagssonne genießen, aber nachdem wir beide allein waren, kam mir das jetzt seltsam vor. Unsere Häuser standen so nah beieinander, dass wir wahrscheinlich von einer Terrasse zur anderen springen könnten.

»Schön, dass es geklappt hat. Du wirkst beschäftigt. Ich lasse dich weiterarbeiten.« Ich winkte und wollte gerade wieder ins Haus gehen, doch Fords Stimme hielt mich auf, als ich die Hand auf den Griff der Glasschiebetür legte.

»Warte«, rief er. »Was hast du jetzt vor?«

»Ich … äh … ich wollte spazieren gehen«, log ich. »Bei dem Verkehr habe ich fast vier Stunden her gebraucht. Ich sollte mir ein bisschen die Beine vertreten.«

»Hast du was dagegen, wenn ich dich begleite? Ich muss aufhören, auf diesen Computer zu starren.«

»Nein, natürlich nicht. Das wäre toll. Ich ziehe mich rasch um. Bin gleich wieder da.«

Beim Umziehen blieb es nicht – ich richtete mein Haar, putzte mir die Zähne und frischte mein Make-up auf. Ich war zutiefst enttäuscht von mir, weil ich mich derart anstrengte.

Als ich auf die Terrasse zurückkehrte, stand Ford am Fuß der Treppe mit zwei Gläsern Wein. Ich hatte zwei Flaschen Bier in der Hand. »Da hatten wir wohl beide die gleiche Idee.«

»Gute Idee. Willst du eins hier lassen oder auf dem Spaziergang für jede Hand ein Getränk haben?«

»Warum setzen wir uns nicht ein paar Minuten, bevor wir losgehen? Ich weiß nicht, ob ich durch den Sand manövrieren kann, ohne beides zu verschütten.«

»Gute Idee.« Wir setzten uns nebeneinander auf die dritte Stufe über dem Sand. Ich entschied mich, zuerst den Wein zu trinken, während Ford das Bier in die Hand nahm.

»Hast du Bier mitgebracht, weil du weißt, dass ich es gern trinke?«, fragte er.

Ich lächelte. »Hast du den Wein mitgebracht, weil ich ihn gern trinke?«

Er erwiderte mein Lächeln. »Nur weil wir keine Olivenlake im Haus haben. Das werde ich ändern müssen.«

Unsere Beine berührten sich, und ein erregendes Gefühl durchströmte mich. Ernsthaft? Es war nur ein Bein. Was zum Teufel war los mit mir? Meine Libido war schließlich schon sehr lange tot, warum musste sie sich einen derart unpassenden Zeitpunkt zum Aufwachen aussuchen? *Nichts ist besser als ein bisschen Alkohol, um sie wieder einzuschläfern.* Ich kippte das halbe Glas Wein herunter und versuchte, ich selbst zu sein.

»Du sahst gestresst aus, als du vor deinem Laptop saßt. Alles in Ordnung bei der Arbeit?«

»Nein, das war keine Arbeit. Ich habe mich durch die Berge von Frauen auf Match.com gekämpft, die mir Nachrichten geschickt haben.«

Ich spürte brennende Eifersucht, und mir wurde warm.

»Oh. Wie schön.«

Ford stieß mich mit der Schulter an. »Nur ein Scherz. Ich war nicht mehr auf Match, seit wir angefangen haben zu chatten. Und du?«

Ich schüttelte den Kopf. Da ich nicht analysieren wollte, warum keiner von uns mehr auf der Datingwebsite gewesen war, wechselte ich das Thema. »Ich habe wohl Konzentration mit Stress verwechselt.«

Er schüttelte den Kopf. »Nein, es stimmt. Bei der Arbeit stehen einige wichtige Entscheidungen an, die mich belasten.«

»Du hast gesagt, du arbeitest in der Immobilienbranche, stimmt's?«

»Ja. Meine Familie betreibt ein Unternehmen für die Vermietung gewerblicher Lagerräume, und mein Vater und ich hatten begonnen, auch in Co-Working-Spaces zu investieren. Gewerbliche Lagerräume sind kein gutes Geschäft mehr, also haben wir die Gebäude in unserem Besitz nach und nach umgewandelt. Die Lagerhallen lassen sich gut in coole Co-Working-Bereiche umbauen – hohe Decken, frei liegende Rohrleitungen und Backstein. Ein Gebäude haben wir vor dem Unfall umgebaut, und es hat sich durchaus bewährt. Die Leute finden es super, einen Ort zum Arbeiten zu haben, wo sie alles vorfinden, was sie brauchen – Empfangspersonal, Drucker, WLAN, Möbel –, aber ohne langfristige Mietverträge. Die meisten Leute arbeiten nur ein paar Tage in der Woche in einem Büro, sodass es sich lohnt, die Kosten und den Platz mit anderen zu teilen.«

»Wow. Das ist ja toll. Hast du Ökonomie studiert?«

Er schüttelte den Kopf. »Architektur.«

»Ah, dann verstehst du natürlich was vom Umbau solcher Gebäude.«

»Ja. Mein Vater war für die wirtschaftliche Seite zuständig. Ich habe das Potenzial der alten Gebäude gesehen. Es war unser gemeinsames Projekt.« Er schob mit dem Fuß den Sand umher und wurde still.

»Es muss hart gewesen sein, dich nach dem Tod deiner Eltern um alles zu kümmern …«

Er nickte. »Meine Eltern hatten allerdings gut vorgesorgt. Sie hatten einen Treuhandfonds angelegt, sodass im Falle ihres Ablebens die Anteile des Unternehmens an meine Schwester und mich gingen. Bis ich das College abgeschlossen hatte und einundzwanzig wurde, übernahm der Finanzvorstand die Leitung des Unternehmens. Danach hatte ich die Möglichkeit, mit in die Geschäftsleitung einzusteigen. Das habe ich getan. Mit fünfundzwanzig übernahm ich die Geschäftsleitung dann allein.«

»Du hattest also die letzten Jahre Hilfe, und jetzt bist du auf dich allein gestellt?«

»Theoretisch, ja. Aber Devin, der CFO, ist immer noch für mich da, wenn ich ihn brauche. Wir haben noch ein paar gewerbliche Lagergebäude, deren Mietverträge auslaufen, und ich überlege, ob ich sie auch in Co-Working-Spaces umwandeln soll. Jetzt wäre der richtige Zeitpunkt. Das ist der Stress, den du in meinem Gesicht gesehen hast, als ich am Laptop saß.«

»Das ist offensichtlich keine leichte Entscheidung.«

»Das stimmt und stimmt nicht. Das Lagergeschäft wirft immer noch Gewinn ab, aber die Büroräume bringen eine wesentlich höhere Rendite. Eines der Gebäude, das bald für eine Umwandlung zur Verfügung stehen könnte, ist das erste, das meine Eltern vor fünfundzwanzig Jahren gekauft haben. Es war etwas ganz Besonderes für sie, deshalb kommt es mir falsch vor, etwas zu verändern … Sie haben so hart daran gearbeitet, sich das aufzubauen, was sie hatten.«

Ich mochte zwar kein Wirtschaftsmogul sein, aber ich wusste, dass eine geschäftliche Entscheidung durch Emotionen deutlich erschwert wurde.

»Ich möchte dich was fragen. Wenn dein Vater noch leben würde und er die Zahlen für die Büroflächen im Vergleich zum Lagergeschäft sehen würde, was würde er tun?«

Ford lächelte. »Er würde sie alle umbauen, bis auf das Gebäude, mit dem sie angefangen haben. Das würde er für meine Mutter behalten.«

Ich zuckte mit den Schultern. »Nun, dann ist das vielleicht deine Antwort.«

Er dachte für einen Moment darüber nach, dann nickte er. »Weißt du was? Du hast recht. Ich muss das anders sehen. Ich sollte meinen Vater ehren, indem ich tue, was ich glaube, dass er tun würde, und nicht, indem ich sein Geschäft für immer bewahre.«

Ich stieß ihn locker mit der Schulter an. »Na, das war einfach. Dein Job scheint ein Kinderspiel zu sein.«

Ford lachte und trank sein Bier aus. Er stand auf und bot mir eine Hand an, um mir aufzuhelfen. »Komm. Jetzt bist du dran. Auf unserem Spaziergang werden wir all deine Probleme lösen.«

»Und wenn ich gar keine Probleme habe?«

Er grinste. »Oh, du hast welche. Dein Kopf und dein Körper sind sich in einer bestimmten Frage uneins. Das sollten wir im Detail besprechen.«

»Wann bekommst du die Ergebnisse von deiner Prüfung?«

Ford und ich waren etwa eine Dreiviertelstunde am Strand entlanggelaufen. Hinter uns ging allmählich die Sonne unter, und der Himmel leuchtete in wunderschönen Orange- und Violetttönen. Also drehten wir um und genossen die Aussicht.

»In siebzehn Tagen.«

»Das ist ja nicht so schlimm.«

»Nein, überhaupt nicht. Ich habe mein Referendariat bei

einer älteren Frau gemacht, die sagte, dass es vor Jahren zwei Monate gedauert habe, bis sie ihre Ergebnisse bekam.«

Ford grinste.

»Was ist?«

»Ich habe mir gerade überlegt, dass du *so eine Lehrerin* sein wirst – so eine, bei der alle Highschool-Jungs feuchte Träume bekommen.«

Ich rümpfte die Nase. »Hilfe! Sag so was nicht.«

»Was denn? Ich hätte auf jeden Fall von dir geträumt, wenn du meine Lehrerin gewesen wärst.« Ford lachte. »Im Ernst, ich finde es cool, dass du wieder auf die Uni gegangen bist und deinen Abschluss gemacht hast – dass du dich entschieden hast, Lehrerin zu werden. Wolltest du das schon immer?«

»Ja. Seit der dritten Klasse, als ich Mrs Moynihan hatte. Ich las für mein Leben gern, war aber damals auf seltsame Weise vom Weltraum besessen. Jeden Montag und Freitag gingen wir in die Schulbibliothek und suchten uns Bücher aus, die wir in der Stillzeit lesen wollten. Alle anderen Kinder suchten sich Bücher wie *Harold und die Zauberkreide* aus, während ich Bücher über Pluto und Asteroiden lesen wollte. Einige Klassenkameraden machten sich über mich lustig und nannten mich Valentina von der Venus, also lieh ich mir ähnliche Bücher wie die anderen Kinder aus, auch wenn sie mir eigentlich nicht gefielen. Mrs Moynihan bemerkte das und gab mir eines Tages in der Bibliothek ein Buch, von dem sie meinte, es würde mir gefallen. Von außen war es ein normales, beliebtes Kinderbuch, aber unter dem Umschlag verbarg sich eins über das Sonnensystem. Sie hatte den Umschlag getauscht, sodass ich in Ruhe lesen konnte, was mich eigentlich interessierte.«

»Das ist ja toll.«

»Ich tauschte die Umschläge einfach immer weiter aus, bis

wir zwei Wochen nach den Weihnachtsferien einen Gastredner zu Besuch hatten – einen Astronauten im Ruhestand. Er brachte einen alten Raumanzug mit, und die Kinder waren ganz aus dem Häuschen. In der darauffolgenden Woche nahmen sie alle Bücher über Astronauten aus der Bibliothek mit. Mrs Moynihan war immer etwas Besonderes für mich. Ich blieb jahrelang mit ihr in Kontakt. Als ich in der zehnten Klasse war, starb sie, und meine Mutter ging mit mir zu ihrer Totenwache. Als wir Mr Moynihan unser Beileid ausdrückten, erinnerte er sich an meinen Namen. Es stellte sich heraus, dass seine Frau in den Weihnachtsferien Briefe an hundertfünfzig Astronauten geschrieben hatte, um sie für einen Vortrag zu gewinnen. Sie sagte, einer Schülerin zuliebe müssten die anderen begreifen, wie cool der Weltraum sei.«

»Wow. So viele handgeschriebene Briefe. Das ist Hingabe.«

Ich nickte. »Was wolltest du werden, als du klein warst?«

Ford grinste. »Nun, das änderte sich, als ich älter wurde, aber im Kindergarten ließ meine Lehrerin uns malen, was wir werden wollten. Und da habe ich den Weihnachtsmann gemalt.«

»Du wolltest Weihnachtsmann werden?«

»Lach nicht. Es ist ein verdammt guter Job. Du arbeitest nur eine Nacht im Jahr, du fliegst auf einem Schlitten herum, der von tollen Rentieren gezogen wird, und jeder stellt dir Plätzchen auf den Tisch, wenn du vorbeikommst.«

»Der Weihnachtsmann arbeitet das ganze Jahr über an den Spielsachen.«

Er zuckte die Schultern. »Ich dachte, das machen die Elfen.«

»Was ist passiert, nachdem du herausgefunden hast, dass es den Weihnachtsmann nicht gibt?«

Ford blieb abrupt stehen, und seine Augen weiteten sich. »Es gibt gar keinen Weihnachtsmann?«

Wir schütteten uns aus vor Lachen. Als wir wieder weitergingen, sagte Ford: »Jetzt meinst du bestimmt, ich denke mir das aus, aber nachdem ich begriff, dass das mit dem Weihnachtsmann nicht klappen würde, wollte ich Astronaut werden.«

Ich boxte ihn gegen den Arm. »Das sagst du nur, weil ich dir gesagt habe, dass ich vom Weltraum besessen war.«

Ford zeichnete ein X auf seine Brust. »Ich schwöre. Aber jetzt ist es logisch, warum unsere Verbindung so stark ist. Wir sind beide im Herzen Weltraum-Nerds.«

Er wollte mich ärgern, aber er hatte nicht unrecht. Unsere Verbindung *war* stark. Das hatte ich bereits gespürt, bevor ich wusste, dass zu seiner Persönlichkeit ein umwerfendes Gesicht und ein unglaublich knackiger Körper gehörten. Ford brachte mich zum Lachen und gab mir ein gutes Gefühl.

Ich verdrängte diesen Gedanken und lenkte unser Gespräch in sicherere Gefilde. »Wie kam es, dass du Architektur studiert hast, wenn du so ein Weltraumfreak bist?«

»Die ersten beiden Jahre am College hab ich sowohl angewandte Wissenschaften als auch Architektur studiert. Aber im dritten Jahr hab ich die Wissenschaft aufgegeben.«

»Was hat dich dazu gebracht, dich auf die Architektur zu konzentrieren?«

Er sah zu mir herüber und schien zu überlegen, wie er antworten sollte. Schließlich zuckte er mit den Schultern. »Das Leben. Ich habe in Boston studiert, und nach dem Unfall wollte ich, dass Annabella in New York bleiben und mit ihren Freunden die Schule beenden kann. Wir haben eine ziemlich kleine Familie – mein Vater war Einzelkind, und meine Mutter hatte nur eine Schwester. Meine Tante Margaret lebt in Ohio und bot an, uns beide aufzunehmen, aber wir hatten gerade unsere Eltern verloren und mussten schon mit genug Veränderungen zurechtkommen. Also zog ich zurück nach Hause, und Bella und ich blieben zusammen in der Wohnung unserer Eltern. Ich beendete mein Studium und begann, Vollzeit in der Firma zu arbeiten. Die Umstellung auf ein Hauptfach schien praktischer. Ich hatte nicht genug Zeit, um zwei schwierige Hauptfächer zu studieren.«

Oh. Wow. Ich hatte nicht darüber nachgedacht, was der Unfall ihrer Eltern alles nach sich gezogen hatte – was unmittelbar nach ihrem Tod passiert war. Natürlich war mir klar, dass es ein lebensveränderndes Ereignis war, so früh beide Eltern zu verlieren. Aber Ford hatte so viel für seine kleine Schwester geopfert. Er war über Nacht zum Vaterersatz einer Teenagertochter geworden und musste ein Unternehmen leiten. Seine Entscheidungen waren edel und reif gewesen.

Ich streckte die Hand aus und berührte seinen Arm. »Nicht jeder hätte aufgegeben, was du aufgegeben hast.«

»Glaub mir, es gab etliche Momente, in denen ich nicht das Richtige getan habe. Vor ein paar Jahren musste meine Tante einschreiten und mich zurechtweisen. Eines Morgens kam ich ins Büro, setzte mich an den Schreibtisch und begriff, dass ich mit zweiundzwanzig wie ein fünfundvierzigjähriger Mann war. Ich hatte ein sechzehnjähriges Kind, wohnte im Haus meiner Eltern und saß sogar auf dem Stuhl meines Vaters. Es kam mir vor, als hätte sich mein eigenes Leben komplett aufgelöst und ich wäre buchstäblich zu meinem Vater geworden.«

Ich konnte nachvollziehen, wie er sich gefühlt hatte. Mit siebzehn schwanger zu werden, hatte in vielerlei Hinsicht das abrupte Ende meiner Jugend bedeutet. »Das verstehe ich. Ich erinnere mich noch genau an einen Freitagabend, als ich zwanzig war. Mein Mann war um halb neun auf der Couch eingenickt, und im anderen Zimmer schlief mein zweijähriges Kind. Ich schaltete den Fernseher ein, legte die Füße hoch und schaute Familien-Duell. Meine Mutter hatte die Sendung immer gesehen, aber mit einem anderen Moderator. Ich sah nach unten, stellte fest, dass ich um halb neun an einem Freitagabend im Schlafanzug vor dem Fernseher saß, und plötzlich wurde mir klar, dass ich mich in meine Mutter verwandelt hatte.«

Ford sah zu mir herüber. »Was hast du getan?«

»Ich zog mir Klamotten an, die eigentlich nicht mehr ganz zu mir passten, stellte das Babyfon neben meinen schlafenden Mann und ging mit Eve aus.«

Bei der Erinnerung an das Wochenende musste ich lächeln. Ich war fast zwei Tage lang weggeblieben. Am Ende musste Eve mich praktisch nach Hause tragen, weil ich so betrunken war und weinte, weil ich meinen Sohn vermisste.

»Ich habe zwei Tage lang gefeiert und lag dann drei krank im Bett. Aber ich habe mich auf jeden Fall ein paarmal gefragt, ob ich die richtigen Entscheidungen getroffen habe.«

»Ja, ich habe etwas Ähnliches gemacht – nur dass mein Amoklauf fast ein Jahr dauerte. Ich fing an, bei der Arbeit Mist zu bauen, brachte Frauen mit nach Hause, obwohl ich mit meiner kleinen Schwester zusammenwohnte, und ich verprasste einen Haufen Geld aus der Lebensversicherung meiner Eltern. Schließlich stellte meine Tante mich zur Rede. Sie sagte mir, ich solle mich zusammenreißen, denn auch wenn ich vielleicht nicht vorgehabt hätte, mein Vater zu sein, sollte ich mich geehrt fühlen, seinen Platz einzunehmen.« Er nickte. »Sie hatte recht. Außerdem rief mich Mrs Peabody etwa eine Viertelstunde später an, nachdem meine Tante mir die Leviten gelesen hatte, und sagte mir, ich solle meinen Hintern hochkriegen.«

Ich zog die Brauen zusammen. »Mrs Peabody? Die Frau mit den Vorahnungen, von der du schon mal erzählt hast?«

»Ja. Manchmal wacht sie mitten in der Nacht mit diesen starken Gefühlen auf. Das hat sie, seit sie ein Kind war. Aber an diesem Tag rief sie mich an, gleich nachdem meine Tante gegangen war, und sagte, sie habe das Gefühl, dass mir etwas Schlimmes zustoßen würde.« Er lachte. »Dann sagte sie, ich solle nüchtern werden und meinen Hintern hochkriegen. Und legte auf.«

»Wer ist sie?«

»Das ist eine lange Geschichte. Ich habe sie vor ein paar Jahren versehentlich angerufen. Zumindest glaube ich, dass es ein Versehen war. Sie ist anderer Ansicht. Eines Abends, als ich in schlechter Verfassung war, wollte ich betrunken eine Frau anrufen, die ich kennengelernt hatte. Ich wählte die falsche Nummer und landete bei Mrs Peabody. Wir fingen an zu reden, und ich erzählte ihr meine Lebensgeschichte. Sie sagte, sie sei lange auf gewesen und habe einen Anruf erwartet, weil sie geträumt habe, dass ein Fremder ihre Hilfe brauche.«

»Oh, wow. Das ist ja verrückt.«

Er lachte. »Ja. Das ist nur die Spitze des Eisbergs bei Mrs Peabody. Sie ist sechsundsiebzig und lebt in einer Einrichtung des betreuten Wohnens weit weg in Wyoming.«

»Und danach bist du mit ihr in Kontakt geblieben?«

»Ich habe bis heute Kontakt zu ihr. Es ist jetzt etwa drei Jahre her. Als ich am nächsten Tag aufwachte, nachdem ich sie betrunken angerufen hatte, erinnerte ich mich vage, mit jemandem gesprochen zu haben. Also sah ich meine Anrufliste durch und wählte die letzte Nummer. Mrs Peabody nahm ab, und wir kamen wieder ins Gespräch. Sie war gerade beim Podologen gewesen und hatte erfahren, dass ihr am nächsten Tag ein Zeh amputiert werden musste. Sie ist Diabetikerin und hat Kreislaufprobleme. Jedenfalls unterhielten wir uns eine Weile, und ich war mir nicht sicher, ob sie verrückt, Hellseherin, einsam oder einfach nur exzentrisch ist. Ich bin mir immer noch nicht ganz sicher. Aber sie klang beunruhigt wegen der Operation, und es war offensichtlich, dass sie einfach nur reden wollte. So verbrachten wir wieder ein paar Stunden am Telefon, nur dass sie diesmal den größten Teil des Gesprächs bestritt. Ich fand, dass ich ihr etwas schuldig war. Danach habe ich über ihre Telefonnummer ihre Adresse ausfindig gemacht, um ihr Blumen zur Genesung zu schicken.« Er zuckte mit den Schultern. »Seitdem telefonieren wir ein paarmal im Monat miteinander.«

»Das ist etwas schräg, aber auch irgendwie süß. Obwohl ich glaube, dass manche Menschen solche besonderen Gaben haben.«

»Ach ja?« Er grinste. »Dann sollte ich dir sagen, dass Mrs Peabody heute Morgen angerufen hat, um mir zu sagen: Wenn meine Nachbarin nicht mit mir schlafen würde, würde mir etwas Schreckliches zustoßen.«

Ich blinzelte. »Du bist ein Quatschkopf.«

Er grinste. »Okay … aber wenn ich mir morgen ein Bein breche, ist das deine Schuld.«

Als wir mein Haus erreichten, blieben wir am Fuß der Treppe stehen. Wir mussten acht oder neun Kilometer gelaufen sein, aber ich hätte noch mal so weit laufen können, um mit ihm zu reden – es fühlte sich so leicht an.

»Wenn du mich fragst, solltest du stolz darauf sein, wie du alles seit dem Unfall gehandhabt hast – vor allem, was deine Schwester angeht. Vielleicht hast du nicht alles perfekt gemacht, aber sie scheint eine ganz normale Neunzehnjährige zu sein und wirkt ziemlich ausgeglichen.«

»Ja. Ich hatte viel Hilfe, und es war nicht immer schön. Aber ich bin am richtigen Ort gelandet, auch wenn ich einen anderen Weg eingeschlagen habe, als ich dachte.«

Bescheidenheit war eine weitere Eigenschaft, die ich an einem Mann attraktiv fand. Warum konnte Ford nicht ein Egomane sein?

»Auch wenn ich geschieden bin und mit siebenunddreißig neu anfange, würde ich nichts ändern.«

»Siehst du? Wir sind gar nicht so verschieden, wie du denkst.«

Vielleicht nicht, was die Werte angeht, aber zwischen uns lag eine ganze Generation. »Ach ja? Wer ist dein Lieblingsmusiker?«

»Ich höre alles. Aber im Moment stehe ich auf Jack Johnson.«

»Nie von ihm gehört. Meine Lieblingsband als Teenie waren die Backstreet Boys.«

Ford zuckte mit den Schultern. »Das ist kein Unterschied. Das ist eine Gelegenheit, durch den anderen etwas Neues kennenzulernen.«

»Ich habe weder Instagram noch Snapface.«

»Du meinst Snapchat.«

»Egal. Das beweist nur, was ich gesagt habe. Ich weiß nicht einmal mehr, wie man Social Media heute nennt. Bist du auf Facebook?«

»Nein.«

»Lass mich raten, weil Facebook für alte Leute ist?«

»Nein. Weil wir die Passwörter meiner Mutter nicht kennen, und als ich einen Account hatte, schickte es mir nach dem Unfall ständig Erinnerungen an Dinge, die mit ihr zu tun hatten.«

O je. Jetzt fühlte ich mich furchtbar. »Tut mir leid. Das war mir nicht klar.«

Es war dunkel geworden, und Ford und ich standen noch eine Weile am Fuß der Treppe, aber schließlich hatte ich das Gefühl, ich sollte reingehen. Ich dankte ihm, dass er mich auf meinem Spaziergang begleitet hatte.

»Hey!«, rief er, als ich die oberste Stufe erreichte. »Gehst du heute Abend mit mir essen?«

Ich runzelte die Stirn. Nicht, weil er gefragt hatte, sondern weil ich es wollte. Und zwar unbedingt.

»Ich kann nicht.«

»Hast du schon was vor?«

Ich schüttelte den Kopf.

»Zu müde von der Fahrt und unserem Spaziergang?«

Wieder schüttelte ich den Kopf. »Es tut mir leid, Ford.«

Er schenkte mir ein trauriges Lächeln. »Schon gut. Ich krieg dich schon noch rum. So leicht gebe ich nicht auf. Gute Nacht, Sweetie.«

10. Kapitel

Valentina

Als ich in der Küche stand, hörte ich Musik und nahm an, dass jemand heute schon früh zum Strand gekommen war. Ich rührte meinen Kaffee um und sang mit, während ich auf die Terrasse ging, um die morgendliche Aussicht mit einer Dosis Koffein zu genießen.

Als ich hinauskam, sah ich Ford mit nacktem Oberkörper, der mir mit seinem Kaffeebecher zuprostete. »Morgen, Nachbarin.«

Was für eine Aussicht. Daran könnte ich mich gewöhnen.

»Guten Morgen.« Ich zwang meinen Blick zurück auf die Fliegengittertür, schloss sie, drehte mich dann zum Strand um und hielt mir schützend eine Hand über die Augen. Nach einem Moment begriff ich, dass noch niemand am Strand war und die Musik von nebenan kam. Ich blinzelte zu Ford hinüber. »Laufen die Backstreet Boys rein zufällig heute Morgen bei dir?«

Er grinste und bedeutete mir mit einer Geste, dass ich zu ihm auf die Terrasse kommen sollte. »Komm, trink deinen Kaffee mit mir und hör dir meine neue Lieblingsband an.«

Ich verdrehte die Augen.

»Komm schon. Ich habe *zwei ganze Alben* heruntergeladen.«

Ich lachte, ging aber trotzdem zu dem verrückten Mann hinüber.

Jungen.

Verrückten Jungen.

Ich ging meine Treppe hinunter, dann ein paar Schritte über den Sand, seine Treppe wieder hinauf und auf die Terrasse. Als ich zu Ford kam, stand er auf, nahm mir den Becher aus der Hand und stellte ihn auf den Tisch.

»Was war dein Lieblingssong? Warte … lass mich raten … ›I Want it That Way‹?«

»Nein. Aber ich glaube, das war ihr bekanntester Song.«

Gerade lief »Everybody« – es hatte einen Disco-Tanzrhythmus, und Ford nahm meine Hand und führte mich in eine Drehung. Ich kicherte, als er dann unter unseren Armen hindurchwirbelte.

»Ich kann nicht gut tanzen«, sagte ich.

»Es sieht niemand zu, versprochen.«

Wir tanzten und alberten den Rest den Songs herum. Es fühlte sich richtig gut an. Als das nächste Lied kam, hielt er immer noch meine Hand.

Nach den ersten paar Takten leuchteten meine Augen. »Das ist es! Das war mein Lieblingssong. Er heißt ›Incomplete‹.«

»Ja? Dann dürfen wir jetzt auf keinen Fall aufhören zu tanzen.« Ford zog mich an der Hand zu sich, und ich stolperte praktisch in seine Arme.

Bevor ich darüber nachdenken konnte, hatte er den anderen Arm um meine Taille gelegt und drückte mich dicht an sich heran. Gott, fühlte sich das gut an. Es war lange her, dass mich ein Mann in den Armen gehalten hatte, vor allem ein Mann mit einem derart straffen Körper – so megastraff. Und er roch auch noch unglaublich gut – holzig, sauber, sehr männlich.

Ich atmete tief ein, und Ford drückte seine Hand auf meinen Rücken. Jeder Muskel in seinem Körper fühlte sich so hart an meinem weichen Körper an. Er wusste, wie man langsam tanzte, und führte mich selbstbewusst. Ob er sich im Schlafzimmer auch so gab?

Hör auf, Val. Denk nicht mal dran …

Ford senkte den Kopf und legte seine Wange an meine. Er sang einen Teil des Refrains mit, in dem es um starke und tiefe Gefühle ging, und ich gab mich ganz dem Augenblick hin. Ich wusste, es war dumm, aber … hatte ich schon erwähnt, wie gut sich sein fester Körper anfühlte? So nah wie jetzt würde ich ihn wahrscheinlich nie wieder an meinem spüren, also, hey … warum nicht? Ich verlor mich ganz bei ihm.

Deshalb hörte ich auch niemanden kommen, bis die quietschende Fliegengittertür von seinem Haus aufgeschoben wurde.

»Ich dachte, wir hätten gesagt, keine Übernachtungsgäste«, scherzte Bella.

Ich sprang aus Fords Armen und stolperte rückwärts, wobei ich fast auf den Hintern fiel.

Bellas Augen weiteten sich, als sie mich erblickte. »Oh. Val, ich hab nicht gesehen, dass du das bist. Es ist noch so früh. Ich dachte, er hätte über Nacht ein Mädchen dagehabt.«

Ich war total verwirrt. »Nein. Ich bin's nur.« Ich griff nach meinem Kaffee auf dem Tisch. »Es waren … die Backstreet Boys … und … ja … meine alte Lieblingsband … und also … ich sollte gehen.« Ich floh praktisch von ihrer Terrasse. »*Hatschi!*«

Verdammt noch mal. Bella hielt mich wahrscheinlich für verrückt, aber ich sah mich nicht noch einmal um, um das zu überprüfen.

Sicher in meinem eigenen Haus angelangt, lehnte ich von innen den Kopf an die Tür. Ich war atemlos von, nun ja, allem – wie es sich angefühlt hatte, in Fords Armen zu liegen, auf frischer Tat ertappt zu werden und vom Hochlaufen der Treppe. Was zum Teufel hatte mich geritten? Ich hatte so wenig Kontakt zu Menschen gehabt, zu einem Mann, dass mich eine Berührung, die sich derart gut anfühlte, völlig in ihren Bann gezogen hatte.

Eve hatte recht. Ich sollte wirklich Sex haben.

Aber im Moment brauchte ich als Erstes unbedingt eine kalte Dusche.

»Klopf, klopf«, rief Bella an meiner Hintertür.

Ich war beunruhigt, weil ich dachte, sie käme, um mich herunterzumachen und mir zu sagen, was für eine verkommene alte Frau ich sei, nach dem, was sie vorhin mit ansehen musste.

Ich holte tief Luft und schob die Tür auf. »Hey.«

»Was hast du heute vor?«

»Ähm. Nichts.«

»Hast du Lust, dir die Kunstausstellung in der Stadt anzusehen? Sie findet im Freien statt, unter Zelten auf dem Platz.«

Erleichtert stieß ich die Luft aus, die ich angehalten hatte. »Oh. Davon hab ich gelesen. Ich wusste nicht, dass sie heute anfängt.«

»Meine Mutter und ich sind früher jedes Jahr hingegangen. Die hatten ziemlich coole Sachen. Wenn du dich nicht für Kunst interessierst, es gibt auch Schmuck und Keramik.«

»Nein, ich liebe Kunstausstellungen. Vor allem lokale wie diese. Aber …«

Sie lächelte. »Ford hat mir eine Kreditkarte dagelassen und gesagt, dass ich mir etwas für meine neue Wohnung kaufen darf. Ich ziehe nächstes Semester aus dem Studentenwohnheim aus. Wir sollten sie auf jeden Fall benutzen.«

»Er hat dir eine Kreditkarte dagelassen … dann kommt er also nicht mit?«

Sie schüttelte den Kopf und dachte sich anscheinend nichts

bei meiner Frage. Im Übrigen schien sie auch nichts dabei zu finden, dass sie uns vorhin auf der Terrasse hatte tanzen sehen. »Er ist zu einem Meeting in die City gefahren.«

»Kommt er zurück?«

Sie zuckte die Schultern. »Ich glaube, morgen.«

Ich hatte heute nichts vor, also sagte ich Bella, ich würde sie begleiten. Es wäre außerdem eine gute Ablenkung von heute Morgen.

Da Bella ein kleines Auto fuhr, nahmen wir meinen Volkswagen, für den Fall, dass eine von uns etwas Großes fand, das wir mit nach Hause transportieren wollten. Nachdem ich die Angst überwunden hatte, dass Bella etwas über Ford und mich sagen könnte, hatte ich richtig Spaß.

Wir schlenderten durch die Gänge und sahen uns alles genau an. Es stellte sich heraus, dass wir einen ziemlich ähnlichen Kunstgeschmack hatten. Bella kaufte einen farbenfrohen Druck von einem Surfer, der in Ditch Plains auf einer Welle ritt, einem örtlichen Surf Spot. Im Hintergrund war ein atemberaubender Sonnenuntergang zu sehen, der wirkte, als wären die Farben bearbeitet, doch das waren sie nicht.

Während wir in der Brezelschlange standen, sprach ein gut aussehender Junge mit sonnengebleichtem blondem Haar Bella auf das Foto an, das sie in der Hand hielt. Nachdem wir Brezeln und Wasser bezahlt hatten, unterhielten sie sich noch immer, und ich sagte Bella, ich würde zu einem Schmuckstand zurückgehen, an dem mir ein Ring gefallen hatte.

Eigentlich wollte ich die zwei nur einen Moment allein lassen, weil es mir so vorkam, als hätte es zwischen ihr und dem Surfer gefunkt.

Ich schlenderte durch ein paar Gänge und hörte in meiner Handtasche gedämpft mein Handy klingeln. Als ich es herausholte, sah ich Marks Namen auf dem Display aufleuchten. Da Bella beschäftigt war, konnte ich auch rangehen.

»Hallo, Mark.«

»Hey, Valentina. Was treibst du so?«

Ich nippte an meinem Wasser. »Nicht viel. Im Moment esse ich eine Brezel und sehe mir eine Kunstausstellung an.«

»In Montauk?«

»Ja. Es ist eine lokale Ausstellung in der Stadt, aber es gibt eine Menge großartiger Künstler.«

»Hast du was dagegen, wenn ich dir Gesellschaft leiste?«

Ich blieb stehen und sah mich um. »Bist du hier? In Montauk?«

»Noch nicht. Aber bald. Ich bin gerade an einer Stadt namens Amagansett vorbeigefahren, also bin ich wohl nicht mehr weit weg. Ich hatte heute einen Termin in Holbrook, und als ich gerade parkte, wurde er abgesagt. Da dachte ich, was soll's? Jetzt bin ich schon auf halbem Weg nach Montauk, und es ist ein schöner Tag … also warum nicht?«

»Oh. Wow. Amagansett ist nah.«

Er war nur etwa sechzehn Kilometer entfernt, und die stark befahrenen Strecken hatte er schon hinter sich. Wahrscheinlich war er in fünfzehn Minuten hier.

Ich wusste nicht, was ich davon halten sollte, dass Mark nach Montauk kam. Ich hatte ihn zwar eingeladen, aber gemeint, dass die ganze Arbeitsgruppe zusammen kommen sollte. Es war mir jedoch unangenehm, jetzt zu sagen, ich hätte keine Zeit, nachdem ich ihm erzählt hatte, dass ich über eine Kunstausstellung schlenderte. Außerdem war Mark ein Freund – es sollte nicht seltsam sein, ihn zu sehen.

Er musste mein Zögern gespürt haben. »Wenn du beschäftigt bist, ist das okay. Ich dachte nur, ich versuch's mal.«

Ich schüttelte den Kopf. »Nein, nein. Ich bin nicht beschäftigt. Natürlich kannst du mir Gesellschaft leisten. Wenn du willst, zeig ich dir Montauk.«

»Toll. Das wäre großartig.«

Und tatsächlich, fünfzehn Minuten später rief Mark an und fragte, wo er parken sollte. Bella hatte ihr Gespräch mit dem Surfer beendet, also gingen wir zu ihm und trafen ihn vor den Zelten.

»Hallo.«

Wir umarmten uns.

Mark sah sich um. »Es ist wirklich schön hier. Ich kann es kaum erwarten, die ganze Stadt zu sehen.«

Ich grinste. »Das hast du eigentlich schon fast. Na ja, jedenfalls den Teil mit Geschäften und Restaurants. Aber das ist nicht das, was ich an Montauk so mag.«

Ich stellte Bella vor. »Das ist meine Nachbarin Annabella. Bella, das ist Mark – ein Freund von der Uni. Wir waren zusammen in einer Arbeitsgruppe und haben beide erst letzte Woche unser Lehrerexamen gemacht. Mark war noch nie in Montauk.«

Bella schüttelte Mark die Hand. »Bist du gerade in die Gegend gezogen?«

Er lachte. »Nein. Ich war nur noch nie so weit im Osten von Long Island.«

Wir betrieben noch ein paar Minuten Small Talk, dann sagte ich: »Ein paar Reihen der Ausstellung haben wir noch nicht gesehen. Willst du sie dir mit uns ansehen?«

Mark sagte Ja, aber Bella verabschiedete sich. »Wenn es euch nichts ausmacht, schenke ich mir den Rest. Wir haben sowieso das meiste gesehen.«

»Okay, ich fahre dich nach Hause.«

»Nein, amüsiere dich. Freddie kann mich mitnehmen.«

Ich zog die Brauen zusammen »Freddie?«

»Der Typ, mit dem ich mich in der Schlange unterhalten habe.«

Ah. *Der Surfer-Typ*. Ich schaltete in den Eltern-Modus. »Findest du das eine gute Idee? In sein Auto zu steigen? Du hast ihn doch gerade erst kennengelernt.«

Bella wirkte amüsiert. »Ich komme schon klar, *Mom*. Er ist ein Einheimischer.«

»Aber …«

Sie sah Mark an. »War nett, dich kennenzulernen. Wir sehen uns später im Haus, Val.«

Bevor ich noch etwas sagen konnte, entfernte sie sich.

Mark schüttelte den Kopf. »Erinnert mich an meine Tochter. Sie hält mich für verrückt, weil ich wütend war, dass sie ein Konzert hat sausen lassen, für das ich ihr zu Weihnachten Karten geschenkt habe. Stattdessen hing sie mit einem der Jungs von der Vorband ab. Damals war sie siebzehn.«

Ich hatte keine Erfahrung mit Töchtern, ich hatte nur Ryan, aber wenn ich eine hätte, würde ich sie einsperren wollen, bis sie dreißig war.

»Ich war immer irgendwie traurig, dass ich kein Mädchen hatte. Jetzt bin ich mir da nicht mehr so sicher.«

Mark und ich schlenderten über die Ausstellung. Er bestand darauf, dass wir uns nur die Künstler ansehen sollten, bei denen ich noch nicht gewesen war, aber dagegen setzte ich mich durch.

Nach der Kunstausstellung stiegen wir in mein Auto, damit ich ihm Montauk zeigen konnte. Unser erster Halt war der Leuchtturm, gefolgt von den Angelstegen, an denen alle Fischer- und Partyboote anlegten. Einige waren gerade vom Fischen zurückgekehrt, und wir beobachteten, wie die Seemänner ihre Fänge filetierten. Danach tranken wir etwas draußen in einer Hafenbar. Mark bestellte ein Bier und ich eine alkoholfreie Erdbeer-Margarita, da ich noch fahren musste.

»Hast du dich schon entschieden, wo du dich bewerben willst, wenn du dein Examen hast?«, fragte er.

»Ich würde gern eine Urlaubsvertretung in der Nähe von zu Hause finden, wenn das geht.«

Mark zog die Stirn kraus. »Du willst eine vorübergehende Stelle? Keine Festanstellung?«

Ich nippte an meinem kühlen Getränk. »Ja. Ich habe überlegt, ein Jahr Erfahrungen zu sammeln und danach ein Jahr in Italien zu unterrichten.«

»Wow. Das macht die Suche nach einer Stelle im Spätsommer sicher wesentlich einfacher. Die meisten Leute wollen was Festes.«

»Ich kann zum ersten Mal in meinem Leben etwas nur für mich entscheiden. Ryan ist für drei weitere Jahre auf dem College. Das will ich ausnutzen.«

Mark lächelte, und sein Blick glitt über mein Gesicht.

»Was ist?«

Er zuckte die Schultern. »Nichts. Ich finde eine abenteuerlustige Frau einfach sexy.«

Da ich nicht wusste, wie ich darauf reagieren sollte, nahm ich einen so großen Schluck von meinem eiskalten Drink, dass mir beinahe das Gehirn einfror.

»Wollen wir aufbrechen?«, fragte ich. »Ich zeige dir noch ein paar Strände, bevor es dunkel wird. An den Surfstränden gibt es kaum Parkplätze, aber wenn es dir nichts ausmacht zu laufen, sie sind wirklich schön.«

»Das klingt fantastisch.« Mark stand auf, trat hinter meinen

Stuhl und wartete, dass ich aufstand, damit er ihn zurückziehen konnte.

Er war wirklich nett, ganz Gentleman. Nachdem er mich um ein Date gebeten hatte, hatte ich überlegt, ob sich zwischen uns vielleicht etwas entwickeln könnte. Vielleicht würde ich ihn außerhalb der Uni in einem anderen Licht sehen. Aber die paar Stunden, die ich heute mit ihm verbracht hatte, bewiesen, was ich bereits geahnt hatte – zwischen uns funkte es einfach nicht. Oder vielleicht hatten mir nicht die letzten Stunden etwas bewiesen, sondern die Stunden heute Morgen mit Ford, in denen es derart stark gefunkt hatte, dass ich das Glühen immer noch spürte.

Ich hatte Mark so ziemlich ganz Montauk gezeigt, und als ich ihn zurück in die Stadt fuhr, war es schon dunkel. Ich parkte hinter seinem Wagen und ließ den Motor im Leerlauf.

»Das war eine schöne Überraschung, Mark. Ich hatte ganz vergessen, wie schön einige der Strände sind, an denen wir heute waren. Ich bleibe meist am Strand direkt hinter meinem Haus, aber ich werde auf jeden Fall noch mal zu einigen hinfahren. Ich brauchte diese kleine Tour heute.«

»Dein Haus liegt also direkt am Strand?«

Ich nickte. »Es steht auf Stelzen, der Garten ist praktisch der Strand.«

»Wow. Wäre es zu viel verlangt, dass du es mir zeigst, bevor ich zurückfahre?«

Ich wollte eigentlich nur nach Hause, duschen und ins Bett, aber es kam mir komisch vor, Nein zu sagen. »Ja … klar. Es ist nicht allzu weit von der Stadt entfernt. Nur den Old Montauk Highway hinunter.«

»Ich folge dir.«

»Okay.«

Auf der kurzen Fahrt zu meinem Haus wurde ich aus irgendeinem Grund unruhig. Ich wusste, es war dumm, denn Ford und ich waren nicht zusammen oder so. Aber irgendwie wollte ich nicht, dass er mich mit Mark zusammen vorfahren sah. Ganz zu schweigen davon war die Angst auch deshalb lächerlich, weil Ford heute Abend gar nicht in Montauk war. Bella hatte gesagt, er wolle die Nacht in der City bleiben.

Aber offenbar hatte er seine Pläne geändert …

Als ich in die Einfahrt bog, leuchteten meine Scheinwerfer ein Augenpaar an. Ford saß auf der Treppe vor seinem Haus und trank ein Bier. Und plötzlich verwandelte sich die leichte Unruhe, die ich verspürt hatte, in Panik.

Als ich einparkte, atmete ich ein paarmal tief durch und sagte mir, ich sei albern, ich hatte schließlich nichts falsch gemacht. Wenn ich wollte, könnte ich Mark ins Haus schleifen und mit ihm schlafen. Wahrscheinlich sollte ich genau das heute Abend tun.

Im Rückspiegel sah ich, dass Mark aus seinem Auto stieg. Da musste ich jetzt wohl durch. Zwischen Fords und meinem Haus lagen nur ungefähr sechs Meter. Ich konnte nicht so tun, als hätte ich ihn dort nicht sitzen sehen.

Beim Aussteigen kam mir Mark an der Autotür entgegen und schloss sie für mich. Wir gingen ein paar Schritte auf die Treppe zu, und Fords und mein Blick trafen sich. Er sagte kein Wort, beobachtete mich nur schweigend und trank sein Bier.

»Ah, hallo«, rief ich ziemlich verlegen.

Ford nickte.

So unangenehm mir das Ganze auch war, ich kam nicht umhin, die beiden vorzustellen. »Mark, das ist mein …« *Freund? Der Mann, wegen dem ich kalt duschen muss? Der Typ, den ich bei Match kennengelernt habe?* »… das ist Ford.«

Mark ging zu ihm und streckte ihm die Hand hin. Ford stand nicht auf, schüttelte sie jedoch. Es war still, und ich überlegte, wie ich das unangenehme Schweigen brechen konnte. Es sah nicht so aus, als würde Ford mir helfen.

»Ford gehört das Haus. Er ist der Bruder von Bella.« Ich sah zu Ford, der mich immer noch unverwandt ansah. Sein durchdringender Blick machte mich nervös. »Mark hat Bella heute auf der Kunstmesse in der Stadt kennengelernt.«

»Wow. Nettes Haus für einen so jungen Kerl.« Mark war wie immer freundlich. »Ich würd dir gern mal meine Tochter vorstellen«, scherzte er.

Ich schloss die Augen. Ich hätte nicht gedacht, dass die Situation noch peinlicher werden könnte, aber offenbar war es möglich.

Fords Mund war eine schmale Linie, als er das Bier an die Lippen führte und weiter schwieg.

»Bella sagte, du hättest heute ein Treffen in der City und wärst erst morgen zurück.«

»Planänderung.« Sein Blick sprang zwischen Mark und mir hin und her. »Ist was dazwischengekommen.«

Ich nickte.

Während ich spürte, welche Spannung von Ford ausging, schien Mark völlig ahnungslos zu sein. »War nett, dich kennenzulernen«, sagte er.

Ich ging die Treppe hinauf und warf Ford noch einen Blick zu. »Schönen Abend noch.«

Die Unruhe, die ich draußen gespürt hatte, hielt sich, als Mark und ich ins Haus kamen. Im Rekordtempo führte ich ihn herum und zeigte ihm zuerst das Innere und dann die hintere Terrasse. Der Mond schien auf den Strand, sodass man das Meer in der Dunkelheit sehen konnte, und das Rauschen der

Wellen wurde von einer leichten Brise begleitet. Er bewunderte die Aussicht. Es wäre ein wunderbarer Abend gewesen, um hier zu sitzen, aber ich war mit den Nerven am Ende. Ich war nicht einmal so höflich, ihm ein Getränk oder eine Tasse Kaffee anzubieten.

Mark verstand den wenig subtilen Wink und verabschiedete sich zehn Minuten später. Ich begleitete ihn zur Haustür und war neugierig zu sehen, ob mein Nachbar noch da war, aber Ford war verschwunden.

Ich hätte erleichtert sein sollen, dass er nicht mehr dort herumlungerte. Doch stattdessen erfüllte mich seine Abwesenheit mit einer überwältigenden Angst, und ich wusste nicht, was ich davon halten sollte.

Ein ausgiebiges Bad mit einem Glas Wein half mir, mich zu entspannen. Aber auch danach war ich irgendwie noch nicht gut drauf und hatte keine Lust, ins Bett zu gehen, also schenkte ich mir in der Küche ein weiteres Glas ein. Durch das Küchenfenster starrte ich zu Fords und Bellas Haus hinüber. Es brannte Licht, und nur Fords Wagen stand in der Einfahrt. Ich wusste, dass Bella heute Abend arbeiten musste, also würde sie wahrscheinlich erst in ein paar Stunden nach Hause kommen. Vielleicht sollte ich rübergehen und reinen Tisch machen?

Ich war nicht angezogen, und ich hatte keine Ahnung, was ich sagen sollte. Es gab nichts zu besprechen – weil nichts zwischen uns war. Also nippte ich stattdessen an meinem Wein und sah mit leerem Blick in die Nacht hinaus.

Als Scheinwerfer in die Nachbareinfahrt bogen, schreckte ich aus meinen Gedanken auf. Bella musste früher aus dem Restaurant gekommen sein. Jetzt war ich froh, dass ich nicht hinübergegangen war. Aber nachdem das Auto geparkt hatte, lehnte ich mich näher ans Fenster heran und stellte fest, dass es nicht Bellas Auto war.

Und die Frau im knappen Minikleid, unter dem ihr Po hervorlugte, wenn sie sich auch nur leicht bückte, war eindeutig nicht Fords Schwester. Meine Gefühle, die in der letzten Stunde in Aufruhr gewesen waren, waren plötzlich klar. Brennende Eifersucht stieg tief in mir auf und erhitzte meine Wangen.

Ich beobachtete, wie die Frau mit ihren Stöckelschuhen auf das Haus zuwankte. Als sie die Treppe erreichte, schaltete der Bewegungsmelder das Licht an, und nun war ihr Gesicht zu sehen, das in der Dunkelheit nicht zu erkennen gewesen war.

Natürlich war sie hinreißend.

Und hatte einen Wahnsinnskörper.

Unendlich lange Beine.

Brüste, die noch keine Bekanntschaft mit der Schwerkraft gemacht hatten.

Jung.

So, so jung.

In der einen Hand hielt sie eine Flasche Wein, in der anderen eine Übernachtungstasche.

Mir war übel. Doch ich war nicht in der Lage, wegzusehen. Als sie das obere Ende der Treppe erreichte, öffnete Ford die Tür. Er musste auf sie gewartet haben.

Ungeduldig.

Als er sie in die Arme schloss, wandte ich den Blick ab. Es hätte nicht so sehr wehtun dürfen. Aber das machte das Schlucken auch nicht leichter.

Ich war gerade eingeschlafen, als ich ein Geräusch hörte. Als ich mich benebelt aufsetzte, wusste ich nicht, woher es gekommen war, nur dass es mich geweckt hatte. Ich wartete, um zu sehen, ob ich es noch einmal hörte. Vielleicht hatte ich es mir nur eingebildet.

Doch dann hörte ich es wieder. Es kam von unten und klang, als ob der Wind die Mülltonnen umgeworfen hätte. Ich glitt aus dem Bett und spähte aus dem Fenster im ersten Stock. In unserer Straße gab es keine Straßenlaternen, und ohne die Außenbeleuchtung des Hauses war es zu dunkel, um etwas zu sehen. Also ging ich die Treppe hinunter, um das Licht auf der Veranda einzuschalten.

Am Fuß der Treppe erkannte ich, dass jemand vor meiner Haustür stand. Es war spät, und ich wusste, dass Ford Besuch hatte, also konnte er es nicht sein. Vielleicht war Mark zurückgekommen? Das erschien mir ebenfalls unwahrscheinlich, denn er war vor über einer Stunde losgefahren und müsste jetzt schon auf halbem Weg nach Hause sein.

Mit klopfendem Herzen näherte ich mich der Tür. »Wer ist da?«

»Ich bin's. Ford.«

Das half nicht, meinen schnellen Puls zu beruhigen.

Ich öffnete die Tür. »Ist alles in Ordnung?«

»Nein. Darf ich reinkommen?«

11. Kapitel

Ford

»Wie war dein *Date?*« Ich starrte durch ihre Glasschiebetüren in die Dunkelheit. Valentina stand irgendwo hinter mir.

»Es war kein Date.«

Ich drehte mich um und sah ihr in die Augen. »Es sah aber sehr danach aus.«

»Nun, es spielt keine Rolle, wie es aussah. Es war keins. Mark ist ein Freund aus der Uni. Wir waren in einer Arbeitsgruppe.«

Ich ging ein paar Schritte auf sie zu. »Ja. Ich erinnere mich, dass du mir von ihm erzählt hast … an dem Abend, als er dich um ein Date gebeten hat.«

Sie straffte die Schultern. »Wie war *dein* Date?«

Ich zog verwirrt die Augenbrauen zusammen. »Date?« Dann dämmerte mir, dass sie Nina gesehen haben musste – meine *Cousine* Nina, die übers Wochenende gekommen war, um Bella zu besuchen. *War sie womöglich genauso eifersüchtig wie ich?* Also ließ ich sie in dem Glauben.

»Toll, einfach toll.« Ich schob die Hände in die Hosentaschen und zuckte mit den Schultern. »Nina – tolles Mädchen.«

»Sie ist früh gegangen.«

Ich grinste. »Nein, sie ist noch nebenan. Sie richtet sich gerade für die Nacht ein.«

Val sah verletzt aus, aber ich wollte, dass sie wütend war. Also machte ich weiter. Sie lehnte sich an die Spüle. Ich ging ein paar Schritte auf sie zu, bis ich direkt vor ihr stand.

»Ich wollte nur fragen, ob du ein gutes, romantisches Restaurant kennst, das noch spätabends geöffnet hat.«

»Nein«, erwiderte sie knapp und durchbohrte mich mit ihren Blicken. Ganz offensichtlich wollte sie sich gar nicht erst mit meiner Frage befassen.

Ich trat noch einen Schritt auf sie zu, sodass sie nicht mehr ausweichen konnte.

»Und wie sieht es mit Nacktbadestränden aus? Ich dachte, vielleicht gehen wir morgen an einen.«

Ihre Augen funkelten. »Nein.«

Sie war eindeutig eifersüchtig, obwohl sie sich alle Mühe gab, es nicht zu zeigen. Aber wo ein Funke ist, ist auch ein Feuer, also kippte ich weiter Benzin hinein.

»Und Dessous-Läden? Nina geht gern einkaufen. Ich hasse es, aber so haben wir vielleicht beide Spaß daran.«

Sie blinzelte. »Vielleicht solltest du übers Wochenende in die City fahren. In Montauk gibt es solche Läden kaum.«

Ich schnalzte mit der Zunge und grinste. »Schade. Und einen Laden für Sexspielzeug? Vielleicht mit essbarer Unterwäsche und Körperfarbe? Meinst du, die macht Flecken auf der Bettwäsche?«

Das genügte. Ich sah, wie die Wut, die in ihren Augen glomm, vollends entbrannte. »Weißt du was, Ford? Dein Sexleben interessiert mich nicht.«

Ich legte eine Hand rechts und links von ihr auf die Arbeitsplatte und umschloss sie. »Nein? Warum nicht, Val? Warum willst du nicht hören, dass ich Sex mit einer anderen Frau habe?«

»Ich will es einfach nicht. Willst du was über mein Sexleben wissen?«

Meine Brust brannte, als ich sie *Sexleben* sagen hörte.

Allmählich wurde ich wütend. »Scheiße, nein. Aber weißt du, warum?«

Sie starrte mich an und schnaubte geradezu vor Wut.

»Willst du nicht raten? Dann will ich dich mal aufklären. Ich will nichts über dein Sexleben hören, weil ich *eifersüchtig* bin. Weil ich derjenige sein will, der dich zu einem Date ausführt und in deinem Bett schläft. Und dir geht es genauso, aber du hast Angst, es zuzugeben.«

Sie erhob die Stimme. »Hab ich nicht!«

Ich beugte mich vor, sodass unsere Nasen sich berührten. »Lügnerin. Gib's zu.«

»Nein!«

»Sag es.«

»Du bist verrückt!«

»Weißt du was, Val? Ich bin lieber verrückt als feige. Es muss ätzend sein, endlich frei zu sein und etwas erleben zu können, aber zu verklemmt zu sein, um auf seine Gefühle zu hören.«

Sie sah mich finster an. »Du kannst mich mal.«

Ich verzog den Mund zu einem anzüglichen Grinsen. »Ist das eine Einladung? Denn wann immer du mich willst, ich bin da. Und da ich erst fünfundzwanzig bin, kann ich so ziemlich auf Befehl ficken. Ich bezweifle, dass *der alte Mark* die ganze Nacht durchhalten könnte.«

Valentinas Brust hob und senkte sich schwer; ich konnte die Hitze spüren, die von ihrem Körper ausging. Als ich nach unten blickte, sah ich, dass sich ihre Nippel unter ihrem Shirt abzeichneten. Sie war genauso erregt wie ich, verbarg es aber hinter ihrer Wut.

»Du bist ein Arsch!«, schrie sie.

Scheiß drauf. *Wenn ich schon ein Arsch bin, kann ich genauso gut ein Riesenarsch sein.*

Es gab nur einen Weg, diesen Streit zu gewinnen. Ich legte meine Hände auf ihre Wangen und presste meine Lippen auf ihren wütenden Mund. Sie zögerte eine halbe Sekunde lang, aber als der erste Schock nachließ, öffnete sie sich mir und wimmerte kaum merklich. Als ich ihre Nippel an meiner Brust spürte, drückte ich sie gegen die Arbeitsplatte und neigte ihren Kopf nach hinten, um den Kuss zu vertiefen.

Darauf gab sie die letzte Zurückhaltung auf, und die Hölle brach los.

Wir konnten uns nicht nahe genug kommen. Ich ergriff die Rückseite ihrer Schenkel und legte ihre Beine um meine Taille. Als ich die feuchte Hitze zwischen ihren Schenkeln spürte, wurde die Erektion, die sich bereits während unseres Streits geregt hatte, schmerzhaft hart.

Valentina stöhnte, und es schien, als würden nur noch wir beide existieren. Sie grub die Nägel in meinen Rücken, und ich zerrte an ihren Haaren. *Ich hatte genau gewusst, dass es so sein würde.* Eine körperliche Anziehung sorgt für eine starke Chemie, aber eine körperliche *und* geistige Verbindung ist geradezu explosiv.

Ich weiß nicht, wie lange wir so weitermachten, aber irgendwann mussten wir nach Luft schnappen, und die eine Sekunde reichte aus, um Val zur Besinnung kommen zu lassen. Sie legte die Hände gegen meine Brust, stieß mich zurück und tastete über ihre geschwollenen Lippen.

Ich streichelte ihr Gesicht und murmelte: »Danke, Dad.«

»Dad?«

Ich lehnte meine Stirn gegen ihre. »Er hat mir einmal gesagt, wenn man sich mit einer Frau streitet, die einem etwas bedeutet, und den Streit nicht gewinnen kann, sollte man sie küssen – dann gewinnen beide.«

Sie lächelte traurig. »Du solltest nach Hause gehen, Ford.«

Ich fuhr mit meinem Daumen über ihre Unterlippe. »Nina ist meine Cousine. Sie ist gekommen, um das Wochenende mit meiner Schwester zu verbringen.«

Valentinas Augen verengten sich. »Deine Cousine?«

»Du dachtest, ich hätte eine Frau zu Besuch, nachdem ich mich einen Monat lang um dich bemüht habe? Ich benutze keine Frau, um diejenige zu ersetzen, die ich haben will, aber nicht haben kann.«

Sie sah zu Boden. Ich legte meine Finger unter ihr Kinn und hob es an, sodass sich unsere Blicke wieder trafen. »Sag mir, Val. Hat es sich genauso gut angefühlt, Mark zu küssen wie mich?«

Vielleicht war das eine arrogante Behauptung, aber ich wusste ohne jeden Zweifel, dass sich kein Kuss mit irgendjemandem so anfühlen konnte wie der zwischen uns, und ich wollte wetten, dass das Gefühl auf Gegenseitigkeit beruhte.

»Ich habe Mark nicht geküsst. Und es war kein Date. Aber selbst wenn, ginge es dich nichts an.«

Ich sah zwischen ihren Augen hin und her. »Weiß er auch, dass es kein Date war?«

Sie schüttelte den Kopf. »Du solltest gehen. Es ist schon spät.«

Ich mochte sie zu dem Kuss gedrängt haben, aber ein Arsch war ich eigentlich nicht. Außerdem wusste ich, dass ihr Kopf noch mit ihrem Körper rang, und es würde eine Weile dauern, bis sie sich einig waren, falls das überhaupt möglich war.

Ich wollte nicht riskieren, nur diesen einen Kuss mit ihr zu haben. Also nickte ich und beugte mich vor, um mit den Lippen über ihre zu streichen. »Gute Nacht, Sweetie.«

Der Kuss mochte vorbei sein, aber die Erinnerung daran ließ mich nicht los. In der Dusche onanierte ich in Erinnerung daran, wie sie gewimmert und gestöhnt hatte, daran, wie nass sie gewesen war. Ich hatte es selbst durch die Kleidung gespürt und schreckte auch nicht davor zurück, an meinen eigenen Shorts zu schnüffeln, in der Hoffnung, dass etwas von ihrem Saft auf mich übergegangen war.

Im Bett fragte ich mich, was sie in diesem Moment tat. Waren ihre Finger in ihr? Ich schloss die Augen und stellte mir vor, wie sie mit gespreizten Beinen im Bett lag – ihr wildes, dunkles Haar über dem Kissen ausgebreitet, in ihren großen blauen Augen ein entrückter Ausdruck, während sie mit den Fingern in ihre enge Muschi hinein und wieder heraus pumpte.

Fuck.

Ich musste mir unbedingt noch mal einen runterholen.

Doch stattdessen griff ich auf dem Nachttisch nach dem Handy. Wenn sie unseren Kuss nicht schon bedauerte, würde sie es irgendwann tun, und ich wollte sie wissen lassen, dass ich keine Reue empfand. Ich wollte ihr sagen, dass ich verdammt froh über den Kuss war und ihn zu Hause gefeiert hatte.

> *Ford:*
> Es tut mir nicht leid, dass ich dich geküsst
> habe.

Ich beobachtete, wie die Nachricht von *Gesendet* zu *Zugestellt* und schließlich zu *Gelesen* wechselte. Aber es kam keine Antwort.

Na gut, wenigstens hörst du zu. Also mach ich weiter.

> *Ford:*
> Ich habe es so genossen, dass ich gerade zu der Erinnerung gekommen bin.

Gesendet, zugestellt und wieder *gelesen.*

Als keine Antwort kam, lächelte ich. Ich stellte mir vor, wie sie im Bett saß und mit ihrem eigenen Verlangen rang, ihre eifrige Hand am Bund ihres Slips.

Was war das? Willst du mehr hören? Na gut, okay, dann …

> *Ford:*
> Mein Schwanz war in Aufruhr. So hart. Ich hab die Augen geschlossen und mir vorgestellt, dass meine Hand du wärst. Ich hab das leise Geräusch gehört, das du gemacht hast, als ich an deinen Haaren gezogen habe. Das hat dir gefallen, stimmt's? Ich hab gespürt, wie sich deine wunderschönen Titten gegen meine Brust drängten. Ich wette, es gefällt dir, wenn ich deine Nippel zwischen die Zähne nehme und kräftig daran ziehe.

Gesendet. Zugestellt. Gelesen.

> *Ford:*
> Ich bin so heftig gekommen … so verdammt heftig. Aber ich wünschte, ich wäre in dir gewesen.

Gesendet. Geliefert. Gelesen.

> *Ford:*
> Sag mal, Val. Hast du dich berührt, nachdem ich weg war? Hast du an mich gedacht? Hast du deine Hand benutzt? Gott, was würde ich dafür geben, an diesen Fingern zu saugen, nachdem sie in dir waren.

Gesendet. Geliefert. Gelesen.

> *Ford:*
> Schon okay. Du kannst es mir ein anderes Mal erzählen. Ich muss mich jetzt auch um etwas kümmern. Schon wieder. Also träum süß, meine Valentina. Ich kann es kaum erwarten, dich morgen zu sehen.

Ich hatte gehofft, sie noch zu sehen, bevor ich losfuhr. Doch als ich um halb sieben aufstand, war ihr Auto schon weg. Ich wartete bis fast acht, doch als sie dann noch nicht zurück war, musste ich mich auf den Weg machen. Das Meeting, das ich gestern abgesagt hatte, weil Bella erwähnte, sie habe Val bei der Kunstausstellung mit irgendeinem Kerl zurückgelassen, war auf heute elf Uhr verschoben worden, und ich konnte den Typen nicht noch mal versetzen. Also trank ich meinen Kaffee aus und machte mich auf den Weg.

Allerdings kam ich nur gut drei Kilometer weit, bevor ich an einem Straßenstand vorbeikam, der Obst, Gemüse und frische Blumen verkaufte. Manchmal waren mein Vater und ich einen Tag später nach Montauk gefahren als meine Mutter, und er hatte immer an diesem Stand gehalten, um Blumen für sie zu kaufen. In den letzten zwei Wochen war ich ein halbes Dutzend Mal daran vorbeigefahren und war nie auf die Idee gekommen, anzuhalten.

Ich parkte am Straßenrand, wählte einen großen Strauß Wiesenblumen mit riesigen Sonnenblumen aus und fuhr zurück zum Haus. Valentinas Auto war immer noch nicht da, also ließ ich den Strauß auf der Matte vor ihrer Haustür liegen und trat aufs Gas, um zu meinem Meeting zu kommen.

Ein paar Stunden später saß ich in der Bürolobby, wartete auf den Beginn meines Elf-Uhr-Termins und beschloss, ihr eine weitere Nachricht zu schicken.

Ford:
Guten Morgen, Süße. Ich hoffe, du hast gut geschlafen. Du warst heute Morgen schon früh unterwegs. Ich hatte gehofft, dich noch zu erwischen, bevor ich in die Stadt fahre, um mit dir zu reden.

Ich hielt inne, bevor ich auf Senden drückte, lächelte und beschloss, noch mehr hinzuzufügen.

Ford:
Oder dich erneut zu küssen.

Nach ein paar Sekunden wurde die Nachricht als *Gelesen* angezeigt. Aufgeregt beobachtete ich, wie die Punkte auf und ab sprangen. Aber dann hörten sie auf. Eine Minute später fingen sie wieder an. Dann war wieder Ruhe.

Hör auf, alles zu zerdenken, Valentina.

Bis zum späten Nachmittag hatte ich keine Antwort erhalten, also dachte ich, so würde es bleiben, bis ich sie persönlich treffen konnte. Leider war das heute nicht der Fall. Nach meinem Meeting musste ich ins Büro und ein paar Sachen erledigen. Und da es das erste offizielle Sommerwochenende war, würde der Verkehr am Freitagabend katastrophal sein.

Aber ich wollte wissen, ob Val weg war – vielleicht war sie nach New Jersey zurückgefahren, um mir aus dem Weg zu gehen. Ich hatte mich den ganzen Tag nicht bei meiner Schwester gemeldet, also schaltete ich die Freisprecheinrichtung ein und sagte Siri, sie solle Bella anrufen.

»Hey. Wie läuft's?«

»Du musst mich nicht anrufen, nur weil ich dich heute nicht gesehen habe.«

Ich stellte mir vor, wie Annabella die Augen verdrehte.

»Ich wollte mich nur melden. Ich wusste nicht, ob ich dir gesagt hatte, dass ich heute Abend nicht mehr rauskomme.«

»O gut. Dann kann ich ja eine Party schmeißen. Und natürlich poste ich es auf Instagram, damit ein paar hundert Fremde kommen.«

»Sehr witzig.«

»Mir geht's gut, Ford. Und Nina ist übers Wochenende hier, und ich habe Val.«

»Ist Val da? Ihr Auto war weg, als ich heute Morgen aufgebrochen bin.«

»Ja. Wir pflanzen gerade Blumen in ihre Blumenkästen für ihre Party am Wochenende.«

»Party?«

»Sie grillt mit Freunden.«

Ich hatte vergessen, dass ihre beste Freundin sie für ein langes Wochenende besuchen wollte.

»O ja. Alles klar, gut.«

»Also … da Nina hier ist und Val dieses Wochenende Besuch hat, brauchst du wirklich nicht wieder rauszukommen. Ich komm schon klar.«

Ich wusste, dass sie recht hatte. Obwohl ich ursprünglich dagegen gewesen war, dass sie allein nach Montauk fuhr, hatte ich ein wesentlich besseres Gefühl, seit ich draußen gewesen war. Sie konnte ein Wochenende lang allein bleiben. Allerdings … musste ich an diesem Wochenende unbedingt zu einer Party gehen, zu der ich nicht eingeladen war.

»Wir sehen uns trotzdem morgen«, sagte ich. »Sei brav.«

12. Kapitel

Ford

»Morgen.« Ich ging auf meine Veranda hinaus und nickte der Frau auf der Nachbarterrasse zu. Vals Wagen stand nicht in der Einfahrt, dafür einer, den ich nicht kannte.

Die Frau nahm ihre Sonnenbrille ab und lächelte. »Du musst Ford sein.«

Ich lächelte zurück. »Und du musst Eve sein. Ist es gut oder schlecht, dass du meinen Namen kennst?«

Eve stand auf und lehnte sich an das Geländer, das sich meinem Haus gegenüber befand. Sie trank einen Schluck aus einem Becher. »Du bist in letzter Zeit ein heißes Gesprächsthema. Ich hatte gehofft, dass ich dich kennenlernen würde. Kommst du heute zum Barbecue?«

»Ich bin nicht eingeladen.«

»Na, das regele ich. Ford, hast du Lust, heute zum Barbecue zu kommen? Wir würden uns sehr freuen, wenn du kommst.«

Ich grinste. »Sehr gern. Um wie viel Uhr?«

»Um zwei.«

»Was soll ich mitbringen?«

Sie zwinkerte. »Nichts. Zeig dich einfach von deiner besten Seite.«

»Hallo.«

Valentina öffnete die vordere Fliegengittertür. Ihr Gesichtsausdruck verriet mir, dass ihre Freundin mein Kommen ihr gegenüber nicht erwähnt hatte. Ich reichte ihr eine Flasche Wein, die ich mitgebracht hatte.

»Eve hat mich eingeladen.«

Sie schüttelte den Kopf. »Das war ja klar.«

»Willst du, dass ich wieder gehe?«

»Nein, nein, ist schon gut. Komm rein. Die Nachbarn von der anderen Seite kommen auch.«

Nicht gerade ein herzlicher Empfang, aber wenigstens hatte sie mich nicht weggeschickt. Als wir beide an der Tür standen, kam ein Mann die Treppe herunter. Es hätte ihr Vater sein können.

»Tom«, sagte Valentina. »Das ist Ford.«

Tom streckte mir sofort die Hand hin. »Freut mich, dich kennenzulernen.«

Während wir uns die Hände schüttelten, fügte sie hinzu: »Tom ist Eves Ehemann.«

Es kostete mich einige Anstrengung, mir die Überraschung nicht anmerken zu lassen. Dieser Mann war der Ehemann ihrer besten Freundin, nicht ihr Vater?

Tom hielt eine Sonnenbrille hoch. »Eve brauchte eine größere Sonnenbrille von oben. Die, die ihr halbes Gesicht verdeckt, reicht anscheinend nicht.«

Val lächelte und nickte in Richtung Küche. »Sie hat dir noch hinterhergerufen, du solltest ihr auch Sonnencreme mitbringen, aber du warst schon oben. Im Schrank neben dem Herd steht noch welche. Ich war gerade dabei, eine Ladung Margaritas zu machen.«

Ich folgte ihren schwingenden Hüften zum Mixer. Kaum war

Tom durch die Hintertür verschwunden, stellte ich mich hinter Val und flüsterte ihr ins Ohr. »Deine beste Freundin ist also mit einem deutlich älteren Mann verheiratet?«

Sie schüttete die Mischung in den Mixer. »Das ist was anderes.«

»Inwiefern?«

Val drehte sich zu mir um. »Sie war dreiunddreißig, als sie ihn kennenlernte. Sie hatte schon Lebenserfahrung.«

Wir standen fast genau an derselben Stelle wie vor zwei Abenden, als wir uns geküsst hatten.

»Ich habe Lebenserfahrung. Vielleicht sollten wir uns noch mal darüber streiten. Es hat mir gefallen, wie unsere letzte Meinungsverschiedenheit hier geendet hat.«

Val seufzte. »Warum gehst du nicht einfach nach draußen? Ich komme gleich nach.«

Am liebsten wäre ich hiergeblieben, aber ich wollte sie nicht drängen. Also stellte ich den Wein, den ich mitgebracht hatte, in den Kühlschrank und nahm die Margaritagläser vom Tresen mit nach draußen. Erst als ich nach der Türklinke griff, fiel mir die andere Sache ein, die ich mitgebracht hatte; das hätte ich fast vergessen.

Ich blickte mich um, sah, dass Val nicht auf mich achtete, und zog den gelben Klebezettel aus der Tasche, den ich geschrieben hatte. Bevor ich hinausging, klebte ich ihn auf Augenhöhe an die Hintertür. *Mit Ford schlafen* sollte sowieso auf ihrer To-do-Liste stehen.

Kaum kam ich nach draußen, zog Eve auch schon den Stuhl neben sich hervor und klopfte auf das Kissen. »Komm, setz dich. Ich möchte dich besser kennenlernen.«

Ihr Mann schüttelte den Kopf. »Das ist Eve-Sprache für ›Ich werde dich jetzt verhören‹. Tut mir leid, Mann.«

Lächelnd setzte ich mich auf den Platz. »Schon in Ordnung. Verhör mich ruhig.«

Valentina hielt einen Krug, einen Salzstreuer und eine Tüte Chips in der Hand und mühte sich mit der Hintertür ab. Ich stand auf, um die Tür aufzuschieben, und nahm ihr den Krug aus der Hand.

Das Verhör begann, bevor Val alle Gläser gefüllt hatte.

»Und, Ford, hast du schon mal eine ernsthafte Beziehung gehabt?«

»Eve …«, schalt Valentina.

Ich winkte ab. »Schon okay. Das macht mir nichts aus.« Ich sah Eve an. »Eine. Hat ungefähr eineinhalb Jahre gedauert.«

»Was ist passiert?«

Mein Blick sprang zu Valentina und zurück zu Eve. *Ich sollte ehrlich sein.* »Ich habe eine schwere Zeit durchgemacht und beschlossen, einiges in meinem Leben zu ändern. Sie gehörte dazu.«

Valentina ahnte offenbar, dass die schwierige Phase unmittelbar nach dem Unfall meiner Eltern gewesen war. Sie räusperte sich und warf ein: »Fords Eltern sind vor fünf Jahren bei einem Autounfall ums Leben gekommen.«

Eve machte ein ernstes Gesicht. »Das tut mir sehr leid.«

»Danke.« Die Worte hingen eine Weile in der Luft, und so kehrte ich zu ihrer ursprünglichen Frage zurück. »Die Beziehung, die ich hatte, ging vor zwei Jahren auseinander.«

Valentina legte die Stirn in Falten.

Eve nippte an ihrer Margarita. »Seid ihr noch Freunde?«

Ich schenkte ihr ein schuldbewusstes Lächeln. »Sie ist nicht gerade mein größter Fan. Nein.«

Eve schien von meiner Antwort unbeeindruckt zu sein. »Republikaner oder Demokrat?«

»Demokrat.«

»Das letzte Buch, das du gelesen hast?«

»*Der Outsider*. Stephen King.«

»Morgenmensch oder Nachteule?«

»In letzter Zeit eher Morgenmensch.«

»Was liegt dir am meisten am Herzen?«

»Meine Schwester. Aber sag ihr das nicht.«

Eve lächelte. »Was interessiert dich am wenigsten?«

Ich kratzte mich am Kinn. »Was andere Leute denken.«

»Gute Antwort.« Sie nickte.

Ich schnappte mir einen Chip und tauchte ihn in Guacamole. »Danke.«

»Wovon bist du besessen?«

Mein Blick zuckte zu Valentina, dann wieder zu Eve. Ich grinste. »Zurzeit deine beste Freundin.«

Eves Lächeln wurde noch breiter, während Valentina stärker errötete. Das Verhör dauerte weitere fünf Minuten, bevor Tom aufstand und eine Kopfbewegung in Richtung Strand machte.

»Was haltet ihr von einem Volleyballspiel?«

Eve schmollte. »Ich unterhalte mich mit Ford.«

Er nahm ihre Hand und zog sie hoch. »Ja. Deshalb ist es Zeit für Volleyball.«

Um neun Uhr abends saßen nur noch Val und ich auf der Terrasse. Tom war müde, und Eve hatte angefangen zu lallen. Ich hatte den Tag mit allen genossen. Bella und Nina waren eine Zeit lang vorbeigekommen, und auch die Nachbarn von der anderen Seite. Aber jetzt war ich froh, endlich mit Valentina allein zu sein.

»Tut mir leid wegen der ganztägigen Inquisition. Eve ist wundervoll, aber sie kennt keine Grenzen.«

»Schon okay. Ich fand sie ziemlich nett.«

Val seufzte. »Ich weiß, dass sie dich auch ziemlich nett fand. Jetzt wird sie unerträglich sein. Sie will, dass ich wieder ausgehe.«

»Kluge Frau.« Ich grinste. »Ich bin ganz ihrer Ansicht.«

»Vor einem Monat wollte sie mich bequatschen, mit einem Kellner auszugehen, der noch keinen Alkohol trinken durfte.«

Das wischte mir das Grinsen aus dem Gesicht.

»Sie meint es gut … ganz bestimmt. Sie meint, ich müsse nur eine Erfahrung machen.«

»Erfahrung?«

»Date. Sex. Beziehung. Was auch immer.«

Ich griff nach der Weinflasche, die wir gerade geöffnet hatten, und füllte Vals Glas nach. »Du solltest wirklich anfangen, auf deine Freundin zu hören. Sie scheint sehr intelligent zu sein.«

Val holte noch einmal tief Luft. Die Betonung beim Ausatmen klang ziemlich verzweifelt.

Wir saßen nebeneinander, aber ich wollte ihr Gesicht sehen – ich wollte dort jede Kleinigkeit lesen, die mir ihre Worte nicht verrieten. Also zog ich ihren Stuhl heraus und rückte meinen so, dass wir uns gegenübersaßen.

Als wir uns vorbeugten, berührten sich unsere Knie, und ich merkte, dass sie ein klein wenig zitterte – was sie allerdings zu überspielen versuchte. Ihr Kopf mochte dagegen sein, dass zwischen uns etwas passierte, aber ihr Körper war ziemlich enthusiastisch.

»Ich bereue den Kuss von neulich Abend nicht«, sagte ich. »Nicht im Geringsten.«

Sie schloss die Augen. »Das hätte nicht passieren dürfen.«

»Wenn du diesen Gedanken mal für eine Minute vergisst, musst du doch aber zugeben, dass er absolut phänomenal war.«

Val lächelte traurig. »Es war ein guter Kuss, ja.«

Mein Ego fühlte sich verletzt. *Gut?* Er war besser als gut. Ich mochte jünger sein als sie, aber ich hatte schon viele Frauen geküsst, und dieser Kuss … machte süchtig. Zwischen uns gab es eine Art von Chemie, die einem die Sprache verschlug. Ich schob meine Hände in ihre Kniekehlen und zog sie an die Kante des Stuhls. »Wenn du glaubst, dass das nur ein guter Kuss war, muss dein Gedächtnis aufgefrischt werden.«

Sie legte eine Hand an meine Brust, doch ich hatte das Gefühl, wenn ich mich zu ihr lehnen und sie einfach küssen würde, würde sie sich nicht wehren. Ich hätte es tun sollen. Aber unsere körperliche Verbindung war nicht das Problem, an ihrem Kopf musste ich arbeiten.

»Gut.« Sie seufzte erneut. »Es war ein atemberaubender Kuss. Die Art von Kuss, die mich noch drei Stunden danach wachgehalten hat, weil mein Körper so aufgewühlt war, dass ich nicht einschlafen konnte. Fühlst du dich jetzt besser?«

Ich grinste. »Auf jeden Fall. Und ich bin froh zu wissen, dass du auch nicht geschlafen hast.«

Sie rollte mit den Augen. »Dafür hast du mit deinen Nachrichten gesorgt.«

Gut zu wissen. Ich streckte die Hand aus, nahm ihre Hand, führte ihre Knöchel an meine Lippen und ließ meine Zunge über die weiche Haut streifen.

»Ich habe heute nicht gescherzt, als ich auf Eves Frage geantwortet habe, wovon ich besessen bin. Seit einem Monat kann ich an nichts anderes denken als an dich.«

»Ich will dich nicht beleidigen, indem ich behaupte, dass das eine Einbahnstraße ist. Seit wir uns bei Match kennengelernt haben, habe ich auch ziemlich viel an dich gedacht.«

Ich hielt immer noch ihre Hand in meiner und drückte sie. »Sagt dir das nichts?«

Valentina schaute einen Moment lang auf ihre Füße, bevor sie antwortete. »Ich war fünfzehn, als ich Ryan kennenlernte. Mit siebzehn wurde ich schwanger und heiratete mit achtzehn. Als ich vierunddreißig war, fand ich heraus, dass er mich betrog. Anstatt ihn zu verlassen, versuchte ich ein Jahr lang, die Beziehung zu retten. Ich gab mir selbst die Schuld – ich hatte ein bisschen zugenommen und schminkte mich kaum. Ich dachte, wenn ich attraktiver wäre, das Haus besser in Ordnung hielte, ihm als Mann mehr Aufmerksamkeit schenkte, würde alles gut werden.«

Sie schüttelte den Kopf. »Offensichtlich nicht. Ich habe lange gebraucht, um zu akzeptieren, dass meine gescheiterte Ehe nicht allein meine Schuld war. Aber ich habe noch länger gebraucht, um herauszufinden, wer ich bin. Wenn man mit fünfzehn ein *Wir* wird und dann mit fünfunddreißig plötzlich zum ersten Mal ein *Ich* ist, braucht man etwas Zeit, um wirklich ein *Ich* zu sein.«

Diesmal drückte sie meine Hand. »Ich fühle mich unglaublich stark zu dir hingezogen. Aber selbst wenn wir gleich alt wären, ich bin noch nicht bereit für eine Beziehung.«

Ich ließ die Schultern hängen. Was den Altersunterschied anging, hätte ich widersprechen können, dass sie sich täusche, aber wie konnte ich etwas dagegen sagen, dass sie sich selbst finden musste? Zum ersten Mal ahnte ich, dass ich scheitern könnte.

Ich nickte. »Okay.«

Val lächelte halbherzig. »Es tut mir leid.«

Ich beugte mich vor und küsste sie auf die Wange. Es war an der Zeit, mich zu verabschieden. »Mir auch.«

Mein Schwanz war genauso deprimiert wie ich.

Anders als in den anderen Nächten, in denen ich von nebenan nach Hause gekommen war, hatte ich nicht das Bedürfnis, mich zu befriedigen. Ich duschte schnell, um Sand und Salz von meiner Haut zu waschen, und zog mir eine Jogginghose an.

Es war Samstagabend und noch nicht einmal zehn. Ich sollte mich anziehen und losgehen, um eine Frau zu finden, die sowohl meinen schlaffen Schwanz als auch mich aufmuntern wollte. Doch waren wir ehrlich, es gab nur eine, die uns beide interessierte.

Wir wollten Valentina.

Stattdessen schaltete ich meinen Laptop ein und beantwortete einige Arbeits-E-Mails. Die ersten waren von meiner Assistentin, die Termine bestätigte und mich fragte, wann ich mich mit den Anwälten wegen der Umwandlung eines der Lagergebäude in Büroräume treffen wollte. Dann öffnete ich eine vom stellvertretenden Marketingleiter. Er informierte mich über den neuesten Stand unserer Werbekampagne auf Match.com – über die Höhe des bisher ausgegebenen Budgets und darüber, welche Zielgruppen am besten auf die Anzeigen ansprachen.

Offensichtlich war Co-Working-Space vor allem für geschiedene Singles zwischen zweiunddreißig und vierzig Jahren interessant, die nicht auf der Suche nach einer ernsthaften Beziehung waren.

Ich atmete schnaufend aus. *Das muss an mir liegen.*

Aber es war logisch, dass Menschen, die gerade eine unglückliche Ehe hinter sich hatten, die Idee von einem zeitweilig gemieteten Büro gefiel. Ihr Leben befand sich im Umbruch, und das Letzte, was sie wollten, war, eine neue, langfristige Bindung einzugehen. Das machte unsere Büroräume so attraktiv – man konnte sie nutzen und wieder verlassen, wann immer man wollte.

Nutzen und verlassen, wann immer du willst.

Dieser Gedanke elektrisierte mich.

Herrgott. Bin ich tatsächlich so dumm?

Ich war die Sache mit Valentina ganz falsch angegangen.

Sie hatte mir offen gesagt, dass sie nicht bereit für eine Beziehung war.

Und was tat ich? Ich ging nach Hause und schmollte.

Ich konnte doch nicht ganz dicht sein, dass ich ihr keine Alternative vorgeschlagen hatte.

Ich schnappte mir mein Handy und schickte eine kurze Nachricht.

Ford:
Kannst du zum Strand runterkommen?

Eine Minute später begannen die Punkte zu springen.

Valentina:
Jetzt?

Ford:
Ja. Ich muss dich was fragen.

Valentina:
Was denn?

Nein. Auf keinen Fall. Für dieses Gespräch musste ich sie sehen.

Ford:
Es dauert nur eine Minute.

Valentina:
Okay. Gib mir einen Moment. Ich komme gerade aus der Dusche.

Unruhig ging ich nach draußen, um zu warten. Valentina kam mir am Fuß der Treppe im Sand entgegen. Ihr Haar war nass, und sie trug Shorts und ein Tanktop.

»Was ist los?«, flüsterte sie.

»Ich habe darüber nachgedacht, was du gesagt hast – dass du noch nicht bereit für eine Beziehung bist.«

»Okay …«

Ich zuckte die Schultern. »Dann haben wir eben keine.«

Sie zog die süße Stupsnase kraus. »Wovon redest du?«

»Ganz einfach. Wir fühlen uns zueinander hingezogen. Du bist noch nicht bereit für eine Beziehung, ich bin nicht darauf aus zu heiraten, und deine beste Freundin meint, du solltest Erfahrungen sammeln. Wir sind beide den Sommer über hier. Mit etwas Glück bekommst du einen Job als Lehrerin. Bella geht zurück auf die Uni, und ich gehe wieder nach Manhattan. Den Sommer über sind wir hier – für … acht Wochen? Warum genießen wir so lange nicht die Chemie, die wir zwischen uns spüren? Ohne Verpflichtungen. Danach gehen wir getrennte Wege, und es ist vorbei. Wir genießen, was wir haben können, anstatt zu bedauern, was wir nicht haben können.«

»Das ist … das ist verrückt.«

»Warum?«

»Weil …« Sie brach ab, weil ihr kein Grund einfiel.

Ich grinste. »Gutes Argument.«

Sie blinzelte mich an. »Du musst kein Arsch sein.«

Eine leichte Brise ging und wehte einen angenehmen Duft zu mir herüber. Ich war mir nicht sicher, ob es ihr Shampoo, ihr Parfüm oder einfach nur Seife war, aber er weckte jedenfalls den Faulenzer zwischen meinen Beinen auf, der geschmollt hatte, seit ich vorhin gegangen war. Langsam bewegte ich mich auf sie zu. Valentina wich ein paar Schritte zurück und stieß gegen die Holztreppe hinter ihr.

Ich neigte den Kopf, um auf ihre Höhe zu kommen, und nutzte die Situation aus. »Was sagst du? Keine Beziehung. Keine Erwartungen. Nur einen Sommer lang vögeln – hart, weich, wozu du Lust hast – wann immer du Lust hast.«

Valentinas Brust hob und senkte sich. Warum zum Teufel war ich darauf nicht früher gekommen? Es war das perfekte Arrangement. Sie wollte mich genauso sehr wie ich sie – wir würden beide bekommen, was wir brauchten. Val bekam eine unverbindliche Sommeraffäre und sammelte Erfahrung, und ich würde die nächsten acht Wochen versuchen, sie mir aus dem Kopf zu vögeln. Ich könnte mich in den Hintern beißen, weil ich die letzten Wochen damit verschwendet hatte, sie zu einem Date zu überreden, dabei hatte die offensichtliche Lösung die ganze Zeit direkt vor meiner Nase gelegen.

»Aber …«, hob sie an.

Es sah so aus, als hätte sie endlich doch noch etwas gefunden, das gegen meine Idee sprach. Was auch immer es war, mein Argument war besser, auch wenn ich es erst einmal beweisen musste. Ich legte einen Finger auf ihre Lippen, um zu verhindern, dass sie sich bewegten.

»Vergiss dein *aber* …« Ich legte die andere Hand um ihren Nacken, und ehe sie sich wehren konnte, presste ich meinen Mund auf ihren. Genau wie beim ersten Mal dauerte ihr Kampf nur einen Herzschlag lang. Unsere Zungen trafen sich, und aus dem allgegenwärtigen Funken wurden lodernde Flammen. Wir konnten beide nicht genug bekommen. Wir tasteten und zerrten aneinander, bis wir beide keine Luft mehr bekamen. Als wir um Atem rangen, wirkte ihr Blick entrückt. Ich schob ihr eine nasse Haarsträhne hinters Ohr. »Denk darüber nach. Wir würden gut zusammenpassen.«

Sie nagte an ihrer Unterlippe. »Ich sollte wieder reingehen.«

Ich wollte sie nicht gehen lassen, aber ich wusste, dass sie darüber nachdenken musste.

Ich nickte. »Geh. Ich warte, bis du drinnen bist und abgeschlossen hast.«

Ich folgte ihr die Treppe hinauf, damit ich von der Terrasse aus sehen konnte, dass sie sicher ins Haus kam. Als sie zur Tür ging, spielte ich ein Gedankenspiel.

Wenn sie sich nicht umdreht, sagt sie Nein.

Wenn sie sich umdreht, sagt sie Ja.

Sie ging den ganzen Weg zur Tür, ohne sich noch einmal umzudrehen. Doch in letzter Sekunde, gerade als sie die Tür hinter sich schließen wollte, blieb sie stehen, sah noch einmal auf und lächelte.

Verdammt, ja!

13. Kapitel

Valentina

»Wollen wir also so tun, als würden … wir nicht darüber reden?« Eve nippte an ihrem Kaffee und taxierte mich über den Becher hinweg.

Ich seufzte. »Ich hatte gehofft, ich könnte wenigstens vorher noch etwas Koffein tanken.«

Es war fast neun. So lange hatte ich seit Jahren nicht mehr geschlafen. Andererseits blieb ich normalerweise auch nicht bis drei Uhr morgens wach. Aber nach dem, was Ford vorgeschlagen hatte, hatte ich unmöglich einschlafen können … ganz zu schweigen von … diesem Kuss.

Eve stellte ihren Becher ab und nahm eine Flasche Sonnenschutzmittel. Die Sonne war schon ziemlich stark. Sie gab einen Klecks Lotion in ihre Handfläche und begann, sich einzucremen. »Er ist unglaublich scharf.«

Ich runzelte die Stirn. »Ich weiß.«

»Scheint auch klug zu sein.«

»Das ist er.«

»Hat einen guten Sinn für Humor.«

»Das hat mich als Erstes für ihn eingenommen, als er mir auf Match.com geschrieben hat. Er ist witzig, mit ihm konnte ich über diese ganze Datingsache lachen.«

Eve war mit dem einen Arm fertig und widmete sich dem anderen. »Weißt du noch, als wir zehn waren und ich mit dem Fahrrad in ein Auto gekracht bin, das rückwärts aus einer Einfahrt setzte? Ich bin frontal dagegengefahren und habe mir dabei den Vorderzahn abgebrochen.«

»Wie könnte ich das vergessen? Du bist über den Lenker geflogen und der Länge nach auf dem Asphalt gelandet. Du warst bewusstlos, und ich dachte, du wärst tot.«

»Weißt du noch, wie viel Angst ich danach hatte, wieder Fahrrad zu fahren?«

Ich wusste, worauf sie mit ihrer Fahrradtour in die Vergangenheit hinauswollte. »Subtiler geht es kaum. Ich verstehe, was du sagen willst, und natürlich habe ich Angst, mich wieder auf einen Mann einzulassen. Aber es ist mehr als das. Ich bin einfach noch nicht bereit.«

»Es gibt Dinge, für die wir uns nie ganz bereit fühlen. Hast du dich bereit gefühlt, ein Baby zu bekommen?«

»Nein, natürlich nicht. Aber ich war achtzehn und selbst noch ein Baby.«

»Fühltest du dich bereit zu heiraten?«

»Da war ich auch noch ein Kind.«

»In Ordnung. Fühltest du dich bereit, mit vierunddreißig zurück aufs College zu gehen? Oder bereit, dich scheiden zu lassen? Oder bereit dafür, dass dein Sohn wegzieht?«

Ich lehnte mich in meinem Stuhl zurück. »Nein.«

»Wir sind selten bereit für die großen Dinge im Leben, egal wie sehr wir uns vorbereiten. Manchmal muss es reichen, so bereit zu sein, wie man es jemals sein kann.«

Gott, es war nervig, wenn sie recht hatte. Ich zupfte an meiner Unterlippe. »Gestern Abend hat er mir eine unverbindliche Sommeraffäre vorgeschlagen, weil ich keine Beziehung will.«

Eve streckte die Hände aus. »Das ist doch perfekt!«

Ich hatte mich die halbe Nacht hin und her gewälzt und nach einem Argument gegen seinen Vorschlag gesucht. Leider hatte ich davon nur Schatten unter den Augen bekommen, etwas, das dagegen sprach, war mir nicht eingefallen.

Ich seufzte. »Er ist fünfundzwanzig …«

»Mein Mann ist fünfund*fünfzig*. Willst du tauschen?«

Das war natürlich nur ein Scherz. Eve liebte Tom. Außerdem konnte man sich glücklich schätzen, wenn das Alter das Einzige war, worüber man sich bei seinem Mann lustig machen konnte.

Eve führte ihren Becher an die Lippen und hielt inne, bevor sie daran nippte. »Heilige Scheiße.«

»Was ist?«

Sie schob die Sonnenbrille auf die Nasenspitze, und als sie über meine Schulter auf den Strand starrte, blieb ihr buchstäblich der Mund offen stehen. Ich folgte ihrem Blick, drehte mich um und entdeckte Ford ein paar Häuser weiter – er joggte mit freiem Oberkörper am Strand entlang. Selbst aus fünfzehn oder zwanzig Metern Entfernung konnten wir sehen, wie sich bei der Bewegung die einzelnen Bauchmuskeln anspannten.

Er winkte, während wir beide wie Idioten gafften.

»Im Ernst …« Eve fächelte sich Luft zu. »… wenn du dir diesen Hengst entgehen lässt, kann mit dir was nicht stimmen.«

Ford joggte über den Strand zum Haus. Eve schob ihre Sonnenbrille wieder hoch. Ich kicherte, weil ich wusste, dass sie ihn so weiter anstarren konnte, während er näher kam.

»Morgen, die Damen.« Ford hatte die Hände auf die Hüften gestützt und schaute vom Strand zu uns hoch. Er war nicht einmal aus der Puste.

»Guten Morgen!« rief Eve nach unten. »Wir haben gerade von dir gesprochen.«

Ich bedachte meine beste Freundin und ihr vorlautes Mundwerk mit einem bösen Blick.

Ford grinste. »Ach ja? Nur Gutes, hoffe ich.«

Eve lächelte breit. »Das würde ich sagen. Unser Gespräch drehte sich um deinen Vorschlag, ein paar Monate Sex zu haben.«

»Eve!« Ich sah mich um. In diesem Moment hätte ich sie am liebsten umgebracht.

Ford hingegen schien amüsiert zu sein. Seine Augenbrauen schossen in die Höhe. »Gut zu wissen. Wie sieht es bis jetzt für mich aus?«

Eve drehte sich um und musterte mich, legte abwägend den Kopf schief und sah dann wieder zu Ford hinunter. »Im Moment würde ich sagen, etwa fifty-fifty. Ich brauche ein wenig mehr Zeit, um die Chancen zu deinen Gunsten zu verändern.«

Er lachte. »Gut, dann lass ich euch in Ruhe.«

Ford drehte sich um und ging auf die Treppe zu, die zu seiner Terrasse führte. »Hey, du Lustknabe?«, rief Eve ihm nach.

Er schüttelte lachend den Kopf. »Ja?«

»Wir werden den Tag am Strand verbringen. Warum kommst du nicht mit?«

Seine Grübchen erschienen. »Sehr gern. Ich muss ein paar Stunden arbeiten, aber ich treffe euch später da unten.«

»Klingt gut!«

Ich wartete, bis Ford in seinem Haus verschwunden war. »Was zum Teufel?«, fragte ich schließlich.

Sie lächelte, als hätte sie nicht gerade gegen den Freundinnenkodex verstoßen. »Du kannst mir später danken, *nachdem* er dir all die Orgasmen beschert hat, zu denen ein Mann mit diesem Körper fähig ist.«

Ich versuchte, mich wieder zu entspannen, aber das war nicht einfach.

Das Wasser war heute ruhig, also hatten wir zwei Gummi-Inseln mitgebracht und sie mit einem langen Seil an einem Anker am Strand befestigt. Gleichmäßige, ruhige Wellen hatten mich in den Schlaf gewiegt, während ich auf dem Wasser trieb und die Sonne genoss.

Bis ich sein Lachen hörte.

Ich schaute zum Ufer, obwohl ich mich nicht erst vergewissern musste, wer es war. Mein Körper kribbelte alarmierend. Ford war gerade an den Strand gekommen und hatte sich neben Eve und Tom in dem Stuhl niedergelassen, in dem ich vorher gesessen hatte. Ich spürte, wie sich die Blicke aus sechs Augen in mich bohrten. Und ich war mir ziemlich sicher, dass Eve gleich eine unangemessene Unterhaltung beginnen würde, wenn sie es nicht schon getan hatte. Also wandte ich mein Gesicht der Sonne zu, holte tief Luft und konzentrierte mich darauf, mich wieder zu entspannen. Das Plätschern des Wassers übertönte ihre Stimmen, und nach einer Weile döste ich wieder ein.

Bis ich plötzlich in die Luft flog und ins Wasser platschte.

»Was zum …« Ich schob mir die nassen Haare aus dem Gesicht und spuckte einen Mund voll salziges Meerwasser aus.

Ford wirkte verdammt stolz auf sich, in einer Hand hielt er die Schwimminsel, auf der ich gerade ein Nickerchen gemacht hatte. Der Idiot hatte sich angeschlichen und das Gummiteil mit mir darauf umgedreht.

Er grinste von einem Ohr zum anderen. »Es ist ziemlich heiß. Ich dachte, du könntest eine Abkühlung gebrauchen.«

Ich bespritzte ihn mit Wasser. »Ich habe die Ruhe genossen.«

»Du sahst eher gelangweilt aus.«

Ich starrte ihn finster an. Zumindest versuchte ich es, denn eigentlich war ich gar nicht wütend. »Ich habe letzte Nacht nicht gut geschlafen. Ein kleines Nickerchen wäre schön gewesen.«

Mit einem selbstgefälligen Lächeln kam Ford auf mich zu. »Warum hast du nicht gut geschlafen?«

Ich wich zurück und spritzte noch mehr Wasser auf ihn. »Geh weg.«

Sein Grinsen wurde breiter. »Sag mir, warum du nicht gut geschlafen hast, und ich verschwinde.«

Ich bespritzte ihn erneut. Lachend stürzte er sich auf mich. Er packte mich an der Taille, hob mich aus dem Wasser und über seinen Kopf in die Luft. Ich kreischte, er solle mich runterlassen.

»Sag es mir.«

»Lass mich runter, damit ich dich fertigmachen kann.«

»Was war das? Hast du gesagt, ich soll dich untertauchen?«

Ich versuchte, mich aus seinem Griff zu befreien. »Wage es ja nicht!«

Ich hatte den Satz kaum beendet, als er mich schon unter Wasser drückte. Und genauso schnell, wie er mich eingetaucht hatte, hob er mich wieder heraus. Doch als er mich diesmal hochhob, glitt mein glitschiger Körper aus seinen Händen. Ich versuchte, ihm zu entkommen, aber bevor ich in Schwung kam, zog er mich schon wieder zurück. Er legte die Arme um meine Taille und zog mich an seine Brust.

Ich fuchtelte mit den Armen und versuchte, wütend zu klingen, aber es war schwierig, gereizt zu klingen, wenn man dabei lächelte. »Ich werde dich ernsthaft fertigmachen.«

»Ja? Das sieht bestimmt lustig aus.«

Ich versuchte, seine Arme um meine Taille zu lösen, aber

seine Hände waren zu stark. Er beugte sich herunter, legte den Kopf auf meine Schulter und raunte: »Hör auf, dich dagegen zu wehren, Valentina.«

Vermutlich bezog er sich nicht auf unser Toben im Wasser. »Ich kann nicht glauben, dass du mich einfach von meiner Insel geworfen und untergetaucht hast.«

Er umarmte mich von hinten. »Es tut mir leid. Das hätte ich nicht tun sollen. Komm, wir knutschen ein bisschen, dann kann ich es wiedergutmachen.«

Ich lachte. »Du bist so ein Idiot.«

So verrückt es auch war, ich empfand einen heftigen Drang, mich umzudrehen, meine Hände um seinen Hals und meine Beine um seine Taille zu schlingen und an ihm hochzuklettern wie ein Koalabär an einem Baum.

Das tat ich nicht. Doch ich genoss das Gefühl, von seinen starken Armen umschlossen zu sein.

Ich hörte auf, mich zu wehren, und Ford flüsterte mir ins Ohr. »Siehst du? Es ist gar nicht so schwer, sich nicht zu wehren.«

Ich lehnte den Kopf zurück an seine Brust und schloss die Augen. Es fühlte sich so gut an; ich wusste ehrlich nicht, wie lange ich alldem noch widerstehen konnte.

Ich lag auf dem Bauch und schaute zwei kleinen Mädchen zu, die ein paar Meter entfernt eine Sandburg bauten. »Ich weiß noch, wie sich unsere Familien zum ersten Mal am Strand getroffen haben. Ryan war nicht viel älter als sie.«

Eve und Tom waren ins Haus gegangen, um zu duschen, und Ford saß auf einem Stuhl neben mir.

Er stand auf. »Rutsch ein Stück rüber.«

Meine Decke war groß genug für zwei, doch ich hatte in der

Mitte gelegen. Ich rückte rüber, und Ford legte sich auf den Bauch neben mich, um die Mädchen zu beobachten.

»Ich war zwölf, als meine Eltern das Haus kauften«, sagte er. »Ryan war sechs. Er ist dir immer hinterhergelaufen. Du warst sehr nett zu ihm und hast mit ihm gespielt.«

Ford drehte sich auf die Seite, sah mich an und strich mit einem Finger über meinen Rücken. »Willst du irgendwann noch mehr Kinder haben?«

Ich schirmte meine Augen gegen die Sonne ab und sah zu ihm hinüber. »Ich weiß nicht, ob das Schicksal das für mich vorgesehen hat. Ich bin Single, siebenunddreißig, keusch und stehe kurz vor einem beruflichen Neuanfang.«

»Was wäre, wenn du siebenunddreißig und glücklich verheiratet wärst?«

Ich lächelte. »Da wir hier nur von Hypothesen sprechen, könnte ich dann mit jemand anderem als Ryan glücklich verheiratet sein?«

Er ließ die Hand auf meinem Rücken liegen. »Klar. Da wir nur von Hypothesen sprechen, könntest du mit einem jüngeren Mann verheiratet sein, der seine Hände nicht von dir lassen kann.«

Ich verdrehte die Augen, antwortete jedoch ehrlich. »Ryan und ich haben vor etwa zehn Jahren versucht, ein weiteres Kind zu bekommen. Wir haben es über fünf Jahre lang versucht, konnten aber nicht schwanger werden – Ironie des Schicksals, denn dass ich in meinem letzten Highschool-Jahr mit Ryan schwanger wurde, war keineswegs geplant. Wir haben uns beide testen lassen, und sie haben keinen medizinischen Grund gefunden, warum wir nicht schwanger werden konnten. Es ist einfach nicht passiert.«

»Du willst also noch mehr Kinder haben?«

Ich schüttelte den Kopf. »Ich werde zu alt.«

»Viele Leute bekommen jetzt erst in den Vierzigern Kindern. Du bist wirklich auf Zahlen fixiert, oder? Zwölf Jahre sind ein zu großer Altersunterschied. Siebenunddreißig ist zu alt, um Kinder zu bekommen.«

Daran war mehr Wahres, als er wusste. Eve war die Einzige, der ich jemals von Ryans Fremdgehen erzählt hatte.

Ich drehte mich auf der Decke um und sah Ford an. »Ryan hat mich mit einer Zwanzigjährigen betrogen.«

Obwohl inzwischen Jahre vergangen waren, fiel es mir fast noch genauso schwer wie damals, die Worte auszusprechen.

In Fords Gesicht erschien ein verständnisvoller Ausdruck. Er nickte. »Dein Ex ist wirklich ein Arsch.«

Ich lächelte traurig. »Ja, das ist er.«

Wir schwiegen eine Weile, blieben aber auf der Seite liegen, einander zugewandt. Der Strand leerte sich, doch ich hatte noch keine Lust zu gehen, und Ford anscheinend auch nicht.

»Und du? Willst du irgendwann Kinder haben?«

Ford hatte die Hand von meinem Rücken genommen, als ich mich umgedreht hatte, doch jetzt legte er sie auf meine Taille. Seine Berührung fühlte sich natürlich und beruhigend an. Er strich mit dem Daumen über die Neigung an meiner Taille. »Ich weiß es nicht. Ich habe bereits eine Neunzehnjährige, und das ist nicht gerade ein Vergnügen.«

Ich lächelte. »Du machst das echt gut mit ihr. Ich glaube, du wärst ein toller Vater.«

»Ach ja?«

Ich nickte.

Er ließ die Hand von meiner Taille über meine Hüfte bis zu meinem Oberschenkel gleiten. Selbst in der warmen Sonne überlief eine Gänsehaut meinen ganzen Körper.

»Weißt du, was ich wirklich gut kann?«

»Was?«

Er beugte sich vor und rieb seine Nase an meiner. »Üben, um Babys zu machen.«

Ich grinste. »Ach ja?«

Er nickte. »Weißt du, was noch wahr ist?«

»Was?«

»Es gibt keinen besseren Weg, deinem Ex-Mann heimzuzahlen, dass er mit einer Zwanzigjährigen fremdgegangen ist, als eine Sommeraffäre mit einem jüngeren Mann zu haben.«

14. Kapitel

Valentina

Ich hatte Ford seit Sonntagabend am Strand nicht mehr gesehen. Am nächsten Morgen war er früh in sein Büro in der City gefahren, und in den vergangenen Tagen hatten wir nur ein paar kurze Nachrichten ausgetauscht. Aber als ich vor einer Stunde vom Einkaufen zurückkam, stand sein Auto in der Einfahrt. Es war schrecklich, aber noch bevor ich meine Tüten auspackte, ging ich nach oben, um mir als Erstes die Haare zu richten.

Und davon, wie aufgeregt ich war, als mein Telefon klingelte, wollen wir gar nicht erst sprechen. Ich checkte gerade im Kühlschrank, was ich mir zum Abendessen machen könnte, schreckte hoch und stieß mir den Kopf an der Tür. Als ich das Handy von der Arbeitsplatte nahm, raste mein Puls wie ein führerloser Zug und das noch, bevor ich überhaupt wusste, wer mir eine Nachricht geschickt hatte.

Ford:
Was machst du gerade?

Valentina:
Ich überlege, was ich zum Abendessen koche. Und du?

Ford:
Ich überlege, zu dieser Verkostung in dem neuen Restaurant zu gehen, das gerade aufgemacht hat.

Vor ein paar Wochen hatte ich die großen Schilder für die Eröffnung gesehen. Das Restaurant bot ein siebengängiges Degustationsmenü an, was genau nach meinem Geschmack war. Ich verhielt mich zurückhaltend und tat so, als ob ich in den letzten Tagen nicht ständig aus dem Fenster geschaut hätte, um zu sehen, ob er zurück war.

Valentina:
Oh. Bist du wieder in Montauk?

Ford:
Ich bin vor etwa einer Stunde angekommen.

Wohl eher vor einer Stunde und fünfzehn Minuten, aber wir wollen mal nicht kleinlich sein.

Bevor ich antworten konnte, traf eine weitere Nachricht ein.

Ford:
Was sagst du? Hast du Lust?

Ich knabberte an meiner Unterlippe.

Valentina:
Kommt Bella mit?

Ford:
Nope. Nur wir.

Gott, ich wollte es. Ich wollte es unbedingt.

Valentina:
Ford …

Noch eine Nachricht.

Ford:
Können zwei Menschen nicht einfach zusammen essen und die Gesellschaft des anderen genießen?

Valentina:
Es ist also kein Date?

Drei Punkte sprangen herum. Hörten auf. Fingen wieder an.

Ford:
Was immer dich glücklich macht. Geh einfach mit mir essen.

Vielleicht war ich albern. Freunde konnten doch zusammen essen.

Valentina:
Okay. Nur zwei Freunde, die zusammen essen gehen. Ich denke, das ist auch nicht anders, als wenn ich mit Eve essen gehe.

Ford:
Wenn du das sagst. Ich wusste nicht, dass du mit deiner besten Freundin am Ende des Abends geknutscht hast. Aber das ist in Ordnung ;) Wir sehen uns in zwanzig Minuten.

Ford stand mit einem riesigen Blumenstrauß auf der vorderen Veranda, ähnlich dem, den er mir vor nicht allzu langer Zeit vor die Tür gelegt hatte. Ich öffnete die Fliegengittertür.

»Ich dachte, das wäre kein Date.«

Er trat ein und blieb stehen, um sich vorzubeugen und mich auf die Wange zu küssen. Verdammt. Er roch auch noch gut.

»Ein Date würde eine Beziehung implizieren, und wir haben bereits festgestellt, dass das nicht möglich ist. Das heißt aber nicht, dass ich dir keine Blumen mitbringen und dich schön zum Essen ausführen darf, bevor wir Sex haben.«

Ich hob eine Braue. »Ich habe nicht gesagt, dass ich Sex mit dir habe. Ich habe nur gesagt, dass ich mit dir zu Abend esse.«

Er grinste. »Noch nicht. Aber warte, bis du siehst, wie charmant ich bei unserem Date heute Abend bin.«

Ich musste unwillkürlich lachen. »Ich muss meine Handtasche von oben holen. Bin gleich zurück.«

Unser Abendessen, das aus sieben kleinen Probierportionen bestand, war köstlich, und unser Gespräch stockte keinen Moment. Wir sprachen über Fords Arbeit, darüber, dass er beschlossen hatte, weitere Teile des Selfstorage-Geschäfts in Büroräume umzuwandeln, und darüber, dass ich mich nach Lehrerstellen umsah, damit ich bereit war, wenn ich meine Examensergebnisse bekam. Wir saßen schon über zwei Stunden am Tisch, und ich hätte noch zwei weitere Stunden dort sitzen können.

»Was hältst du davon, wenn wir in die Bar auf der anderen Straßenseite gehen und noch was trinken?«

Ich nickte. »Gern. Bestellen wir die Rechnung. Der Kellner freut sich bestimmt, andere Leute auf unsere Plätze zu setzen.«

Ford stand auf und reichte mir die Hand, um mir aufzuhelfen. »Schon erledigt. Ich habe die Rechnung bezahlt, als ich vor einer Weile zur Toilette war.«

»Was? Warum?«

»Weil du sonst mit mir darüber gestritten hättest, dass wir sie uns teilen sollten, damit du weiterhin so tun kannst, als ob wir kein Date hätten.«

Ich blinzelte ihn an. »Wir sind nicht bei einem Date.«

Er zog mich an meiner Hand auf die Beine. »Genau. Kein Date.«

»Nein.«

Er zwinkerte mir zu und verschränkte seine Finger mit meinen. »Absolut. Und ich werde auch nicht auf deinen Hintern in diesen engen Jeans starren, wenn ich dir die Tür aufhalte, damit du zuerst hindurchgehen kannst.«

Ich blinzelte. »Du bist ein Idiot.«

Er führte unsere gemeinsamen Hände zu seinen Lippen und küsste sie. »Vielleicht. Aber ich bin ein Idiot mit dem heißesten Date im Raum.«

Mein Kein-Date-Date wurde auf Volljährigkeit geprüft.

Ich glaube, das war wohl das erste Mal.

Schlimmer noch, der kokette Barkeeper warf einen Blick auf mich und fragte, was ich trinken wolle. *Tu doch wenigstens so, als wären mein Date und ich im selben Jahrzehnt geboren, wenn du schon anzweifelst, dass es über einundzwanzig ist. Tu mir den Gefallen.*

Äh. Warte. Es ist ja kein Date.

Na egal.

Die Bar war voll. Ich war bisher nur zum Mittagessen hier gewesen und hatte keine Ahnung, dass es an einem Donnerstagabend so voll war. Ich schaute mich um, ziemlich sicher, dass ich eine der ältesten, wenn nicht sogar *die* älteste Person im Raum war.

»Hör auf, dir so viele Gedanken zu machen«, flüsterte Ford mir ins Ohr.

Während wir auf unsere Drinks warteten, sah ich mich noch einmal in der Bar voller Menschen in den Zwanzigern um und wandte mich dann wieder zu Ford. »Der Barkeeper hält mich für deine Mutter.«

Offenbar fand er meine Besorgnis amüsant.

Er grinste. »Meinst du?«

Ich sah ihn finster an. »Das ist nicht lustig.«

»Nein. Aber falls er das denkt … dann ist es das ganz sicher.«

Er legte eine Hand um meinen Nacken und zog mich zu sich heran. Grinsend presste er seine Lippen auf meine und küsste mich, bis ich alle anderen um uns herum vergaß. Als er sich von mir löste, krallte ich die Finger in sein Hemd.

Er rückte nur so weit von mir ab, dass er mir in die Augen sehen konnte. »Wenn sie schon reden, dann sollen sie auch richtig was zum Reden haben.«

Die Leute drängelten sich um die Stehplätze an der Bar, um zu bestellen. Ford nahm meine Hand, und wir schlängelten uns auf der Suche nach einem Sitzplatz durch die Menge. Zwei Personen, die in einer ruhigeren Ecke gesessen hatten, standen gerade auf, und wir warteten daneben, um den Tisch zu ergattern.

Als wir uns setzten, brach in der ganzen Bar lautes Gelächter aus. Das war schon das dritte Mal, seit wir das Lokal betreten hatten – es klang, als hätten alle denselben Witz gehört, nur wir nicht. An unserem Tisch war ein iPad angebracht, und wir erkannten bald, worüber sich alle amüsierten. In der Bar wurde ein Quizspiel veranstaltet – ein *Sex-Quizspiel*, um genau zu sein.

Eine Kellnerin kam zu uns und legte zwei Untersetzer und Servietten ab. »Nur Getränke oder möchten Sie auch die Speisekarte sehen?«

»Nur Getränke.« Ford hielt sein volles Bier hoch. »Aber für den Moment sind wir versorgt.«

»Wenn ihr beim nächsten Spiel mitmachen wollt, müsst ihr zwanzig Dollar bezahlen. Das letzte Spiel ist gerade zu Ende, das neue sollte in ein paar Minuten beginnen. Der Gewinner teilt sich den Erlös fifty-fifty mit der Bar. Wir machen das jeden Sommer als Spendensammlung für die Brustkrebsforschung – die Bar spendet ihren Anteil zu hundert Prozent.«

Ford zog ein Bündel Scheine aus der Hosentasche und reichte ihr einen Zwanziger. »Wir sind dabei.«

Als die Kellnerin sich entfernte, sah er mich an. »Glaubst du, du bist besser im Sex-Quiz als ich?«

Wer würde schon behaupten, dass er in einem solchen Spiel *nicht* besser ist? »Natürlich.«

Er grinste. »Wie wäre es dann mit einer kleinen Nebenwette?«

»Um was wetten wir?«

Er rieb sich das Kinn. »Wenn ich gewinne, gehst du mit mir zu einem richtigen Date – einem, bei dem ich dich in ein nettes Restaurant ausführe und du nicht so tust, als wäre es kein Date.«

»Und wenn ich gewinne?«

»Das ist eine schwierige Frage. Ein Date mit mir könnte auch dein Preis sein.«

Ich schüttelte den Kopf. »Mann, bist du eingebildet.«

Er stand auf, um das Geld wieder in die Hosentasche zu stecken. »Also gut. Wie wäre es damit? Wenn ich gewinne, gehst du mit mir zu einem Date aus. Wenn du gewinnst, repariere ich deine quietschenden Schiebetüren.«

»Die quietschen ganz schön, oder?«

»Deine Hardware ist verrostet. Du musst sie alle paar Jahre austauschen. Bei mir muss das auch gemacht werden.«

Ich streckte meine Hand aus. *Wie könnte ich verlieren?* »Abgemacht. Dieses Quietschen macht mich wahnsinnig.«

Was ist die durchschnittliche Länge eines erigierten Penis?

Während ich die Antworten las, spürte ich, wie ich rot wurde. Die Auswahlmöglichkeiten waren:

A. 12 bis 14 Zentimeter lang
B. 14 bis 15,5 Zentimeter lang
C. 15,5 bis 17,5 Zentimeter lang
D. 22 bis 24 Zentimeter lang

Ohne darüber nachzudenken, hatte ich Daumen und Zeigefinger abgespreizt, um mir ein Bild davon zu machen, wie fünfzehn Zentimeter aussahen. Als ich aufblickte, zog Ford eine Augenbraue hoch.

»Ich würde mich dir ja als Messlatte anbieten. Aber ich bin nicht der Durchschnitt.«

Er grinste verrucht und sah aus, als wollte er mich bei lebendigem Leib verspeisen.

Ich wand mich auf meinem Platz. »Hm. Ich nehme A.«

»Um der Männlichkeit willen würde ich sagen, die Antwort ist D. Aber ich habe das mal irgendwo gelesen, und ich glaube, es ist tatsächlich B.«

Wir hatten beschlossen, meine Antworten in das iPad einzugeben, damit der Computer einen unserer Spielstände verfolgen konnte, seinen Spielstand hielten wir getrennt fest. Bis jetzt hatten wir fünf Fragen beantwortet – er hatte drei richtig, ich eine und wir hatten beide eine falsch beantwortet.

Auf den riesigen Bildschirmen leuchtete die Antwort auf, und ein weiterer Punkt ging an Ford. Er hatte ein süffisantes Lächeln im Gesicht.

»Ich habe mich geirrt«, sagte ich. »Aber ich bin nicht enttäuscht, festzustellen, dass der durchschnittliche Mann größer ist, als ich vermutet habe.«

Ford zwinkerte mir zu. »Du wirst auch nicht enttäuscht sein, wenn du meinen siehst, Süße.«

Meine Güte. Ich brauchte unbedingt noch ein Glas Wein.

Ein paar Minuten später erschien die nächste Frage auf dem Display:

Wie viele Nervenenden hat die Klitoris?

O Gott. In diesem Moment fühlte es sich wie zig Millionen an. Die Auswahlmöglichkeiten waren:

A. 22
B. 310
C. 1.000
D. 8.000

Wir waren beide überrascht, dass die Antwort D lautete.

Na, kein Wunder.

Ford erwischte unsere Kellnerin, um mir einen weiteren

Wein zu bestellen, und lehnte es ab, sein halb leeres Bier nachzufüllen, da er fuhr.

Ich las die nächste Frage auf dem Display und schüttelte den Kopf. »Ist das eine Falle? Bist du mit dem Besitzer befreundet und hast ihn gebeten, diese Fragen zu stellen, als wir ankamen?«

Ford blickte nach unten, um die Frage zu lesen.

In welchem Alter erreicht eine Frau ihren sexuellen Höhepunkt?

Er sah auf. »Oh, ich liebe dieses Spiel.«

Lachend las ich die Antworten laut vor:

A. 18
B. 25
C. 38
D. 45

Ohne mich zu fragen, gab Ford C als unsere Antwort ein.

»Ich dachte, wir geben meine Vermutungen ein?«

»Wolltest du was anderes nehmen?«

Fords Telefon summte auf dem Tisch. Wir schauten nach unten und sahen Bellas Namen auf dem Display aufleuchten.

»Ich würde das liebend gern ignorieren. Aber das kann ich nicht.« Er stöhnte.

»Nein, natürlich nicht. Geh ran.« Die Beziehung zu seiner Schwester gehörte zu den Dingen, die ich am meisten an ihm mochte. Sie machte ihn verrückt, aber er war hundertprozentig für sie da.

Er nahm das Gespräch an, und das einfache Heben seines Arms ließ einen Muskel in seinem Bizeps zucken. Ich hob meinen Wein an die Lippen. *Das steht auch ziemlich weit oben auf der Liste.*

»Was ist los?« Ford stand sofort auf. Er hörte zu und strich sich mit der Hand durchs Haar. »Ich bin gleich da.«

Er kramte mit einer Hand in der Hosentasche und warf ein paar Scheine auf den Tisch. »Ich muss gehen. Bella wurde gerade verhaftet.«

Es wäre untertrieben zu sagen, dass auf der Heimfahrt im Auto Blitze niedergingen. Ford fluchte über den Wagen vor ihm, der rechts abbog, ohne zu blinken, und schlug mit der Hand aufs Lenkrad.

»Ford?«, kam Annabellas schwache Stimme von der Rückbank. Sie hatte sich hingelegt, seit wir sie auf dem Revier abgeholt hatten. »Ich glaube, ich muss kotzen.«

Ford murmelte eine Reihe von Flüchen und bog in eine Seitenstraße ein. Bella öffnete mit Mühe die Tür und stolperte aus dem Auto. Sie machte ein paar Schritte, beugte die Knie und lehnte sich vor, um sich zu übergeben. Ich wollte schon die Tür öffnen, doch Ford hielt mich zurück.

»Nicht.«

»Aber … sie könnte ersticken. Oder die Haare dazwischen kriegen.«

»Sie kommt schon klar. Ich habe von hier ein Auge auf sie. Ich behandele sie nicht wie ein Kleinkind, und ich lasse auch nicht zu, dass du das tust.«

»Ford …«

Er drehte sich zu mir um. Ich hatte ihn noch nie richtig wütend gesehen. Sein Kiefer war angespannt, die Lippen zu einem mürrischen Strich zusammengepresst, und er klang so streng wie ein ziemlich genervter Vater.

»Sie ist alt genug, um mit einem gefälschten Ausweis in Bars zu gehen, Gras zu kaufen, sich zuzudröhnen und verhaftet zu werden. Dann ist sie auch alt genug, sich das Haar zurückzuhalten. Ich bin kein Arsch. Ich habe im Bad gesessen und ihr oft die Haare gehalten, als sie wirklich krank war. Aber mit dieser Scheiße muss sie allein klarkommen.«

Es fiel mir zwar schwer zuzusehen, wie sich ein Teenager allein am Straßenrand übergab, aber ich hatte nicht über ihre Erziehung zu entscheiden. Ich war eine Mutter; ich verhätschelte Menschen, wenn sie krank oder niedergeschlagen waren – liebevolle Strenge lag nicht in meinen Genen. Obwohl ich wusste, dass mein Ex-Mann bei unserem Sohn wahrscheinlich genauso handeln würde.

Zu sehen, wie Ford sich auf dem Polizeirevier für seine Schwester eingesetzt hatte und wie wütend und enttäuscht er jetzt war, machte mir wohl zum ersten Mal so richtig klar, dass er wirklich kein typischer Fünfundzwanzigjähriger war. Seine Lebensumstände hatten ihn gezwungen, schneller zu reifen als die meisten Menschen seines Alters.

Er hatte sich seinen Erwachsenenausweis auf die harte Tour verdient. Und dass ich ihn behandelte, als wäre er noch ein Junge, war in vielerlei Hinsicht beleidigend für ihn. Es war eine Sache, nicht mit ihm ausgehen zu wollen, weil ich noch nicht bereit war, aber eine ganz andere, sich hinter einer Ausrede zu verstecken, die ihn kränkte.

Ich schaute aus dem Fenster und sah nach Bella, die immer noch trocken würgte, dann legte ich meine Hand auf Fords. Seine Miene wurde unendlich weich, und er atmete tief ein und verschränkte seine Finger mit meinen.

Die halbstündige Fahrt von den Hamptons nach Hause dauerte doppelt so lange wie sonst, weil wir dreimal anhalten mussten, weil Bella sich übergeben musste – oder weil sie glaubte, sich übergeben zu müssen. So schwer es mir auch fiel, ich blieb bei allen drei Stopps im Auto. Doch als wir zu Hause ankamen, musste ich ihr wenigstens ins Bett helfen. Sie brabbelte vor sich hin, während ich ihr die Schuhe auszog.

»Manchmal, wenn ich den ganzen Tag am Strand gespielt hatte, war ich nach dem Baden so müde, dass ich einschlief, bevor Mom kam, um mir die Haare zu bürsten.«

Ich setzte mich neben sie auf die Bettkante und zog die Decke hoch. »Der Strand haut uns um.«

»Aber wenn ich morgens aufwachte, waren meine Haare nicht durcheinander. Mom hat sie mir immer gebürstet, während ich schlief.«

Das tat mir im Herzen weh, ob sie sich nun heute Abend danebenbenommen hatte oder nicht. Ich lächelte traurig und strich ihr übers Haar. »Mütter haben solche Superkräfte.«

»Ich vermisse sie. Sie ist so gern hier draußen gewesen.«

»Es ist wunderschön in Montauk. Ich glaube aber, deiner Mutter hat es wahrscheinlich am besten gefallen, dass sie hier mit ihrer Familie zusammen sein konnte, ohne die Ablenkungen des Alltags.«

Annabella rollte sich in der Embryostellung zusammen. Ich steckte die Decke um sie fest und streichelte ihr Haar, bis sie einschlief.

Ford war unten im Wohnzimmer und trank bernsteinfarbene Flüssigkeit aus einem Tumbler.

»Sie schläft.«

Er nickte und leerte den Rest des Inhalts in einem Schluck. »Willst du was trinken?«

»Gern. Aber ich glaube, ich trinke nicht das, was du da hast. Was immer das ist.«

Ford stand auf und ging zum Weinregal in der Küche. »Ich habe auch den Cabernet, den du gern trinkst.«

Ich beobachtete von der Tür aus, wie er die Flasche herausholte und entkorkte, mir ein Glas einschenkte und sein eigenes mit Schnaps nachfüllte.

Zurück im Wohnzimmer reichte er mir das Weinglas.

»Hast du *zufällig* den Wein, den ich mag?« Ich stieß ihn spielerisch mit der Schulter an.

»Ich habe auch mehr von dem Rasierwasser gekauft, von dem du letzte Woche gesagt hast, dass du es magst.« Ford setzte sich, lehnte den Kopf gegen die Lehne der Couch und blickte zur Decke hinauf. »Ich bin mir sicher, dass mein Eifer für dich ein Zeichen von Unreife ist. Aber ich möchte dir einfach nur gefallen.«

Ich schüttelte den Kopf. *Gott, ich bin so dumm gewesen.*

»Eigentlich finde ich Aufmerksamkeit bei einem Mann unglaublich attraktiv.«

Ford führte das Glas an den Mund und trank, als würde er Medizin nehmen. »Lass mich raten, du findest Aufmerksamkeit attraktiv, aber in deiner Vorstellung bin ich nur ein Junge, kein Mann, also trifft das auf mich nicht zu.«

Seufzend stellte ich mein Weinglas ab. »Es tut mir leid, dass ich dich so behandelt habe.«

Er setzte sich auf und nickte, doch in seinen Augen sah ich, dass er zögerte, meine Entschuldigung anzunehmen.

»Als ich heute Abend gesehen habe, wie du mit deiner Schwester umgegangen bist, ist mir klar geworden, dass du recht hast – das Alter ist nicht wichtig.« Ich schüttelte den Kopf. »Ich kenne viele vierzigjährige Männer, die sich wie Teenager verhalten.«

Er wirkte immer noch nicht überzeugt, dass sich meine Einstellung geändert hatte. Ich hatte noch nie in meinem Leben einen Mann um ein Date gebeten. Verdammt, ich hatte seit mehr als zwanzig Jahren kein Date mehr gehabt, woher wollte ich also wissen, wie so etwas ablief? Ich setzte mich aufrecht hin und kippte den Rest des Weines hinunter, dann sah ich Ford in die Augen.

»Würdest du … morgen Abend mit mir essen gehen?«

»Ich kann nicht. Ich habe nachmittags ein Meeting in der City.«

»Dann übermorgen?«

Ford strich sich mit dem Daumen über die Unterlippe und musterte mich nachdenklich. »Hast du Mitleid mit mir, weil meine Eltern getötet wurden und ich meine kleine Schwester großgezogen habe?«

Ich war ehrlich. »Ja. Aber das hat nichts damit zu tun, warum ich dich um ein Date bitte.«

Normalerweise konnte ich sein Gesicht leicht lesen, aber diesmal wusste ich nicht, was in seinem Kopf vorging.

Er taxierte mich noch etwas länger. »Warum?«, fragte er schließlich.

»Warum was?«

»Warum willst du mit mir ausgehen?«

»Du meinst, warum heute, wo ich doch vorher Nein gesagt habe?«

Er schüttelte den Kopf. »Nein. Ich meine, nenn mir die Gründe, warum du mit mir ausgehen willst.«

Ich blinzelte, unsicher, ob er mich ärgern wollte. Als ich merkte, dass er tatsächlich auf eine Antwort wartete, musste ich nicht lange nachdenken. »Du bist klug, witzig, gut aussehend und reif.«

»Du gehst also nicht nur aus Mitleid mit mir aus?«

Ich lächelte. »Nein. Ganz bestimmt nicht.«

Ford kippte den Rest seines zweiten Drinks hinunter und

knallte das leere Glas auf den Tisch. Er legte eine Hand um meinen Nacken und zog mich zu sich heran. Um seine Mundwinkel zuckte ein Lächeln. »Nur damit du es weißt, ich hätte auch ein Mitleidsdate genommen. Es ist mir ganz egal, wie ich es bekomme. Aber es war schön, das zu hören.«

Ich boxte ihn im Spaß gegen die Brust, aber er rührte sich nicht. »Wenn du schon mit mir ausgehen willst, wie wäre es, wenn du herkommst und zur Abwechslung *mich* küsst?«

Lächelnd beugte ich mich vor, um mit den Lippen über seine zu streichen. Als ich mich zurückziehen wollte, schob Ford entschlossen die Finger in mein Haar und hielt mich fest, um den Kuss zu vertiefen. Er war voller Leidenschaft und Verlangen, und bevor er sich zurückzog, biss er mir in die Unterlippe und hinterließ einen brennenden Schmerz.

Ich ertappte mich bei dem Gedanken, dass dieser Kuss den offiziellen Beginn meiner Sommeraffäre bedeutete – voller Leidenschaft und Verlangen und von einem brennenden Schmerz begleitet – ganz so würde alles am Labor Day enden.

»Das wurde aber auch Zeit«, knurrte er. »Wir haben schon fast den halben Sommer vergeudet.«

15. Kapitel

Ford

Für den übernächsten Abend hatte ich im Blue reserviert – einem neuen, schicken Restaurant mit Blick auf den Lake Montauk. Der Speiseraum hatte dunkle Wände, auf den Tischen standen Kerzen und die Aussicht ließ einen vergessen, dass man nur wenige Minuten von einem Highway entfernt war. Aus einem Nebenraum klang leise Klaviermusik herüber; der Pianist, der dort spielte, klang wie ein junger Ray Charles. Ich hatte noch nie ein Date in einen Laden mit Slow Dancing mitgenommen.

»Wow. Das ist ja schön«, sagte Valentina, als ich den Stuhl für sie herauszog.

Als ich ihren Stuhl heranschob, konnte ich von oben in ihr sexy rotes Kleid sehen. Ich beugte mich hinunter, küsste ihre nackte Schulter und flüsterte ihr ins Ohr. »Dein Kleid gefällt mir sehr. Besonders der Blick von hier oben.«

Val sah auf und folgte meinem Blick direkt in ihr Dekolleté. Sie lachte. »Und ich dachte schon, du magst das Kleid.«

»Das tue ich.« Ich zwinkerte ihr zu. »Ich kann es kaum erwarten, es später auf deinem Boden liegen zu sehen.«

Ich setzte mich auf meinen Platz, und der Kellner nahm unsere Getränkewünsche entgegen. Wir bestellten eine Flasche des Cabernets, den Val so gern mochte, und ich überließ es ihr, vor dem Einschenken einen Schluck zu probieren. Als ich sah, wie sie die purpurne Flüssigkeit in ihrem Glas schwenkte und es an die Lippen hob, wurde mir klar, dass ich mich wahrscheinlich vor dem Essen um mich hätte kümmern sollen. Sogar der Lippenstiftabdruck, den sie auf dem Glasrand hinterließ, machte mich an. Ich musste unter dem Tisch diskret meinen Schritt zurechtrücken, als ich mir vorstellte, wie dieser Abdruck auf meinem Schwanz aussehen könnte.

Als der Kellner verschwand, beugte Val sich vor. »Was geht nur in deinem Kopf vor? Du siehst aus, als wärst du tief in Gedanken versunken.«

Ich schluckte und blinzelte ein paarmal. »Nichts. Ich denke nur über ein Meeting nach, das ich heute Morgen hatte.«

Sie kniff die Augen zusammen. »Unsinn.«

Ich musste lächeln, denn ich hatte nichts als Unsinn im Kopf. Aber was ich gedacht hatte, eignete sich nicht gerade für ein erstes Date.

»Ich habe gerade gedacht, wie schön du heute Abend aussiehst.«

Sie hob ihr Weinglas und führte es erneut zum Mund. Ich konnte es kaum erwarten, den Wein später auf ihren Lippen zu schmecken.

»Das war's?« Sie hob skeptisch eine Braue. »Du hast an nichts anderes gedacht?«

»Ich glaube nicht, dass du das wirklich wissen willst.«

»Doch, natürlich will ich das. Sag es mir.«

»Und du machst mir keine Vorwürfe, wenn es unpassend ist?«

Sie lächelte, und ein teuflischer Glanz funkelte in ihren Augen. »Natürlich nicht.«

Egal. Wenn du es unbedingt wissen willst … So viel zum Thema Gentleman. Ich wartete, bis sie ihr Glas wieder auf den Tisch gestellt hatte, und richtete meinen Blick auf die Lippenstiftspuren am Rand.

Ich beugte mich vor und senkte die Stimme. »Ich habe mir vorgestellt, dass ich nach unten sehe und diesen Abdruck auf meinem Schwanz sehe.«

Val lachte nervös, und zur Abkühlung nahm ich einen Schluck aus meinem eigenen Glas. Danach fühlte sich unsere sonst so lockere Unterhaltung seltsam an. Wir sprachen über meine Woche in der City und darüber, was sie gemacht hatte, solange ich weg war, aber jetzt fühlte es sich wie ein erstes Date an und nicht wie Val und ich. Hoffentlich war sie nicht sauer wegen dem, was ich gesagt hatte.

Als wir mit den Vorspeisen fertig waren, musste ich es ansprechen.

»Bin ich … zu weit gegangen mit dem, was ich vorhin über den Lippenstift gesagt habe? Ich wollte dich nicht beleidigen.«

Val wischte sich mit der Serviette die Mundwinkel ab. »Nein, das hast du nicht. Du warst ein perfekter Gentleman. Ich habe dich gefragt, was du gedacht hast.«

»Beunruhigt dich denn etwas? Ich habe das Gefühl, dass sich nach meiner Bemerkung etwas verändert hat.«

Val sah zwischen meinen Augen hin und her und schluckte. »Das liegt an mir. Nicht an dir.«

»Was ist los?«

»Ich bin … nervös … wegen … du weißt schon.«

Ich runzelte die Stirn. »Was?«

Sie sah sich um, beugte sich vor und senkte die Stimme. »Sex.«

»Warum?«

»Weil ich nicht … es ist … ich war so lange verheiratet …« Sie schüttelte den Kopf. »Ich hatte immer nur Sex mit Ryan.«

Oh, wow. Ich hatte keine Ahnung. Aber das ergab Sinn.

Schließlich war sie seit der Highschool mit ihm zusammen.

Ich versuchte, locker zu sein und ihre Nerven zu beruhigen. »Ich bin mir sicher, es hat sich nicht viel verändert. Tropfendes Kerzenwachs, Reitgerten, alle vier Löcher.«

Sie riss die Augen auf. »*Vier*? Was sind die vier?«

Ich lachte. »Entspann dich. War nur ein Scherz.« Ich schüttelte den Kopf. »Nichts muss passieren, bis du bereit bist. Also hör auf, darüber nachzudenken. Du musst wirklich aufhören, alles zu zerdenken, und die Dinge einfach nehmen, wie sie kommen.«

Sie atmete tief durch. »Okay.«

Danach war die Stimmung wesentlich entspannter. Der Kellner brachte unser Essen, und wir kamen wieder in unser übliches, angenehmes Geplauder.

»Wie läuft es zwischen dir und Bella?«

»Sie war nicht da, als ich heute nach Hause kam, und seit neulich Abend hab ich sie nicht mehr gesehen. Ich habe ihr getextet, als ich weg war, um zu hören, wie es ihr geht, habe aber nur Ein-Wort-Antworten bekommen. *Gut. Ja. Nein. Okay.* Ich bin mir ziemlich sicher, dass sie am liebsten noch *Fuck you* dahintergesetzt hätte, aber sie hat sich zurückgehalten. Ich versteh das nicht. Sie macht etwas falsch, und dann ist sie sauer auf mich, als wäre ich schuld.«

»Sie lenkt ab. Wenn sie wütend auf dich ist, muss sie nicht über sich nachdenken. Aber Bella ist ein kluges Mädchen. Sie weiß, dass sie etwas falsch gemacht hat.«

»Ja.«

»Auf dem College warst du bestimmt auch kein Engel.«

»Das ist genau das Problem. Ich weiß noch, was ich in ihrem Alter angestellt habe.«

Valentina lächelte. »Ich habe die Jahre mit den Partys übersprungen. Ich hatte gerade aufgehört, mit Puppen zu spielen, da hatte ich schon eine echte.«

Nach dem Essen entschuldigte sich Val, um zur Damentoilette zu gehen. Während sie weg war, ging ich zum Pianisten hinüber und wünschte mir einen Song. Offenbar erhielt er nicht viele Wünsche, denn als sie zurückkam, spielte er schon, was ich mir gewünscht hatte: »Lady in Red«.

Ich stand auf. »Tanzt du mit mir?«

»Das würde ich ja gern. Aber ich habe zwei linke Füße, ich übernehme keine Verantwortung für irgendwelche Verletzungen.«

Obwohl es mir völlig fremd war, eine Frau zu einem Date auszuführen und sie zu einem langsamen Tanz aufzufordern, durfte ich mir die Gelegenheit nicht entgehen lassen, Valentina in die Arme zu schließen. Wir gingen auf die Tanzfläche, und ich zog sie fest an mich. Sie legte eine Hand auf meine Schulter, die andere verschränkte sie mit meiner.

»Habe ich schon erwähnt, wie umwerfend du heute Abend aussiehst?«

»Ja. Ich glaube, als du mir ins Dekolleté gesehen hast.«

»Ich kann nicht anders. Ich fühle mich einfach so unglaublich zu dir hingezogen.«

Sie errötete. »Danke. Das Gefühl beruht auf Gegenseitigkeit.«

Ich fühlte mich leicht – nicht nur auf den Füßen, sondern mir war leicht ums Herz, ich war unbeschwert. Wenn mich jemand vor ein paar Monaten gefragt hätte, ob ich deprimiert sei, hätte ich ihn für verrückt erklärt. Aber wir können uns an fast alles gewöhnen – nach einer Weile fangen wir an, in der Dunkelheit zu sehen, finden sogar Trost in ihr.

Val schmiegte ihren Kopf an meine Brust, und wir glitten über die Tanzfläche. Heute war ich meiner Mutter wohl zum ersten Mal dankbar dafür, dass sie mich zur Tanzstunde gezwungen hatte. Als ich diese Frau in den Armen wiegte, war ich glücklich.

Ich wusste, dass Val es langsam angehen lassen musste, und auch wenn ich schon eine Weile keinen Sex mehr gehabt hatte, war das für mich völlig in Ordnung – dieses Gefühl war alles, was ich im Moment von ihr brauchte.

Bei unserer Rückkehr stand Bellas Wagen in der Einfahrt. Sie musste früher von der Arbeit gekommen sein. »Macht es dir was aus, wenn wir nach Bella sehen?«

»Nein, natürlich nicht. Aber … ich bin so schick angezogen. Vielleicht sollte ich mich erst umziehen?«

Ich zuckte mit den Schultern. »Es wird nur eine Minute dauern. Vielleicht ist sie gar nicht mehr wach.«

Val zögerte, nickte aber schließlich. Als wir hereinkamen, saß meine Schwester auf der Couch und starrte auf den Fernseher. Sie sah zwischen uns hin und her und warf mir einen finsteren Blick zu.

»Hallo, Val.«

»Hallo.«

Ich schüttelte den Kopf. »Bist du jetzt etwa sauer auf mich? Ja klar, das ist ja total logisch. Wie bescheuert von mir, in die Hamptons zu fahren und dich aus dem Knast zu holen. Und ich hätte auf keinen Fall ein halbes Dutzend Mal anhalten dürfen, damit du dir das Hirn rauskotzen konntest. Ganz zu schweigen davon, dass ich die ganze Nacht nach dir gesehen habe, um sicherzugehen, dass du nicht an deiner eigenen Kotze erstickst. Aber klar, sei ruhig sauer auf mich.«

Bella rollte mit den Augen. »Krieg dich wieder ein. Das war ein *einziges Mal*, und du warst in meinem Alter viel schlimmer. Du bist nicht Dad, und ich bin jetzt über achtzehn, also bist du nicht mal mehr mein gesetzlicher Vormund. Ich kann tun, was ich will.« Sie warf die Decke zurück und stapfte ins Bad. Als sie die Tür zuschlug, hallte das Geräusch durch das ganze Haus.

Ich schäumte vor Wut. »Das kann doch nicht ihr verdammter Ernst sein. Wenn sie sich wie eine Zehnjährige aufführt und nicht einmal zu ihren Fehlern stehen kann, bin ich mir nicht sicher, ob sie beim Studium allein wohnen sollte. Ich habe immer noch die Kontrolle über ihre Finanzen und werde ihren verwöhnten Hintern nach Hause befördern.«

Valentina strich mir beruhigend über den Arm. »Es ist ihr nur peinlich, deshalb schlägt sie so um sich.«

»Das sollte ihr auch peinlich sein.« Ich ging in die Küche. »Ich brauche ein Bier. Willst du ein Glas Wein?«

»Gern.«

Ich schenkte ihr Wein ein und deutete auf die Hintertür. »Terrasse?«

Sie nickte, und ich hielt ihr die Tür auf.

Ich lehnte mich über das Geländer und trank schweigend mein Bier.

»Willst du darüber reden?«, fragte Val schließlich.

Ich drehte mich um. Das Mondlicht fiel auf ihr Gesicht, und mir wurde klar, was für ein Idiot ich war. Ich hatte die Stimmung ruiniert.

»Ich hätte nicht nach ihr sehen sollen.«

»Nein. Das war richtig.«

Ich atmete tief aus und nahm Vals Hand. »Lass uns damit weitermachen, dass ich dir sage, wie umwerfend du heute Abend aussiehst.«

Sie lächelte. »Das können wir tun.«

Ich berührte ihre Wange und beugte mich vor, um sie zu küssen, aber sie wich zurück. »Bella ist da.«

Ich zuckte mit den Schultern. »Und?«

»Was, wenn sie es sieht?«

»Wen kümmert das?« Ich dachte, sie sei schüchtern, darum wollte ich sie an mich ziehen. Aber sie wich zurück, sodass ich nicht an sie herankam.

»Mich kümmert es.«

»Warum?«

»Darum …«

»Also, mir ist es egal. Ich werde nicht den ganzen Sommer über verheimlichen, dass ich Zeit mit dir verbringe. Du bist kein schmutziges kleines Geheimnis, Val.«

»Es ist einfach … unpassend.«

»Warum zum Teufel ist es unpassend?«

»Darum.«

Plötzlich wurde mir der Grund schlagartig klar. »Schämst du dich, mit mir zusammen zu sein?«

»Nein, das ist es nicht.«

»Was zum Teufel ist es dann?«

Sie versuchte, sich einen schwachsinnigen Grund auszudenken, aber ihr fiel keiner ein.

Ich schüttelte gereizt den Kopf. »Na toll. Ich schätze, du bist nicht mein schmutziges kleines Geheimnis, aber ich bin deins.«

»Ford …«

Ich trank den Rest meines Bieres aus. »Ist schon gut. Ich bin sowieso müde.«

Valentina wirkte überrascht, sagte aber nichts.

»Soll ich dich nach nebenan begleiten?«

Sie sagte, dass das nicht nötig sei, aber ich tat es trotzdem. Nachdem sie die Tür entriegelt und geöffnet hatte, drehte sie sich zu mir um. »Willst du reinkommen und reden?«

Ich schüttelte den Kopf. »Nein, danke.«

»Ford … Ich wollte deine Gefühle nicht verletzen. Es tut mir leid.«

Ja, mir auch. Mir auch.

Ich nickte. »Gute Nacht, Val.«

16. Kapitel

Valentina

Ich fühlte mich schrecklich.

Schäme ich mich für ihn?

Er ist ein gut aussehender, kluger, erfolgreicher Mann. Warum zum Teufel sollte ich mich schämen?

Ist »schämen« überhaupt das richtige Wort?

Beschämt?

Ich war beschämt.

Die beiden Gefühle waren ähnlich, aber mit einem bedeutenden Unterschied. Die Scham betraf das, was man selbst dachte. Beschämt war man von dem, was andere über einen dachten.

Ich schämte mich nicht. Aber aus irgendeinem Grund war es mir nicht egal, was andere Leute dachten. Unabhängig von der Unterscheidung der Gefühle war das Ergebnis für Ford dasselbe: Er fühlte sich schrecklich meinetwegen.

Es war spät, aber ich wusste, dass ich niemals schlafen konnte. Vielleicht ging es ihm genauso, also dachte ich, es wäre das Beste, reinen Tisch zu machen. Ich nahm mein Handy vom Nachttisch und überlegte, was ich ihm sagen wollte, bevor ich tippte.

Valentina:
Du hattest recht. Ich behandle dich wie mein kleines, schmutziges Geheimnis. Aber das hat nichts mit dir zu tun oder damit, was ich über dich denke. Ich finde, du bist ein toller Mann, und ich bin immer noch geschmeichelt und verblüfft, dass ein so toller Mann wie du mich überhaupt will. Aber warum auch immer, du willst mich, und ich will dich auch. Ich habe nur diese albernen Vorstellungen davon, was sich gehört und was nicht; das muss ich überwinden. Es tut mir sehr leid, wie ich mich verhalten habe, Ford. Kannst du mir verzeihen?

Eine Minute später summte mein Telefon mit einer eingehenden Nachricht.

Ford:
Ich brauche eine persönliche Entschuldigung.

Ich blies die Luft aus, merkte erst jetzt, dass ich sie angehalten hatte, und lächelte.

Valentina:
Klar. Wie wäre es, wenn ich dich morgen zum Frühstück einlade?

Ford:
Wie wäre es, wenn du stattdessen deinen

Hintern jetzt aus dem Bett bewegst? Ich
stehe schon seit zehn Minuten vor deiner
Haustür und überlege, ob ich klopfen soll.

Ich sprang praktisch aus dem Bett und rannte zur Haustür. Ford lehnte am Haus und rührte sich nicht. Er wartete darauf, dass ich zu ihm kam.

Ich ging hinaus und stellte mich vor ihn. »Es tut mir leid.«

Er schob einen Arm um meine Taille und zog mich an sich. »Du musst aufhören, dich darum zu scheren, was andere Leute denken. Ob etwas anstößig ist, spielt keine Rolle, solange du es willst und niemanden damit verletzt.«

Ich nickte. »Ich weiß. Ich muss daran arbeiten. Und wenn du dich dadurch besser fühlst, es ist nicht nur bei dir so. Ich liebe weiße Hosen, trage sie aber aufgrund irgendeiner altmodischen Regel nie nach Labor Day.«

Fords Lippen zuckten. »Na, jetzt fühle ich mich schon besser.«

Ich legte meine Hände auf seine Brust. »Es wird nicht über Nacht passieren. Aber ich werde daran arbeiten.«

Fords Hand glitt hinunter zu meinem Hintern. »Ich helfe dir gern dabei, unpassend zu sein.«

Ich lachte. »Darauf möchte ich wetten.«

Er senkte den Kopf und drückte seine Lippen auf meine. »Ich kann dir nicht länger böse sein.«

In diesem Zusammenhang musste ich darauf eingehen, wie es zu dieser ganzen Sache gekommen war. »Ich halte es immer noch für keine gute Idee, wenn wir vor Annabella zusammen sind.«

Ford verschränkte die Arme, und ein Muskel in seinem Kiefer zuckte. »Aber es ist nicht so, wie du denkst. Ich weiß, du bist jetzt wütend auf sie, aber du bist ihr Vorbild. Sie schaut zu dir auf. Teenager achten mehr auf das, was Menschen tun, als auf das, was sie sagen. Willst du ihr wirklich zeigen, dass es in Ordnung ist, eine Sommeraffäre zu haben? Sie wird nicht verstehen, warum es für dich okay ist und für sie nicht.«

Ford dachte einen Moment darüber nach. »Gut. Da hast du wahrscheinlich recht. Dass sie sich mit einem gefälschten Ausweis in Schwierigkeiten gebracht hat, hat sie damit entschuldigt, dass ich früher getrunken habe, als ich noch nicht volljährig war. Es ist schwer zu sagen, dass etwas falsch ist, wenn man dasselbe getan hat.«

»Genau.«

Ford legte eine Hand an meine Wange. »Siehst du? Wir sind ein gutes Team. Ich helfe dir, den unpassenden Stock aus deinem Hintern zu ziehen, und du hilfst mir, ein gutes Beispiel für meine nervige Schwester zu sein. Jetzt lass uns knutschen und uns versöhnen.«

Seine Hand glitt in mein Haar, er griff in meinen Nacken und neigte meinen Kopf nach hinten. Er presste seine Lippen auf meine und kaum dass sich unsere Zungen trafen, verschmolzen unsere Körper miteinander. Dieser Mann konnte wirklich küssen. Ich bekam weiche Knie und keuchte jedes Mal vor Erregung.

»Willst du mit reinkommen?«, fragte ich, als der Kuss endete.

Ford sah mir in die Augen. »Ja. Aber nein, ich komme nicht mit. Ein anderes Mal … wenn du bereit bist.«

Ich war enttäuscht. Aber er hatte recht. Obwohl mein Körper definitiv bereit war, war ich mir nicht sicher, ob ich es war.

Ich nickte. »Okay.«

Er küsste mich noch einmal, dann drückte er seine Lippen auf meine Stirn. »Gute Nacht, Süße.«

Benommen beobachtete ich, wie er die Treppe hinunterging.

Als er unten ankam, drehte er sich um und rief zu mir hoch. »Du schuldest mir noch ein Frühstück. Ich komme morgen früh rüber und hole es mir ab.«

Mein Telefon summte auf dem Waschbecken. Vor diesem Sommer hatte ich das Handy zu Hause oft verlegt. Es vergingen Stunden, ohne dass ich es überprüft hätte. Jetzt nahm ich es mit ins Bad, während ich duschte, damit ich keine Nachricht verpasste – apropos unruhig.

Ford:
Frühstück in zwanzig Minuten?

Ich wickelte ein Handtuch um mein Haar und schrieb zurück.

Valentina:
Klingt gut. Ich komme gerade aus der Dusche. Die Hintertür ist offen. Komm einfach rein.

Ford:
Wird gemacht. Aber tust du mir einen Gefallen? Zieh das weiße Tanktop an, das du letzte Woche getragen hast.

Mir war nicht bewusst gewesen, dass es ihm gefiel. Aber klar. Warum nicht?

Valentina:
Okay!

Als ich nach unten kam, lehnte Ford mit einem Becher Kaffee in der Hand an der Arbeitsplatte. Er ließ ausgiebig den Blick über meinen Körper nach unten gleiten und hielt auf dem Rückweg nach oben an meinen Brüsten inne.

Ich räusperte mich. »Guten Morgen.«

»Das ist es.« Er nickte.

Ich ging zur Spüle und stellte meinen leeren Kaffeebecher ab.

»Ich wusste gar nicht, dass du auf schlichte weiße Tanktops stehst.«

Nachdem ich seinem Wunsch gefolgt war, hatte ich mich im Spiegel betrachtet. Der Stoff schmiegte sich an meine Kurven, aber nicht auf eine obszöne Art. Und der Stoff war nichts Besonderes – dünner weißer Baumwollstoff, eigentlich ziemlich schlicht. Ich wusste nicht, was ihm daran so gut gefiel. Es sei denn, es ließ womöglich mehr erkennen, wenn mir kalt war.

Ford sah mich an. »Zieh deinen BH aus.«

Ich blinzelte ein paarmal. »Wie bitte? Du meinst, ich soll ihn ausziehen, bevor wir frühstücken gehen, und ihn nicht wieder anziehen?«

Er nickte.

»Ich kann nicht ohne BH in ein Restaurant gehen.«

»Warum nicht?«

»Weil es sich nicht ge…« Ich hatte das Wort noch nicht ganz ausgesprochen, als ich merkte, dass ich ihm direkt in die Falle gegangen war.

Er wusste, wie meine Antwort lauten würde. Der Klugscheißer grinste mich mit hochgezogener Augenbraue an.

»Okay. Ich verstehe, was du meinst. Aber ich kann wirklich nicht ohne BH zum Frühstück gehen.«

»Ist es unangenehm, keinen zu tragen?«

»Nein.«

»Wird jemand dadurch verletzt?«

»Ich denke nicht. Aber es wäre ein komisches Gefühl. Siebenunddreißigjährige Frauen gehen nicht ohne BH aus dem Haus.«

Er verschränkte die Arme vor der Brust. »Schon wieder dieser Altersquatsch. Wärst du mit zweiundzwanzig ohne rausgegangen?«

Ich zuckte mit den Schultern. »Vielleicht.« *Auf jeden Fall.*

»Du hast tolle Titten. Besser als jede Zwanzigjährige.«

Ich fühlte mich unwohl, aber was soll's. Er hatte recht. Ich hatte wirklich tolle Brüste. Und wenn dieser halb unsittliche Akt ihn glücklich machte, warum nicht? Ich hielt seinem Blick stand, während ich auf meinen Rücken griff, mein Shirt hochschob und den BH öffnete. Es war ganz einfach, die Träger nach unten zu schieben und die Arme herauszuziehen – wir Frauen sind weiß Gott besser als Houdini, wenn es darum geht, einen BH auszuziehen, ohne ein anderes Kleidungsstück zu entfernen. Sobald meine Arme draußen waren, griff ich unter mein Shirt und zog den BH heraus. Ich war froh, dass ich heute Morgen einen hübschen angezogen hatte – nude mit Spitze. Ich hielt ihn hoch und warf ihn Ford an den Kopf. Er landete perfekt – ein Träger baumelte über seinem Gesicht.

Seine Augen funkelten. Sein Blick glitt zu meinen Brüsten, und das Grinsen in seinem Gesicht erstarb. Meine Nippel lugten stolz hervor und grüßten ihn.

»*Shit*«, stöhnte er. »Vielleicht habe ich das nicht ganz durchdacht.«

Ich grinste, es gefiel mir, dass ihn der Anblick alles andere als kaltließ. »Bereit zum Aufbruch?«

Er murmelte, dass er womöglich Anstoß erregen würde, weil er mit einem Ständer herumliefe, dann gingen wir zum Frühstück.

Niemand schien es zu bemerken oder sich darum zu scheren.

Während ich den BH hauptsächlich ausgezogen hatte, um Ford etwas zu beweisen, hatte im Grunde er mir etwas bewiesen. John's Pancake House hatte eine fünfzehnminütige Wartezeit, und niemand sah mich anders an als sonst – genau so wie Ford es vorhergesagt hatte.

Na ja, eine Person bemerkte es allerdings schon, und ihr war es nicht egal.

Ford stand aus der Nische auf und reichte mir die Hand. Als er mir aufhalf, blickte er auf meine immer noch erregten Brustwarzen herunter und knurrte mir ins Ohr: »Diese Lektion über anstößiges Verhalten ist absolut phänomenal.«

Der Bürgersteig vor John's Pancake House war voller Menschen. Sie saßen auf Bänken und warteten auf dem Parkplatz auf einen Tisch – so war es an jedem Wochentag um die Frühstückszeit im sommerlichen Montauk. Ford öffnete mir die Autotür, aber bevor ich einsteigen konnte, legte er die Hände an meine Wangen und küsste mich. Wie die Male zuvor war es ein langer, leidenschaftlicher Kuss, der mich ganz benommen machte.

»All diese Leute haben wahrscheinlich gerade zugesehen«, flüsterte er mir ins Ohr. »Völlig unpassend.«

Ich lächelte und machte mir nicht die Mühe, mich davon zu überzeugen, ob jemand zugesehen hatte, auch nicht, als ich ins Auto stieg. Es fühlte sich zu gut an, um sich darum zu scheren.

»Hast du heute schon was vor?« Ford ließ seinen Sicherheitsgurt einrasten.

»Nein. Hast du eine Idee?«

Er nickte. »Yep.« Er ließ den Motor an und setzte zurück, ohne noch etwas hinzuzufügen.

Ich lachte. »Und sagst du mir, welche?«

»Wie wäre es, wenn ich dir einen Tipp gebe?«

»Lass mich stattdessen raten. Wir tun etwas Anstößiges?«

Er grinste. »Jetzt hast du es kapiert.«

Das *Anstößige* entpuppte sich als ziemlich lange Fahrt. Wir waren schon etwa fünfundvierzig Minuten unterwegs. Ford wollte mir nicht sagen, wohin wir fuhren, doch als ich das Schild vor uns sah, wusste ich, dass er abbiegen würde. Ich hatte mich nicht geirrt.

Amors Freuden war ein Geschäft, das Spielzeug für Erwachsene anbot. Ich war auf dem Weg nach Montauk schon eine Million Mal daran vorbeigefahren, hatte aber nie angehalten.

»Ich war schon mal in einem Laden für Erwachsene, weißt du?«

Ford stellte den Motor ab und drehte sich in seinem Sitz zu mir um. »Weil du was für dich oder weil du ein Geschenk für jemand anders gekauft hast?«

»Ein Geschenk. Anstelle eines Wunschbrunnens hatten wir bei Eves Brautparty eine Kiste mit erotischem Spielzeug.«

»Gut. Dann sollten diese Fragen ein Kinderspiel für dich sein?«

Ich zog die Brauen zusammen. »Fragen?«

»Du wirst dem Verkaufspersonal einige Fragen zu den Produkten stellen.«

Meine Augen weiteten sich.

Ford lachte. »Ich nehme an, bisher bist du nur reingegangen, um etwas zu kaufen, und hast gehofft, dass du niemanden triffst, den du kennst.«

»An was für Fragen hast du denn gedacht?«

Er beugte sich vor und drückte mir einen züchtigen Kuss auf die Lippen. »Anstößige, natürlich.«

Er sollte nicht merken, dass ich nervös war, also ging ich erhobenen Hauptes in den Laden.

Drinnen standen zwei Männer hinter dem Tresen, und ich verzog kurz das Gesicht. Natürlich konnten es nicht zwei Frauen sein. Einem fremden Mann eine Frage zu Sexspielzeug zu stellen, lag völlig außerhalb meiner Komfortzone.

Ford sah meinen Gesichtsausdruck und versuchte, mich zu beruhigen, er werde die erste Frage stellen. Diese Aussicht machte mich einigermaßen neugierig. Selbst wenn ich kneifen sollte, konnte ich mir diese kleine Vorführung gönnen.

Wir schauten uns eine Weile im Laden um. Der Anblick all der intimen Spielzeuge machte mich auf seltsame Weise neugierig und nervös und erregte mich zugleich.

Im hinteren Teil des Ladens gab es eine offene Nische, in der Videos standen. Ford beugte sich hinunter und ging die Pornos durch. »Pass auf, wie einfach das ist.« Er räusperte sich und rief dem Verkäufer an der Kasse zu: »Entschuldigen Sie bitte. Haben Sie auch Videos nur mit Analverkehr?«

»Ja, klar«, antwortete der Verkäufer. »Sucht ihr nach Mann-Mann oder Mann-Frau?«

»Mann-Frau.«

Der Mann zeigte auf die Wand hinter uns. »Seht euch die Reihe *Die Hintertür ist immer offen* an. Ich glaube, das sind ungefähr zehn Stück. Gute Qualität.«

»Danke!«

Ford beugte sich wieder dicht zu mir. »*Die Hintertür ist immer offen?* Das hast du mir doch heute Morgen geschrieben, als wir getextet haben. Wenn mir klar gewesen wäre, was du mir sagen wolltest, wären wir jetzt nicht hier.«

Ich lachte. »Ich glaube, dafür wirst du dich eine Weile mit Filmen begnügen müssen.«

Ford entfernte sich und kehrte ein paar Minuten später mit einem Plastikpaket in der Hand zurück.

Er hielt es mir hin. *Analeier.*

»Frag mal, ob es die auch in einer größeren Größe gibt.«

Spontan dachte ich: *auf keinen Fall.*

Aber ich wollte beweisen, dass ich kein Feigling war – vielleicht musste ich es auch mir selbst beweisen.

Ich nagte eine Weile an meiner Unterlippe, dann nahm ich ihm die Packung aus der Hand. »Gut.«

Der überraschte Ausdruck in Fords Gesicht gab mir den Mut, die Sache durchzuziehen. Er glaubte nicht, dass ich die Eier dazu hatte. Wenn ich nach unten schaute, hatte ich die Eier jedoch buchstäblich in der Hand.

Ich schlenderte zum Tresen hinüber. »Entschuldigen Sie. Wissen Sie, ob es die auch in einer größeren Größe gibt?« Ich spürte, wie mir die Hitze in die Wangen stieg … und … dass ich niesen musste.

Der Mann antwortete, als hätte ich ihn nach der Uhrzeit gefragt. »Ja. Die müsste ich allerdings bestellen. Die im Laden sind aus Glas, die letzte Perle ist bis zu zweieinhalb Zentimeter groß. Aber dieser Hersteller hat auch ein Silikon-Set, das bis fünf Zentimeter geht, und ein anderes mit bis zu siebeneinhalb. Soll ich ein Set für Sie bestellen? Wir können es Ihnen nach Hause liefern lassen, dann sparen Sie sich die Herfahrt.«

»Ahhhh …« Ich wusste, dass mein Gesicht feuerrot war, hielt mir den Mund zu und drehte den Kopf. »*Hatschi!* Entschuldigung!«

»Gesundheit.«

Ich hielt immer noch die Analkugeln in der Hand, und der Typ wartete auf eine Antwort. »Hmm. Ich denk darüber nach. Danke.«

Bevor ich weglaufen konnte, war Ford an meiner Seite. Er legte das Analvideo auf den Tresen, das ihm der Verkäufer empfohlen hatte, und nahm mir die Kugeln aus der Hand. »Wir nehmen erst mal nur die hier.«

Der Verkäufer kassierte ab, und irgendwie schaffte ich es, den Laden zu verlassen, ohne vor Verlegenheit zu sterben. Auf dem Parkplatz schütteten wir uns aus vor Lachen. Als Ford mich ans Auto drängte und küsste, lächelten wir noch immer.

Ich sah mich um. »Ist da ein Bus voller Schulkinder, vor denen ich mich anstößig verhalte oder etwas in der Art?«

Ford schob mir das Haar hinters Ohr. »Nein, keine Sorge, ich kann einfach nicht widerstehen, dich zu küssen.«

Mir wurde leicht ums Herz. Dieser Mann konnte mich in dreißig Sekunden zum Schmelzen bringen, nachdem er mich gerade noch in eine todespeinliche Situation gebracht hatte. Er weckte ein verrücktes Durcheinander an Gefühlen in mir – Angst, Besorgnis, Lust, Gier, Verlangen.

Und dazwischen spürte ich auch noch den Hauch von etwas anderem – etwas, von dem ich tief im Inneren wusste, dass es mich am Ende des Sommers vernichten würde.

17. Kapitel

Valentina

»Mist.« Ford bog in seine Einfahrt. Vor uns stand ein rotes Cabrio, und zwei Mädchen holten das Gepäck aus dem Kofferraum.

»Unerwarteter Besuch?«

Stöhnend schüttelte den Kopf. »Unerwartet, nein. Unerwünscht, ja. Ich hatte vergessen, dass Bellas Freundinnen übers Wochenende kommen. Ich glaube, sie sind zu sechst.«

Jedes Mädchen hatte einen Rollkoffer und einen Seesack dabei. »Sieht eher so aus, als würden sie den ganzen Sommer über bleiben.«

»Besser nicht. Ich hätte es ihr verbieten sollen, nachdem sie so einen Mist gebaut hat. Aber ich hatte es total vergessen. Und natürlich hat sie mich nicht daran erinnert.« Ford öffnete die Autotür. »Ich hoffe, es macht dir nichts aus, dass ich dieses Wochenende viel Zeit bei dir verbringen werde.«

Ich lächelte. »Ich hab nichts dagegen.«

Sobald wir aus dem Auto stiegen, entdeckten die Mädchen Ford.

Eine stürzte kreischend und mit weit ausgebreiteten Armen auf ihn zu, um ihn zu begrüßen.

»Ford! Ich hatte gehofft, dass du hier bist.« Sie drückte ihren jungen Körper an seinen. Ford legte einen Arm um sie und klopfte ihr etwas verlegen auf den Rücken.

»Alles klar, Sierra?« Er nickte dem anderen Mädchen zu. »Hallo, Holly.«

Die Umarmerin musterte ihn von oben bis unten. »Du siehst gut aus.« Ihre Augen funkelten interessiert, und sie lächelte schüchtern. »Aber du siehst ja eigentlich immer gut aus.«

»Ja. Danke. Ich glaube, meine Schwester ist im Haus. Ich habe sie seit gestern Abend nicht mehr gesehen.«

Schließlich merkten die Mädchen, dass neben Ford noch jemand war, und er stellte uns vor. »Valentina, das sind zwei der nervigen Freundinnen meiner Schwester, Sierra und Holly.«

Ich lächelte. »Freut mich, euch kennenzulernen, Mädels.«

Sierra legte den Kopf schief und ignorierte mich schnell wieder. »Kannst du mir mit dem Koffer die Treppe hinaufhelfen, Ford?«

»Ich weiß nicht, wofür du so viel eingepackt hast, aber ja, klar. Ich muss sowieso mit Bella reden.« Er drehte sich zu mir um. »Willst du mit reinkommen?«

Er sollte das mit Bella und ihren Freundinnen lieber allein regeln. »Ich habe noch ein paar Dinge zu erledigen. Wir sehen uns später.«

Ford nickte, wirkte allerdings nicht gerade begeistert, die Freundinnen seiner Schwester an der Backe zu haben.

Als ich die Treppe zu meiner Haustür hinaufging, versuchte ich zu ignorieren, dass er altersmäßig offenbar eher zu ihnen als zu mir passte. Gerade hatte ich angefangen, das Alter zu vergessen, doch ihn mit jungen Frauen zu sehen, machte es mir wieder bewusst.

Drinnen stellte ich die Waschmaschine an und machte etwas sauber. Als mein Telefon klingelte und der Name meines Ex-

Mannes auf dem Display aufleuchtete, zog ich eine Grimasse und erwog, ihn zu ignorieren. Aber wir hatten einen gemeinsamen Sohn und gemeinsames Eigentum. Schließlich rief er mich nicht nur an, um ein bisschen zu plaudern, und so nahm ich das Gespräch widerwillig an.

»Hallo?«

»Hey, Babe.«

Jedes Mal, wenn er mich so nannte, hätte ich am liebsten durchs Telefon gegriffen und ihn erwürgt. Ich hatte ihn mindestens ein Dutzend Mal korrigiert. Vielleicht hätte ich die Rückkehr zu meinem richtigen Namen zum Teil unserer Scheidungsvereinbarung machen sollen.

»Valentina, bitte.«

»Gewohnheit. Sorry. Obwohl ich nicht verstehe, was daran so schlimm ist. Es würde mir nichts ausmachen, wenn du mich mit einem Kosenamen ansprichst.«

Nein? Welchen hättest du gern? Arsch, Vollpfosten, Betrüger?

»Was kann ich für dich tun, Ryan?«

»Meine Güte, Val. Du musst nicht jedes Mal so mürrisch klingen, wenn ich anrufe.«

Aber das war ich, und es kostete mich Mühe, es zu verbergen – Mühe, die ich nicht mehr aufbringen wollte. »Hast du mit Ryan gesprochen? Ist alles in Ordnung mit ihm?«

»Nein. Ich habe nicht mit ihm gesprochen. Deshalb rufe ich auch nicht an. Ich wollte dir nur sagen, dass ich morgen in Montauk sein werde. Ich treffe mich um zwei mit einem Bauunternehmer, der mir ein Angebot für die Pfähle macht, die wir austauschen müssen.«

Letzte Woche war bereits jemand da gewesen, um einen Kostenvoranschlag zu machen.

»War der erste nicht gut?«

»Er war teuer. Dieser Typ sollte vernünftiger sein.«

Ich seufzte. »Okay. Na schön. Aber ich bin da, du brauchst also nicht rauszukommen.«

»Wenn ich dabei bin, bekommen wir einen besseren Preis.«

Ich zog die Brauen zusammen. »Kennst du ihn?«

»Nein. Aber Männer bekommen bessere Preise.«

Was für ein Idiot. »Wer sagt das?«

»Das ist allgemein bekannt.«

»Mir nicht.«

»Das liegt daran, dass du eine Frau bist.«

Ich verdrehte die Augen. »Ich kann das selbst regeln. Mir wäre es lieber, wenn du nicht rauskommst.«

»Du musst nicht so zickig sein. Ich komme raus, Ende der Diskussion.«

Das klang eher wie der Ryan, den ich kannte.

»Nein, *jetzt* ist die Diskussion beendet.« Ich legte auf und warf das Handy auf den Tisch.

Gott, wie hatte ich es nur zwanzig Jahre lang mit diesem Idioten ausgehalten?

Ich beschloss, am Strand spazieren zu gehen, um den Kopf freizubekommen und mich etwas zu bewegen. Ich zog mir ein Sommerkleid an, kramte meine Kopfhörer aus der Schublade, schmierte mich mit Sonnencreme ein und band mein Haar zu einem Pferdeschwanz hoch.

Auf dem Weg nach draußen fand ich ein neues gelbes Post-it an der Hintertür. *Ford öfter küssen.* Lächelnd nahm ich es ab. Ich hatte keine Ahnung, wann er den Zettel hierher geklebt hatte. Diese Aufgabe würde ich gern erledigen.

Der einstündige Spaziergang tat mir gut. Die Hälfte der Strecke joggte ich sogar, und der Adrenalinschub machte mich entspannter. Als ich mich dem Haus näherte, hörte ich dröhnende Musik. Auf der Terrasse meines Nachbarn waren Leute zu sehen. Je näher ich kam, desto mehr Haut sah ich. Anscheinend starteten Bella und ihre Freundinnen früh mit ihrer Party. Ford stand am Geländer der Terrasse und beobachtete mich.

»Komm und rette mich«, rief er.

Ich lächelte. Die Frauen, die hinter ihm herumhüpften, trugen ziemlich knappe Bikinis. »Sieht nicht so aus, als würdest du gefoltert.«

»Der Schein kann verdammt trügerisch sein.« Er winkte mir, auf die Terrasse hochzukommen. »Komm. Du hast vergessen, das Geschenk mitzunehmen, das ich dir heute gekauft habe.«

Ich legte den Kopf schief. *Geschenk?*

Er grinste. »Im Spielzeugladen. Keine Sorge, wenn du zu beschäftigt bist, um raufzukommen, bitte ich einfach meine Schwester, dir die Tüte zu bringen.«

»Witzig. Sehr witzig.«

Allerdings traute ich ihm durchaus zu, dass er seine Schwester beauftragte, mir die Analkugeln und den Porno zu bringen, also ging ich die Treppe zu seiner Terrasse statt zu meiner hinauf.

Bella lag mit zwei Freundinnen in den Liegestühlen. Sie begrüßte mich und zog ihrem Bruder eine Grimasse.

»O Mann«, flüsterte ich. »Sie ist wohl immer noch sauer, was?«

Er nickte. »Sie hatte tatsächlich den Nerv, mich zu bitten, Alkohol für sie und ihre Freundinnen zu besorgen. Kannst du dir das vorstellen?«

»Ford!«, rief das Mädchen, das ich vorhin kennengelernt hatte. Ich glaube, sie hieß Sierra. »Kannst du uns helfen, die Stühle ans Ufer zu tragen?«

Er schüttelte den Kopf. »Sie halten mich anscheinend für ihren Strandboy.«

»Aber wenn du es tust, sitzen sie nicht mehr hier oben bei dir auf der Terrasse.«

Er zeigte auf mich. »Das stimmt. Bin gleich wieder da.«

Von der Veranda aus beobachtete ich, wie Ford Liegestühle die Treppe hinunter an den Strand schleppte. Als er fertig war, packte Sierra seinen Arm und versuchte, ihn mit ins Wasser zu ziehen. Ihr Bikini bestand unten aus einem Stringtanga und oben aus zwei kleinen Dreiecken, die kaum ihre Nippel bedeckten, und sie gab sich alle Mühe, ihn darauf aufmerksam zu machen. Das Mädchen hatte eindeutig ein Auge auf ihn geworfen.

»Ich glaube, du hast eine Verehrerin«, sagte ich, als er zurückkam.

»Sierra ist eine Nervensäge. An ihrem zwölften Geburtstag hat meine Schwester eine Übernachtungsparty gefeiert. Als ich schlief, schlich Sierra sich in mein Bett. Ich war achtzehn und wachte mit einer Zwölfjährigen neben mir auf.«

Ich schlug mir eine Hand vor den Mund. »O mein Gott. Dann ist es eine lange, unerwiderte Liebe.«

»Ich Glückspilz«, brummte Ford. »Willst du einen Wein?«

»Lieber ein Wasser, wenn es dir nichts ausmacht.«

Er nickte. Während er unsere Getränke holte, beobachtete ich die Mädchen am Strand. Sierra schlug Räder und machte Flickflacks. Sie hatte wirklich einen tollen Körper. Als sie zum ersten Mal um Fords Aufmerksamkeit gebuhlt hatte, mochte sie noch ein Mädchen gewesen sein, aber jetzt war sie unübersehbar eine Frau.

Ford kam mit meinem Wasser zurück und lehnte sich neben mich an das Geländer, um zu beobachten, was ich beobachtete.

»Deine kleine Verehrerin ist ziemlich gelenkig.«

Er drehte sich zu mir um. »Höre ich da einen Hauch von Eifersucht?«

Wie könnte ich auf den Körper dieses Mädchens nicht eifersüchtig sein? »Sie ist hübsch und hat den Körper einer Neunzehnjährigen.« Ich zuckte mit den Schultern. »Da kann ich nicht mithalten.«

»Du meinst, sie kann nicht mit dir mithalten.«

Ich war keineswegs unsicher oder eifersüchtig. Ich konnte einfach nicht verstehen, wie Ford so etwas sagen konnte – ich glaubte ihm jedoch wirklich sofort, dass er es mit seinen Worten mehr als ernst meinte.

»Ich begreif das nicht, Ford. Wie kannst du mit mir zusammen sein wollen, wenn du *das* haben könntest?«

Er musterte mich von oben bis unten und schüttelte den Kopf. »Wenn du in den Spiegel schaust, siehst du die Frau, die dein Ex in dir gesehen hat – eine siebenunddreißigjährige Mutter. Wenn ich dich anschaue, sehe ich, was du wirklich bist – eine verdammt sexy Frau mit einem tollen Vorbau, unglaublichen Kurven und einem ansteckenden Lachen. Sie kann dir nicht das Wasser reichen, Val.« Er streichelte meine Wange. »Und falls unser gemeinsamer Sommer alles ist, was du willst, dann hoffe ich, dass du am Ende wenigstens in den Spiegel schaust und die Frau siehst, die du bist.«

Gott, dieser Mann war absolut berauschend. Ich sehnte mich nach ihm, und ich war erschöpft von dem Versuch, dagegen anzukämpfen.

Ich beugte mich zu ihm hinüber. »Wie wär's, wenn wir uns was zu essen bestellen und du heute bei mir übernachtest, damit Blondie nicht noch einen zweiten Versuch unternimmt, zur dir ins Bett zu kriechen?«

Ford suchte meinen Blick. »Was, wenn Bella fragt, wo ich geschlafen habe?«

Ich drückte ihm einen sanften Kuss auf die Lippen. »Dann lüge … oder sag ihr die Wahrheit. Keine Ahnung, ob es mich überhaupt noch interessiert.«

18. Kapitel

Valentina

Wir saßen im Wohnzimmer auf dem Boden und aßen chinesisches Essen vom Lieferservice. Als ich den Tisch decken wollte, hatte Ford die Teller in den Schrank zurückgestellt und stattdessen die Tüte ins Wohnzimmer gebracht. Dann zog er den Couchtisch zurück, damit wir Platz zum Sitzen hatten, und warf zwei Kissen auf den Boden.

Ich konnte noch nie gut mit Stäbchen essen, aber er zeigte es mir noch mal und öffnete weit den Mund, um meine Fähigkeiten zu testen. Natürlich verlor ich die saftigen Szechuan-Garnelen unterwegs, und sie spritzten auf sein weißes T-Shirt. Das erwies sich jedoch als gut, denn er zog es für den Rest des Essens einfach aus.

Gott, er war verlockender als das Essen – und dabei war Chinesisch mein Lieblingsessen.

Ich schaffte es, drei Reiskörner in meinen Mund zu befördern. »Heute Nachmittag habe ich mit Ryan telefoniert.«

Ford ließ die Stäbchen auf halbem Weg zu seinem Mund in der Luft schweben. »Meinst du mit Ryan jetzt deinen Sohn oder deinen Mann?«

Ich schüttelte den Kopf. »Schön wär's. Wir müssen einige Arbeiten an unseren Stützpfeilern durchführen lassen, und er möchte hier sein, wenn der Bauunternehmer sich das Haus ansieht, um uns ein Angebot zu machen.«

»Wann kommt er denn?«

»Morgen um zwei. Ich wollte dir nur Bescheid sagen, bevor er auftaucht.«

Er nickte. »Danke. Das weiß ich zu schätzen.«

Wir unterhielten uns und reichten uns die Schachteln mit dem Essen hin und her. Es gefiel mir, wie wohl sich Ford in meinem Haus fühlte.

»In ein paar Wochen findet auf Randall's Island ein Musikfestival statt«, sagte er. »Ich dachte, ich könnte uns vielleicht Karten besorgen. Einer der Jungs von den Backstreet Boys tritt auf.«

»Das wäre toll. Ich wollte schon immer mal auf ein Musikfestival. Das steht auf meiner Liste.«

Ford fischte ein Stück Cashew-Hühnchen aus der Schachtel in seinen Händen und hielt es mir mit den Stäbchen hin. Ich öffnete den Mund und beugte mich vor, um es zu nehmen, aber er zog es zurück, bevor ich es nehmen konnte, und gab mir stattdessen schnell einen Kuss.

»Deiner Liste?«

»Eve hat eine Liste mit Dingen für mich erstellt, die ich nach der Scheidung tun sollte.«

»Schön. Was steht noch drauf?« Er fütterte mich mit dem Huhn und grub nach einem Stück für sich selbst.

»Nach Rom fahren, mir einen Hund anschaffen, meinen Weihnachtsbaum ein paar Monate nach Weihnachten stehen lassen – Sachen, die ich schon immer tun wollte, gegen die mein Ex aber etwas einzuwenden hatte.«

Mir dämmerte, dass unser kleiner Einkaufstrip einen weiteren Punkt auf meiner Liste berührte. Es war ein extrem unpassendes Gesprächsthema für ein Abendessen und etwas, worüber ich normalerweise nicht mit einem Mann reden wollte. Der heutige Tag hatte jedoch so viel Spaß gemacht, und ich wusste, dass Ford es zu schätzen wüsste, wenn ich es mit ihm teilen würde, also beschloss ich, mutig zu sein.

»Und … Analsex.«

Ford musste husten. Ich dachte, er würde an dem Stück Huhn ersticken, das er sich gerade in den Mund gesteckt hatte. Sein Gesicht lief rot an.

»O mein Gott, geht's?«

Er klopfte sich mit der flachen Hand auf die Brust und griff nach seinem Bier. Gierig trank er einen großen Schluck und hustete noch etwas, bevor er mit heiserer Stimme sprach. »Willst du mich umbringen? Du kannst doch nicht sagen, dass Analsex auf deiner To-do-Liste steht, während ich kaue.«

»Oh. Tut mir leid. Ich dachte, das würde dir gefallen, besonders nach unseren heutigen Einkäufen.«

Seine Augen verdunkelten sich. »Ich muss diese To-do-Liste sehen. Besser noch, ich helfe dir gern, diesen Sommer jeden Punkt abzuhaken.«

»Du weißt doch gar nicht, was noch draufsteht.«

»Das ist mir vollkommen egal. Ich bin hier, um dir zu dienen.«

Ich kicherte, und eigentlich kicherte ich nie. »Ein wahrer Pfadfinder. Immer bereit für eine gute Tat.«

Er schüttelte den Kopf. »Mist. Das machen sie bei den Pfadfindern? Ich dachte, die helfen alten Damen über die Straße. Wenn ich gewusst hätte, dass es da auch um Analkugeln und Pornos geht, wäre ich beigetreten.«

Wir lachten, als Fords Telefon klingelte. Er schaute auf die Anrufer-ID und schien zu zögern, ob er den Anruf annehmen sollte.

»Das ist Devin. Mein CFO.«

»Geh ran, wenn du musst.«

»Macht es dir nichts aus?«

»Überhaupt nicht. Ich räume auf und mache einen Wein auf.«

Während Ford das Telefonat entgegennahm, räumte ich die Reste des chinesischen Essens weg und öffnete eine Flasche Wein. Ich schenkte zwei Gläser ein und blieb in der Küche, um ihm etwas Privatsphäre zu lassen.

Als er fertig war, sah er, wie ich auf den Kalender am Kühlschrank blickte. Ich hielt die Juliseite hoch und studierte den August, als er die Arme um meine Taille legte und meine Schulter küsste.

»Hast du was vor?«

»Nein. Mir ist nur aufgefallen, dass es nur noch sechseinhalb Wochen bis Labor Day sind.«

»Machst du dir Sorgen, ob du einen Job findest, wenn die Schule anfängt? Du bekommst doch nächste Woche deine Ergebnisse, oder?«

Natürlich machte ich mir Sorgen um die Arbeitssuche. Aber das war nicht das, was mich im Moment am meisten beschäftigte. *Nur noch sechseinhalb Wochen.* Worauf zum Teufel wartete ich? Ich hatte schon fast die Hälfte des Sommers verpasst. *Tick Tack. Tick Tack.* Es war an der Zeit – jetzt oder nie. Ich hatte ihn eingeladen, heute Abend bei mir zu übernachten, aber seltsamerweise hatte ich erst in diesem Moment beschlossen, dass ich ihn *jetzt* wollte. Mir etwas zu versagen, war das Thema meines Lebens, und ich wollte endlich ein bisschen leben.

Ich holte tief Luft und leerte mein Weinglas in einem Zug, dann drehte ich mich in Fords Armen zu ihm um. »Ich mache mir Sorgen, dass ich schon den halben Sommer vergeudet habe, weil ich dich weggestoßen habe.«

Er wirkte unsicher, und ich erkannte, dass er eine Bestätigung für meine Worte brauchte.

Er jagte mir eine Heidenangst ein, aber ich hatte die Nase voll von Angst. »Ich will dich, Ford.«

Er umfasste meine Wangen und zog mein Gesicht zu sich heran. Unsere Lippen trafen sich zu einem Kuss, der leidenschaftlich war, aber anders als die anderen, die wir bisher geteilt hatten. Er war langsamer, weniger wild, sinnlicher – und gefühlvoller.

Die Art, wie er mich hielt und sich Zeit ließ, gab mir das Gefühl, dass er diesen Moment genauso genoss wie ich. Zwischen Ryan und mir waren Küsse immer ein Mittel zum Zweck gewesen: Schritt eins, der abgeschlossen werden musste, bevor er zu Schritt zwei übergehen konnte. Ich hatte nie das Gefühl, dass er es wirklich genoss, mich zu küssen. Und um ehrlich zu sein, konnte ich mich auch nicht daran erinnern, dass es mir so gegangen wäre. Zumindest schon sehr lange nicht mehr. Aber Ford wollte ich stundenlang küssen.

Er drängte mich gegen den Kühlschrank, hob mich hoch und legte meine Beine um seine Taille. Als er sich zwischen meinen gespreizten Schenkeln an mir rieb, spürte ich, wie hart er schon war, und stöhnte in seinen Mund. *Gott, ich will ihn.*

Ich wollte ihn am Kühlschrank, auf dem Küchenboden, dem Tisch, der Arbeitsplatte – wenn es nach mir ginge, würden wir keine Minute mehr damit verschwenden, den Ort zu wechseln. Aber Ford hatte offenbar andere Vorstellungen. Er packte mein Hinterteil, verlagerte das Gewicht und setzte sich mit mir in Bewegung.

»Ich würde dich liebend gern an der Wand vögeln. Aber für dich ist es zwei Jahre her, und ich will mich richtig um dich kümmern. Das heißt, ich werde dich lecken, bis es aus dir heraustropft und mein Schwanz in dich hineingleiten kann.«

O Gott!

Er ging die Treppe hinauf. »Allein der Gedanke, dass du seit zwei Jahren keinen Mann mehr hattest, macht mich steinhart. Wenn ich in deiner Nähe bin, komme ich mir wie ein Höhlenmensch vor. Ich bin überrascht, dass ich deinem Kommilitonen nicht eine Keule über den Schädel geschlagen und dich über meiner Schulter mit nach Hause geschleppt habe, als du mit ihm aufgekreuzt bist.«

In meinem Schlafzimmer setzte Ford mich ab. Er zog sein Portemonnaie aus der Hosentasche, nahm einen Streifen Kondome heraus und legte sie auf den Nachttisch, dann setzte er sich aufs Bett. Als er sich Zeit ließ, mich ausgiebig zu betrachten, kribbelte mein ganzer Körper. Seine Augen waren voller Verlangen, und er leckte sich über die Lippen, als könne er es kaum erwarten, mich zu verschlingen.

»Zieh dich für mich aus. Zieh dein Kleid aus.«

Seine Stimme klang rau, hatte aber eine sexy Autorität, die mich anmachte.

Ich hielt seinem Blick stand, streifte die Spaghettiträger meines Sommerkleides erst von der einen, dann von der anderen Schulter und ließ es bis zu den Knöcheln hinuntergleiten. So, wie Ford mich ansah, fühlte ich mich auf unerwartete Weise entblößt. Es war, als ob er nicht nur meinen Körper sehen wollte – er wollte *mich* nackt sehen.

Erneut befeuchtete er seine Lippen. »Du bist wunderschön. Seit wir angefangen haben zu chatten, hab ich mir jeden Tag vorgestellt, in dir zu sein, und ich hatte keine Ahnung, dass du dich als eine innerlich und äußerlich wunderschöne Frau entpuppen würdest.«

Ich schmolz dahin. Dieser Mann machte mich fertig – in der einen Minute erzählte er mir, was er mit mir anstellen wollte, und setzte meinen Körper mit seinen sexy Worten in Flammen, und dann brachte er mit seiner süßen Seite mein Herz zum Überlaufen. Das war eine verdammt gefährliche Kombination. Es gab nicht viel, was ich im Moment nicht für ihn tun würde.

Ford hob das Kinn an. »Zieh deinen BH aus.«

Nervös nestelte ich auf meinem Rücken an dem Verschluss. Doch die Lust, die seine Augen verdunkelte, als ich den BH langsam von meinen Schultern streifte und meine Brüste entblößte, gab mir die Zuversicht, aufrecht zu stehen. Er ließ sich Zeit, mich zu betrachten, und meine Nippel richteten sich auf und wurden unter seinem Blick hart.

»Jetzt den Slip.«

Ich beobachtete, wie sich sein Adamsapfel beim Schlucken auf und ab bewegte.

Als ich völlig nackt vor ihm stand, hämmerte mein Herz erwartungsvoll in meiner Brust. Ford stand auf und streckte die Hand nach mir aus. Er küsste mich, bis meine Knie zu schwach waren, um mein Gewicht zu halten. Dann tauschte er unsere Plätze und führte mich an die Bettkante.

Er ließ sich vor mir auf die Knie sinken, legte seine Hände auf meine Schenkel und spreizte meine Beine weit.

»Ich möchte, dass du zusiehst.« Er hob ein Bein an, drückte einen zärtlichen Kuss auf den Fuß und schaute unter seinen dichten, dunklen Wimpern zu mir hoch. »Sieh zu, wie ich deine süße Muschi lecke, bis du in meinem Mund kommst.«

O Gott!

Diesen Kampf verlor ich sehr schnell. Kaum drückte er den Mund zwischen meine Beine, ließ ich stöhnend den Kopf in den Nacken sinken. *So viel zum Thema Zusehen.* Er leckte langsam an meiner Scham entlang, bevor er mit der Zunge über meinen Kitzler fuhr. Er neckte mich, saugte an mir und steigerte die Intensität zusammen mit meiner Lust.

Doch er zwang mich nicht über die Ziellinie. Stattdessen neckte er mich, trieb mich fast zum Orgasmus, verlangsamte dann das Tempo und zog sich zurück, sodass ich nicht gleich kam. Ich war mir nicht sicher, ob es Absicht war.

Ich versuchte, mich zu sammeln, und betrachtete sein Gesicht zwischen meinen Beinen. Als Ford meinen Blick auf sich spürte, sah er auf. Er schenkte mir ein verruchtes Lächeln und zog sich zurück, um langsam mit der Zunge über meinen Kitzler zu streichen. Ich zuckte zusammen, und das Funkeln in seinen Augen verstärkte sich.

Wow. Dieser Mistkerl. Er wusste genau, was er tat.

»Sieh zu, und ich lass dich kommen.«

Er hatte sich zurückgehalten, bis ich tat, was er wollte. Verzweifelt und etwas gereizt grub ich meine Finger in sein Haar und zog ihn fester an mich heran. Ich war schon Ewigkeiten nicht mehr so erregt gewesen und am liebsten wäre ich auf ihn losgegangen, weil er mir meinen Orgasmus vorenthielt.

Ich hörte ein gedämpftes Lachen, doch dann glitt seine Zunge in mich hinein.

»Ja. *Ja.*«

Danach wurde es noch heftiger. Ford knurrte, leckte und saugte erneut an mir. Alles in mir bereitete sich auf den Höhepunkt vor, meine Muskeln schwollen und spannten sich an.

»Ford …«

Er schob zwei Finger in mich hinein und saugte kräftig an meiner Klitoris, während er zu mir hochschaute. Mein Körper zitterte, als der Orgasmus über mich kam. Ich bemühte mich, nicht den Blick von seinem zu lösen, aber als die große Welle über mich hinwegschwappte und meine Muskeln sich um seine Finger zusammenzogen, fiel ich aufs Bett zurück und ließ mich von der Lust überwältigen.

Ich kam länger und härter als je zuvor. Es fühlte sich an, als wären jahrelang aufgestaute Orgasmuswellen wie ein Tsunami über mich hereingebrochen, und als ich langsam wiederauftauchte, rang ich um Atem.

Während ich erst allmählich wieder zu mir kam, war Ford nicht untätig gewesen. Gerade lag ich noch an der Bettkante und versuchte, mich zu sammeln, da hatte er sich schon seiner Hose entledigt und mich zum Kopfende des Bettes gezogen.

»Geht's dir gut?« Ford küsste mich knapp über dem Bauchnabel.

»Nein«, keuchte ich. »Eigentlich bin ich wütend auf dich.«

Er lachte und leckte über die Unterseite meiner rechten Brust. »Ach ja? Und warum?«

»Du hast mir anderthalb Monate lang Nettigkeiten erzählt, um mich dazu zu bringen, mit dir zu schlafen … dabei hättest du nur das tun müssen. Du hast so viel Zeit verschwendet, verdammt noch mal.«

Ford saugte meinen Nippel in seinen Mund und klemmte ihn zwischen die Zähne, woraufhin ich mich ihm entgegenbog. Er widmete sich der anderen Brust, dann stieg er auf mich. »Dann müssen wir die verlorene Zeit eben aufholen.«

Ich spürte, wie hart und heiß er war, als er sich gegen meine geschwollene Klitoris presste. Noch vor einer Minute war ich erschöpft und befriedigt gewesen, dennoch wollte ich ihn jetzt unbedingt in mir spüren.

Er strich mir eine Haarsträhne aus dem Gesicht und beugte sich vor, um meine Lippen zu küssen. Ich ließ die Hände seinen

Rücken hinunterwandern und schob sie in seine Boxershorts. Als ich seinen festen Hintern massierte, wurde unser Kuss schnell heißer, und als ich mit den Nägeln über seinen Rücken kratzte, stöhnte er auf.

»*Fuck*. Ich muss in dir sein.«

Er stützte sich hoch, streifte die Boxershorts ab und nahm ein Kondom. Wie er die Packung mit den Zähnen aufriss, war das Schärfste, was ich seit Langem gesehen hatte. Ford spuckte die Verpackung auf den Boden, dann nahm er meine Hand und legte sie um seinen Schwanz, während er sich das Kondom überstreifte.

Als ich die Entfernung zwischen meinem Daumen und meinem Zeigefinger spürte, war ich mir nicht sicher, ob ich mich freuen oder mir Sorgen machen sollte. Es war *wirklich* lange her.

»Spreiz die Beine für mich, Süße. Ganz weit.«

Unsere Blicke trafen sich, und ich tat, was er von mir verlangte, und öffnete mich für ihn. Er positionierte sich vor meiner Pforte und schob sich ganz langsam in mich hinein. Ich hatte nicht genau sehen können, wie groß er war; ich wusste nur, dass er stark war. Aber Ford schien zu verstehen, dass er sich Zeit lassen musste. Er schob die Hüften vor und zurück, dehnte mich mit jedem Stoß ein wenig mehr und drang Stück für Stück tiefer in mich ein, bis er schließlich ganz in mir war.

»*Fuck*«, raunte er an meinen Lippen, und seine Arme zitterten. »Du fühlst dich so unglaublich an.«

Er fing meine Zunge ein und küsste mich leidenschaftlich, während er in mich hinein- und wieder aus mir herausglitt. Ich war nass, und mein Körper schloss sich wie eine Faust um ihn. Er unterbrach unseren Kuss und lehnte sich zurück, um mich anzusehen.

»Wunderschön.« Er beschleunigte seine Stöße und lächelte

zu mir herunter. »So verdammt schön.« Im Raum war es still, bis auf das Geräusch unserer aneinanderklatschenden Körper. Er schob eine Hand in meine Kniekehle und hob das Bein an. Durch die neue Position schloss ich mich noch fester um ihn, und er begann, die empfindliche Stelle in mir auf ungekannte Weise zu stimulieren.

O Gott. Ich komme schon wieder.

Ich grub die Nägel in seinen Rücken, und er verstand, was ich brauchte – er bewegte sich härter und schneller, rieb sich mit jedem Stoß an mir und drang tief in mich ein. Mein Kitzler pochte, und mein Herz raste.

»Ford …«, rief ich.

Die Adern an seinem Hals traten hervor, und seine Atmung wurde unregelmäßig. Ich wusste, dass auch er kurz davor war, die Kontrolle zu verlieren.

»Komm mit mir«, stöhnte er. »*Fühl mich.*«

Er stieß so fest zu, dass es mir fast den Atem raubte. Aber es war genau, was ich brauchte. Mein Körper zog sich um ihn zusammen und begann zu pulsieren. Ford spürte es, sah es in meinem Gesicht und strebte seiner eigenen Erlösung entgegen.

»Fuck«, brüllte er.

Ich beobachtete, wie sich sein Kiefer anspannte und er noch zweimal zustieß, bevor er so tief in mir versank, dass ich um Atem rang.

Er brach auf mir zusammen, vergrub sein Gesicht an meinem Hals und küsste mich, während auch er nach Luft gierte. Selbst durch das Kondom konnte ich seinen heißen Saft in mir spüren. Ich war vollkommen überwältigt und erschöpft, doch ich dachte unwillkürlich, wenn es sich mit einem Kondom so gut angefühlt hatte, wie zum Teufel würde es sich dann erst anfühlen, wenn sich unsere Haut berührte?

Ford hob den Kopf und sah mich an. Er blinzelte. »Worüber denkst du jetzt schon wieder nach? Mein Gehirn wird danach vermutlich erst morgen wieder funktionieren.«

Ich kicherte. »Über gar nichts.«

»Versuch es gar nicht erst.« Er tippte mit einem Finger an meine Schläfe. »Ich weiß, wie es aussieht, wenn sich die Räder in deinem Kopf drehen.«

Ich lächelte. Der Mann hatte mich gerade geleckt, während ich ihm dabei zusah, und mich dann fast bewusstlos gevögelt, dennoch scheute ich mich immer noch davor, mit ihm über Sex zu sprechen.

Aber das war albern, ich konnte genauso gut ehrlich sein. »Ich hab gedacht, wie gut es sich wahrscheinlich ohne Kondom anfühlen würde.«

»Nimmst du die Pille?«

Obwohl ich in den letzten Jahren keinen Grund dazu gehabt hatte, nahm ich sie immer noch, um meine Periode zu regulieren. Ich nickte.

Ford sprang derart schnell aus dem Bett, dass ich erschrak. Ich dachte, er hätte vielleicht einen Käfer entdeckt.

»Was … was ist los?«

»Ich muss dieses blöde Kondom loswerden.«

Er ging ins Bad und war innerhalb von zehn Sekunden zurück, dann kroch er wieder auf mich. »Bereit.«

Ich lachte. »Bereit für was?«

Ford nahm meine Hand und führte sie nach unten zwischen seine Beine. Er war so hart wie vor dem Sex.

Als er die Verwirrung in meinem Gesicht sah, lächelte er. »Du hast die erste Hälfte des Sommers damit verschwendet, mir alle Gründe aufzuzählen, warum fünfundzwanzig nicht das richtige Alter für dich ist.« Er veränderte seine Position und drang mit einem festen Hüftschwung wieder in mich ein. »Jetzt werde ich die zweite Hälfte damit verbringen, dir all die Gründe zu zeigen, warum fünfundzwanzig genau das richtige Alter für dich ist.«

19. Kapitel

Valentina

Ich wachte davon auf, dass sich jemand von hinten an mich drängte.

Die Decke nur bis zur Hüfte hochgezogen, kuschelte Ford sich an mich und drückte mich mit seinem kräftigen Arm an seine Brust. Zuerst war ich mir nicht sicher, ob er wach war, aber dann glitt die Hand von meinem Bauch nach oben und strich über meine Brust.

»Morgen.« Seine Stimme klang rau und verdammt sexy.

»Woher wusstest du, dass ich wach bin?«

Sein Daumen und Zeigefinger strichen über meinen Nippel. »Ich wusste es einfach.«

Ich lächelte. Wir waren wach geblieben, bis die Sonne aufging, um den Körper des anderen zu erkunden. Ich konnte nicht mehr zählen, wie oft wir Sex gehabt hatten … viermal? Der köstliche Schmerz zwischen meinen Beinen bewies es. Ford ließ eine Hand hinuntergleiten und legte sie auf meine Scham.

»Wund?«

Ich spielte es herunter, denn ich konnte nicht genug von ihm bekommen. »Ein bisschen.«

Er drehte uns um, sodass ich plötzlich auf dem Rücken lag

und er auf mir. »In ein paar Minuten muss ich unter die Dusche springen. Ich muss mich auf ein Meeting vorbereiten. Und vorher muss ich noch was essen.«

»Ah. Okay. Ich kann dir was machen.«

Er grinste verrucht. »Ich vernasche dich zum Frühstück.« Sein Kopf verschwand unter der Decke.

»Das ist nicht … *oh*. Wow. Okay, dann.«

Zehn Minuten später war mein Körper vollkommen entspannt und weich. »Das kannst du … wirklich gut.«

Er kuschelte sich an meinen Hals. »Ich bin froh, dass es dir gefällt. Ich will nämlich ziemlich viel Zeit mit meinem Kopf zwischen deinen Beinen verbringen.«

Ein paar Minuten später stützte er sich auf seinen Ellbogen. »Ich will echt nicht aufstehen. Aber ich muss duschen. Ich nehme den Zug in die City, dann kann ich die zwei Stunden auf dem Hin- und Rückweg arbeiten. Kannst du mich heute Abend abholen? Ich will dir was zeigen.«

»Was?«

»Das ist eine Überraschung.«

Ich lächelte. »Okay.«

Ford stand auf. Ich hatte ihn schon gestern Abend am Strand bewundert, als ich ihn mit nacktem Oberkörper beobachtet hatte. Letzte Nacht hatte ich jeden definierten Muskel an seinem Körper gefühlt, aber ihn im Morgenlicht in all seiner Pracht zu sehen, jeden Zentimeter seiner herrlich gebräunten, glatten Haut, war einfach umwerfend. Er hatte dieses tiefe V, und die einzelnen Bauchmuskeln hoben sich deutlich voneinander ab. Doch das Beste war sein Hintern. Mit seinem knackigen Po – das einzige Körperteil, das nicht gebräunt und regelrecht weiß war – sah er aus wie die nicht jugendfreie Version einer Sonnencremewerbung.

Ich stützte mich auf einen Ellbogen, um zu beobachten, wie er nackt herumlief. Er schien sich dabei ganz und gar wohlzufühlen, was bei einem solchen Körper auch so sein sollte.

»Ich muss unbedingt das Training machen, das du machst.«

Er lachte. »Ach ja? Gern. Gehen wir morgen früh zusammen ins Gym.«

Ich ließ den Kopf wieder aufs Kissen sinken. »Ich habe gesagt, dass ich trainieren *muss*. Ich habe nicht gesagt, dass ich es tatsächlich tun werde. Aber du kannst gern vorbeikommen, wenn du fertig und verschwitzt bist.«

Er beugte sich zu mir herunter und gab mir einen keuschen Kuss. »Hast du was dagegen, wenn ich hier dusche?«

»Nein. Überhaupt nicht. Ich werde meinen Hintern nach unten schleppen und uns einen Kaffee kochen, während du duschst.«

»Toll.«

Ich war noch nicht bereit, in die Realität zurückzukehren, nahm Fords Hemd von gestern Abend und zog es mir über den Kopf. Da es mir fast bis zu den Knien reichte, machte ich mir nicht die Mühe, einen BH oder einen Slip anzuziehen.

In der Küche schaltete ich den Bose Soundlink ein. Die Kaffeekanne stand direkt daneben, und daran klebte ein gelbes Post-it.

Ford die Eier kraulen.

Ich schlug mir eine Hand vor den Mund und brach in schallendes Gelächter aus. Das war für ihn zu einem Spiel geworden. Ich hatte keine Ahnung, wann er hier unten in der Küche gewesen war. Er musste aufgestanden sein, nachdem ich eingeschlafen war. An der Hintertür klebte ein weiterer Zettel.

Verkleidung als aufreizende Lehrerin kaufen.

Am Toaster fand ich noch einen.

Mich mit Nutella einschmieren.

Dann klebte noch einer am Geschirrspüler.

Roter Lippenstift.

Dieser war doppelt unterstrichen.

Seine anzüglichen Nachrichten brachten mich zum Lächeln, als wäre ich ein Teenager, der gerade eine Nachricht von einem süßen Jungen bekommen hatte. Im Radio lief ein Song der Backstreet Boys, der mich an den Tag erinnerte, an dem ich auf die Terrasse hinausgegangen war und Ford ihr Album gespielt hatte. Ich seufzte vor Zufriedenheit, nahm die Kaffeebohnen aus dem Kühlschrank und mahlte sie mit einem breiten Grinsen.

Als das laute Mahlen aufhörte, erschreckte mich eine Stimme. »Da ist aber heute Morgen jemand glücklich.«

Mein Lächeln erstarb. *Ryan.* Mein Ex-Mann stand im Eingang zur Küche. Ich hatte ihn nicht hereinkommen hören.

Ich verschränkte die Arme über meiner BH-freien Brust. »Was zum Teufel? Wie bist du hier reingekommen?«

Er zuckte mit den Schultern und hielt einen Schlüssel hoch. »Ich habe mich selbst reingelassen.«

»Das kannst du nicht tun.«

»Ich habe es aber gerade getan.«

»Ich bin nicht angezogen.«

Ryans Blick glitt über meine nackten Beine. »Nichts, was ich nicht schon gesehen hätte. Aber du siehst gut aus, Val. Hast du wieder angefangen zu trainieren?«

Es war mir zuwider, wie er mich ansah – als ob es sein *Recht* wäre. Ich schob mich an ihm vorbei, schnappte mir eine Decke von der Wohnzimmercouch, wickelte sie um meinen Körper und zog sie fest. »Man spaziert nicht einfach in ein fremdes Haus.«

Seine Augen verengten sich. »Es ist kein fremdes Haus … es ist mein Haus.«

Vor lauter Schreck, dass plötzlich jemand im Haus war, ausgerechnet *Ryan*, hatte ich völlig vergessen, dass noch jemand anderes hier war. Nur mit einer Jeans bekleidet, deren oberster Knopf offen stand, joggte Ford die Treppe herunter. Sein Haar war nass vom Duschen. Ich beobachtete, wie sein Lächeln erstarb, als er meinen Ex-Ehemann in der Küche stehen sah.

In dem Moment drehte Ryan sich um, und Ford blieb wie erstarrt am Fuß der Treppe stehen; sein Blick sprang von Ryan zu mir.

Ich geriet in Panik und platzte mit dem Ersten heraus, was mir in den Sinn kam. »Ähm … Ford repariert das Rohr oben in der Dusche.«

Kaum hatte ich die Worte ausgesprochen, wusste ich, dass Ford nicht glücklich darüber sein würde. Sein Kiefermuskel zuckte, und er starrte mich an.

Ryan schüttelte den Kopf und sah angewidert aus. »Der Junge von nebenan repariert die Rohre, während du halb nackt herumläufst? Was zum Teufel, Val? Versuchst du, den armen Jungen zu verführen?«

Ich spürte Fords Wut und hätte Ryan dafür töten können, dass er mich in diese Situation gebracht hatte. Ich entschied mich, zum Angriff überzugehen. »Warum bist du hier, Ryan? Es ist noch nicht einmal Mittag, und du hast gesagt, dass der Bauunternehmer nicht vor zwei kommen würde.«

»Es war wenig Verkehr, und ich dachte, ich schaue mir das undichte Rohr in der Küche an.«

»Das hat Ford schon repariert.« Ich zog die Decke noch fester um mich. »Kannst du bitte nach draußen gehen, während ich mich anziehe?«

Ryan bekam schmale Augen. »Das ist mein Haus.«

»Es ist aber nicht dein Jahr. Und das nächste im Übrigen auch nicht, weil du die letzten beiden Jahre hier warst. Du musst jetzt sofort gehen.«

Ein Handy klingelte. Ryan erkannte, dass es seins war. Grummelnd zog er es aus der Tasche, ging zur Haustür und schlug sie derart fest hinter sich zu, dass der ganze Boden bebte.

Ich ging zu Ford und hob die Hände, um seine Brust zu berühren, aber er wich einen Schritt zurück, sodass ich nicht mehr an ihn herankam. »*Der Junge von nebenan? Ich repariere die Rohre?*«

»Es tut mir leid. Ich war total perplex, und … ich will einfach nicht, dass er sich in mein Leben einmischt.« Fords Kiefer mochte vor Wut angespannt sein, aber in seinen Augen sah ich, wie verletzt er war.

»Klar.«

»Ford …«

Er schüttelte den Kopf. »Ich muss gehen.«

»Warte … ich habe nicht …«

Die Tür schlug ein zweites Mal zu, und ich stand allein im Wohnzimmer – in eine Decke gehüllt und immer noch in Fords Hemd.

Gott, das hab ich total verbockt.

»Willst du im Lobster Roll was zu Mittag essen?«

»Nein.«

Mein Ex-Mann schien ehrlich verwirrt zu sein. Er runzelte die Stirn. »Warum nicht?«

»Weil ich zu tun habe.«

Ich hatte die letzten zwanzig Minuten auf der hinteren Terrasse gesessen. Der Bauunternehmer war gekommen und gegangen, und Ryan hatte darauf bestanden, sich die Küchenspüle anzusehen, um sicherzugehen, dass das Leck ordentlich repariert war, obwohl ich ihm gesagt hatte, dass alles einwandfrei funktionierte.

»Du siehst nicht sehr beschäftigt aus.«

Ich funkelte ihn wütend an. »Was glaubst du, was *Kaylee* dazu sagt, wenn du mit deiner Ex-Frau zu Mittag isst?«

»Sie heißt Kayla. Und es ist aus. Sie ist für ein paar Wochen nach Indien gefahren, um Yoga zu lernen, und hat sich entschieden, dort zu bleiben. Hat einen reichen Tech-Typen kennengelernt.«

»Wie schade.«

Ich blickte auf und sah einen anderen Mann als sonst. Ryan war gealtert und hatte etwas zugenommen. Sein Haaransatz wich allmählich zurück, und er hatte sich das Haar in dem erfolglosen Bemühen wachsen lassen, es modern und nicht schütter wirken zu lassen. Vor zwei Jahren hätte ich mir nicht vorstellen können, dass ich eines Tages bei seinem Anblick nicht unser gemeinsames Leben vermissen würde. Als er mich verlassen hatte, dachte ich, mein Leben sei vorbei.

Aber das war es nicht. Wie sich herausstellte, ging es gerade erst richtig los. Es hatte lange gedauert, an diesen Punkt zu kommen, aber ich war über Ryan hinweg – und zwar komplett.

»Komm schon … du liebst doch diese Hummerrollen. Es wird wie früher sein.«

»Das stimmt, die esse ich total gern. Aber ich kann sie auch allein genießen … und in besserer Gesellschaft.«

Ryan rieb sich den Nacken. »Gut. Wie auch immer. Ich sollte mich sowieso vor der Rushhour auf den Weg machen. Ich melde mich wegen des Termins für die Bauarbeiten.«

Ich machte mir nicht die Mühe, ihn hinauszubegleiten.

Schließlich war er auch allein hereingekommen. Als ich hörte, wie sein Auto ansprang und aus der Einfahrt fuhr, atmete ich etwas leichter. Allerdings war damit nur ein Problem gelöst.

Ich hatte noch nichts von Ford gehört. Eine Nachricht, die ich ihm vorhin geschrieben hatte, war als *gelesen* markiert, aber ohne Antwort geblieben. Zum zehnten Mal checkte ich mein Handy, obwohl es nicht vibriert hatte. Die letzte Nachricht war die von mir an ihn.

Valentina:
Ich habe die gestrige Nacht sehr genossen, und es tut mir leid, was heute Morgen passiert ist. Sag mir Bescheid, von welchem Zug ich dich nachher abholen soll.

Ich seufzte. Er war zu einem Meeting in die City gefahren, vielleicht hatte er sich deshalb noch nicht gemeldet. Doch tief im Inneren wusste ich, dass das nicht der Grund war.

Stunden später fiel es mir zunehmend schwerer, mir einzureden, dass alles in Ordnung sei. Also schrieb ich ihm eine weitere Nachricht.

Valentina:
Hey. Ich wollte mich nur melden. Weißt du schon, welchen Zug du nimmst?

Ein paar Minuten später summte mein Telefon.

Ford:
Planänderung. Ich komme heute Abend nicht zurück.

Valentina:
Oh. Okay. Ist dein Meeting gut gelaufen?

Ford:
Ja.

Valentina:
Sehen wir uns dann am Sonntag?

Ford:
Klar.

Ich wusste, dass wir persönlich miteinander reden mussten, aber ich musste zumindest versuchen, mich noch einmal zu entschuldigen.

Valentina:
Es tut mir wirklich leid wegen heute Morgen. Dass Ryan aufgetaucht ist, hat mich aus der Bahn geworfen. Ich hatte ihn auch erst viel später erwartet.

Ford:
Kein Problem. Es gibt keinen Grund, deinem Ex von deinen Gelegenheitsficks zu erzählen.

Er war verletzt und schlug um sich. Den Köder zu schlucken und sich auf diesem Weg zu streiten, würde alles nur noch schlimmer machen. Also versuchte ich, es nicht zu tun.

Valentina:
Abendessen morgen Abend? Ich koche uns was.

Ford:
Mach dir keine Mühe. Ein Abendessen ist nicht nötig. Vielleicht könntest du mich gegen acht einplanen, dann komm ich vorbei, um dich zu vögeln?

Das habe ich verdient.

Valentina:
Acht klingt gut. Bis Sonntag. Ich kann's kaum erwarten.

Es war nicht überraschend, dass ich darauf keine Antwort mehr erhielt.

20. Kapitel

Ford

»Erinnerst du dich noch an den Traum von den violetten Blumen auf der Beerdigung, den ich letzte Woche hatte?«

Mrs Peabody sagte noch nicht einmal Hallo, sondern fing einfach an zu reden, als ich das Gespräch annahm.

»Hey, Mrs P.« Ich warf meinen Stift auf den Schreibtisch und lehnte mich in meinem Stuhl zurück. »Ja, natürlich erinnere ich mich. Sie hatten tagsüber eine starke Vorahnung, dass jemand sterben würde, und dann träumten Sie von einer Beerdigung mit vielen violetten Blumen.«

»An dem Tag musste ich mich zweimal übergeben. Aber das könnte auch an dem Thunfischauflauf gelegen haben, den dieser Dreckslieferdienst dienstags zum Mittagessen serviert. Ich verabscheue Dienstage. Wer zum Teufel ist eigentlich darauf gekommen, dass es eine gute Idee sei, Mayonnaise in den Ofen zu tun?«

Zum ersten Mal heute musste ich lachen. »Und was ist mit der Beerdigung? Ist tatsächlich jemand gestorben?«

»Ja. Die Frau im Zimmer neben mir. Am Sonntag ist sie nicht mehr aufgewacht. Im Sommer sterben sie hier wie die Fliegen. Man sagt, dass in den zwei Wochen nach Weihnachten mehr Menschen sterben als zu jeder anderen Zeit, aber nicht hier. Hier ist es ganz sicher der Sommer.«

»Gab es violette Blumen bei ihrer Beerdigung?«

»Nein. Es gab keine Beerdigung. Sie ist direkt ins Krematorium gekommen. Bestimmt wollten die Kinder ihr Erbe nicht verschwenden. Ich habe für meine im Voraus bezahlt, damit ich nicht betrogen werde. Wie auch immer, ich wollte dir nur sagen, dass ich wieder recht hatte.«

»Nicht umsonst, Mrs P., aber Sie leben in einer Einrichtung für betreutes Wohnen mit älteren Menschen, die gesundheitliche Probleme haben. Ich bin mir nicht sicher, ob Sie das hier eine Vorahnung nennen können.« Ich griff nach dem Kaffee auf meinem Schreibtisch.

»Das mag stimmen. Wahrscheinlich stirbt hier jede Woche jemand. Aber die Frau, die den Löffel abgegeben hat, hieß *Violet.*«

Ich hatte gerade einen Schluck Kaffee genommen und bekam ihn in die falsche Röhre. »Der Name der Frau war Violet?«

»Mmmm-hmmm. Also hör auf, an mir zu zweifeln, Junge.«

Wir unterhielten uns eine Viertelstunde lang. Mrs P. erzählte mir, ihre Tochter habe angerufen und wolle sie besuchen, obwohl ich das schon ein paarmal gehört hatte und sie in all den Jahren, seit ich Mrs P. kannte, noch nie aufgetaucht war. Sie beschwerte sich auch über den Physiotherapeuten und den Zahnarzt, von denen sie schwor, dass sie ihre Versicherung betrögen, weil ihr eigentlich nichts fehle.

»Und wie läuft es mit der zukünftigen Mrs Donovan?«, fragte sie schließlich.

Ich runzelte die Stirn. »Ich weiß nicht, ob Sie in dem Fall richtigliegen. Die Sache entwickelt sich nicht so, wie ich es mir vorgestellt hatte.«

»Na ja. Ich sage nur, was ich sehe. Ich habe keinen Einfluss darauf, ob du es vermasselst. Du hast die Frau getroffen, die für dich bestimmt ist. Gott weiß, es wäre nicht das erste Mal, dass ein Mann seine Zukunft verpfuscht.«

»Was macht Sie so sicher, dass ich derjenige bin, der es vermasselt?«

»Weil du gerade gesagt hast, *die Sache entwickelt sich nicht so, wie ich es mir vorgestellt hatte.*«

»Und?«

»Man sitzt nicht herum und erwartet, dass sich die Dinge so entwickeln, wie man es gern hätte. Man sorgt dafür, dass das passiert, Dummkopf.«

Mein Nachmittagstermin war im Norden der Stadt gewesen.

Ich hätte anschließend in ein Taxi steigen oder sogar die U-Bahn nehmen können, die sich direkt vor dem Gebäude befand. Doch stattdessen beschloss ich, die etwa dreißig Blocks zurück zu meiner Wohnung zu laufen. Es war ein schöner Sommerabend. Und dass ich einen Umweg von ein paar Blocks machte, um am Park vorbeizukommen, war nicht so ungewöhnlich.

Die Tatsache, dass ich zufällig an einem bestimmten französischen Bistro vorbeikam, war ebenfalls reiner Zufall. Vor der Tür zögerte ich einen Moment, dann ging ich hinein. Warum nicht ein Bier trinken, wenn ich schon mal in der Gegend war? Ich wusste ja nicht einmal, ob Eve hier sein würde. Klar, sie hatte gesagt, dass sie sechs Tage die Woche arbeitete, aber heute könnte ihr einziger freier Tag sein.

Ein älterer Mann im Anzug stand im vorderen Empfangsbereich.

»Kann ich Ihnen helfen? Haben Sie eine Reservierung für heute Abend?«

»Hm. Nein.«

Mit einem Finger fuhr er über eine ziemlich lange Liste mit Namen und Zeiten. »Es tut mir leid. Ich habe keinen Tisch mehr frei.«

Ich sah mich im Restaurant um und konnte keine Spur von Eve entdecken. Enttäuscht nickte ich. »Trotzdem danke.«

Gerade als ich mich zum Gehen wandte, hörte ich meinen Namen. »Ford?«

»Hey.«

Eve kam aus einer Tür im hinteren Teil des Restaurants, vermutlich war dort die Küche.

»Ich bin hier nur zufällig … vorbeigekommen und habe den Laden gesehen und …«

Eve lächelte und kam zu mir, um mich zu umarmen. Sie wusste genau, dass ich Mist erzählte, aber sie schien sich aufrichtig zu freuen, mich zu sehen.

»Komm rein. Setzen wir uns an die Bar.«

Während sie auf die andere Seite des Tresens ging und uns beiden etwas zu trinken machte, sah ich mich im Restaurant um. Das Lokal war wirklich schön – riesengroße Fenster blickten auf den Park auf der anderen Straßenseite. Der Speiseraum war mit dunklem Holz, pinkfarbenen Tischdecken und mindestens einem Dutzend verschiedener verschnörkelter Kristallkronleuchter eingerichtet. Irgendwie spiegelte er für mich auf seltsame Weise Eves Persönlichkeit wider.

»Es ist wirklich schön – irgendwie abgefahren und gleichzeitig traditionell.«

Sie sprang auf den Barhocker neben mir. »Ich bin seit sieben Jahren hier.« Sie deutete mit dem Kopf auf einen Ecktisch. »Neunzehn Tage hintereinander hat Tom dort drüben gesessen, bis ich zugestimmt habe, mit ihm auszugehen.«

»Warum hast du schließlich nachgegeben?«

»An jenem Abend erzählte mir die Kellnerin, dass er seit einem Jahr immer um eine Reservierung desselben Tischs um dieselbe Zeit gebeten hatte.« Sie zuckte die Schultern. »Ich dachte, jeder Mann, der so hartnäckig ist, ist ein Date wert.«

Ich hob den Drink, den sie vor mir abgestellt hatte. »Ein Jahr also? Ich habe nur noch bis Labor Day.«

Eve tätschelte meine Hand, die auf der Theke lag. »Ich bin froh, dass du *zufällig* vorbeigekommen bist. Weißt du, meine Probleme mit Tom waren gar nicht so anders als das, was in Vals Kopf vorgeht. Als ich ihn kennenlernte, war ich dreißig und er fünfzig. Ich scherze, dass er alt genug ist, mein Vater zu sein, aber es war nie die Zahl, die mir Angst gemacht hat. Es war die Tatsache, dass wir uns in unterschiedlichen Lebensphasen befanden. Er war finanziell gut gestellt und dachte über seine Altersvorsorge nach. Er hatte alle Fehler gemacht und aus ihnen gelernt – er wusste, was er wollte. Ich hingegen hatte gerade mein Kreditkartenlimit ausgereizt, um Designer-Uniformen für die Kellnerinnen zu kaufen. Dabei wusste ich nicht, ob ich die nächste Monatsmiete für das Restaurant bezahlen konnte. Und den letzten Typen, mit dem ich ausgegangen war, hatte ich mir wegen der Grübchen ausgesucht – obwohl er ein arbeitsloser Möchtegern-Schauspieler war.«

»Was hat dich dazu gebracht, die Unterschiede zu überwinden?«

Sie lächelte, dann lachte sie. »Ich weiß nicht, ob ich das habe. Ich finde immer noch, dass viertausend Dollar für eine Chanel Tasche eine bessere Investition in meine Zukunft sind als eine Rentenversicherung. Ich bezweifle, dass wir jemals in vielem einer Meinung sein werden. Aber nach unserer ersten Verabredung wurde er meine Anlaufstelle für Geschichten. Alberne Dinge – vorher hatte ich meine Eltern oder Val angerufen, um ihnen etwas Lustiges von einem Gast zu erzählen, oder um mich über eine Mieterhöhung zu beschweren. Bis dahin hatte ich die kleinen Dinge, die jeden Tag passierten, nie mit jemandem geteilt, mit dem ich zusammen war. Ich machte mich schick und ging zu einem Date, amüsierte mich … Ich hielt diese Abendessen und Nächte für das Leben – aber das waren sie nicht. Das Leben besteht aus den kleinen Dingen, die zwischen den schicken Abendessen passieren.«

Ich nickte. »Das verstehe ich. Aber Val und ich befinden uns eigentlich nicht in so unterschiedlichen Lebensphasen.«

»Val *findet*, dass du in einer anderen Phase sein solltest. Sie hat Daten und alles verpasst, was man als Single in den Zwanzigern erleben kann, weil sie Ryan so jung bekommen hat. Außerdem ist sie generell sehr scheu, was Beziehungen angeht. Ihr Ex-Mann hat sie wirklich verbrannt. Sie war eine gute Ehefrau – loyal und vertrauensvoll. Als er sie betrogen hat, war sie völlig ahnungslos. Und die Tatsache, dass die Frau so jung war – sie muss sich fragen, wenn ihr Mann das getan hat … stell dir vor, wie es sein wird, wenn sie in den Fünfzigern ist und du noch in den Dreißigern bist.«

Ich ließ die Schultern hängen. »Soll mich das etwa aufmuntern?«

Eve lächelte traurig. »Es tut mir leid. Ich kann dir nur raten, geduldig zu sein. Je mehr sie jeden Tag mit dir genießt, desto mehr wird sie erkennen, was wichtig ist. Sie muss es selbst herausfinden, und das wird einige Zeit dauern. Aber eins kann ich dir versprechen: Sie ist das Warten wert.«

Ich mochte es nicht, wie sie mit der Situation umgegangen war.

Ich wollte nicht nur ein Sommerflirt sein.

Ich wollte nicht, dass sie mich vor ihrem Ex versteckte.

Aber Val war nie absichtlich verletzend gewesen.

Leider konnte ich nicht dasselbe von mir behaupten.

Ich hatte mir alle Mühe gegeben, damit sie sich beschissen fühlte.

Ich komm um acht rüber, um dich zu vögeln.

Und dafür schuldete ich ihr eine Entschuldigung.

Ich klopfte und wartete, während ich auf meine Füße sah.

Val lächelte etwas zurückhaltend, als sie zur Tür kam. Sie öffnete sie auch nicht ganz, um mich hereinzubitten. »Hey. Ich dachte, du kommst erst später zurück.«

»Ich hab einen früheren Zug erwischt.« Ich hob den Blick und sah ihr in die Augen. »Es tut mir leid, was ich in der Nachricht geschrieben habe, Val.«

Sie trat einen Schritt zurück und öffnete die Tür nun ganz. »Ich bin diejenige, die sich entschuldigen sollte. Komm rein.«

Während der gesamten zweistündigen Zugfahrt hierher hatte ich darüber nachgedacht, was Eve gesagt hatte – dass ich Val etwas Freiraum geben müsse, ihren eigenen Weg zu finden. Das war mein Plan gewesen … bis ich ins Wohnzimmer ging und sie an mich riss.

Ja. Toller Plan, ihr Raum zu lassen.

Ich vergrub mein Gesicht in ihrem Haar und atmete tief ein. »Ich hab dich total vermisst.«

»Es tut mir leid, dass ich so getan habe, als wärst du nur hier, um die Rohre zu reparieren, als Ryan aufgekreuzt ist. Und es tut mir leid, dass ich zugelassen habe, dass er dich als den Jungen von nebenan bezeichnet hat.«

»Ich versteh schon.« Ich rückte von ihr ab und strich ihr das Haar hinters Ohr. »Ich find's schrecklich, aber ich verstehe es. Er war zwanzig Jahre lang dein Ehemann, und … du redest dir immer noch ein, dass dies nur eine Affäre ist.«

»Ford …«

Ich zog sie an mich und brachte sie an meiner Brust zum Schweigen. »Lass mich meine Entschuldigung beenden, dann kannst du reden, wenn du willst. Okay?«

Sie nickte.

»Die Menschen bringen ihre Vergangenheit in neue Beziehungen mit – alte Erfahrungen, ob gut oder schlecht. Du bringst verletztes Vertrauen, Betrug und Enttäuschung mit. Du zögerst also, dich zu schnell zu binden. Was meine Beziehungen am meisten beeinflusst, ist nicht einmal meine eigene Beziehungsvergangenheit. Ich habe als Kind und Jugendlicher meine Eltern beobachtet – sie waren sehr verliebt und sind zu früh gestorben. Deshalb habe ich Angst, etwas Gutes zu verpassen, weil wir nie wissen, wie viel Zeit wir haben.«

Val lehnte sich zurück und sah verwirrt aus. »Sind wir sicher, dass ich diejenige bin, die zwölf Jahre älter ist? Denn ehrlich gesagt, du klingst viel reifer, als ich mich in letzter Zeit benommen habe.«

Ich drückte die Lippen auf ihre Stirn.

Mit einem traurigen Lächeln sah sie zu mir hoch. »Es tut mir leid, dass ich dir das Gefühl gegeben habe, ich wollte verheimlichen, was zwischen uns vorgeht.«

Ich betrachtete ihre Augen. »Was *geht* denn zwischen uns vor, Val?«

Sie schüttelte den Kopf. »Ich weiß es nicht. Aber ist es möglich, die richtigen Gefühle zur falschen Zeit zu haben? Ich habe das Gefühl, dass ich noch nicht bereit für etwas Ernsthaftes bin, auch wenn ich irgendwie verrückt nach dir bin. Es gibt so viele Dinge, die ich zuerst für mich tun sollte.«

Es tat verdammt weh zu hören, dass sie dachte, es sei der falsche Zeitpunkt, aber sie hatte eine zwanzigjährige Ehe hinter sich und war nur mit einem einzigen Mann zusammen gewesen. Vermutlich war es besser, sie wusste jetzt, dass die Sache mit uns nichts Langfristiges sein konnte, als dass sie es in einem Jahr herausfand.

Was hatte ich für Möglichkeiten? Das nehmen, was sie mir geben konnte, oder gehen. Meine Gefühle ließen mir jedoch keine Wahl.

Ich schluckte. »Lass uns einfach den Rest des Sommers miteinander genießen.«

21. Kapitel

Valentina

»Ich hab bestanden!« Ungläubig starrte ich auf meinen Namen auf dem Bildschirm.

Valentina Di Giovanni Davis
New York State Lehrer-Examen – *bestanden*
Fachbereichsprüfung – Italienisch – *bestanden*

Da stand es, schwarz auf weiß, und doch fühlte es sich surreal an. Mein Telefon meldete den Eingang einer neuen Nachricht. Die Ergebnisse wurden pünktlich um acht Uhr morgens veröffentlicht, also wusste ich, dass meine Freunde ebenfalls ihre Ergebnisse erhalten hatten.

Ford kam aus der Dusche ins Schlafzimmer und hatte sich ein Handtuch um die Taille geschlungen.

»Ich habe bestanden!«

»Heilige Scheiße. Ist es schon acht?«

Ich nickte und konnte mir ein Lächeln nicht verkneifen. Er kam zum Bett, hob mich hoch und schwang mich im Kreis herum.

»Glückwunsch. Ich vögele eine Lehrerin. Das ist irgendwie heiß.«

Ich las alle Nachrichten meiner Freunde. Mark, Desiree und Allison hatten ebenfalls bestanden. »Wir haben es alle geschafft!«

»Das ist wirklich toll. Das müssen wir feiern.«

Ich setzte mich aufs Bett und antwortete meinen Freunden. Ford saß mit einem stolzen Lächeln im Gesicht neben mir.

»Es fühlt sich unwirklich an«, sagte ich. »Vor zehn Jahren, als wir Schwierigkeiten hatten, schwanger zu werden, beschloss ich, einen Italienischkurs zu belegen. Mein Sohn war gerade in die zweite Klasse gekommen, und ich brauchte etwas für mich. Ryan hielt das damals für Geldverschwendung. Ich weiß nicht, warum, aber ich habe ihm nicht gesagt, dass ich Lehrerin werden wollte. Ich habe tatsächlich ein paar Jahre lang einen Kurs pro Semester belegt, erst dann habe ich ihm von meinem Plan erzählt.« Ich zuckte mit den Schultern. »Ich wusste, dass er sagen würde, ich bräuchte keinen Vollzeitjob. Irgendwie fühlte er sich durch meinen Wunsch, etwas für mich zu tun, als finanzieller Versorger der Familie beleidigt. Und jetzt, zehn Jahre später, bin ich endlich fertig – das Timing könnte nicht besser sein. Ich bin bereit für eine Veränderung.«

Ford strich mir mit der Hand über den nackten Oberschenkel. »Ich bin stolz auf dich. Ich weiß, ich habe die Jahre nicht miterlebt, in denen du daran gearbeitet hast, aber ich weiß aus eigener Erfahrung, wie leicht man in einem Leben feststecken und seine eigenen Träume vergessen kann.«

Ich nickte. Er verstand es auf jeden Fall.

Ford stand vom Bett auf. »Am liebsten würde ich bleiben und den Tag in dir feiern, aber ich muss ins Büro. Was hältst du davon, wenn wir heute Abend bei mir feiern? Pack eine Tasche und bleib über Nacht.«

»Okay … aber eine Tasche packen? Ich kann doch einfach nach nebenan laufen, wenn ich etwas brauche.«

»Ich meinte meine Wohnung in der City. Die will ich dir sowieso zeigen, und wir müssen feiern. Nimm den Zug und lass uns über Nacht dort bleiben.«

Ich liebte die Stadt und hatte Lust zu feiern. Ein Tapetenwechsel würde mir guttun. »Das klingt super. Ich nehme später den Zug und treffe dich wo auch immer.«

Ford hatte mir geschrieben, dass ich etwas Aufreizendes anziehen sollte. Dann, zwanzig Minuten bevor ich den Zug in die City nehmen wollte, hielt ein schwarzer Wagen vor meinem Haus. Er hatte mir eine Stretchlimousine geschickt, und als ich ihn anrief, bestand er darauf, dass ich einstieg, und sagte, wir würden früher mit dem Feiern beginnen.

Als ich auf den Rücksitz stieg, wartete bereits eine geöffnete Champagnerflasche auf mich. Also bat ich den Fahrer, ein paar Minuten zu warten, und lief zurück ins Haus, um mich umzuziehen. Ursprünglich hatte ich ein knappes königsblaues Neckholderkleid und Stilettos in Erwägung gezogen, aber für die Zugfahrt war mir das übertrieben vorgekommen. Auf dem Rücksitz einer Limousine war das jedoch etwas anderes. Ich kam mir vor, als wäre ich auf dem Weg zu einem besonderen Abend.

Der Fahrer war angewiesen worden, mir nicht zu sagen, wohin wir fuhren, und Ford hielt sich wegen des Abendessens bedeckt. Als wir durch Manhattan kurvten, stieg meine Aufregung. Es war eine kristallklare Nacht, und die Stadt hinter den getönten Scheiben war erleuchtet. Ich kam mir vor wie ein Kind in einem Süßwarenladen, das darauf wartet zu sehen, welche Leckerei der Ladenbesitzer für mich bereitstellte.

Doch als die Limousine das Tempo drosselte und am Straßenrand hielt, richtete sich meine ganze Begeisterung von der

Stadt auf den dort wartenden Mann. Im Anzug, die Hände lässig in die Hosentaschen geschoben, stand Ford auf dem Bürgersteig und blickte der Limousine entgegen. Als wir anhielten, knöpfte er sein Jackett zu und beugte sich hinunter, um die Hintertür zu öffnen. Er streckte eine Hand aus und begrüßte mich mit einem wahnsinnig sexy Lächeln. Ich war derart überwältigt, dass ich länger als eigentlich nötig brauchte, um ihm meine Hand zu reichen.

Gott, Ford sah unglaublich aus. Seine Schultern waren breit, die Taille schmal, und die Perfektion des maßgeschneiderten Anzugs bildete einen einzigartigen Kontrast zu seinem zerzausten Haar. Es wirkte, als würde er sich kein bisschen darum scheren, und das steigerte seinen Sexappeal ins Unendliche.

Ich befeuchtete meine trockenen Lippen und stieg schließlich aus. »Du siehst so gut aus.«

Er schlang die Arme um meine Taille und zog mich für einen zärtlichen Kuss an sich. »Hattest du jemals Sex auf dem Rücksitz einer Limousine?«, raunte er an meinen Lippen. »Bitte sag Ja, damit ich dich nicht wieder hineinstoße und diesen Abend von vornherein versaue.«

Ich lächelte. »Nein. Aber ich habe nichts dagegen, das Dessert ausfallen zu lassen und es später im Auto zu tun.«

Er trat einen Schritt zurück und schüttelte den Kopf. »Du siehst … wunderschön aus. Umwerfend. Sexy. Und als müsstest du eigentlich sofort gevögelt werden.«

Ich kicherte, aber das Lob stieg mir direkt zu Kopf und traf dort auf die zwei Gläser Champagner, die ich auf der Hinfahrt getrunken hatte. Ich fühlte mich benommen und berauscht, aber sehr glücklich.

Ford schloss die Tür der Limousine und nahm meine Hand. »Komm. Gehen wir rein, bevor wir es nicht mehr schaffen.«

Auf dem Weg zum Restaurant nahm ich am Rande den Namen wahr. *Osteria Isabella* – ich wusste, dass es ein exklusives Lokal war. Eve hatte es schon einmal erwähnt … die Art von Restaurant, in dem auf meiner Speisekarte nicht einmal Preise stehen würden. Es war so süß von Ford, dass er sich für meine Feier so ins Zeug legte. Aber bis wir zu unserem Tisch kamen, ahnte ich nicht, wie sehr.

Fünf lächelnde Gesichter schrien alle gleichzeitig »Überraschung!« Erschrocken wich ich einen Schritt zurück.

»Eve? Tom?« Nicht nur meine beste Freundin war hier, sondern auch meine drei Lernfreunde. Ich sah Ford an. »Wie? Wann?«

»Ich hab dein Handy geklaut, als du unter der Dusche warst, und mir ihre Nummern notiert. Du verdienst eine richtige Feier.«

Ich spürte einen Schmerz in meiner Brust, und meine Augen brannten. Noch nie hatte jemand etwas so Aufmerksames für mich getan. Alle Blicke am Tisch waren auf uns gerichtet. Mir fehlten die Worte, um meine Dankbarkeit auszudrücken, aber ich wusste, was Bände sprechen würde. Zum ersten Mal zögerte ich nicht. Ich streckte die Arme aus, nahm Fords wunderschönes Gesicht in meine Hände und zog seine Lippen auf meine – in aller Öffentlichkeit, vor all meinen Freunden.

Danach beugte er sich zu meinem Ohr herunter. »Danke.«

Ich lächelte. »Nein, ich danke dir.«

»Das wusste ich nicht. Das tut mir leid«, flüsterte Mark, der sich über den Tisch zu mir herübergebeugt hatte.

Als er meinen verwirrten Gesichtsausdruck sah, deutete er mit dem Blick auf Ford, der auf der anderen Seite von mir saß und gerade in ein Gespräch mit Tom vertieft war.

»In Montauk. Ich wusste nicht, dass du einen Freund hast, und hab mich dir an dem Tag aufgedrängt.«

»Nein. Ist schon gut. Ich hab dich gern herumgeführt.« Marks Blick fiel für einen Moment auf meine Lippen. Er lächelte. »Er ist ein Glückspilz. Aber ich freu mich, wenn du glücklich bist. Du hast es verdient.«

»Danke.«

Aus dem Augenwinkel sah ich, wie Ford mein Flüstern mit Mark beobachtete, drehte mich um und zwinkerte ihm zu. Er lächelte – so, wie es jetzt zwischen uns war, fühlte er sich eindeutig wohler als noch vor ein paar Wochen.

Im Laufe des Abends wurde ebenso viel gelacht wie Wein getrunken. Ich plauderte mit meinen Freunden, feierte unseren Erfolg und genoss das gute Essen und die Gesellschaft. Ford und ich hatten nicht wirklich miteinander gesprochen, seit wir hier waren. Er ließ mich den Abend genießen, den er arrangiert hatte, und wenn ich mich nicht irrte, sah es so aus, als würde er sich auch amüsieren.

Wir sprachen zwar nicht viel miteinander, aber wir tauschten viele intime Blicke und lächelten uns zu – gerade hatte Eve einen solchen Moment beobachtet.

Sie nippte an ihrem Getränk und warf mir einen wissenden Blick zu. »Ich mag ihn sehr.«

Ich seufzte. »Ich auch.«

»Du siehst … wieder lebendig aus.«

»War ich vor diesem Sommer der wandelnde Tod?«

Es sollte ein Scherz sein, aber Eve hob eine Augenbraue.

Sie sah zu Ford hinüber. »Er hat mich neulich besucht.«

»Was? Wann … und wo?«

»Er ist am Restaurant vorbeigekommen und hat reingeschaut.«

»Er ist einfach so vorbeigekommen?«

Sie zuckte mit den Schultern. »Er ist verrückt nach dir.«

»Ich weiß. Ich verstehe es nicht, aber allmählich begreife ich, dass er, aus welchem Grund auch immer, wirklich mit mir zusammen sein will.«

Eve schüttelte den Kopf. »Wenn ich ein Mann wäre, würde ich es mit dir machen.«

Ich lachte. »Danke. Das soll wohl ein Kompliment sein.«

»Du siehst es nicht, aber du bist ein echter Hit. Du bist schön, liebevoll, warmherzig, überaus fürsorglich, loyal, klug, eine tolle Mutter. Dein Arsch von einem Ex-Mann hat nie zu schätzen gewusst, was er an dir hatte.«

»Ehrlich gesagt, bei Ford fühle ich mich schön. Manchmal beobachtet er mich, wenn ich schlafe. Das klingt vielleicht schräg, aber eigentlich ist es süß. Er sieht mich dann mit diesem ehrfürchtigen Blick an, den man einfach nicht vortäuschen kann. Er hat mich dazu gebracht, mich im Spiegel zu betrachten und nach der Schönheit zu suchen, die er sieht. Und weißt du was? Manchmal finde ich sie.«

Eve nahm meine Hand. »Ich weiß, dass du ein paar Sachen tun musst – meine Güte, schließlich war ich diejenige, die dich mit der Liste genervt hat. Aber du kannst einen Freund haben und dich trotzdem selbst finden. Ryan wollte dich in seinem kargen kleinen Schloss einsperren, weil er schwach und unsicher war. Ford mag jünger sein, aber er ist stärker und selbstbewusster. Ich denke nicht, dass er das Zentrum deines Universums sein muss. Er will einfach nur ein Teil deiner Welt sein.«

Ich staunte mit offenem Mund.

Ford hatte keine Wohnung. Er hatte eine ganze Etage.

Von außen sah das Gebäude wie ein riesiges Lagerhaus aus – was es überwiegend auch immer noch war. Nur das oberste

Stockwerk war als Wohnraum umgebaut worden. Die abgenutzten Stahlträger, frei liegenden Rohrleitungen, echten Ziegelwände und polierten Betonböden hatten, was man wohl als Industriecharme bezeichnete, aber es war auch warm und gemütlich – Naturholz, ein riesiger Kamin und eine wunderschöne, moderne Edelstahlküche. Das Beste war jedoch das offene Zwischengeschoss, das sich über die Hälfte der Wohnung erstreckte. Eine Dachterrasse mit Glaswänden befand sich in sechs Metern Höhe. Wenn man im Wohnzimmer stand, konnte man nach oben schauen und den Nachthimmel glitzern sehen. Mir fehlten die Worte.

»Ford, das ist … das ist umwerfend. Unglaublich.«

Er war hinreißend bescheiden. »Es sieht nach mehr aus, als es ist. Die Gegend war ziemlich heruntergekommen, als meine Eltern es vor dreißig Jahren kauften. Erst im letzten Jahrzehnt ist es hip geworden, hier zu wohnen.«

»Aber das hast *du* gemacht?«

»Na ja, die Bauunternehmer haben es gemacht. Ich habe nur den Grundriss entworfen und den Raum von Lager- in Wohnraum umgewandelt. Als der Unfall passierte, war es noch im Bau. Mein Vater hat die Fertigstellung nicht mehr miterlebt. Ich habe es zu Ende gebracht und bin hier eingezogen, nachdem ich eine schwere Zeit durchgemacht hatte. Es gab mir das Gefühl, etwas Eigenes zu haben.«

»Dein Vater wäre bestimmt stolz auf diesen Ort und deine Entscheidungen, Ford.« Ich ging zu einer offenen Treppe, die zu dem gläsernen Dachzimmer führte. »Kann ich mir das oben ansehen?«

»Natürlich.«

Ford führte mich zu einem großen Außenbereich. Er war teilweise in den darunter liegenden Innenraum eingelassen, um eine Zwischenebene zu schaffen, und der Innenraum war durch eine Glaswand einsehbar. Ich stand draußen auf dem Dach des Gebäudes und konnte in seine Küche sehen.

»Ich komme mir vor wie in einem Baumhaus.«

Er lächelte. Überall am Rand standen Pflanzen in bunten Töpfen. »Das sind die Überbleibsel der Pflanzen meiner Mutter. Sie hatte einen grünen Daumen. Meiner ist schwarz.«

So etwas hatte ich noch nie gesehen. »Ford, das sollte in einer Zeitschrift stehen.«

Er steckte die Hände in die Taschen. »Danke.«

»Das ist es also, was du mit all den Lagerräumen machen willst? Könntest du sie alle so umbauen?«

Er nickte. »So ungefähr. Sie wären alle anders, weil ich die Elemente der Trägerstruktur beibehalte, und die sind in jedem Stockwerk anders. Und natürlich kann nur das oberste Stockwerk so einen Raum mit Oberlicht haben.«

Ehrfurchtsvoll betrachtete ich den Raum. »Ich hab keine Ahnung von Bauen oder Architektur, aber ich weiß, was mir gefällt. Und ich würde töten, um hier zu leben.«

Ford stellte sich hinter mich und legte die Arme um meine Taille. »Ach ja? Du weißt, was dir gefällt?« Er gab mir einen zärtlichen Kuss auf die Schulter, bevor er zu meinem Hals und dann zu meinem Ohr wanderte. »Verrate mir … gefällt dir das?«

Na … logo. Ich nickte. »Unbedingt.«

Er griff unter mein Kleid und strich mit den Fingern über meinen Oberschenkel. »Wie wäre es damit?«

Ich schloss die Augen und ließ den Kopf rücklings an ihn sinken. »Mmm … ja.«

Seine Hände wanderten nach oben, um meine Brüste zu umfassen, dann drückte er fest zu. »Und das?«

Ich hauchte ein Ja, als er mir in die Nippel kniff. Als er die Zähne in meiner Schulter versenkte, bog ich den Rücken durch. Morgen würde ich bestimmt einen Knutschfleck haben, aber ich würde lächeln, wenn ich ihn im Spiegel sah.

»Mir gefällt die Vorstellung, dich hier draußen zu ficken. Zu schade, dass wir so hoch oben sind, dass niemand uns sehen kann. Ich möchte, dass die ganze Welt zusieht.«

Ich drehte den Kopf zu ihm um, und er küsste mich auf den Mund – ohne Eile und berauschend; er gab mir das Gefühl, zu schweben. Eine Hand glitt unter den Halter meines Kleides, und er zupfte und kniff meine bereits erregten Nippel, bis sie ganz steif waren. Als ich in seinen Mund stöhnte, ließ er die andere Hand in meinen Slip gleiten.

Als er spürte, wie erregt ich war, knurrte er: »Du bist schon so verdammt nass für mich.«

Er drückte sich von hinten stärker an meinen Rücken, und ich spürte seine Erektion über meinem Po. Er presste die Finger gegen meine Klitoris. »Das – gefällt dir das?«

Ich war mir nicht sicher, ob er damit meinte, ihn hinter mir zu spüren oder seine Finger in meinem Slip. Da ich beides mochte, nickte ich. »*Ja.*«

»Zeig mir, wie du es magst.« Er suchte meine Hand, legte seine darüber und führte uns hinunter in mein Höschen und über meine geschwollene Knospe. Dort übte er Druck aus und brachte mich dazu, sie sanft zu massieren.

»Ford«, wimmerte ich.

»Sag mir … sag mir, was dir gefällt.«

»Mehr …«

Er verstärkte den Druck auf meine Finger und stieß tiefer in mich hinein. Ich schloss die Augen, spürte aber, dass er mich aufmerksam von der Seite beobachtete. Er lenkte meine Finger tiefer nach unten, zu meiner Öffnung, und schob dann zwei in mich hinein. Seine Hand blieb über meiner, während sich meine eigenen Finger in meine Muschi hinein- und herausbewegten.

»Fühlt sich das gut an? Sag es mir …«

»Ford …« Ich öffnete die Augen, spürte, wie die vertraute Welle über mich kam und er einen seiner Finger zusammen mit meinen beiden hineinschob. Dabei streckte er den Daumen nach oben und rieb meinen Kitzler, während unsere Finger zusammen in mich pumpten. Ich begann, mich aufzulösen.

»Sieh mich an.«

Aus halb geschlossenen Augen begegnete ich seinem Blick, der voller Verlangen war, und schrie auf.

Als mein Körper erschlaffte, übernahm seine Hand die Führung. Wehrlos ließ ich die Arme an den Seiten herabhängen, während er auch noch das letzte Pulsieren aus mir herauskitzelte. Schließlich hob Ford mich auf seine Arme.

Er küsste mich, während er die Treppe hinunterging. »Das will ich immer wieder mit dir machen. Mein eigener Höhepunkt ist mir ganz egal. Es ist viel befriedigender zu sehen, wie du unter meiner Berührung kommst.«

Ich lächelte, fast ein wenig benommen. »Das gefällt mir.«

Er lächelte zurück. »Gut. Denn unsere Feier fängt gerade erst an.«

22. Kapitel

Valentina

Wir waren unzertrennlich geworden.

Unter der Woche, wenn Ford arbeiten musste, fuhr ich für ein oder zwei Nächte in die City. Tagsüber ging er ins Büro, und ich besuchte Museen und Eve in ihrem Restaurant. Manchmal traf ich mich auch mit Ford zum Mittagessen. Gestern hatte ich uns ein Picknick eingepackt, und wir hatten in einem Park in der Nähe seines Büros gegessen. Abends gingen wir zum Essen aus oder bestellten uns etwas und aßen nackt im Bett. Die Wochenenden verbrachten wir in Montauk, wo wir uns an verschiedenen Stränden vergnügten.

Er hatte sogar angefangen, mir das Surfen beizubringen – ein weiterer Punkt, den ich von meiner Liste streichen konnte. Es lag mir überhaupt nicht, aber ein paar Stürze in den Wellen endeten immer mit Knutschen im Sand, und das war es wert. Ich konnte mich nicht erinnern, wann ich das letzte Mal so glücklich gewesen war.

Aber die Zeit verging viel zu schnell. Ich hatte mehr als hundert Bewerbungen verschickt und bereits eine Reihe Vorstellungsgespräche geführt. Morgen hatte ich ein zweites Vorstellungsgespräch an einer Schule in New Jersey, nicht allzu weit von meinem Haus entfernt. Die Stelle wäre wie gemacht für mich – auf ein Jahr befristet sollte ich Mittelschülern erste Italienischkenntnisse beibringen. Bei dem Gedanken an alles, was nach Labor Day passieren würde, war mir allerdings ein wenig mulmig zumute.

Heute Abend würden wir zu dem Musikfestival gehen, für das Ford Karten gekauft hatte – ein weiterer Punkt auf meiner Liste. Bis zum Ende des Sommers wären nicht mehr viele Punkte übrig.

»Ich habe heute eine interessante E-Mail erhalten«, sagte Ford.

Er lag splitternackt auf meinem Bett, die Hände hinter dem Kopf verschränkt und sah mir dabei zu, wie ich versuchte, etwas Passendes zum Anziehen für ein zwölfstündiges Konzert zu finden. Ich hatte vorher tatsächlich *Musikfestivals* gegoogelt, um zu sehen, was die Leute trugen, weil ich absolut keine Ahnung hatte. Die Fotos, die erschienen waren, machten mir Angst. Nicht nur, dass ich kein gehäkeltes Bikinioberteil, keinen knappen Jeansminirock und Cowboystiefel besaß, ich würde sie auch nicht anziehen – selbst wenn die Hälfte der weiblichen Besucher anscheinend so aussahen.

»Ach ja? Worum ging es in der E- Mail?«

»Um ein Gebäude in Chicago, das zum Verkauf steht.«

Ich steckte den Kopf aus dem Schrank. »Chicago?«

»Ja. Es hat uns früher einmal gehört. Das ist eine lange Geschichte, aber mein Vater wollte mit den Co-Working-Spaces außerhalb von New York expandieren. Er hatte vor, ein Büro in Chicago zu eröffnen. Drei Jahre vor dem Unfall kaufte er dort ein Gebäude. Es war ein altes, baufälliges Lagerhaus, das nur mit großem Aufwand umgebaut werden konnte.«

»Oh. Wow. Aber du sagtest, es sei zu verkaufen. Also hat es ihm gehört und er hat es wieder verkauft?«

Ford schüttelte den Kopf. »Nein. Eigentlich habe ich es verkauft. Als mein Vater es kaufte, gab es einen Mieter, dessen Vertrag noch ein paar Jahre lief. Während meines Studiums haben wir immer wieder an den Umbauplänen und Entwürfen gearbeitet. Das war sozusagen unser Ding. Es sollte das erste Projekt sein, das ich nach meinem Abschluss leiten würde. Aber nach dem Unfall war ich damit überfordert, in zwei Staaten zu leben. Es gab nur Bella und mich, und ich konnte nicht die ganze Zeit während der Bauarbeiten nach Chicago pendeln. Sie war erst vierzehn. Also verkaufte ich es. Anscheinend ist es jetzt wieder auf dem Markt.«

»Willst du es zurückkaufen?«

Er zuckte die Schultern. »Ich weiß es nicht. Es ist seltsam, dass es so schnell wieder verfügbar ist. Nachdem Bella jetzt studiert und hier im Büro alles wieder einigermaßen rund läuft, könnte ich es wahrscheinlich übernehmen. Ich habe ja noch unsere alten Pläne. Ich habe das Gefühl, dass ich es mir zumindest mal ansehen sollte. Wahrscheinlich werde ich nächste Woche für einen Tag hinfliegen. Ich war tatsächlich noch nie vor Ort. Damals war ich noch auf dem College.«

»Klingt fast so, als sollte es so sein. Das Projekt ist aus deinem Leben verschwunden, als es dir zu viel war, und jetzt ist es plötzlich wieder da.«

Er nickte. »Das hab ich auch gedacht.«

»Ich glaube wirklich, dass manche Dinge aus einem bestimmten Grund geschehen. Zum Beispiel hatte ich einige Jahre lang nur einen Kurs pro Semester belegt, und eineinhalb Jahre vor meiner Scheidung beschloss ich, mehr Kurse zu belegen. Ich hatte keine Ahnung, dass ich geschieden und diese Entscheidung für mich eine solche Bedeutung haben würde. Aber der Zeitpunkt hätte nicht besser gewählt sein können. Der Abschluss der Kurse war etwas, worauf ich mich in schweren Zeiten konzentrieren konnte, und als ich fertig war, ging mein Sohn aufs College. Vielleicht sollst du dieses Projekt machen, so wie dir diese Gelegenheit wieder in den Schoß gefallen ist.«

»Ja.« Er starrte eine Minute lang ins Leere, dann kehrte sein Blick zu mir zurück. »Vielleicht hast du recht. Wichtige Dinge scheinen aus einem bestimmten Grund zu geschehen, und wir sollten uns ihnen nicht verschließen, auch wenn wir ursprünglich etwas anderes geplant hatten. Wenn sich etwas richtig anfühlt, müssen wir dafür sorgen, dass es klappt.«

Wir sprachen jetzt definitiv über mehr als ein Gebäude in Chicago. Und obwohl ich seiner Meinung war, beunruhigte mich das Gespräch. Ich unterbrach unseren Blickkontakt und griff in den Schrank, um ein hübsches hellblaues Sommerkleid herauszuholen.

Ich hielt es mir an und neigte den Kopf. »Wie wäre es damit?«

Er runzelte die Stirn und sah mir einen Moment lang in die Augen, bevor er den Blick auf das Kleid richtete. »Ich denke, jedes der dreiundsechzig Outfits, die du mir gezeigt hast, wäre perfekt.«

Nachdem ich erst einmal dort war und merkte, dass es eigentlich niemanden interessierte, was ich anhatte oder wie alt ich war, amüsierte ich mich prächtig auf dem Festival. Wir waren gegen drei Uhr dort. Es hatte schon um zwölf begonnen und sollte bis mindestens Mitternacht dauern. Um zehn begann ich deutlich zu schwächeln. Ford und ich saßen im Gras, ich zwischen seinen Beinen, den Rücken an seine Brust gelehnt, und er hatte die Arme um mich gelegt. Der größte Teil des Publikums war jung, aber es gab auch eine Menge Leute in meinem Alter und älter.

»Warst du schon auf vielen Festivals?«

Ford küsste mich auf den Scheitel. »Früher, als ich auf dem College war.«

Ich sah mich um. »Die Atmosphäre hier ist so unbeschwert. Ich weiß nicht, ob es an der Musik oder an den Leuten liegt, oder vielleicht an beidem, aber ich bin so entspannt.«

Er drückte mich fest an sich. »Ich würde gern glauben, dass es an der Gesellschaft liegt.«

Ich lächelte. »Die hat bestimmt einiges damit zu tun.«

Eine hohe Stimme riss mich aus meiner seligen Blase. »Ford?«

Er verstärkte den Griff um mich. »Jess. Wie geht's dir?«

Die Frau musterte mich unverhohlen. Sie richtete den Blick auf meine Schuhe und arbeitete sich bis zu meinem Kopf hoch, dann verzog sie missbilligend das Gesicht.

»Mir geht's gut. Es ist schon eine Weile her.«

Es folgte peinliche Stille, und ich wusste instinktiv, dass er mit ihr geschlafen hatte. Keine Ahnung, woher – Frauen haben einfach einen sechsten Sinn, was solche Dinge angeht. Natürlich nahm ich sie daraufhin genauer unter die Lupe. Ihr Körper war absolut perfekt, gebräunt und schlank ... und sie zeigte jede Menge Haut. Im Grunde trug sie das Outfit, das ich auf den Festivalfotos im Internet gesehen hatte – ein gehäkeltes Bikinioberteil, einen knappen Jeansminirock und Cowboystiefel. Dutzende von Armbändern, ein enges Halsband und drei oder vier verschieden lange Halsketten vervollständigten ihr Outfit.

Ford neigte seinen Kopf zu mir. »Valentina, das ist Jessica.«

»Hi«, sagte ich.

Jessica zeigte mir ihr perlweißes falsches Lächeln, während sie mich weiter musterte. »Du siehst gut aus, Ford.«

Er zuckte die Achseln. »Danke. Muss daran liegen, dass ich glücklich bin.«

Sie legte den Kopf schief. »Du solltest mich mal anrufen.«

Ich mochte unsicher wegen meines Alters sein und was zwischen uns war, aber dieses Flittchen würde sich nicht respektlos mir gegenüber verhalten. Herrgott, Ford hatte die Arme um mich gelegt.

Er wollte gerade antworten, doch ich kam ihm zuvor. »Suchst du einen Arbeitsplatz?«

Sie zog die Nase kraus. »Nein?«

Ich lächelte genauso künstlich wie sie und legte ebenso unschuldig den Kopf zur Seite. »Und warum genau soll er dich dann anrufen …?«

Ich hörte Ford leise hinter mir lachen.

Das Mädchen starrte ein paar Sekunden lang auf uns herab, warf dann ihr Haar zurück und verdrehte die Augen. »Mach's gut, Ford. Du hast meine Nummer.«

Ich wackelte mit den Fingern. »Bye-bye.«

Jess hatte sich kaum drei Meter entfernt, als Ford mich mit dem Rücken auf den Rasen warf. Er schien sich prächtig zu amüsieren und grinste breit zu mir herunter. »Du bist verdammt sexy, wenn du eifersüchtig bist.«

»Ich war nicht eifersüchtig. Das Mädchen war einfach nur unverschämt. Du hast die Arme um mich gelegt, und sie bittet dich um … um was … dich mit ihr zum Vögeln zu verabreden?«

Ford rieb seine Nase an meiner. »Du magst mich und willst nicht, dass andere Frauen mich nackt sehen.«

»Ich habe das Gefühl, dass du diese spezielle Frau schon mal nackt gesehen hast.«

»Das ist lange her.«

»Das freut mich zu hören.«

»Eifersucht bedeutet, dass es dir nicht egal ist.«

»Natürlich ist es mir nicht egal.«

Sein Gesicht wurde ernst. »Glaubst du, dass sich das in ein oder zwei Wochen ändern wird?«

Gott, er hatte recht. Der Sommer neigte sich dem Ende zu, und ich konnte mir nicht vorstellen, ihn nicht mehr zu sehen, geschweige denn wegzugehen. Es würde genug Frauen geben, die meinen Platz einnehmen würden.

»Nein, bestimmt nicht.«

»Das muss es auch nicht.«

Ich runzelte die Stirn. Wenn es nur so einfach wäre.

Er senkte den Kopf und drückte seine Lippen auf meine. »Es ist nicht zu spät, deine Meinung zu ändern. Vielleicht brauchst du ein paar Post-its im Haus, um dich daran zu erinnern, wie sich das anfühlt.«

Irgendetwas sagte mir, dass ich keine Post-its brauchen würde, um mich daran zu erinnern, wie ich mich in diesem Sommer gefühlt hatte. Im Gegenteil, ich brauchte womöglich etwas richtig Starkes, um es zu vergessen.

23. Kapitel

Ford

Lächelnd blickte ich zu dem alten Lagerhaus hinauf. Jetzt konnte ich die Freude meines Vaters gut verstehen. Meine Eltern hatten dieses denkmalgeschützte Gebäude bei einer Versteigerung erworben. Die Zeit, in der mein Vater und ich an den Plänen für Umbau und Renovierung gearbeitet hatten, gehörte zu meinen schönsten Erinnerungen an ihn.

Ich kannte das Gebäude so gut von Fotos und Zeichnungen, aber ich war noch nie dort gewesen. Es hatte immer den einen oder anderen Grund gegeben, warum ich nicht nach Chicago reisen und nach dem Rechten sehen konnte. Aber ich hatte nie das Gefühl gehabt, mich beeilen zu müssen, schließlich hatten wir genug Zeit. Bis wir plötzlich keine mehr hatten.

Der Verkauf des Gebäudes einige Monate nach dem Tod meines Vaters war schwierig gewesen. Aber als mir ein Angebot in den Schoß fiel, das über dem Kaufpreis lag, den wir selbst gezahlt hatten, schien ich keine andere Wahl zu haben. Doch das Schicksal hatte die Angewohnheit, einem manchmal Dinge zurückzubringen, die für einen bestimmt sind.

Wie Valentina.

Und diesen Ort.

Ein weißer BMW fuhr vor dem Gebäude vor und parkte.

Auf der Visitenkarte von Louise Marie Anderson im Rolodex meines Vaters war ein Foto von ihr abgebildet gewesen, und ich war mir ziemlich sicher, sie in der Fahrerin zu erkennen. Lächelnd kam sie auf mich zu.

»Ich muss nicht fragen, wer Sie sind. Sie sind das Ebenbild Ihres Vaters.« Sie streckte die Hand aus. »Louise Anderson. Aber meine Freunde nennen mich Andi.«

Ich lächelte. »Mein Vater hat von Ihnen als Andi gesprochen, dann nehme ich das als gutes Zeichen.«

Nachdem sie mir die Hand geschüttelt hatte, ließ sie sie nicht mehr los, sondern schloss noch die andere Hand um meine. »Mir hat es sehr leidgetan, als ich von dem Tod Ihrer Eltern erfuhr. Sie waren so gute Menschen.«

Ich nickte. »Ich danke Ihnen. Meine Schwester und ich haben uns über die Blumen gefreut, die Sie geschickt haben. Das war sehr aufmerksam.«

»Natürlich.« Sie schüttelte den Kopf. »Ich bin immer dahingeschmolzen, wenn ich sah, wie Ihr Vater Ihre Mutter angesehen hat – wie sie Händchen hielten. Wie zwei verliebte Teenager.«

Ich zog die Augenbrauen zusammen. »Ich wusste nicht, dass Sie meine Mutter kannten. Wir haben immer gescherzt, dass Dad hier eine Freundin hätte, weil keiner von uns ihn auf seine Reisen nach Chicago begleiten durfte.«

»Oh, nein. Sie war ein paarmal mit. Als sie sich das Gebäude zum ersten Mal ansahen – das muss jetzt sieben Jahre her sein –, gefiel ihnen vor allem die oberste Etage. Sie sprachen davon, daraus eine Wohnung für sich zu machen.«

Aha. Vermutlich wollte meine Mutter nicht, dass ich mich schlecht fühlte, weil ich Dad nie begleiten durfte. Das wäre allerdings typisch für meine Eltern – sich in einem Haus, das sie gekauft hatten, ein kleines Liebesnest einzurichten.

Als sie noch lebten, waren mir ihre ständigen Zärtlichkeiten irgendwie unangenehm gewesen – sie waren meine Eltern. Aber aus irgendeinem Grund gehörten sie nach ihrem Tod zu meinen liebsten Erinnerungen.

»Also … ich freu mich darauf, das Haus zu sehen. Ich kann es nicht fassen, dass es nach so kurzer Zeit wieder auf dem Markt ist.«

»Scheidung.« Sie nickte. »Ich sage es nur ungern, aber wahrscheinlich gehen fünfundsiebzig Prozent der Wiederverkäufe, die ich betreue, auf Trennungen zurück.«

Andi und ich besichtigten das leere Gebäude. Es war ein seltsames Gefühl, durch die Räume zu gehen, an denen Dad und ich so viele Jahre gearbeitet hatten. Wenn ich die von Dad geplante Expansion nach Chicago mit dem Bau unseres Traumprojekts irgendwie zum Abschluss brächte, wäre das auch eine Art Abschluss für mich. Das hatte ich zumindest gedacht, als ich über einen Wiederkauf nachdachte. Ich hatte es bedauert, als ich das Gebäude verkaufen musste. Aber hier zu sein, weckte einen dumpfen Schmerz in meiner Brust, und meine Schultern fühlten sich an, als würde eine Hundert-Pfund-Hantel auf ihnen lasten.

Das Gebäude war elf Stockwerke hoch, sodass wir eine Weile für die Besichtigung brauchten. Als wir in der obersten Etage ankamen, dem Ort, den meine Eltern zu ihrem machen wollten, hatte ich das Gefühl, etwas frische Luft zu brauchen.

Ich folgte Andi und zog an meiner Krawatte, um den Knoten zu lockern. Sie zeigte auf eine Wand mit Fenstern. »Die sind natürlich alt. Und für Chicagoer Winter nicht sehr wärmeeffizient. Aber Marie hat sie geliebt. Sie hat Michael gesagt, sie wolle Türen aus ihnen machen lassen und sie als Raumtrenner nutzen. Ich weiß nicht, wie einfach das zu bewerkstelligen ist, aber ihm schien die Idee zu gefallen.«

Ich wusste gar nicht, dass mein Vater eine Innenarchitektin hinzugezogen hatte. »Marie? Haben Sie zufällig ihre Kontaktdaten? Mir war nicht klar, dass er bereits mit einer Innenarchitektin zusammengearbeitet hat. Wir hatten nur den Grundriss des Umbaus zusammen entworfen, nicht aber die Einrichtung.«

Andi lachte. »Ihre Mutter, Marie ... keine Innenarchitektin von außen.«

»Meine Mutter hieß Athena.« Ein Name, den man außerhalb des griechischen Geschichtsunterrichts nicht allzu oft hörte.

»Tatsächlich?« Sie zog irritiert die Brauen zusammen. »Ich könnte schwören, dass wir uns darüber unterhalten haben, dass wir denselben Namen hatten, nur umgekehrt. Ich bin Louise Marie, und sie sagte, sie sei Marie Louise.«

Die Immobilienmaklerin sah verwirrt aus und wirkte dann plötzlich nervös. Sie schüttelte den Kopf und wandte sich ab, um auf die andere Seite des Raumes zu gehen.

»Ähm ... Das ist richtig. Ich ... verwechsle sie mit einer anderen ... Kundin. Das tut mir sehr leid ... Athena ... richtig.«

Die Leute brachten ständig Namen durcheinander. Zum Teufel, ich vergaß die Namen von Leuten meist schon dreißig Sekunden, nachdem ich sie kennengelernt hatte. Aber etwas sagte mir, dass Andi sich nicht geirrt hatte. Obwohl das keinen Sinn ergab.

Sicher sah ich Gespenster – all die Erinnerungen an die Zeit, die Dad und ich gemeinsam an diesem Gebäude gearbeitet hatten. Ich verdrängte das komische Gefühl und beendete die Tour. Draußen atmete ich gierig frische Luft in meine Lungen.

»Der Verkäufer will keinen Verlust machen – er will haben, was er bezahlt hat. Aber ich habe das Gefühl, dass es einen gewissen Spielraum geben könnte. Unter uns gesagt, es ist keine sehr freundliche Scheidung, und ich denke, die Aussicht auf einen schnellen Verkauf und eine zügige Aufteilung der Vermögenswerte könnte sie dazu bringen, einen kleinen Verlust hinzunehmen.«

Ich nickte, fühlte mich aber aus irgendeinem Grund ausgelaugt. Zum Glück hatte ich beschlossen, heute Nacht in der Stadt zu bleiben, um morgen mit einem Bauingenieur durch das Gebäude zu gehen. Mir schwante, dass ich mich an die Hälfte von dem, was ich heute gesehen hatte, am Morgen nur noch verschwommen erinnern würde. Meine Gefühle machten mir wirklich zu schaffen.

»Soll ich Ihnen irgendwelche Restauranttipps für heute Abend geben?«, fragte Andi, nachdem sie die Haustür abgeschlossen hatte. Sie wirkte immer noch etwas abwesend – fast schon abweisend oder nervös.

»Nein, danke. Das Hotel hat ein Restaurant, ich werde wahrscheinlich einfach dort essen.«

»Okay … also … dann sehen wir uns morgen um neun?«

Ich nickte. »Neun Uhr. Danke für die Führung heute.«

Ich stieg in meinen Mietwagen und sah zu, wie Andi wegfuhr. Anstatt den Wagen zu starten, lehnte ich meinen Kopf für ein paar Minuten mit geschlossenen Augen an die Kopfstütze. Ich atmete ein paarmal tief durch, wurde aber das mulmige Gefühl in meinem Bauch nicht los.

Schließlich nahm ich das Handy in die Hand und rief den Accounting-Leiter im Büro an. »Hey, Dan. Ich bin's, Ford. Haben wir noch Jahre zurückliegende Spesenabrechnungen meiner Eltern?«

»Wir bewahren die Unterlagen sechs Jahre in einer der Lagereinheiten auf. Das Finanzamt kann in der Regel die letzten drei Jahre prüfen, aber wenn sie einen wesentlichen Fehler finden, können sie sechs Jahre zurückgehen. Ihr Vater wollte auf Nummer sicher gehen, vor allem, weil er ja über ausreichend Lagerraum verfügte. Brauchen Sie etwas?«

»Können Sie die Reisekostenabrechnungen meines Vaters und meiner Mutter einsehen und herausfinden, ob meine Mutter jemals auf einer der Reisen meines Vaters nach Chicago dabei war?«

»Ja. Sicher. Geben Sie mir ein paar Stunden.«

»Danke, Dan.«

Manche Gedanken sind wie ein loser Faden in einem Pullover. Man kann entweder daran ziehen und riskieren, dass sich das ganze Ding auflöst, oder man kann ihn abschneiden und die Angelegenheit vergessen. Als Andi sagte, meine Mutter sei mehr als einmal mit meinem Vater nach Chicago gekommen, war das ein loser Faden. Ich schnitt ihn ab und kümmerte mich nicht weiter darum. Die Erklärung, dass meine Mutter sicher nicht wollte, dass ich mich schlecht fühlte, weil sie das Projekt sehen durfte, an dem ich jahrelang gearbeitet hatte, genügte mir. Doch dann löste sich ein weiterer Faden, als Andi sagte, der Name meiner Mutter sei Marie Louise gewesen – sie hatte sich so sicher angehört. Und beim zweiten Mal konnte ich den Faden nicht einfach abschneiden und ignorieren. Ich hatte daran gezogen, und jetzt kam es mir so vor, als würde ich darauf warten, dass sich meine ganze Welt auflöste.

Nachdem ich im Hotel eingecheckt hatte, war ich ins Fitnessstudio gegangen, um etwas von meiner unruhigen Energie abzubauen, dann hatte ich geduscht. Jetzt saß ich an der Bar des Restaurants. Gerade als ich meinen Burger bekam, klingelte das Telefon.

»Hallo, Dan.«

»Hallo, Ford.«

»Haben Sie etwas gefunden?«

»Ich habe alle Reisekostenabrechnungen überprüft, die wir haben, und wir haben keine Aufzeichnungen darüber, dass Ihre Mutter jemals nach Chicago gereist ist. Ihre Assistentin hat alle Reservierungen gemacht und die Reisen für die Firma abgerechnet – es ist unwahrscheinlich, dass sie etwas übersehen hat, aber nicht unmöglich.«

Meine Brust begann zu brennen, und ich rieb über die Stelle. »Erinnern Sie sich vielleicht daran, ob wir in Chicago eine Innenarchitektin engagiert hatten? Ich bin hier oben und sehe mir das Gebäude an, das uns früher gehört hat – es ist wieder auf dem Markt.«

Dan gehörte schon so lange zur Firma, wie ich auf der Welt war, und erinnerte sich an alles.

»Ihr Vater tätigte in der Regel keine Ausgaben für Projekte, bevor der offizielle Baubeginn erfolgt war. Man weiß ja nie, ob es nicht doch Probleme mit dem Bauamt gibt, die alle Pläne über den Haufen werfen.«

Ich nickte. Das war eindeutig richtig. Ich sollte das Gespräch beenden. Vielleicht lag Andi mit der Sache mit meinem Vater falsch, und ich hatte an einem Faden gezogen, der einfach abgeschnitten werden sollte. Es erschien mir lächerlich zu denken, was ich gedacht hatte.

Dann lachte ich auf. »Sie haben recht, Dan. Vielen Dank.«

»Kein Problem. Wenn Sie überlegen, das Gebäude zurückzukaufen, sollten Sie sich vielleicht mit der Anwältin Ihres Vaters dort in Verbindung setzen. Ich erinnere mich, dass es ein Problem mit dem Bebauungsplan gab, um das sie sich vor dem Kauf gekümmert hat – ich weiß nicht, ob der jetzige Besitzer den Bauplan wieder geändert hat. Aber das sollten Sie sich ansehen, wenn Sie das Projekt weiterverfolgen wollen.«

Ich nickte. Aus diesem Grund hatten meine Eltern Dan deutlich mehr als einem durchschnittlichen Buchhalter gezahlt – er war ein Superhirn.

»Danke, Dan. Erinnern Sie sich an den Namen der Anwältin?«

»Landsford, glaube ich. Ich sehe eben im Computer nach. Wir haben ihr sicher einen Scheck ausgestellt, und sie wird in unserer Lieferantenliste stehen. Warten Sie einen Moment.«

Meine Schultern entspannten sich, und ich griff nach dem Burger, der vor mir lag. Plötzlich kehrte mein Appetit zurück. Gerade als ich in den Burger biss, meldete sich Dan wieder zu Wort.

»Ja, es war Landsford. Marie Louise Landsford, Esquire. Auf diesen Namen haben wir einen Scheck ausgestellt.«

Marie Louise.

Ich verschluckte mich fast an meinem Burger. »Soll ich Ihnen ihre Kontaktdaten per E-Mail schicken?«, fragte er.

Ich schaffte es, den Bissen hinunterzuschlucken, aber danach fühlte es sich immer noch so an, als hätte ich einen riesigen Kloß im Hals. »Ja. Das wäre sehr hilfreich. Danke, Dan.«

Ich war kein nervöser Mensch.

Das letzte Mal hatte ich mich so gefühlt, als ich vor dem Richter stand und ihm sagte, dass ich das Sorgerecht für meine vierzehnjährige Schwester haben wollte. Ich war nicht nervös gewesen, weil ich mich sorgte, die falsche Entscheidung zu treffen – ich war nervös gewesen, weil ich fürchtete, er würde sagen, ich sei nicht geeignet und dass meine Schwester in einer Pflegefamilie oder bei meiner Tante in Ohio besser aufgehoben wäre.

Doch als ich in meinem Auto saß, das auf der Superior Street vor der Kanzlei von Marie Louise Landsford, Esquire, parkte, waren meine Handflächen schweißnass und mein Magen verkrampfte sich. Es fühlte sich an, als würde mir gleich das Frühstück wieder hochkommen, nur hatte ich seit dem einen Bissen Burger gestern Abend nichts mehr gegessen. Außerdem juckten meine Augen, aber das lag vielleicht am Schlafmangel und nicht an den Nerven. Ich konnte meinen Herzschlag im ganzen Körper spüren – er schlug gegen meine Brust, rauschte in meinen Ohren und pulsierte sogar in meiner Kehle.

Mein Handy vibrierte in meiner Tasche – eine Nachricht von Valentina. Ich hatte gestern Abend ein bisschen mit ihr getextet, aber meinen Vater oder das, was vor sich ging, nicht erwähnt. Ich konnte es nicht einmal vor mir selbst zugeben, geschweige denn die Worte vor jemand anderem laut aussprechen. Ich hatte auch nicht erwähnt, dass ich den für heute geplanten Termin mit dem Ingenieur abgesagt hatte. Sie wusste nur, dass ich meinen Flug verschoben hatte, um mich mit einer Anwältin wegen der Baugenehmigung zu treffen. Was wohl irgendwie stimmte. Zumindest hatte ich vor, das zu sagen, wenn ich ohne Termin in ihr Büro kam.

Darüber hinaus hatte ich keine Pläne. Ich konnte nicht einmal darüber nachdenken, was ich sagen oder wie ich sie fragen könnte.

Valentina:
Viel Glück mit der Anwältin heute, und
einen guten Heimflug später. Sag mir,
welchen Zug du morgen früh nimmst,
dann hole ich dich ab. Ich habe eine kleine
Überraschung für dich.

Ich starrte auf mein Handy, als stünde dort Wortsalat. Ich konnte unmöglich eine Nachricht zurückschicken. Stattdessen schob ich das Handy in meine Tasche. Ich musste diesen Scheiß einfach hinter mich bringen.

Ich stieg aus dem Auto, holte tief Luft und ging zur Tür.

Eine Frau, etwa in meinem Alter, saß hinter dem Empfangstresen. Sie lächelte. »Hallo. Kann ich Ihnen helfen?«

»Ja. Ich habe keinen Termin, aber ich hatte gehofft, dass ich vielleicht mit Marie sprechen könnte.«

»Darf ich fragen, worum es geht?«

»Ich überlege, ein Gebäude in der Gegend zu kaufen, und sie hat früher für meinen Vater daran gearbeitet.«

»Ah. Okay.« Sie deutete auf eine geschlossene Tür zu ihrer Linken. »Sie ist gerade in einem Mandantengespräch, aber sie sollte jeden Moment fertig sein. Sobald sie herauskommt, frage ich sie, ob sie Zeit für Sie hat.«

»Danke.«

»Wie heißen Sie, bitte?«

»Ford. Ford Donovan.«

Wenn mein Nachname der Empfangsdame etwas sagte, ließ sie es sich nicht anmerken. Sie forderte mich auf, Platz zu nehmen, und ich setzte mich auf eine Ledercouch und tat so, als würde ich in einer Ausgabe des *Architectural Digest* blättern. Ein paar Minuten später ging die Tür zu Maries Büro auf. Mein Herz, das ohnehin schon schnell schlug, raste wie ein führerloser Zug. Ein älterer Mann im Anzug kam zuerst heraus und sprach mit jemandem hinter ihm.

»Ich denke, sobald wir diese letzten Änderungen rübergeschickt haben, werden sie den Vertrag endlich unterschreiben«, sagte eine Frauenstimme.

Ich konnte sie immer noch nicht sehen.

»Gut. Gut, gut. Ich kann es kaum erwarten, das alles hinter mir zu lassen.«

Der Mann machte ein paar Schritte, und die Frau, die gesprochen hatte, erschien in der Tür.

»Ich melde mich bald.«

Als ich sie zum ersten Mal sah, erstarrte ich. *Was zum Teufel?* Ich kannte sie. Aber woher? Ich blätterte durch meinen mentalen Rolodex, wo ich sie schon einmal gesehen haben könnte. Ich war mir absolut sicher, dass wir uns schon einmal begegnet waren. Aber ich war noch nie in Chicago gewesen.

Der Mandant machte sich auf den Weg zur Eingangstür, und die Anwältin ging ein paar Schritte auf die Empfangsdame zu, die sich ihr zuwandte.

»Ich wollte Sie nicht stören, da Sie mit Mr Wetson fast fertig waren, aber Sie haben unangemeldeten Besuch.«

Marie sah zum ersten Mal zum Sitzbereich hinüber. Ich stand auf. In dem Moment, als ihr Blick auf mich fiel, veränderte sich ihr ganzes Gesicht. Ihre Kinnlade klappte auf, ihre Augen waren voller Traurigkeit, und sie wurde leichenblass.

Die Empfangsdame redete – offenbar völlig ahnungslos – weiter. »Sie haben schon einmal für seine Familie gearbeitet. Er hat keinen Termin, aber Sie haben noch eine halbe Stunde bis zu Ihrem nächsten Meeting.«

Dieses bleiche, von Trauer erfüllte Gesicht – es machte klick. *Die Beerdigung!* Sie war zur Beerdigung meiner Eltern gekommen. Das Wochenende lag größtenteils im Nebel – so viele Freunde waren gekommen und gegangen. Zwei Tage lang hatte ich die meiste Zeit gestanden und den Leuten die Hände geschüttelt. Auch wenn mein Leben davon abhinge, hätte ich nicht wiedergeben können, was irgendjemand gesagt hatte.

Aber ich erinnerte mich, sie gesehen zu haben. Sie hatte ganz allein auf einem Stuhl in der hinteren Ecke gesessen und geweint. Sie hatte sehr verzweifelt ausgesehen, also war ich zu ihr gegangen, um zu sehen, ob es ihr gut ging. Es war das erste Mal, dass ich ihr begegnete, aber das fand ich damals nicht ungewöhnlich. Bei der Beerdigung kamen alle möglichen Leute aus allen möglichen Richtungen, um uns ihr Beileid auszusprechen.

Ich ging zu Marie hinüber, die mich immer noch anstarrte. Die Empfangsdame drehte sich um, als ich mich ihr näherte. »Oh. Da ist er. Marie, das ist …«

Marie lächelte traurig und schüttelte den Kopf. Ihre Stimme klang ernst und ihr Tonfall resigniert. »Ich weiß, wer er ist. Hallo, Ford.«

Ich nickte, unfähig, etwas zu sagen.

Marie deutete mit dem Kopf auf ihre Tür. »Lassen Sie uns in meinem Büro reden.«

Ich nickte und folgte ihr hinein. Sie schloss die Tür, nachdem sie der Empfangsdame gesagt hatte, sie solle ihr nächstes Meeting absagen und keine Anrufe durchstellen.

Sie ging auf die andere Seite des Schreibtischs und streckte mir die Hand hin. »Bitte, setz dich.«

Ich nahm Platz, starrte sie aber weiter unverwandt an.

Sie ließ sich auf ihrem Stuhl nieder und ordnete einige Papiere auf ihrem Schreibtisch, die nicht geordnet werden mussten. Mit leiser Stimme fragte sie: »Wie geht es dir?«

»Gut.«

Sie nickte. »Das freut mich zu hören.«

Ich starrte sie an. Ich brauchte ihr die Frage gar nicht erst zu stellen, die Schuldgefühle und die Traurigkeit in ihrem Gesicht beantworteten mir die meisten Fragen. Also übersprang ich den Mist und ging zu dem über, was ich noch nicht wusste.

»Wie lange hatten Sie beide eine Affäre?«

Sie sah zu Boden. »Etwa drei Jahre.«

Meine Güte! *Drei verdammte Jahre?* Ich dachte zurück an die letzten Sommer in Montauk, bevor meine Eltern gestorben waren. Sie hatten getanzt und waren so verliebt wie immer gewesen. Ich nickte. »Warum?«

Sie seufzte. »Es ist einfach passiert. Keiner von uns beiden hatte das geplant. Ich war auch glücklich verheiratet. Zumindest dachte ich das zu dem Zeitpunkt.«

»Wie bitte?«

Sie nickte. »Ich habe meinem Mann von der Affäre erzählt, nachdem ich von der Beerdigung nach Hause kam. Ich konnte nicht verbergen, wie aufgelöst ich war, und ich wusste, dass unsere Ehe vorbei war. Ich war schon lange nicht mehr fair ihm gegenüber. Wir sind jetzt schon seit ein paar Jahren geschieden.«

Ich verstand das nicht. Es schien unmöglich, meine lächelnden, scheinbar glücklichen Eltern mit der Affäre meines Vaters mit dieser Frau vor mir in Einklang zu bringen. Ich dachte lange nach, und die Stille im Raum wurde immer bedrückender.

Als ich schließlich sprach, sah ich ihr direkt in die Augen. »Er hat meine Mutter geliebt. Sie waren glücklich.«

Ich konnte sehen, dass meine Worte sie verletzten. So beschissen das auch war, das machte mir ein schlechtes Gewissen.

Sie nickte. »Natürlich hat er das. Es gibt keine Entschuldigung für das, was ich getan habe. Für das, was dein Vater und ich getan haben, Ford. Das Einzige, was ich sagen kann, ist, dass wir beide schon lange verheiratet waren. Ich hatte meine Highschool-Liebe geheiratet, genau wie dein Vater.« Sie schüttelte den Kopf und schaute aus dem Fenster. »Neugierde? Ich weiß nicht. Aber ich habe lange Zeit darüber nachgedacht – sowohl während es passierte als auch in den letzten drei Jahren. Keiner von uns hatte viel Erfahrung. Wir hatten keine Dates gehabt und kein richtiges Erwachsenenleben außerhalb unserer Ehen geführt. Vielleicht waren wir an einem Punkt in unserem Leben – in der Mitte des Lebens –, an dem wir uns fragten, wer wir ohne unsere Ehepartner waren. Du bist jung, darum erwarte ich nicht, dass du das verstehst. Ehrlich gesagt bin ich mir nicht einmal sicher, ob ich es selbst verstehe. Ich glaube aber, ich brauchte die Bestätigung, dass das, was ich hatte, nicht mein ganzes Leben auf dieser Erde sein würde.«

Sie wandte ihren Blick wieder mir zu und schüttelte den Kopf. In ihren Augen sammelten sich Tränen. »Als ich merkte, dass mir genügte, was ich hatte, war es schon zu spät. Ich hätte dem Glück danken sollen, anstatt zu denken, dass ich etwas verpasse.«

Ich saß schweigend da und versuchte, das alles zu verstehen, aber ich konnte es nicht begreifen. Konnte es nicht fassen. Im Herzen wusste ich, dass ich nie wieder hierher zurückkehren und diese Frau nie wiedersehen würde. Darum wollte ich sichergehen, dass ich sie alles fragte, was ich fragen musste, und ihr alles sagte, was ich zu sagen hatte. In der Hoffnung, dass mir alles einfallen würde, sah ich mich gedankenverloren im Zimmer um. Mein Blick blieb an dem gerahmten Foto eines kleinen Mädchens hängen. Sie konnte nicht älter als fünf oder sechs sein.

Verdammt, nein.

Meine Stimme klang monoton. »Ist das Ihre Tochter?«

Marie lächelte. »Ja. Rebecca.« Ihr Lächeln verblasste. »Die Scheidung war hart für sie. Ich kann mir gar nicht vorstellen, was du durchgemacht hast … und jetzt kommst du her und musst damit fertigwerden.«

Ich starrte weiter auf das Foto und suchte nach Hinweisen auf meinen Vater. Ich musste einen riesigen Kloß im Hals herunterschlucken, um zu fragen, was ich wissen musste. »Ist sie … von meinem Vater?«

Marie machte große Augen. »Oh! Nein. Gott, nein. Das ist ein altes Bild. Rebecca wird nächsten Monat zehn Jahre alt.« Sie drehte sich um und betrachtete das Foto. »Da war sie ungefähr sechs, darum verstehe ich, dass du das dachtest. Aber ich kann dir versichern, dass sie schon auf der Welt war, bevor ich deinen Vater überhaupt kennenlernte.«

Wenigstens das, Gott sei Dank. Ich saß noch ein oder zwei Minuten schweigend da und überlegte, was ich noch wissen wollte. Aber eigentlich hatte ich schon zu viel herausgefunden.

Ich stand auf. »Danke für Ihre Ehrlichkeit.«

Sie nickte und stand ebenfalls auf. »Es tut mir leid, Ford. Alles – die Affäre, dein Verlust, dass du es herausgefunden hast. Alles. Wenn ich es rückgängig machen und noch einmal von vorn beginnen könnte, wäre das alles nie passiert.«

Ohne mich noch einmal umzudrehen, verließ ich das Büro von Marie Louise Landsford.

Leider brauchte ich auch nicht zurückblicken, denn ihre Ehrlichkeit hatte bereits alles verändert, was ich in der Zukunft sah.

24. Kapitel

Valentina

Ich hatte im Laufe der Jahre aufgehört, Musik zu hören, und es nicht einmal bemerkt.

Natürlich hörte ich sie im Auto. Aber nicht mehr zu Hause, wenn ich putzte, duschte oder kochte – so wie vor Jahren. In letzter Zeit hatte sich das jedoch geändert. Ich stellte fest, dass ich Dinge tat, die ich schon lange nicht mehr getan hatte – unter der Dusche zur Musik singen, beim Zusammenlegen der Wäsche tanzen, Blumen pflanzen, backen, ohne dass ich zu einer Party ein Dessert mitbringen musste. Ich fühlte mich so leicht und glücklich wie schon lange nicht mehr. Und ob ich es mir eingestehen wollte oder nicht, einer der Hauptgründe für diese Veränderung war der Mann von nebenan, der gerade auf dem Rückweg nach Montauk war.

Unter der Dusche lief ein Billy-Joel-Song, und ich sang »Only the Good Die Young« aus voller Kehle mit, als würde ich vor ausverkauftem Haus auftreten. Es fühlte sich … *so verdammt gut* an. Als ich den letzten Rest der Spülung aus meinem Haar wusch, schloss ich die Augen und gab mit Taylor Swift eine ohrenbetäubende Vorstellung von »Shake It Off«, die darin gipfelte, dass ich beim Rückenabtrocknen sang und mit den Hüften wackelte. Ich wickelte ein Handtuch um mein Haar und zog mir Yogahose und Tanktop an. Dann schnappte ich mir meine Feuchtigkeitscreme, wischte den beschlagenen Spiegel frei und sah ein Gesicht, das mich anlächelte – mein eigenes. Ich war überglücklich.

Heute Morgen hatte ich mit Bella an der frühmorgendlichen Yogastunde teilgenommen und war dann lange am Strand spazieren gegangen. Auf halbem Weg nach Hause klingelte mein Handy. Es war die Schule, bei der ich gestern ein zweites Vorstellungsgespräch gehabt hatte. *Ich habe den Job!*

Seitdem hatte ich nicht mehr aufgehört zu lächeln. Und ich konnte es kaum erwarten, es Ford zu erzählen. Er hatte es eilig gehabt, seinen Flug von Chicago nach Hause zu erwischen, als ich ihm vorhin eine Nachricht geschickt hatte. Darum wollte ich mir die Überraschung aufheben, bis er wieder in Montauk war. Ich würde in den Supermarkt fahren und ein paar Sachen einkaufen, um sein Lieblingsessen zu kochen.

Doch diese Pläne änderten sich schlagartig, als ich die Badezimmertür öffnete.

Als ein Mann nur wenige Meter entfernt von der Badezimmertür am Treppengeländer lehnte, fuhr ich erschrocken zusammen. Doch dann weiteten sich meine Augen, und mir blieb der Mund offen stehen.

»Überraschung.« Mein Sohn lächelte, dann lachte er. »Das ist eine tolle Show, die du da abziehst. Hätte nicht gedacht, dass du da jemals wieder rauskommst. Ich wusste gar nicht, dass du so ein Swiftie bist, Mom.«

»Oh mein Gott. Ryan! Du bist zu Hause!« Ich zog ihn überschwänglich in meine Arme.

Er lachte und erwiderte die Umarmung.

»Was machst du hier? Ich dachte, du könntest diesen Sommer wegen des Praktikums gar nicht nach Hause kommen?«

»Ich habe ein Projekt, an dem ich gearbeitet habe, schon

früher abgeschlossen. Darum habe ich gefragt, ob ich heute freinehmen kann, um ein langes Labor-Day-Wochenende zu haben. Montagmorgen muss ich früh zurückfliegen.«

»Warum hast du mich nicht angerufen? Wie bist du vom Flughafen hergekommen?«

Er zuckte mit den Schultern. »Ich wollte dich überraschen. Ich habe den Zug genommen und dann ein Taxi.«

»Na, die Überraschung ist dir gelungen.« Gott, ich musste ihn noch mal drücken. Ich kuschelte mich an ihn und umarmte ihn erneut. »Du hast mir gefehlt.«

»Ich dachte, es könnte ein harter Sommer werden, wenn du zum ersten Mal allein hier draußen bist.«

Nur … *oh-oh* … dass ich gar nicht alleine war.

»Ähm … ich hab mich beschäftigt.«

Er betrachtete mein Gesicht. »Du siehst gut aus, Mom.«

Ich tätschelte das Handtuch, das ich mir um den Kopf gewickelt hatte. »Das muss an dem Turban liegen.«

Ryan lächelte. »Nein … irgendetwas ist anders. Du siehst … ich weiß nicht … vielleicht weniger gestresst aus.«

Ich drückte seine Hand. »Das bin ich. Ich wollte es dir sagen, wenn wir dieses Wochenende telefoniert hätten. Aber ich habe einen Job.«

»Wow. Gratuliere. Das ist ja toll. Und so schnell.«

»Ja. Ich bin überglücklich.«

Um seine Augen bildeten sich Fältchen, und er lächelte warm. »Genau das ist es. Du siehst glücklich aus.«

»Das bin ich.« Obwohl ein großer Teil davon nichts mit dem Job zu tun hatte.

»Na, komm schon. Trockne dein Haar oder was auch immer du tust, wenn du das Handtuch abnimmst, und lass uns zur Feier des Tages was essen gehen. Ich sterbe vor Hunger.«

»Okay! Gib mir fünfzehn Minuten.«

Nachdem ich mein Haar getrocknet hatte, schickte ich eine kurze Nachricht an Ford.

Valentina:
Mein Sohn hat mich gerade überrascht. Er ist
über das Feiertagswochenende zu Hause.

Ich wartete darauf, dass die Nachricht als zugestellt angezeigt wurde, aber das passierte nicht. Als ich die Zeit auf meinem Handy checkte, stellte ich fest, dass er schon aus dem Flugzeug und im Zug sein müsste. Vielleicht hatte sein Flug aber auch Verspätung, und sein Telefon war immer noch ausgeschaltet. Ich rief ihn an, aber der Anruf ging direkt auf die Mailbox. Sein Telefon war eindeutig ausgeschaltet. Also schickte ich eine weitere Nachricht.

Valentina:
Ich hole dich trotzdem vom Bahnhof ab.
Schick mir eine Nachricht, wenn du weißt,
welchen Zug du nimmst.

Ich warf das Handy in meine Handtasche und schlüpfte in ein Paar Flip-Flops. Dass Ryan zu Hause war, verkomplizierte die Lage zwischen Ford und mir und meine Pläne, wie ich dieses Wochenende mit ihm hatte feiern wollen. Ich konnte jedoch kaum verärgert sein, dass mein Sohn mich überrascht hatte. Ich freute mich, dass er da war.

Als ich die Treppe hinunterging, hörte ich zu meiner Überraschung zwei Stimmen, fand aber niemanden im Haus. »Ryan?« rief ich.

»Auf der hinteren Terrasse!«

Ryan lehnte über dem Geländer und unterhielt sich mit Bella.

»Ich wusste gar nicht, dass Ryan dieses Wochenende kommt«, sagte sie.

»Ich auch nicht. Er hat mich überrascht.«

»Oh, das ist ja süß. Es ist schon eine Weile her, was, Rye-Rye?«

Diesen Spitznamen hatte ich seit mindestens zehn Jahren nicht mehr gehört. Bella hatte Ryan so genannt, als er klein war, und er hatte es gehasst.

Aber als ich zu meinem Sohn hinübersah, schien es ihn nicht mehr zu stören. Er ließ kurz den Blick über Bella gleiten und musterte sie. »Du hast dich verändert.«

Sie klimperte mit den Wimpern. »Du auch.«

O Gott! Nein.

Ich musste Ryan unbedingt hier wegschaffen, ich zerrte am Arm meines Sohnes. »Wir müssen los. Bis später, Bella.«

Unser Mittagessen dauerte zwei Stunden. Wir gingen ins Lobster Roll und saßen draußen auf den Bänken, aßen und unterhielten uns, hauptsächlich über sein erstes Jahr am College und sein Praktikum.

»Wir haben nur über mich geredet. Erzähl mir, wie dein Sommer war. Ist es komisch, ohne Dad und mich hier draußen zu sein?«

Ich schüttelte den Kopf. »Es ist anders, aber nicht komisch. Er war übrigens vor ein paar Wochen hier, um einen Kostenvoranschlag für einige Arbeiten einzuholen, die wir am Haus machen lassen müssen.«

»Wie war das?«

Ich lächelte. »Ungefähr so gut wie die letzten Jahre unserer Ehe. Er sagte etwas, das mich geärgert hat, und ich sagte ihm, er solle verschwinden.«

Ryan lachte. »Er hat mich in letzter Zeit oft angerufen.«

Na klar, dachte ich. Seine kleine Freundin war nach Indien gezogen, also hatte er endlich Zeit, sich um seinen Sohn zu kümmern. Ryan konnte in seinem geschäftigen Leben unmöglich Zeit für zwei Teenager haben.

Aber ich schluckte meine wahren Gedanken herunter und entschied mich für etwas Unterstützendes. »Das ist gut. Ich freu mich, dass ihr beide euch mehr Mühe gebt, in Kontakt zu bleiben.«

Er zuckte mit den Schultern. »Wie würdest du dich gegenüber Tom fühlen, wenn er Eve betrügen würde?«

Ich wusste, worauf er hinauswollte. »Ich liebe Tom. Aber natürlich würde ich immer auf Eves Seite stehen. Tom ist aber auch nicht mein Vater.«

Er zerknüllte seine Serviette und warf sie auf den leeren Teller. »Er trifft sich nicht mehr mit ihr.«

Ich nickte. »Ich weiß. Das hat er mir erzählt.«

»Gibt … es eine Möglichkeit, dass du ihm jemals verzeihst?«

O Gott! Er mochte wie ein erwachsener Mann aussehen, aber innerlich war er immer noch mein kleiner Junge, der unter der Trennung seiner Eltern litt.

»Weißt du was? Ich habe ihm irgendwie verziehen. Wenigstens habe ich das alles hinter mir gelassen. Ich will nicht lügen, die Trennung von deinem Vater war schwer für mich. Ich glaube, das weißt du. Aber jetzt, wo ich darüber hinweg bin, wird mir klar, dass wir uns so oder so irgendwann getrennt hätten. Wir waren noch Kinder, als wir geheiratet haben, und ich bereue meine Entscheidungen nicht, denn ich habe dich bekommen, und dein Vater und ich … wir hatten ein paar gute Jahre. Aber als wir erwachsen wurden, haben wir uns auseinandergelebt, und wir waren schon lange nicht mehr glücklich. Ich hab die Schuld auf ihn geschoben, weil das damals leichter war. Aber wir hatten schon Probleme, lange bevor er fremdgegangen ist. Tatsächlich ist der schlechte Zustand unserer Ehe wahrscheinlich einer der Hauptgründe dafür, dass er sich einer anderen Frau zugewandt hat.«

Mein Sohn sah zu Boden. »Ich versteh schon. Es war dumm von mir, überhaupt zu fragen.«

Ich streckte den Arm aus und nahm seine Hand. »Nein, das war es nicht. Es ist völlig normal, dass du dir als Kind wünschst, dass deine Eltern glücklich verheiratet wären.«

Ryan nickte. »Das erinnert mich an etwas. Was hätte ich zu Bella wegen ihrer Eltern sagen sollen? Ich war mir nicht sicher, ob ich es überhaupt ansprechen sollte, also hab ich nichts gesagt.«

»Ich finde, du kannst ihr einfach dein Beileid aussprechen, wenn du sie das nächste Mal siehst. Sie spricht viel über sie und hat kein Problem damit, wenn die Leute es erwähnen.«

»Verrückt, dass sie sie beide verloren hat.« Er schüttelte den Kopf. »Und ich sitze hier und frage egoistisch, ob du und Dad vielleicht wieder zusammenkommt. Das rückt alles in ein anderes Licht.«

»Ja. Aber es scheint ihr gut zu gehen.«

Mein Sohn grinste. »Sie sieht gut aus.«

Ich verzog das Gesicht. Offenbar nahm mein Sohn an, dass es sich um ein allgemein mulmiges Gefühl handelte, das eine Mutter hatte, wenn ihr Sohn sich für ein Mädchen interessierte.

Er lachte. »Ja. Bestimmt würde ich genauso ein entsetztes Gesicht machen, wenn du mir etwas von einem heißen Typen erzählen würdest.«

Ich zuckte innerlich zusammen. *Ganz sicher würdest du noch viel entsetzter aussehen, wenn ich dir sagen würde, dass der Typ, den ich heiß finde, der Bruder des Mädchens ist, das du heiß findest.*

Am Abend hatte ich immer noch nichts von Ford gehört, und meine Nachricht wurde immer noch nicht als *zugestellt* markiert. Ich machte mir Sorgen und wandte mich unter einem Vorwand an Bella.

Ich klopfte an die Tür, und sie erschien in ihrer Uniform. »Hallo.«

»Hallo, Bella. Hast du was von deinem Bruder gehört? Ich wollte ihn bitten, sich meine Spüle noch mal anzusehen. Er hat sie Anfang des Sommers für mich repariert.«

»Ja. Er ist in seinem Zimmer. Ohnmächtig, glaube ich.«

Es gelang mir nicht, meine Überraschung zu verbergen. »Er ist zu Hause?«

Sie nahm ihre Autoschlüssel von der Küchentheke. »Er ist vor ungefähr einer Stunde angekommen. Hat sich total die Kante gegeben. Er hat geschwankt. Ich bin überrascht, dass er es die Treppe hochgeschafft hat. Ich muss zur Arbeit, aber du kannst ihn gern aufwecken. Obwohl ich bezweifle, dass er in der Lage ist, irgendetwas zu reparieren.«

»Hmm. Okay. Danke. Vielleicht schaue ich einfach mal nach ihm und vergewissere mich, dass es ihm gut geht.«

Sie lächelte. »Sehr mütterlich.«

Ich wartete unten, bis sie in ihr Auto gestiegen und aus der Einfahrt gefahren war, dann ging ich hinauf in Fords Schlafzimmer. Und tatsächlich, er war bewusstlos. Arme und Beine weit von sich gestreckt lag er auf dem Bauch und hielt sein Handy in der Hand.

Ich ging zu ihm und flüsterte: »Ford?«

Er rührte sich nicht. Daraufhin nahm ich ihm das Handy aus

der Hand und drückte den seitlichen Knopf. Tot. Nun, wenigstens war ich jetzt nicht mehr ganz so beunruhigt, dass er nicht angerufen hatte. Ich ging zum Beistelltisch und schloss es für ihn an, dann setzte ich mich auf die Bettkante und sah ihm beim Schlafen zu.

»Schlechten Tag gehabt, Schatz?« Ich strich ihm eine Haarsträhne aus dem Gesicht. »Du warst so still, seit du nach Chicago gefahren bist. Wahrscheinlich war es schwer, das Gebäude zu sehen, an dem du und dein Vater zusammen gearbeitet habt, oder? Eine Menge Erinnerungen.«

Natürlich antwortete er nicht. Nachdem ich ihm eine Weile beim Schlafen zugesehen hatte, zog ich ihm die Schuhe aus, holte eine Flasche Wasser und ein paar Ibuprofen aus dem Bad und ließ die Katerhelfer an seinem Bett zurück.

Ich beugte mich hinunter und küsste ihn sanft auf die Wange. Als mir klar wurde, dass ich ihn in ein paar Tagen nicht mehr sehen würde, schnürte sich meine Brust zusammen. *Gott, ich will noch nicht, dass es vorbei ist.*

25. Kapitel

Ford

Meine Lunge brannte, und ich war völlig außer Atem. Ich wusste noch nicht einmal, wo ich war. Ich war in aller Herrgottsfrühe mit einem heftigen Kater aufgestanden. Auch Ibuprofen und zwei Flaschen Wasser hatten das Pochen in meinem Kopf nicht lindern können. Ich konnte mich nicht einmal daran erinnern, wie ich nach Hause gekommen war. Ich wusste noch, dass ich an der Flughafenbar gesessen und Wodka Tonics in mich hineingekippt hatte. Im Flugzeug hatte ich weitergetrunken. Danach lag alles im Nebel. Irgendwie hatte ich es geschafft, in den richtigen Zug zu steigen und in mein Bett zu kommen. An jedem anderen Tag, an dem ich mit derart tödlichen Kopfschmerzen aufgewacht wäre, hätte ich mich umgedreht und weitergeschlafen.

Aber heute Morgen musste ich noch mehr Schmerz empfinden. Also war ich zu einem Lauf aufgebrochen. Ich lief. Und lief. Und lief immer weiter. Ich lief, bis der Strand zu Ende war, und noch weiter – schlängelte mich so schnell ich konnte durch Seitenstraßen, an Häusern und Wohnblocks vorbei.

Schließlich gaben meine Beine nach, und ich stürzte.

Und nun saß ich keuchend und mit aufgeschürftem, blutendem Knie in einem Park, den ich noch nie gesehen hatte, in einem Viertel, in dem ich noch nie gewesen war. Mein Kopf tat immer noch verdammt weh, aber das Brennen in meiner Lunge fühlte sich gut an.

Ich stützte mich mit den Ellbogen auf die Knie und ließ den Kopf hängen.

Mein verdammter Vater ist fremdgegangen.

Der Mann, in dessen Sessel ich bei der Arbeit saß, dessen Tochter ich in den letzten fünf Jahren großgezogen hatte, dessen Beziehung ich für alles gehalten hatte … der Mann, zu dem ich aufgesehen hatte, solange ich denken konnte.

Das tat verdammt weh. Und ich konnte mir einfach keinen Reim darauf machen.

Warum?

Warum?

Es hatte so gewirkt, als hätten meine Eltern sich sehr geliebt. Sie stritten nicht. Sie hatten keine finanziellen Sorgen. Herrgott, sie beendeten die Sätze des anderen. Während ich dort auf dem Boden saß, schossen mir Bilder von ihnen durch den Kopf wie bei einer Diashow im Schnelldurchlauf.

Wie sie auf der Terrasse tanzten.

Wie meine Mutter meinem Vater am Strand aus einem Buch vorlas.

Wie er ihr an den Po fasste, und sie kicherte, wenn sie dachten, dass es niemand sah.

All die *Ich liebe dich.*

Die Einmachgläser.

Die beiden schrieben auf, was sie aneinander liebten, und tauschten es als Geschenk aus.

Wer zum Teufel tut so etwas, wenn er nicht verliebt ist?

Und das war der Teil, mit dem ich mich nicht abfinden konnte.

Obwohl ich herausgefunden hatte, dass er eine längere Beziehung zu einer anderen Frau gehabt hatte, zweifelte ich nicht daran, dass er meine Mutter geliebt hatte. Und wenn dem so war, warum hatte er es dann getan?

Warum?

Warum?

Warum?

Seine Geliebte hatte mir die einzig sinnvolle Antwort auf diese Frage gegeben. Sie hatten so jung geheiratet, dass keiner von ihnen ein Leben ohne den anderen kannte, und als mein Vater in ein gewisses Alter kam, hatte er eine Identitätskrise.

Eine Midlife-Crisis.

Das war verdammt noch mal nicht richtig.

Das war klar.

Aber genau das war auch in Valentinas Ehe passiert.

Verdammt.

Ich war stinksauer auf meinen Vater, aber das war nicht der Grund für die Leere in meiner Brust.

Valentina hatte die ganze Zeit recht gehabt.

Ich hatte es nicht gesehen, weil ich es nicht hatte sehen wollen.

Sie war seit ihrem sechzehnten Lebensjahr mit ihrem Mann zusammen gewesen – im selben Alter, in dem meine Eltern zusammengekommen waren.

Ich wollte, dass sie sich für mich entschied, aber wie sollte sie entscheiden, was sie wollte, wenn sie nicht einmal wusste, was es da draußen alles gab.

Shit.

Heute Morgen hatte ich Vals Nachrichten von gestern gelesen und wusste daher, dass ihr Sohn Ryan in der Stadt war. Aber ich hatte keine Ahnung, was sie ihm erzählt hatte. Vermutlich nichts. Aber ich konnte mir nicht sicher sein, darum hielt ich mich bedeckt. Die beiden lehnten auf der hinteren Terrasse am Geländer und schauten aufs Meer hinaus, als ich über den Strand kam – Stunden, nachdem ich zum Laufen aufgebrochen war.

»Hallo.« Ich hob das Kinn zum Gruß.

»Wie geht's, Mann? Lange nicht gesehen.« Ryan lächelte.

»Hallo.« Valentina klang zögernd.

Vermutlich war es ein gutes Zeichen, dass er nicht die Treppe hinunterlief und mir ins Gesicht schlug, weil ich seine Mutter gevögelt hatte. Doch während Ryan fröhlich und entspannt wirkte, machte Val den komplett gegenteiligen Eindruck. Als ich sah, wie vor lauter Anspannung die Adern an ihrem Hals hervortraten, musste ich zum ersten Mal seit zwei Tagen lächeln. Warum freute ich mich so über ihre Panik, dass jemand das mit uns herausfinden könnte? Vielleicht war ich einfach ein Idiot.

Ich ging die Treppe hinauf zu ihrer Terrasse statt zu meiner und schüttelte Ryan die Hand. Das letzte Mal, als ich ihn gesehen hatte, war er erst vierzehn gewesen. Jetzt war er fast so groß wie ich. »Ganz erwachsen. Ich nehme an, du willst dieses Jahr keine Sandburgen mehr mit mir bauen?«

Ryan lächelte. »Jetzt suche ich eher nach Meerjungfrauen. Vielleicht können wir später nach welchen Ausschau halten.«

Mein Blick zuckte zu Val und dann wieder zurück, und ich hustete. »Du bist an der University of North Carolina, stimmt's? Wie gefällt es dir dort?«

»Es ist großartig. Mein erstes Jahr war der Hammer.«

Er sah zu seiner Mutter hinüber, und sein Gesicht wurde ernst. *Verdammt.* Vielleicht hatte ich die Situation falsch eingeschätzt, und sie hatte es ihm gesagt.

»Hör mal … ich wollte nur sagen, dass mir das mit deinen Eltern sehr leidtut.«

Ich nickte. »Danke.«

Die schlichte Erinnerung an meinen Vater fegte jede kurzzeitige Unbeschwertheit fort, die sich kurz eingeschlichen hatte. Wieder lasteten Felsbrocken auf meinen Schultern.

»Ich geh nach Hause. Duschen.« Ich warf einen Blick auf Val und nickte dann Ryan zu. »Schön, dich zu sehen.«

Als ich aus der Dusche kam, war ich nicht überrascht, eine Nachricht von Val vorzufinden.

Valentina:
Alles in Ordnung? Ich bin gestern Abend vorbeigekommen, aber du warst bewusstlos.

Ich hatte nicht mitbekommen, dass sie hier gewesen war. Aber mein Handy war aufgeladen, und auf dem Beistelltisch standen Wasser und Ibuprofen. Das ergab jetzt Sinn.

Ford:
Das tut mir leid. Es war eine lange Reise. Ich hatte noch nichts gegessen und ein paar Drinks.

Valentina:
Kein Problem. Ich dachte mir schon, dass die Reise wohl belastend war.☹

Das konnte man wohl sagen.

Ehe ich antworten konnte, tippte sie weiter.

Valentina:
Ryan hat mich überrascht. Ich weiß, das versetzt unserem letzten Wochenende einen Dämpfer …

Gestern hätte ich gesagt, das Schicksal hätte ihren Sohn ausgerechnet an dem letzten Wochenende geschickt, an dem ich sie davon überzeugen konnte, dass unsere Beziehung mehr als eine Affäre war, um mir das Herz zu brechen. Heute, mit klarem Kopf, glaubte ich allerdings, dass das Schicksal womöglich rechtzeitig eingegriffen hatte.

Chicago hatte mir eine Lektion erteilt. Ich musste einen Schritt zurücktreten und Valentina weiterziehen lassen. Sie verdiente eine unkomplizierte Trennung. Das hatte sie gewollt, und das hätte ich ihr nur erschwert. Der Überraschungsbesuch ihres Sohnes würde uns davon abhalten, ein ganzes Wochenende im Bett zu verbringen – das war zwar nervig, aber wahrscheinlich das Beste.

Ford:
Schon in Ordnung. Genieß die Zeit mit ihm. Ich habe sowieso einiges zu tun. Bellas Flug geht am Sonntag. Wahrscheinlich bringe ich sie zum Flughafen und bleibe in der City.

Valentina:
Ryan geht später surfen. Vielleicht können wir dann reden?

Ford:
Klar.

Einige Stunden später hatte ich es gerade mal geschafft, eine E-Mail an die Immobilienmaklerin in Chicago zu schreiben, in der ich ihr für ihre Zeit dankte, sie aber wissen ließ, dass ich mich gegen den Rückkauf entschieden hatte. Nach dem Besuch in Maries Büro hatten sich alle Gründe, die für den Erwerb des Gebäudes sprachen, in Luft aufgelöst. Die Maklerin antwortete mir und schien nicht überrascht zu sein.

Bella packte den Nachmittag über und ging dann zu ihrer letzten Schicht. Ich war gerade dabei, den Kühlschrank auszuräumen und Sachen wegzuwerfen, die wir in den nächsten zwei Tagen nicht mehr aufbrauchen würden, als Val an der Hintertür klopfte.

»Hey.«

Ich schob die Fliegengittertür auf. Sie warf einen Blick auf das, was ich da tat, und ihr Lächeln verblasste. »Ich kann nicht glauben, dass der Sommer wirklich fast vorbei ist.«

Heute Nachmittag hatte ich beschlossen, Val gegenüber nicht zu erwähnen, was ich in Chicago herausgefunden hatte. Meiner Schwester würde ich es auch nicht erzählen – warum sollte ich ihre Erinnerung an unseren Vater ruinieren? Es schien nicht fair, es jemand anderem zu erzählen. Das, und was würde es bringen? Vals eigene Ehe hatte ihr Vertrauen in die Männer schon genug erschüttert. Es gab keinen Grund, ihr jegliche Hoffnung zu rauben, dass vielleicht nicht jeder Typ ein totaler Arsch war.

Aber sie spürte, dass etwas nicht stimmte.

»Ryan hat das Surfen ausfallen lassen, weil nicht genug Wellen waren. Er ist Joggen gegangen, also dachte ich, ich schaue mal vorbei.« Sie sah an mir vorbei ins Wohnzimmer. »Ist Bella da? Ich dachte, ich hätte ihr Auto wegfahren sehen.«

»Sie ist vor ein paar Minuten zur Arbeit gegangen.«

Sie nickte, und ich brauchte ein paar Sekunden, um zu begreifen, warum sie sich dabei so schlecht fühlte. Es war wahrscheinlich das erste Mal, dass wir allein waren und ich nicht versuchte, über sie herzufallen.

Ich zog sie an mich und schloss die Arme um sie. Tief atmete ich den Geruch ein, der mich für immer an diesen Sommer erinnern würde – schwacher Blumenduft, Kokosnuss-Sonnencreme und der Strand. Ich wollte den Duft in eine Flasche füllen und ihn Valentina nennen.

Ich spürte, wie sich ihre Schultern entspannten, als sie sich an mich schmiegte. »Was ist in Chicago passiert?«

Ich schluckte. »Der Umbau des Gebäudes wäre zu aufwendig.«

Sie sah mich an. »Das tut mir leid. Ich weiß, dass dir das Projekt sehr viel bedeutet hat.«

»Es ist in Ordnung. Es ist, wie es ist.«

»Ich hatte ein tolles Wochenende für uns geplant. Ich wollte dein Lieblingsessen kochen und mich dir zum Nachtisch servieren. Aber nachdem Ryan hier ist …«

»Ich nehme an, du hast ihm nicht von uns erzählt.«

Sie schüttelte den Kopf. »Das konnte ich einfach nicht. Und das hat nichts mit uns zu tun. Es ist nur das erste Mal seit Monaten, dass ich ihn sehe, und … na ja, er hat kaum akzeptiert, dass sein Vater und ich nicht wieder zusammenkommen werden. Gestern hat er mich sogar gefragt, ob es eine Chance gibt, dass ich seinem Vater verzeihe.«

Wir hatten schon früher über ihren Ex gesprochen, aber mein Interesse an ihren Gefühlen für ihn hatte sich nach meiner Reise nach Chicago eindeutig verändert.

Ich sah ihr in die Augen. »Du hast gesagt, dass die Untreue nicht das einzige Problem gewesen sei. Sie wäre nur der Auslöser gewesen, der dich dazu gebracht hat, dir deine Ehe mit etwas Abstand genauer anzusehen. Dann hättest du erkannt, wie kaputt sie war. Aber was wäre gewesen, wenn du mit etwas Abstand eine glückliche Ehe gesehen hättest?«

»Ich weiß es nicht. Das ist schwer zu sagen. Aber ich denke, ich wäre eher in der Lage, einen One-Night-Stand zu überwinden, einen Seitensprung im Rausch, den er bereut hätte. Aber keine Beziehung. Ryan war seit Monaten mit der Frau zusammen, mit der er mich betrogen hat, und hatte Gefühle für sie. Sie waren noch zusammen, als wir uns scheiden ließen. Ich kann mir einfach nicht vorstellen, dass man nach mehr als einem One-Night-Stand ein paar Schritte zurücktritt und eine glückliche Ehe sieht. Fehler können passieren, aber eine Beziehung mit jemand anderem zu haben, ist kein Fehler. Das ist eine Entscheidung.«

Ich nickte. »Ryan hat dich gefragt, ob ihr wieder zusammenkommen könntet. Hat er nicht gesehen, dass eure Ehe nicht glücklich war?«

Sie lächelte traurig. »Ich habe ja nicht einmal selbst gemerkt, dass meine Ehe nicht glücklich war.«

Ich denke, man weiß nie, was hinter verschlossenen Türen vor sich geht. Dieses Gespräch hatte eine deprimierende Wendung genommen, und ich musste die Stimmung aufheitern. Ich griff um Val herum und schob meine Hände hinten in ihre Shorts. »Hat dein Sohn einen leichten Schlaf? Schleichen wir uns heute Nacht zu dir oder zu mir?«

Sie schlang die Hände um meinen Hals. »Wie wäre es, wenn wir uns rausschleichen und am Strand zu den hohen Dünen gehen. Wir können eine Decke mitnehmen?«

»Schön. Dass ich diesen Sommer dann endlich Sand in der Arschritze haben werde, ist es wert.« Ich drückte meine Lippen auf ihre. »Das klingt nach einem Plan.«

26. Kapitel

Valentina

Jetzt oder nie.

Ryan war gerade ins Bett gegangen, und ich hatte geduscht.

Jetzt war endlich der Moment der Wahrheit gekommen. *Eine Affäre für einen Sommer.*

Genau das sollte es sein. Ich sollte Erfahrungen sammeln, den Zeh in den Pool stecken, um das Wasser zu testen, bevor ich eintauchte. Aber irgendwann war mehr daraus geworden. Ich versuchte, so zu tun, als wäre dem nicht so, als ob ich nur lächelte, weil ich mich amüsierte – aber das stimmte nicht, oder?

Ich hatte mich schon in Ford verliebt, bevor wir uns überhaupt getroffen hatten. Wir hatten eine Verbindung aufgebaut, indem wir uns nur Nachrichten geschrieben hatten. Er brachte mich zum Lachen, bei ihm konnte ich ganz ich selbst sein – eine Person, von der ich seltsamerweise ganz vergessen hatte, wie sie war. Und das war vor der körperlichen Verbindung, die von der ersten Berührung an unbestreitbar stark gewesen war. Der Mann konnte meinen Körper auf eine Weise zum Leuchten bringen, von der ich gar nichts geahnt hatte. Aber er tat noch mehr als das – er brachte mich von innen zum Leuchten. So lebendig wie in diesem Sommer hatte ich mich seit … nun ja, seit Ewigkeiten nicht mehr gefühlt.

Wochenlang hatte ich darüber nachgedacht, wie ich mich am Ende des Sommers trennen würde. Aber in den letzten Tagen hatte ich mich gefragt, ob ich mich überhaupt trennen *konnte*. Körperlich war das natürlich möglich, aber würde ich dann ein Stück von meinem Herzen zurücklassen?

Ich schaute in den Spiegel, trug etwas Lippenstift auf und führte ein vertrauliches Gespräch mit mir selbst. »Wovor hast du solche Angst? Du hast dich doch längst in ihn verliebt.«

Als mir die Antwort klar wurde, schloss ich die Augen. *Du hast Angst, wieder verletzt zu werden.*

Das brachte es auf den Punkt. Ich hatte jede erdenkliche Ausrede vorgebracht: *Du bist zu jung für mich. Ich bin nicht bereit für eine Beziehung. Ich muss mich selbst finden.* Aber das waren alles Schutzbehauptungen, mit denen ich mich vor der Wahrheit drücken wollte.

Ich habe eine Heidenangst.

Und dann war da noch die Tatsache, dass Ford in letzter Zeit nicht mehr auf mehr zu drängen schien. Vermutlich konnte ein Mensch nur ein gewisses Maß an Zurückweisungen verkraften. Vielleicht hatte er sich mit der Idee einer Sommeraffäre angefreundet und wollte nicht länger, dass mehr daraus wurde.

Es gab nur einen Weg, das herauszufinden. Ich konnte es nicht länger hinauszögern.

Jetzt oder nie.

Er könnte nach Hause zurückkehren und sich in ein paar Wochen in die Datingwelt stürzen. Ich konnte mir nicht vorstellen, dass er wie ich zwei Jahre lang enthaltsam leben würde.

Und vielleicht würde er jemanden kennenlernen, den er mochte.

Manchmal bekommt man keine zweite Chance.

Was, wenn es nicht funktionierte? Vielleicht war er nicht der

Richtige für mich. Ich könnte verletzt werden. Aber ich könnte auch bereuen, dass ich es nicht gewagt hatte.

Und ich wollte mich lieber an etwas erinnern können, als etwas zu bereuen.

Plötzlich stockte mir der Atem. Ich war noch nicht bereit, die Sache zu beenden, und das musste ich ihm heute Abend sagen.

Ich lächelte mein Spiegelbild an. *O mein Gott!*

Du willst es tatsächlich wagen.

Nachdem ich diese Entscheidung getroffen hatte, wich das Gefühl drohenden Unheils, das ich in den letzten Tagen gespürt hatte, freudiger Erwartung. Immer noch lächelnd griff ich nach meinem Handy und schrieb eine Nachricht.

Valentina:
Treffen wir uns gleich?

Es fühlte sich wie die längste Wartezeit meines Lebens an.

Mist. Was, wenn er eingeschlafen ist?

Was, wenn ich nicht mit ihm reden kann?

Was, wenn …

Die winzigen Punkte begannen zu springen, und mein Puls raste.

Ford:
Bereit, wenn du es bist.

Gott, mein Herz klopfte wie wild.

Valentina:
In fünf Minuten am Strand!

In meinem Schlafzimmerschrank fand ich eine Decke und öffnete vorsichtig die Tür. Ryans Schlafzimmer lag direkt neben meinem. Als ich kein Geräusch hörte, schlich ich auf Zehenspitzen die Treppe hinunter und war dankbar, dass ich mich entschieden hatte, die Stufen mit Teppich auslegen zu lassen, damit sie nicht knarrten. In der Küche ließ ich das Licht aus, während ich eine Flasche Wein und zwei Gläser aus dem Schrank nahm und die Hintertür aufschob. Ich musste daran denken, Ford noch einmal dafür zu danken, dass er neulich Morgen, während ich noch schlief, die Tür geölt hatte.

Der Mond schien heute Nacht hell auf den Strand, sodass man gut sehen konnte, und ließ das ungewöhnlich ruhige Meer majestätisch glitzern. Am Fuß der Treppe hielt Ford eine Decke, eine Flasche Wein und zwei Weingläser hoch.

Ich lachte. »Zwei Seelen, ein Gedanke.«

Er griff hinten in seine Gesäßtasche und zog etwas heraus. Lächelnd hielt er einen Flaschenöffner hoch. »Wo ist dein Öffner?«

Daran hatte ich nicht gedacht. Ich lachte. »Okay, du hast gewonnen.«

Wir ließen meine Sachen unter der Treppe und nahmen Fords mit auf unseren Spaziergang. Er nahm meine Hand in seine, und es fühlte sich ganz natürlich an. »Knapp fünfhundert Meter vor uns ist eine Düne, dort stehen keine Häuser in der Nähe.«

»Hast du etwas vor, wofür wir Privatsphäre brauchen?« Ich stieß ihn mit der Schulter an.

»Es ist unsere letzte gemeinsame Nacht. Ich habe vor, dass mindestens dreimal etwas passiert.«

Er hatte zwar gescherzt, aber als er sagte, es sei unser letzter gemeinsamer Abend, wurde mir mulmig zumute. Alle meine Ängste kamen zurück. Was, wenn er seine Meinung geändert hatte? Bis vor Kurzem war er so hartnäckig gewesen. Hatte er beschlossen, dass eine Affäre für den Sommer alles war, was er wollte? Meine Nerven gewannen die Oberhand, und ich verstummte.

Als wir den hohen Dünenabschnitt erreichten, blieb Ford stehen, fegte einige Stöcke aus dem Weg und breitete die Decke aus. Er entkorkte den Wein, schenkte zwei Gläser ein, und wir setzten uns nebeneinander mit Blick aufs Meer.

Es war eine so ruhige Nacht. Das Wasser plätscherte vor uns ans Ufer, das Geräusch war fast hypnotisch. Der Mond schien aufs Meer und warf einen breiten Lichtstreifen über das glitzernde, dunkle Wasser. Wir betrachteten es. Obwohl wir gerade erst angekommen waren, wünschte ich jetzt schon, dass diese Nacht niemals endete.

Bei diesem Gedanken holte ich tief Luft.

»Val, ich …«, sagte Ford genau in dem Moment, in dem ich mit »Ford, ich …« anhob.

Wir lachten.

»Du zuerst«, sagte er.

»Nein, nur zu.« Ich versuchte, Zeit zu schinden. »Ich wollte nur sagen, dass wir das schon eher hätten machen sollen. Abends runter zum Strand gehen, meine ich.«

Ford nickte. Er hob einen Zweig auf – einen kleinen, ein paar Zentimeter langen –, brach ihn in zwei Hälften und warf eine davon weg. Dann brach er das kleine Stück ein zweites Mal durch und warf wieder eine Hälfte weg.

»Ist alles in Ordnung?« Ich wandte mich vom Wasser ab und sah ihn mit schief gelegtem Kopf an.

»Ja. Ich bin nur müde von der Reise.«

»Ah. Okay.«

Er drehte sich zu mir um und musterte eine ganze Weile nur mein Gesicht. Schließlich strich er mir eine Haarsträhne von der Schulter und begann zu sprechen. »Dieser Sommer war unglaublich. Als wir uns das erste Mal trafen, warst du auf der Suche nach dir selbst. Aber in den letzten Monaten ist etwas passiert. Du hast aufgehört, die Person zu suchen, die du warst, und hast zugelassen, die zu werden, die du jetzt bist.« Er schluckte. »Ich werde diesen Sommer nie vergessen.«

Das klang schrecklich nach Abschied, und ich konnte kaum sprechen, so dick war der Kloß in meinem Hals. »Ich fühle mich anders als am Anfang des Sommers, als ich hergekommen bin. Ich bin nicht mehr wütend auf meinen Ex-Mann. Ich mache mir nicht mehr so viele Gedanken darüber, was Leute denken, die ich gar nicht kenne.« Ich lächelte. »Obwohl ich nicht glaube, dass ich in nächster Zeit noch mal allein Analkugeln kaufen werde.«

Er schmunzelte. »Wie schade.«

»Aber im Ernst. Du hast recht. Ich fühle mich, als hätte ich herausgefunden, wer ich bin. Und das verdanke ich zum großen Teil dir. Du hast mich dazu gebracht, nicht mehr zurückzuschauen, mich nicht mehr an meine Ängste zu klammern und einfach zu *sein*. Es ist wirklich lange her, dass ich einfach nur im Moment gelebt habe.«

Ich atmete tief durch, senkte den Blick und sammelte die Kraft, um das zu sagen, worüber ich schon eine Weile nachgedacht hatte. »Ich weiß, ich habe gesagt, dies könnte nicht mehr als ein Sommerflirt sein. Aber das war es. Ist es. Und … ich will nicht, dass es zu Ende geht, Ford.«

Unsere Blicke verschränkten sich, und ich sah in seinen Augen, wie aufgewühlt er war. Er wandte sich ab, um lange aufs Meer zu blicken, und als er mich wieder ansah, standen Tränen in seinen Augen.

O mein Gott! Das sieht nicht nach Glückstränen aus.

Er nahm meine Hand und drückte sie. »Du hattest recht. Ich habe mich getäuscht. Du musst ein bisschen leben und Sachen ausprobieren. Ich bin froh, dass wir diesen Sommer hatten – aber mehr kann es nicht sein.«

Es fühlte sich an, als säße ein Elefant auf meiner Brust. Mein Herz brach in zwei Hälften, so wie der Zweig, den er vor wenigen Augenblicken so leicht zerbrochen hatte. Obwohl ich mit dieser Möglichkeit gerechnet hatte, war ich nicht darauf vorbereitet, wie weh es tat.

Da ich mich ganz darauf eingelassen hatte, war es umso schmerzhafter, zurückgewiesen zu werden. Ich weiß nicht, wie ich es schaffte, ein Schluchzen zu unterdrücken, aber ich konnte definitiv nicht sprechen. Also nickte ich nur.

Ford verstand das als Zustimmung und zog mich in seine Arme. Stumme Tränen liefen mir über die Wangen, als ich mich an ihn klammerte. Wir wiegten uns hin und her und hielten uns fest. Ohne seine Worte von eben hätte ich denken können, dass er mich so festhielt, weil er auch nicht wollte, dass es zu Ende ging.

Nach einer ganzen Weile wischte ich mir diskret die Tränen weg und zog den Kopf zurück, um ihn anzuschauen. Ich war froh, dass wir bei Mond- und nicht bei Tageslicht zusammen waren, so konnte er die Farbe meines Gesichts nicht sehen – ich wusste, dass es rot und fleckig sein musste.

»Liebe mich hier und jetzt, Ford.«

Ich wollte mich wenigstens noch ein letztes Mal in ihm verlieren. Er sah mir in die Augen, als ob er sich vergewissern wollte, dass ich das auch wirklich wollte. Und in diesem Moment begriff ich schlagartig, dass ich ihn liebte.

Ich nickte, auch wenn er mir keine Frage gestellt hatte, und flüsterte: »Bitte.«

Ganz langsam legte Ford die Hände an meine Wangen und küsste mich. Ich ließ alle meine Gefühle in diesen Kuss fließen – Traurigkeit, Sehnsucht, Liebe, *Verlangen.* Ich wollte ihm mit meinen Berührungen zeigen, was ich für ihn empfand, denn jetzt würde ich nicht mehr die Chance haben, es ihm zu sagen.

Der Kuss war leidenschaftlich und zärtlich, und mein Herz hämmerte in meiner Brust. Als er mir bedeutete, mich auf die Decke zurückzulegen, lösten sich unsere Lippen, und wir sahen uns in die Augen. Es fühlte sich … ich weiß nicht … irgendwie gewaltig an. Als ob sich mein Leben nach dieser Nacht grundlegend ändern würde, und ich war mir nicht mehr sicher, ob zum Besseren.

Aber ich musste ihn in mir haben, musste ein letztes Mal die Verbindung spüren. Ich legte eine Hand um seinen Nacken und zog seine Lippen auf meine. Das Gefühl seines Gewichts auf mir war fast erdrückend, aber es war genau das, was ich brauchte.

Ford ließ es langsam angehen, küsste sich meinen Hals hinunter und über mein Schlüsselbein. Er verteilte Küsse auf meinem Kiefer und bis hinauf zu meinem Ohr. »Du bist so unglaublich schön, Valentina. Ich werde diesen Sommer nie vergessen.«

Noch nie hatte ich so stark nur den Moment gelebt. Ich hörte nichts anderes, sah nichts anderes, fühlte nur ihn. Irgendwie entledigten wir uns unserer Kleidung, und dann war er zwischen meinen Schenkeln und sah wieder zu mir hinunter.

Er drang mit einer Zärtlichkeit in mich ein, die meine Tränen erneut zum Fließen brachte. Gerade noch rechtzeitig küsste er mich wieder. Wir hatten immer eine starke Verbindung gehabt, aber dieses Mal war es anders – es fühlte sich an, als wären unser Geist, unsere Körper und unsere Seelen im Einklang, als er sich in mir zu bewegen begann. Nichts hatte sich jemals so unglaublich gut angefühlt. Ich hatte gehört, wie Leute sagten, wenn sie Liebe machten, würden sie eins werden – aber bis zu diesem Moment hatte ich das selbst nie erlebt. Doch wir waren eins, auf jede erdenkliche Weise miteinander verbunden – und sei es nur für diese kurzen Momente. Die Erfahrung brach mir das Herz und war doch magisch.

Ich schlang Arme und Beine um ihn und klammerte mich an ihn. Obwohl ich spürte, wie sich mein Orgasmus aufbaute, war ich nicht darauf vorbereitet, wie intensiv er sich anfühlte. Absolut überwältigend. Vielleicht spürte ich, wie mein Herz in meiner Brust in tausend Stücke zersprang. Ich schrie auf und rief Fords Namen. Sein ganzer Körper war fest und hart. Er stöhnte in meinen Mund, als er sich in mir entlud.

Für eine ganze Weile lagen wir atemlos zusammen, sein Kopf über meiner Schulter, das Gesicht in die Decke gedrückt.

Als er schließlich den Kopf hob, klang seine Stimme rau. »Ich werde dich vermissen.«

Ich konnte nichts darauf erwidern, weil ich zu viel Angst hatte, wenn ich den Mund aufmachte, würde ich einfach irgendetwas plappern und ihm meine Liebe gestehen.

Also umarmte ich ihn stattdessen und dachte bei mir: *Ich werde dich auch vermissen. Mehr als du je wissen wirst.*

In jener Nacht liebten wir uns noch zweimal. Und die Intensität und Leidenschaft ließen kein bisschen nach. Nach dem dritten Mal ruhte mein Kopf auf seiner Brust, und ich hörte, wie Fords Atem langsamer und tiefer wurde. Er war eingenickt, aber ich konnte nicht schlafen.

Ich wollte jede einzelne Minute auskosten, die uns noch blieb.

27. Kapitel

Ford

Ich war nicht gut im Verabschieden.

Der letzte bedeutende Abschied war der von meinen Eltern gewesen. Die Totenwache war gerade zu Ende, und der Bestatter hatte mich gefragt, ob ich mich einen Moment allein verabschieden wollte. Meine Schwester war zu jung und wartete mit meiner Tante draußen, während sie mich in den Raum mit den zwei nebeneinanderstehenden Särgen einschlossen.

Die Erinnerungen an jene Zeit waren überwiegend verschwommen, aber daran, wie ich dort ganz allein gesessen hatte, erinnerte ich mich sehr deutlich. Der Priester hatte etwas gesagt, das mir im Gedächtnis geblieben war: Abschiede sind nicht für immer und nicht das Ende; sie dauern nur so lange, bis wir uns wiedersehen.

Vielleicht musste ich das an jenem Tag einfach glauben, denn diese Worte gaben mir die Kraft, den Raum nicht mit dem Gefühl zu verlassen, dass ich sie zum letzten Mal gesehen hatte.

Heute fühlte es sich ganz ähnlich an. Mein Herz sagte mir, dass ich Valentina gehen lassen musste, aber das machte es nicht einfacher. Vor allem, weil ich mir ziemlich sicher war, hätte ich gestern Abend keinen klaren Schlussstrich gezogen, hätte sie versucht, die Sache fortzusetzen.

Das machte es so viel schwieriger. Es quälte mich zu wissen, dass sie litt, und es schmerzte mich, die Ursache dafür zu sein. Aber mein Herz sagte mir auch, dass es so sein musste. Sie *brauchte* diese Zeit. Das hatte sie die ganze Zeit gesagt, und ich war zu egoistisch gewesen, es zu glauben. Vermutlich musste ich meinem guten alten Vater dafür danken, dass er mir die Realitäten einer Beziehung vor Augen geführt hatte.

Wenn ich so darüber nachdachte, war das ziemlich ironisch.

Ich trug das Gepäck meiner Schwester nach draußen zum Auto. Irgendwie war sie mit zwei Koffern gekommen und jetzt, acht Wochen später, fuhr sie mit vieren wieder ab. Außerdem sollte ich ihr einige Kunstwerke zur Uni schicken. Ihr Flug ging erst heute Abend – bis dahin waren es noch fast sieben Stunden. Aber sie hatte noch ein paar Sachen in meiner Wohnung, die sie erst abholen wollte, und musste zwei Stunden vor Abflug am Flughafen sein. Um diese Jahreszeit konnte die Fahrt von Montauk nach Manhattan schon mal drei oder sogar fünf Stunden dauern, sodass in den sieben Stunden kein großer Puffer war.

Meine Schwester warf einen Rucksack auf den Beifahrersitz meines Autos. »Ich gehe kurz rüber und verabschiede mich von Valentina. Willst du mitkommen?«, fragte sie.

Könnte ich den Abschied überspringen und sie stattdessen einfach mit nach Hause nehmen? Ich schüttelte den Kopf. »Geh du schon mal vor. Ich muss noch ein paar Sachen aus dem Haus holen. Ich komme gleich nach.«

Bella ging nach nebenan, und ich setzte mich auf die Couch. Ich war wach, seit wir im Morgengrauen nach Hause gekommen waren, also war mein ganzes Zeug schon gepackt und im Auto. Ich sah mich im Wohnzimmer um. Alles war wieder an seinem Platz, genau wie bei unserer Ankunft zu Beginn des

Sommers. Und doch war nichts mehr so, wie es war. Ich stützte die Ellbogen auf die Knie und ließ den Kopf in die Hände sinken. Mein Kopf hatte schon den Großteil der Woche wie wild gerattert, aber heute Morgen war es am schlimmsten. Mir schwindelte, während ich auf und ab lief und ununterbrochen mit mir selbst debattierte.

Vielleicht musste das hier nicht das Ende sein? Vielleicht würden wir uns im nächsten Sommer hier draußen wiedersehen?

Abschiede sind nicht für immer und nicht das Ende; sie dauern nur so lange, bis wir uns wiedersehen.

Vielleicht machte ich mir aber auch nur etwas vor, um mir den heutigen Tag zu erleichtern, so wie damals bei der Beerdigung.

Ein Teil von mir wollte ihr vorschlagen: *Nächstes Jahr zur gleichen Zeit, wenn wir beide noch Single sind?* Aber das wäre nicht fair. Ich wusste, dass Val Gefühle für mich hatte. Sie musste frei sein, Erfahrungen zu sammeln und herauszufinden, was sie wirklich wollte. Auch wenn ich bei dem Gedanken daran am liebsten gegen die Wand gehämmert hätte – sie musste sich mit anderen Männern treffen. Ich durfte also nicht sagen, nächstes Jahr um die gleiche Zeit. Aber ich durfte es denken. Wenn man jemanden liebte, war es leichter, Tag für Tag weiterzumachen, wenn man glaubte, dass es noch nicht wirklich vorbei war.

Meine Güte.

Wenn man jemanden liebte …

Liebte ich sie?

Ich dachte daran, wie ich ihr stundenlang beim Schlafen zusehen konnte. Dass ich mich ruhiger und weniger gestresst fühlte als seit Jahren. Dass ich null Interesse an anderen Frauen hatte. Dass sie die Erste war, die ich anrufen wollte, wenn etwas Gutes oder Schlechtes passierte.

Ich raufte mir die Haare.

Verflucht.

Wann zum Teufel war das passiert?

Ein Klopfen an der Vordertür riss mich aus meinen selbstmitleidigen Gedanken. Val lächelte traurig auf der anderen Seite der Fliegentür, dann trat sie ein.

»Bella wollte in die Stadt, um sich für die lange Reise was zu essen zu besorgen. Ryan wollte was zum Frühstück einkaufen, also sind sie zusammen gefahren.« Sie sah sich in dem leeren Raum um. »Sieht aus, als wärt ihr bereit, abzuschließen.«

Ich nickte.

Sie kam und setzte sich neben mich auf die Couch. Ihr Gesicht war ungeschminkt, und es sah aus, als sei es vom Weinen ein wenig verquollen. Aber wir waren die ganze Nacht auf gewesen, es könnte auch daran liegen.

Ich legte den Arm um ihre Schulter und zog sie an mich. Ich hatte nicht die Kraft, ihr dabei in die Augen zu sehen.

»Ich bin nicht gut mit Abschieden, Val.« Ich schüttelte den Kopf und sah zu Boden.

»Ich auch nicht«, erwiderte sie sanft.

Daraufhin schwiegen wir eine ganze Weile. Ich wollte nicht aus der Tür gehen, ohne ihr zu sagen, was sie mir bedeutete, aber ich musste auch sicherstellen, dass ich die Verbindung abbrach. Die Stadt war nur ein paar Minuten entfernt, also blieb uns nicht viel Zeit, bis Bella und Ryan zurück wären.

Ich zermarterte mir das Hirn und suchte nach den richtigen Worten, die meine Gefühle beschrieben, doch dann wurde mir klar, dass ich sie nicht selbst finden musste. Das hatte eine weise Frau bereits einst für mich getan.

Ich drehte mich um und legte eine Hand an ihre Wange, wobei ich ein letztes Mal mit dem Daumen über ihre weiche Haut strich. »Vor einiger Zeit hast du mich mal gefragt, ob es möglich sei, die richtigen Gefühle zur falschen Zeit zu haben. Mir war nicht klar, dass das möglich ist. Aber jetzt verstehe ich es.«

Eine Träne stahl sich aus einem Auge. Aber dann hob sie das Kinn, schluckte und zwang ein Lächeln in ihr trauriges Gesicht. Und Gott, durch ihre Stärke verliebte ich mich noch ein bisschen mehr in sie. Ich hörte das Knirschen des Kieses nebenan und zog sie für einen letzten Kuss zu mir.

Wir sahen uns in die Augen, bis Bella die Haustür aufriss. »Bereit zum Aufbruch, nerviger großer Bruder?«

Sie war völlig ahnungslos, in was sie da hineingeplatzt war. Ich warf einen letzten, langen Blick auf Valentinas Gesicht und nickte. »Ich glaub schon.«

Val und ich standen auf. »Pass auf dich auf, Val.«

»Du auch, Ford.«

Zuerst ging Valentina raus, dann Bella, zum Schluss ich. Während ich das Haus abschloss, setzte sich Bella bereits auf den Beifahrersitz. Val stand unten an ihrer Treppe und hielt sich am Geländer fest. Ich musste mich bei jeder Stufe hinunter zum Auto mit aller Kraft beherrschen, um nicht hinüberzulaufen und sie zu packen – herauszurufen, was sie mir bedeutete, und sie einfach nicht gehen zu lassen.

Aber ich tat es nicht für mich. Ich tat es für sie, und irgendwie gab mir das die Kraft – wenn auch nur ganz knapp.

Ich startete den Wagen und sah ein letztes Mal hinter dem Lenkrad auf, bevor ich aus der Einfahrt zurücksetzte. Unsere Blicke trafen sich. Ich winkte ihr, aber im Geiste sagte ich mir, woran ich glauben musste.

Nächstes Jahr zur gleichen Zeit, vielleicht?

28. Kapitel

Ford

Die nächsten zwei Wochen vergingen langsam.

Seit ich mit Bella abgereist war, hatte ich keinen Kontakt mehr zu Valentina gehabt. Unsere einzige Verbindung waren Montauk und Match gewesen, und der Sommer war vorbei. Allerdings hatte ich mir angewöhnt, ein- oder zweimal am Tag, bei Match.com nachzusehen, ob ihr Profil auf »aktiv« umgeschaltet worden war. Logischerweise hatte ich nicht um sie gekämpft, weil sie andere Männer treffen sollte – also *sollte* ihr Profil auf aktiv geschaltet werden. Doch wenn das passierte, würde es mir das Herz zerreißen.

Auf eine verrückte Art wollte ich, dass das passierte. Ich wollte den Schmerz, wollte wissen, dass sie nach vorn schaute. Vielleicht würde es mir auch leichterfallen, genau das zu tun, wenn ich eifersüchtig und wütend wäre.

Heute Abend hatte ich mich mit Logan verabredet, obwohl ich nicht in der Stimmung war, auszugehen. Er hatte mich so genervt, weil ich den Sommer über kaum da gewesen war, bis ich schließlich zugestimmt hatte, mich mit ihm auf einen Drink zu treffen. Ein Drink würde mich nicht umbringen. Wir saßen an der Bar und quatschten zwei Stunden lang. Ich hatte absichtlich einen Laden ausgewählt, der nicht dafür bekannt war, dass man dort schnell angebaggert wurde. Mir war nicht danach, den ganzen Abend mit einem Haufen Frauen zu plaudern, an denen ich kein Interesse hatte.

Doch wie es aussah, hatte ich mich wohl getäuscht.

»Ist hier noch frei?«, fragte eine große Blondine.

Ich sah mich in der Bar um. Es gab noch viele andere freie Plätze. Aber Logan kam mir mit der Antwort zuvor.

Er zog den Hocker neben sich hervor. »Wir haben sie für euch freigehalten.«

Ich rollte mit den Augen.

Die Frauen kicherten.

»Ich bin Gianna«, stellte sich die Blondine vor. Sie trug ein tief ausgeschnittenes rotes Shirt, aus dem ihr Busen hervorquoll.

»Ich bin Amber.« Die Brünette reichte mir die Hand.

»Logan.« Er hob Giannas Hand an seine Lippen.

Keiner flirtete mehr als Logan, er konnte nicht anders. Entweder wurde er flachgelegt oder er bekam eine Ohrfeige – die Chancen standen fifty-fifty, womit er verdammt gut zurechtkam.

»Ford.« Ich nickte und schüttelte die Hand von Barbie Nummer eins.

Ich war vielleicht nicht in der Stimmung für Gesellschaft, aber mit meinem Augenlicht war alles in Ordnung. Sie waren beide hübsch. Sexy, um genau zu sein. Trotzdem verglich ich sie mit Valentina.

Val hatte eine natürliche Schönheit, unverstellt und ehrlich. Die meisten Frauen trugen Masken. Ich hatte nie verstanden, warum sie sich so stark schminkten, vor allem, wenn sie jung waren. Sie malten sich das ganze Gesicht an – Augenbrauen, Lider, Wangenknochen, Nase, Lippen –, bis ihre Haut künstlich aussah. Sie dachten, es würde ihre Makel überdecken, aber für mich überdeckte es ihre Schönheit.

Logan rief den Barkeeper herbei und sagte, er solle alles, was die Damen trinken wollten, auf seine Rechnung setzen. Während sie bestellten, beugte er sich zu mir herüber. »Ich nehme die blonde.«

»Du kannst beide haben, Kumpel.«

Er blinzelte mich an, als ob ich zwei Köpfe hätte. So verrückt es auch war, es fühlte sich falsch an, sich in einer Bar mit Frauen zu unterhalten.

Ich war Single und hatte seit zwei Wochen nicht mehr mit Valentina gesprochen, dennoch kam es mir so vor, als würde ich sie betrügen. Ich musste mich zwingen, hierzubleiben und mein Bier auszutrinken, während ich mich unterhielt. Trotz meiner schlechten Laune erwiesen sich die Frauen als ziemlich nett. Ich war voreingenommen gewesen, weil sie sich zurechtgemacht hatten und Männer in einer Bar ansprachen. Aber Amber entpuppte sich als Anwältin, und Gianna war Lehrerin. Ich erkundigte mich bei Gianna nach ihrem Job – wie es ihr in ihrem ersten Jahr als Lehrerin ergangen war und wann sie nachmittags Feierabend hatte.

Im Grunde wollte ich unbedingt wissen, wie es Valentina in den ersten Wochen erging, und benutzte diese Frau als Ersatz.

In der Bar war es voller geworden, und sie hatten die Musik aufgedreht, sodass es schwierig war, sich zu unterhalten.

Gianna hielt eine Hand an ihr Ohr. »Wollt ihr vielleicht von hier verschwinden? Ich wohne nur ein paar Straßen weiter, hier ist es so laut.«

Logan nahm ihr Angebot sofort an. »Unbedingt.« Er winkte den Barkeeper heran, um die Rechnung zu begleichen. Gianna mochte Val in einem Gespräch übers Unterrichten ersetzt haben, aber sie würde mir auf keinen Fall in anderer Weise als Ersatz dienen.

Ich beugte mich zu ihr vor, damit sie mich hören konnte. »Danke für das Angebot. Aber ich muss morgen früh raus. Darum mach ich mich lieber auf den Weg.«

Sie schmollte. »Bist du sicher? Vielleicht nur auf einen Drink?«

»Ja. Ich bin sicher.« Ich stand auf, zog mein Portemonnaie aus der Hosentasche, legte einen Hunderter auf die Theke und wendete mich an Logan: »Ich mach Schluss für heute.«

Er zog die Brauen zusammen. »Was? Warum?«

»Ich hab gleich morgen früh eine Besprechung.«

»Und? Du bist der Chef. Verschieb sie auf den Nachmittag.«

»Geht nicht«, sagte ich.

Obwohl das nicht ganz stimmte. Wenn ich wollte, könnte ich mein morgendliches Marketing-Meeting verschieben. Aber ich wollte es nicht. Wahrscheinlich verstieß es gegen den Bro-Kodex, sich als Logans Wingman zu verdrücken, aber ich war mir sicher, dass er trotzdem mit den beiden nach Hause gehen würde.

Logan versuchte, Einspruch zu erheben. Aber ich hatte mich bereits von den Frauen verabschiedet. Ich klopfte meinem Freund auf den Rücken. »Bis dann.«

Er schüttelte den Kopf und murmelte so, dass nur ich ihn hören konnte. »Du bist verrückt.«

Ja, verrückt nach einer Frau, die ich *vielleicht* nächstes Jahr wiedersehen würde.

Ich ging nicht auf schnellstem Weg nach Hause.

Es war zwar ein Umweg, aber nur von ungefähr sieben Blocks. Logan und ich hatten uns in einer Bar im Norden der Stadt getroffen, nicht allzu weit von Eves Restaurant entfernt. Wenn ich zwei Blocks nach Norden und fünf nach Osten ging, konnte ich den R-Zug nehmen, der einen Block von meinem Haus entfernt hielt. Und was, wenn ich vor fünf Blocks den N-Zug genommen hätte, der mich genauso nah an meinem Haus absetzte? Theoretisch gesehen war ich immer noch auf dem Heimweg.

Ich sagte mir, ich würde nur vorbeigehen, nicht anhalten und schon gar nicht hineingehen. Mit diesem Plan wusste ich nicht, was dann überhaupt der Sinn der Sache war; dennoch konnte ich nicht anders.

Obwohl ich im Schneckentempo an Eves Restaurant vorbeischlich, war das Einzige, was ich anschließend erreicht hatte, dass ich zwölf Schritte mehr gemacht hatte. Niemand ging zufällig gerade hinein oder kam heraus, und Eve war nirgendwo zu sehen. Enttäuscht – obwohl ich nicht wusste, was ich erwartet hatte – ging ich weiter. Doch als ich die Ecke erreichte, spielten meine Gedanken schon wieder verrückt.

Es ist Freitagabend. Es wäre nicht ungewöhnlich, dass Val im Restaurant ihrer Freundin zu Abend aß.

Sie könnte dort drin sein.

Vielleicht könnte ich einfach durchs Fenster schauen und nachsehen.

Ja, ich gehe einfach zurück und werfe einen kurzen Blick hinein.

Ich machte kehrt und lief zurück zum Restaurant.

So ein Mist. Was mache ich hier nur?

Was, wenn Val da drin ein Date hat?

Was, wenn sie lachend zur Tür herauskommen, wenn ich gerade vorbeigehe?

Ich glaube, ich verliere den Verstand.

Ich grummelte vor mich hin, verlangsamte jedoch meinen Schritt, als ich wieder die Tür des Restaurants erreichte. Als ich fast am anderen Ende der langen Fensterfront angelangt war, versuchte ich, lässig zu wirken. Ich blieb stehen, holte mein Handy heraus und spielte damit. Ich stand mit dem Rücken zum Fenster und drehte mich um, damit ich hineinschauen konnte. Aber es blendete zu sehr, und ich sah nur mein Spiegelbild. Ich stieß einen frustrierten Seufzer aus, steckte das Handy in die Tasche und wandte mich wieder zum Gehen.

Aber ich schaffte nur drei Schritte.

»Scheiß drauf«, stöhnte ich. Ich musste es wissen. Also ging ich zum Fenster zurück, legte die Hände um die Augen und spähte hinein, die Nase an die Scheibe gepresst. Jetzt konnte ich etwas erkennen, aber es war nicht viel los. Ein paar Tische waren besetzt, aber das Restaurant war halb leer – was vermutlich nicht weiter verwunderlich war, denn es war schon ziemlich spät. Ich ließ den Blick durch den Raum schweifen und überprüfte jeden Tisch. Irgendwann sah ich dunkles, lockiges Haar aufblitzen, und für eine halbe Sekunde regte sich Freude in mir … aber es stellte sich heraus, dass sie es nicht war.

Ich ließ die Schultern nach unten sacken. Ich hatte in den Raum hineingeschaut, aber nicht direkt vor mich, und als jemand plötzlich von innen an die Scheibe klopfte, fuhr ich erschrocken zusammen. Schließlich sah ich das Paar, das buchstäblich genau auf der anderen Seite der Scheibe saß, an die ich mein Gesicht gedrückt hatte. Der Mann hob die Hände, als wollte er sagen: *Was zum Teufel treibst du da? Mist.*

Ich machte eine entschuldigende Geste und verzog mich.

Perfekt. Jetzt überwachte ich nicht nur ihren Match-Account, Instagram und Facebook. Ich verwandelte mich in einen ausgewachsenen Stalker. Ich musste verdammt noch mal nach Hause gehen.

Wenigstens eine Beziehung über Match.com hatte funktioniert.

Ein paar Wochen später saß ich mit meinem Marketingteam im Konferenzraum und besprach die Ergebnisse der ersten zwei Monate unserer Werbekampagne. Es stellte sich heraus, dass es das beste Ergebnis war, das wir für unser investiertes Geld je erhalten hatten – erfolgreicher als Plakatwände, Zeitungsanzeigen und Werbung in kommerziellen Immobilienmagazinen.

Das Marketingteam hatte sich einige neue Anzeigen ausgedacht, die geschaltet werden sollten – vier Videoanzeigen, die jeweils eine andere Zielgruppe ansprachen. Bislang hatten wir nur statische Grafiken verwendet. Jedes zwanzigsekündige Video zeigte ein anderes Paar, das sich auf Match.com kennengelernt hatte und ebenfalls Co-Working-Spaces nutzte. Offensichtlich verschlangen die Leute diese kurzen Videos, in denen glückliche Paare ihre blödsinnigen Liebesgeschichten erzählten, sodass die Klickraten durch die Decke gingen.

Aber heute hasste ich sie. *Scheiß auf diese glücklichen Menschen, wenn ich unglücklich sein muss.*

Die Spots wurden in unseren Büros gedreht, und die Paare erzählten, warum sie unseren Co-Working-Space so gern nutzten. Sie wirkten eher wie Match.com-Erfolgsgeschichten als wie Werbung, aber vermutlich war das genau der Trick. Zwei konnte ich verdauen. Ich war begierig, die glücklichen Paare, die auf das Whiteboard projiziert wurden, hinter mich zu bringen.

Das dritte Paar erschien auf dem Bildschirm, und eine Frau, die wahrscheinlich Mitte dreißig war, sagte: »Meine Eltern sind geschieden. Ich bin geschieden. Ron war der Erste, den ich auf Match.com kennengelernt habe.«

Da mischte sich Ron ein und lächelte sie an. »Wir haben uns gut verstanden, aber *sie* wollte keine Beziehung.«

Die Kamera zoomte hinunter zum Knie des Mannes, wo die

Hand der Frau lag. »Ich bin mit einem Haufen Männer ausgegangen, weil ich das Gefühl hatte, das tun zu müssen.« Sie zuckte mit den Schultern. »Aber ich musste immer an Ron denken.«

Der Kerl lachte. »Sie hat es geleugnet, aber ich wusste es sofort.«

Die Kamera bewegte sich nah an ihre Gesichter heran, und sie sahen sich in die Augen. Dann zoomte sie hinunter auf ihren Bauch – ihren schwangeren Bauch –, und als die Frau darüberstrich, sah man einen Ehering an ihrer Hand. »Manchmal muss man einfach etwas wagen.«

In dem Video ging es dann darum, wie er ebenfalls etwas gewagt und sein eigenes Unternehmen gegründet hatte. Dafür brauchte er einen beeindruckenden Büroraum, ohne Verpflichtungen und hohe Kosten. Aber ich hörte schon nicht mehr zu.

Ich stand abrupt auf, noch bevor sie das letzte Video zeigen konnten. »Gute Arbeit. Weiter so.«

Ich sah die verwirrten Gesichter meines Teams, als ich zur Tür ging. Sie sahen sich an und fragten sich im Stillen, was zum Teufel mit mir los sei. Doch das war mir einfach total egal.

Später an jenem Abend klingelte mein Bürotelefon, und ich sah, dass es Logan war. Eigentlich war mir nicht nach Reden zumute, aber er hatte vorher schon auf meinem Handy angerufen, und ich wollte wissen, ob alles in Ordnung war. Ich warf meinen Stift auf den Schreibtisch und lehnte mich in meinem Stuhl zurück.

Er fing schon an zu reden, bevor ich überhaupt Hallo gesagt hatte. »Erinnerst du dich an die Zwillinge von Chi Omega? Die Turnerinnen mit diesen vollen Lippen?«

Ich nickte. »Jenna und Justine. Jenna hat Ökonomie studiert und Justine Medizin.«

»Wie auch immer. Ich hab sie heute bei der Arbeit im Aufzug getroffen. Hatte sie seit ein paar Jahren nicht mehr gesehen.«

»Wie geht es ihnen?«

»Sie sind heißer als je zuvor. So geht's ihnen.«

»Rufst du an, um mir zu sagen, dass du es mit beiden getrieben hast? Denn ich will wirklich keine Details hören.«

»Nein. Ich rufe an, um dir zu sagen, dass Jenna nach dir gefragt hat. Sie sagte, dass sie auf dem College total in dich verknallt gewesen sei.«

»Ach ja? Das muss dein Ego verletzt haben.«

»Überhaupt nicht. Ich würde beide nehmen. Ich kann sie sowieso nicht auseinanderhalten. Wir sind Freitagabend mit ihnen verabredet.«

»Wir?«

»Ja. Wir vier.«

»Nein, danke.«

»Alter … weißt du, wie biegsam die sind?«

Ich hatte immer noch kein Interesse und rieb mir mit einer Hand über die Augen. »Ich bin nicht in der Stimmung dafür.«

»Die werden dich in Stimmung bringen. Na los! Was willst du denn machen? Das nächste Jahr enthaltsam sein, nur um dann am Memorial Day voller Hoffnung nach Montauk zu fahren und dir von Valeries neuem vierzigjährigen Freund die Tür aufmachen zu lassen, wenn du klingelst?«

Ich spannte den Kiefer an. »Sie heißt Valentina.«

Ich hätte ihm nie erzählen sollen, was mit mir los war, was diesen Sommer passiert war. Aber am Tag, nachdem ich ihn mit den beiden Frauen aus der Bar allein gelassen hatte, war er in meinem Büro aufgekreuzt, um zu fragen, was zum Teufel los sei. Und wie ein Weichei hatte ich ihm meine Leidensgeschichte erzählt.

Aber ich kannte Logan – er konnte äußerst unnachgiebig sein, und ob ihr es glaubt oder nicht, er machte sich Sorgen um mich. Er dachte einfach, dass ich mich besser fühlen würde, wenn ich Sex hätte. Wenn ich Nein sagte, würde er zweifellos irgendwann in meinem Büro stehen. Ich traute ihm sogar zu, dass er Freitagabend mit den Zwillingen bei mir auftauchte.

»Gut.«

»Ausgezeichnet.« Ich konnte das Lächeln in seiner Stimme hören. »Du wirst es nicht bereuen. Ich sage dir, diese Janna hatte ein Funkeln in den Augen, als sie von dir gesprochen hat.«

»Sie heißt Jenna.«

»Wie auch immer. Wir treffen uns um sieben bei Boggs zum Abendessen.«

Das Abendessen war nicht schlecht, vor allem, weil es sich eher wie ein Treffen von vier alten Freunden vom College anfühlte als wie ein Doppel-Date. Und das, obwohl Logan ständig mit Justine flirtete. Er hatte schon an der Bar mit Justine geflirtet, während wir auf unseren Tisch warteten. Doch als wir uns zum Essen gesetzt hatten, flirtete er auch mit Jenna. Dieser Trottel konnte sie immer noch nicht auseinanderhalten – obwohl ich ihn darauf hingewiesen hatte, dass die eine Rot und die andere Schwarz trug.

Nachdem wir gegessen hatten, schlug Logan vor, in die Bar auf der anderen Straßenseite zu gehen. Das letzte Mal hatte ich ihn im Stich gelassen, also stimmte ich zu, obwohl ich lieber nach Hause gegangen wäre. Irgendwann gingen er und Justine tanzen und ließen Jenna und mich allein zurück.

»Und … hast du jemanden?« Sie sog ihren Wodka mit Cranberrysaft durch einen dünnen roten Strohhalm in ihren Mund.

Ich versuchte, nicht zu zeigen, dass mich die Frage zurückschrecken ließ. »Nein.«

»Ich auch nicht. Ich hab so viel gearbeitet, dass ich seit Monaten nicht mehr ausgegangen bin.« Sie lächelte und legte den Kopf schief. »Was ist deine Ausrede?«

Ich wollte nicht unhöflich sein, aber ich wollte auch nicht alles erklären. Zum Glück kam der Barkeeper vorbei und bewahrte mich vor einer Antwort.

»Kann ich euch noch eine Runde bringen?«

Ich sah zu Jenna.

»Gern«, sagte sie. »Ich nehme noch so einen.«

»Nur für sie, bitte. Ich bin versorgt.«

Der Barkeeper entfernte sich.

»Trinkst du nicht noch einen mit mir?« Sie lächelte.

»Ich habe morgen früh eine Menge Arbeit zu erledigen.«

»Oh. Okay.« Sie griff nach ihrer Handtasche. »Kannst du mich für eine Minute entschuldigen? Ich muss mal kurz zur Toilette.«

»Natürlich.« Ich stand auf und wartete, bis sie aufgestanden war.

Während sie weg war, nahm ich mein Handy heraus und scrollte durch meine E-Mails. Als ich nichts von Interesse entdeckte, öffnete ich Instagram.

Als Erstes poppte ein Foto von Eves Account auf. Wir waren uns den ganzen Sommer über gefolgt. *Mist.* Ich hätte mein Handy nicht herausholen sollen. Es fühlte sich an, als hätte mir jemand in den Magen getreten. Eve und ihr Mann Tom saßen breit grinsend auf der einen Seite eines Tischs, und ihnen gegenüber saßen, ebenso glücklich aussehend, Val und irgendein Trottel. Woher ich wusste, dass der Typ ein Trottel war? Ganz einfach. Er saß neben meiner Liebsten. Das Bild war wie ein schlimmes Unglück. Ich wusste, dass es dumm war, hinzusehen, aber ich konnte nicht aufhören, es anzustarren. Nach viel zu langer Zeit gelang es mir, den Blick nach unten zu richten und die Unterschrift zu lesen.

Tricks und Spielereien sind überfällig.

Logischerweise wusste ich, dass ich kein Recht hatte, sauer zu sein. Sie sollte mit ihrem Leben weitermachen, zu Dates gehen, Erfahrungen sammeln – das war der verdammte Grund, warum wir nicht zusammen waren. Aber musste es denn so einfach für sie sein?

Wieder schaute ich auf ihr Gesicht hinunter. Im Laufe des Sommers hatte ich ihre verschiedenen Lächeln kennengelernt – das nervöse, das falsche, das sie aufsetzte, wenn sie höflich sein wollte, und das echte, das sie mir so oft geschenkt hatte. Und das da, das war das echte. Am liebsten hätte ich das Handy durch den Raum geschleudert.

Aber weil ich eine masochistische Ader besaß, klickte ich stattdessen von Instagram zu Match.com. Ich musste nur »V« eingeben, und ihr Name wurde automatisch angezeigt, wahrscheinlich, weil ich so oft danach gesucht hatte. Auf meinem Display tauchte ihr Profil auf, und ich war wie vom Donner gerührt. Vals Profilstatus war irgendwann in den letzten vierundzwanzig Stunden geändert worden – von *Inaktiv* zu *Aktiv*.

Fuck.

Fuck.

Fuck.

Ich hatte es dem Schicksal überlassen, und ganz offensichtlich hatte das Schicksal mich verarscht.

Während ich immer noch auf mein Handy starrte, kam Jenna von der Toilette zurück.

»Hast du mich vermisst?« Sie klimperte mit den Wimpern,

und auf ihren Lippen schimmerte frisch aufgetragenes Lipgloss.

Ich sollte mit ihr von hier verschwinden. Wenn Val so einfach zum Nächsten weiterziehen konnte, konnte ich das auch.

Aber … Gott, ich war so eine Pussy.

Ich stand auf und kramte in meiner Tasche nach Geld. Dann warf ich genug auf den Tresen, dass es dreimal für unsere Getränke gereicht hätte, sah Jenna an und hielt mein Handy hoch. »Es tut mir leid. Mir ist etwas dazwischengekommen. Ich muss los.«

»Oh, nein. Ist alles in Ordnung?«

»Ja. Nein. Ja. Ich muss nur … für heute Schluss machen. Es tut mir wirklich leid. Es war schön, dich zu sehen, Jenna.«

»Willst du … meine Nummer?«

Ich wollte sie nicht noch mehr beleidigen, als ich es bereits getan hatte, indem ich nicht anrief. »Ich habe vorhin nicht gelogen, als ich sagte, dass ich niemanden treffe. Aber ich habe diesen Sommer jemanden kennengelernt, und ich bin einfach noch nicht über sie hinweg.«

Jenna lächelte traurig. »Die Glückliche.« Sie öffnete ihre Handtasche und reichte mir eine Visitenkarte. »Wenn du Hilfe brauchst, um über sie hinwegzukommen, ruf mich an. Nicht viele Männer hätten zugegeben, was du gerade getan hast, und das weiß ich zu schätzen. Ich mag dich. Es muss nicht mehr sein, als es ist. Ruf an, wenn du einen Abend ein bisschen Gesellschaft brauchst.«

Ich beugte mich vor, küsste sie auf die Wange und nahm ihr die Karte aus der Hand. »Danke, Jenna. Pass gut auf dich auf.«

29. Kapitel

Valentina

»Und? Irgendwelche interessanten Männer bei der Arbeit?« Eve schenkte sich Wein ein, doch ich hielt die Hand über meins, damit sie es nicht ebenfalls nachfüllte.

»Das hast du mich schon vor einer Woche gefragt, als wir zusammen mittaggegessen haben.«

»Ich weiß. Aber du hast immer noch gelitten. Ich hatte gehofft, dir würde jemand auffallen, wenn du wieder anfängst zu lächeln. Und warum willst du keinen Wein mehr?«

Ich zuckte mit den Schultern. »Das Lächeln ist immer noch unecht. Ich werde immer besser darin. Und ich will keinen Wein mehr, weil ich mich nur noch schlechter fühle, wenn ich zu viel getrunken habe.«

Heute war unser Filmabend. Eve und ich hatten schon lange kein monatliches Treffen mehr gehabt. Zuerst war ich den ganzen Sommer über in Montauk gewesen, und als ich endlich wieder zu Hause war, hatte ich in den ersten Wochen bei meiner neuen Stelle alle Handvoll zu tun. Neben einem Informationsabend in der Schule, der Unterrichtsvorbereitung und dem Wiedereingewöhnen zu Hause schien ich nur Zeit zum Trauern zu finden.

Ich war an der Reihe gewesen, den Film auszusuchen, also

hatte ich mir ein trauriges Drama über einen sterbenden Hund ausgeliehen.

»Meine Mutter hatte ein Sprichwort. *Schmerz macht uns stark. Tränen machen uns mutig. Ein gebrochenes Herz macht uns weise. Aber Wein lässt uns diesen ganzen Mist vergessen.*«

Ich hatte versucht, mich von der Melancholie zu befreien, aber ich konnte es einfach nicht überwinden, egal wie sehr ich mich bemühte.

»Als Ryan und ich uns getrennt haben, fühlte ich mich verloren. Ich wusste nicht, wie ich einfach nur ich sein sollte, nachdem wir so lange ein Paar gewesen waren. Aber im Nachhinein muss ich sagen, dass ich Ryan eigentlich nie vermisst habe. Ich habe das bequeme Leben vermisst, das wir zusammen hatten. Es war fast so, wie mit dem Rauchen aufzuhören – man weiß, dass es nicht gut für einen ist … aber wenn man aufhört, hat man das Gefühl, ein großer Teil des Lebens würde einem fehlen. Es ist einfach schwer, sich von der Gewohnheit zu lösen. Bei Ford ist das anders. Ich vermisse *ihn* … nicht die Gewohnheit oder die Zweisamkeit. Ich vermisse es, bis zwei Uhr morgens mit ihm zu reden. Ich vermisse es, wie er mich angesehen hat, als wäre ich etwas Besonderes. Wie er meine Wangen umfasst hat, bevor er mich küsste. Wie er mich zum Lachen gebracht hat. Wenn wir zusammen waren, fühlte sich alles ganz leicht und natürlich an, und er gab mir ein Gefühl von … ich weiß nicht … Sicherheit. Obwohl ich betrogen und verletzt worden war, hatte ich das Gefühl, ihm vertrauen zu können. Verstehst du?«

Das hoffnungsvolle Funkeln in Eves Augen erlosch. »Du liebst ihn wirklich.«

Ich nickte. »Ich weiß noch nicht einmal, wann das passiert ist. In der einen Minute kümmerte ich mich um meine eigenen

Angelegenheiten und lebte meinen Alltag, und in der nächsten konnte ich es kaum erwarten, morgens aufzuwachen. Ich dachte, es sei sicher, die Zeit mit ihm zu genießen, weil ich nie erwartet habe, dass es mehr als das sein würde. Verstehst du? Ich habe einfach nicht damit gerechnet, dass *er* es ist.«

»Ich verstehe. Ehrlich. Ich habe nicht damit gerechnet, dass die Liebe meines Lebens ein Mann in den Fünfzigern sein würde, der einen Mister-Rogers-Pullover trägt und um neun Uhr ins Bett geht. Aber so ist das nun mal – bei der Person, bei der man es am wenigsten erwartet und zum Zeitpunkt, zu dem man es am wenigsten erwartet. Als wir nach vorn schauten, konnten wir nichts sehen. Und dann blicken wir plötzlich kopfschüttelnd zurück – wie konnten wir übersehen, dass das passieren würde, als wir ihn das erste Mal sahen, denn plötzlich ist es sonnenklar.«

Ich seufzte. »Ich muss über ihn hinwegkommen.«

»Bist du sicher, dass du das musst, Val? Vielleicht solltest du mit ihm reden. Vielleicht gibt es einen Grund, warum du nicht über ihn hinwegkommst. Manchmal muss man seinem Bauchgefühl folgen und für das kämpfen, was sich richtig anfühlt. Vielleicht geht es ihm ja genauso.«

»Nein. Es sollte nur ein Sommerflirt sein. Ich bin albern.«

»Du bist nicht albern. Du solltest Zeit haben, um über den Verlust von jemandem zu trauern, der dir so viel bedeutet. Lass es nur nicht zwei Jahre dauern, wie nach der Scheidung. Okay?«

Ich nickte. »Wie auch immer, um auf deine ursprüngliche Frage zurückzukommen, es gibt da einen nett aussehenden Typen bei der Arbeit. Er ist in meinem Fachbereich. Er ist Italiener und hat einen sexy Akzent.«

Eve nippte an ihrem Wein. »Weiter. Erzähl mir mehr.«

Ich zuckte mit den Schultern. »Er ist seit fünfzehn Jahren Lehrer, hat aber erst dieses Jahr angefangen, weil er von Connecticut nach New Jersey gezogen ist. Er ist Witwer und erst vierzig.«

»Wow. Wie ist seine Frau gestorben?«

»Das weiß ich nicht, das hat er nicht erzählt. Er hat nur erwähnt, dass seine Frau vor drei Jahren gestorben und er zurück nach New York gezogen sei, um näher bei seiner Familie zu sein. Er hat eine Teenager-Tochter.«

»Wie ist sein Hintern?«

Ich lachte. »Ist mir nicht aufgefallen.«

»Wie sieht er überhaupt aus?«

»Ich weiß nicht. Italienisch – dunkle Haut, dunkle Augen, dunkles Haar. Er sieht nett aus.«

»*Nett*. Mein Vater auch. Ist er nicht heiß?«

»Was soll ich dir sagen? Es ist schwer, ihn mit dem letzten Mann zu vergleichen, den ich nackt gesehen habe.«

»O Gott. Süße, du kannst nicht alle mit Ford vergleichen. Er ist hinreißend und jung. Wenn du das als Maßstab nimmst, wirst du als alte Jungfer sterben. Der Vergleich ist der Dieb der Freude. Tu das nicht.«

»Ich weiß. Ehrlich. Es braucht nur etwas Zeit.« Ich stand auf, füllte die Chipsschüssel nach und stellte sie vor Eve auf den Couchtisch. »Mark hat mich letzte Woche angerufen.«

»Ach ja? Ich mochte ihn. Er schien nett zu sein.«

»Ist er auch. Wir haben sogar über eine Stunde lang telefoniert. Er sagte, er habe zwei Wochen hin und her überlegt, ob er mich anrufen sollte oder nicht. Aber er wollte sich melden und hören, wie mir das Unterrichten gefällt. Es war schön, mit ihm zu reden. Er hatte einige ziemlich lustige Geschichten über seine ersten Wochen zu erzählen. Er unterrichtet in einem problematischen Viertel in Brooklyn.«

»Und …«

»Er hat gefragt, wie es mit Ford und mir läuft. Ich sagte, es sei vorbei. Er schlug vor, wir sollten uns bald mal treffen. Aber ich glaube, er weiß, dass das zwischen uns nur platonisch ist.«

»Warum? Du solltest mit ihm ausgehen. Wieder am Leben teilnehmen.«

»Das letzte Mal, als du mich gedrängt hast, mit jemandem auszugehen, wurde mir das Herz gebrochen.«

»Ja, aber du hast es wieder getan. Es ist zwanzig Jahre her, dass du mit einem Mann ausgegangen bist. Eigentlich bist du nie mit einem Mann ausgegangen, denn damals waren es nur Jungs. Dies war nur ein Sommer. Es wird leichter, diesmal wieder zurückzufinden als nach einer zwanzigjährigen Ehe.«

Ich war mir nicht so sicher, ob Eve damit recht hatte. »Ich denk drüber nach.«

Sie lächelte. »Das ist mein Mädchen.«

»Hallo, Babe.«

Pah. Hört er jemals zu, was ich sage? Ich hätte meinem ersten Instinkt folgen sollen, als ich den Namen meines Ex-Mannes auf dem Handy hatte aufleuchten sehen.

»Wenn wir uns schon mit Spitznamen anreden, dann benutze ich den, den ich dir nach deinem Auszug gegeben habe.«

Er ignorierte meine Bemerkung. »Hör zu, wegen des Sommerhauses.«

Na toll. Ich muss mit dir reden und werde an meinen Sommer mit Ford erinnert – alles in einem Gespräch. »Was ist damit?«

»Die Reparatur der Pfähle wird etwa dreißigtausend kosten. Aber das ist nur eine vorübergehende Lösung. Um das Haus richtig in Ordnung zu bringen, müssen wir in den nächsten fünf bis sieben Jahren alle Pfähle austauschen, und das kostet ungefähr das Doppelte.«

Wundervoll. Und laut unserer Scheidungsvereinbarung bin ich für die Hälfte davon verantwortlich. »So viel Geld habe ich nicht. Du weißt, dass ich gerade erst wieder angefangen habe zu arbeiten.«

»Ja. So viel hab ich auch nicht. Deshalb denke ich, wir sollten das Haus aufgeben.«

»Was? *Nein!*«

»Der Markt da draußen ist im Moment heiß. Wir könnten fast das Fünffache dessen bekommen, was wir vor fünfzehn Jahren dafür bezahlt haben.«

»Ja, aber was dann? Keiner von uns beiden könnte sich einen Ersatz leisten.«

»Vielleicht findest du ja ein kleines Plätzchen in der Nähe des Leuchtturms, nicht direkt am Strand. Mir gefällt es da draußen eigentlich nicht mehr so richtig, deshalb würde ich dort nicht wieder was kaufen.«

»Ich liebe unser Haus. Wir können es nicht verkaufen.«

»Tja, wenn wir nichts tun, wird es in den nächsten Jahren ins Wasser fallen. Dann löst sich unser Problem von selbst.«

Gott, er war wirklich ein Idiot. »Wir *müssen* etwas tun – für die Reparatur bezahlen.«

»Du willst also sechzigtausend aufbringen?«

»Sechzig? Dreißig wären meine Hälfte.«

»Ich sagte doch, dass ich die dreißig auch nicht habe.«

»Aber unsere Scheidungsvereinbarung sieht vor, dass jeder von uns die Hälfte zahlt.«

»Ich kann nicht bezahlen, was ich nicht habe.«

Ryan verdiente gut. Doch er zahlte mir Unterhalt und Studiengebühren für unseren Sohn und musste auch noch sein eigenes Haus abbezahlen. Gern hätte ich mich mit ihm gestritten und gesagt, das sei sein Problem, aber im Grunde war es *unser* Problem, und es wurde *mein* Problem, wenn ich das Sommerhaus behalten wollte.

»Und wenn wir eine Hypothek auf das Haus in Montauk aufnehmen, um die Reparatur zu bezahlen?«

»Ich kann mir keine weiteren Raten leisten, Val.«

»Ich werde es bezahlen. Ich habe jetzt einen Job. Du musst nur noch zwei Jahre Unterhalt zahlen. Wenn das vorbei ist, kannst du mir helfen, es abzuzahlen.«

»Erkundige dich, ob du überhaupt eine Hypothek bekommst, dann reden wir darüber. Ansonsten haben wir wohl keine andere Wahl, als es zu verkaufen.«

Toll. Wenn die Bank sieht, dass ich gerade mal seit einem Monat einen Job habe, wird sie sich bestimmt regelrecht darum reißen, mir einen Kredit zu geben.

30. Kapitel

Ford

»Ford? Bist du das?«

Mist.

Ich ging mittlerweile so gut wie jeden Tag an Eves Restaurant vorbei, aber es war das erste Mal in vier Wochen, dass ich ihr begegnete. Ich war gerade ein paar Schritte an der Tür vorbei, als sie herauskam und nach mir rief.

»Oh, hallo. Ich war gerade in der Nähe. Ich hab ein Meeting ein paar Blocks weiter, sonst hätte ich vorbeigeschaut.« *Ja, klar.*

Eve schenkte mir ein skeptisches Lächeln, aber ich war mir nicht sicher, welchen Teil meiner Lüge sie mir nicht abnahm. Sie deutete mit dem Daumen auf das Restaurant hinter ihr. »Ich habe gerade die Tische für die Reservierungen zum Abendessen eingedeckt, als ich dich vorbeigehen sah.«

Ich nickte und schob die Hände in die Hosentaschen. Ich war wirklich ein beschissener Lügner. »Wie läuft's?«

Sie legte den Kopf schief. »Gut. Viel zu tun. Und bei dir?«

»Gut. Gut.« Ich musste fragen. Es wäre unhöflich gewesen, es nicht zu tun. »Wie geht's Valentina?«

Sie schien erst über ihre Antwort nachzudenken. »Ihr geht's super. Der Job ist toll. Und sie hat einen Italienischlehrer kennengelernt. Sie kommt langsam wieder in Schwung.«

»Einen Italienischlehrer?« Offensichtlich musste ich das Wort erst einmal selbst aussprechen.

Eve zuckte mit den Schultern, als würden sich die nächsten Worte nicht anfühlen, als hätte sie mir einen Tritt in die Eier verpasst. »Natürlich lässt sie es langsam angehen. Das ganze Dating ist neu für sie.«

Ich schluckte und nickte, konnte meinen Schmerz aber nicht mehr mit einer künstlich aufgesetzten fröhlichen Miene verbergen. »Ich muss los.«

»Alles klar.« Eve lächelte, als hätte sie es genossen, mir diesen Schlag zu versetzen. »Dein Meeting? Du hast wohl viele hier in der Nähe. Immer auf dem Weg. Bis dann, Ford.«

Die ganze Nacht und den nächsten Morgen war ich zu nichts zu gebrauchen. Ich saß in einer Besprechung und las einige E-Mails, aber ich könnte weder sagen, was ich gehört, noch was ich gelesen hatte. Gott sei Dank war Freitag, und so machte ich schon um zwei Uhr Feierabend.

Meine Assistentin sah auf. »Verspätetes Mittagessen heute?«

Ich schüttelte den Kopf. »Ich fahre rüber zum Gebäude in Long Island City und sehe nach dem Rechten. Danach komme ich nicht mehr rein. Wenn Sie mich brauchen, können Sie mich auf dem Handy erreichen.«

»Okay. Schönes Wochenende.«

»Ja. Ihnen auch, Esmée.«

Ich ging zu Fuß zur Arbeit, doch mein Auto stand in einer Garage ein paar Blocks vom Büro entfernt. Da es noch früh war, schaffte ich es in weniger als einer halben Stunde durch die Stadt und den Tunnel nach draußen. In meinem Kopf ging ich immer wieder alles durch, was ich mit Valentina erlebt hatte – von unserer gemeinsamen Zeit bis zu dem, was Eve gestern Abend gesagt hatte. Das einzig Gute war, dass mich mein Liebeskummer davon abhielt, über meinen Vater und den ganzen Mist nachzudenken, der in Chicago passiert war.

Es war ein wunderschöner, warmer Tag – davon würden wir nicht mehr allzu viele haben, nachdem es fast Mitte Oktober war. Also beschloss ich, an der nächsten Ausfahrt vom Expressway abzufahren und das Verdeck des Wagens zu öffnen. Etwas frische Luft würde mir helfen, auf der halbstündigen Fahrt einen klaren Kopf zu bekommen. Doch als das Dach zurückfuhr, sah ich statt des blauen Himmels nur eine Reklametafel.

Eine verdammte Match.com-Werbung über drei Stockwerke.

Ich lachte sarkastisch und schüttelte den Kopf. *Vergiss das Schicksal*, stand da. *Nimm deine Zukunft selbst in die Hand. Melde dich noch heute bei Match.com an. Sie wartet auf dich.*

Das Universum verarscht mich heute wirklich.

»Nein«, brummte ich. »Sie wartet nicht auf mich.«

Ich atmete tief durch, legte den Gang ein und schaltete das Radio ein – in dem ein Song endete und ein neuer anfing. Einer von den Backstreet Boys. Ich streckte den Arm aus, um es auszuschalten, konnte mich aber nicht dazu durchringen, den verdammten Knopf zu drücken.

Das Schicksal vergessen? Das war ziemlich schwer, wenn es einem ständig irgendwelchen Mist vor die Füße warf.

Long Island Expressway West – Manhattan.

Das große grüne Straßenschild vor mir zeigte einen Pfeil, der auf die beiden linken Fahrspuren zeigte. Auf dem Schild daneben zeigte ein Pfeil nach rechts.

Long Island Expressway East – Eastern Long Island.

Links ging es nach Hause. Doch als ich an die Straßengabelung kam, lenkte ich in letzter Sekunde nach rechts und nahm die Abzweigung Richtung Osten.

Warum? Ich hatte keine verdammte Ahnung. Es fühlte sich einfach an, als müsste ich aus irgendeinem Grund nach Montauk fahren. Vielleicht um einen klaren Kopf zu bekommen … Ich wusste es nicht. Aber an den Ort zu fahren, der mich an die scheinbar glückliche Ehe meiner Eltern und an die Frau erinnerte, die ich liebte und die sich gerade mit einem anderen Mann traf, war wahrscheinlich nicht der beste Ort, um Klarheit zu finden.

Doch sobald ich auf der Straße war, gab es kein Zurück mehr. Aus irgendeinem Grund war dies der Ort, an dem ich heute sein musste.

Im Herbst war der Verkehr nicht allzu schlimm, und ich fuhr den Old Montauk Highway hinunter, als gerade die Sonne unterging. Ich hatte das Verdeck noch heruntergefahren, und die Lufttemperatur schien in der Dämmerung und der vom Meer herüberwehenden Brise um einige Grade zu fallen. Um diese Jahreszeit war Montauk eine Geisterstadt. Die meisten Einfahrten, an denen ich vorbeifuhr, waren leer, auch die neben meiner – nicht, dass ich etwas anderes erwartet hätte. Ich fuhr in unsere benachbarten Einfahrten, und das Knirschen des Kieses unter meinen Reifen erinnerte mich so sehr an den Sommer.

Ohne Koffer oder sonstiges Gepäck parkte ich und atmete tief die frische Luft ein. Ich schloss die Augen und roch das Meer und den Sommer. Vielleicht war es wirklich das, was ich brauchte, um mich besser zu fühlen.

Doch dieser flüchtige Gedanke hielt nicht lange an. Er verflüchtigte sich in dem Moment, als ich die Augen öffnete und aus dem Auto stieg.

Was zur Hölle?

Was soll das?

Warum hatte ich das nicht schon bemerkt, als ich in die Einfahrt eingebogen war?

Ich war auf der Suche nach etwas hergekommen – vielleicht nach einem Zeichen, dass es an der Zeit war, mit Valentina abzuschließen. Aber ich hatte nicht damit gerechnet, dass dieses Zeichen so deutlich sein würde.

Es grüßte mich vom Nachbarrasen.

Sotheby's
Zu verkaufen
Exklusiv bei uns

Ich fühlte mich, als säße ich in einem fremden Haus – als wäre ich in einem Airbnb gelandet, das ich fürs Wochenende gemietet hatte, und nicht auf der Terrasse, auf der ich mich so ziemlich mein ganzes Leben lang zu Hause gefühlt hatte. Es war beschissen, das Gefühl zu haben, nicht mehr hierherzugehören. Dabei hatte es sich diesen Sommer so angefühlt, als wäre es der einzige Ort, an den ich gehörte. Was für eine Veränderung in so kurzer Zeit.

Ich hatte überlegt, in die Stadt zu fahren und eine Flasche von, na ja, irgendetwas zu kaufen, um das Schild draußen zu vergessen. Aber ich war hergekommen, um Klarheit zu gewinnen, und meine Sorgen zu ertränken, würde die Dinge nur noch wirrer machen.

Stattdessen setzte ich mich auf die hintere Terrasse und verfolgte den Rest des Sonnenuntergangs. Ich blickte hinüber zur leeren Nachbarterrasse und dann zurück zu der Stelle, an der wir zum ersten Mal zu ihrer Lieblingsmusik getanzt hatten. Sie hatte an dem Tag so gut gerochen. Ich atmete tief ein und schloss die Augen. Vielleicht war ich ja verrückt, aber ich konnte ihren Duft riechen, ihr Lachen sehen, wenn ich sie in die Arme nahm, und spüren, wie sich ihr weicher Körper an meinen schmiegte. *Das* fühlte sich jetzt wie mein Zuhause an. Ohne sie kam mir alles leer vor. Es lag nicht am Haus oder dem Ort – es lag an mir, in mir herrschte Leere.

Ich öffnete die Augen, und es passierte etwas total Abgefahrenes. Genau dort, wo ich mit Valentina getanzt hatte, sah ich meine Eltern tanzen – so wie sie es immer getan hatten. Meine Mutter trug das weiße fließende Kleid, das sie immer angezogen hatte, wenn sie aus der Dusche kam, und mein Vater eine marineblaue Badehose. Sie sahen so gottverdammt glücklich aus. Was für ein Theater.

Ich saß draußen und sah Dinge, die schon lange nicht mehr da waren, bis es so dunkel war, dass ich die Nachbarterrasse nicht mehr sehen konnte. Dann ging ich nach drinnen. Da es schon spät war, wollte ich hier übernachten. Die Putzkolonne hatte alle Betten abgezogen, also ging ich hoch ins Zimmer meiner Eltern, wo die Ersatzdecken aufbewahrt wurden, um einfach auf der Couch zu schlafen. Aber als ich eine Decke herunterzog, purzelte etwas mit ihr heraus – direkt auf den Boden und zerschellte.

Die Einmachgläser meiner Eltern.

Jedenfalls eins von ihnen. Das andere klemmte hinten im Schrank hinter den restlichen Decken.

Na toll. Genau, was ich brauchte. Scherben, die ich wegräumen musste, und noch mehr Erinnerungen an ein Leben, das auf einer Lüge aufgebaut war.

Ich ging zum Küchenschrank, um Handfeger und Kehrschaufel zu holen, dann wieder nach oben ins Schlafzimmer, um die Scherben zusammenzufegen. Gott weiß warum, aber ich nahm die gefalteten kleinen Papierstreifen aus dem Scherbenhaufen und legte sie auf die Kommode. Ohne sie anzuschauen, war ich mir nicht einmal sicher, von wem sie stammten – von meiner Mutter oder meinem Vater.

Nachdem ich mit dem Aufräumen fertig war, nahm ich die Zettel in die Hand und öffnete die oberste Schublade, um sie dort vorläufig unterzubringen.

Doch als ich die Schublade schließen wollte, konnte ich es nicht.

Ich nahm einen der kleinen Zettel in die Hand und starrte auf ihn hinunter. Es kam mir wie ein Eingriff in ihre Privatsphäre vor, sie zu lesen, aber es fühlte sich so an, als wäre ich aus einem bestimmten Grund hier. Vielleicht war dies ein Teil davon. Das Schicksal hatte mich schon den ganzen Tag an diesen Ort gelockt, warum also jetzt aufhören? Vorsichtig entfaltete ich den ersten Zettel und las ihn.

Weil ich dir gesagt habe, dass du in letzter Zeit nachts immer die Decke in Beschlag nimmst, und du heute zwei Decken bezogen hast, damit jeder von uns eine haben kann.

Ich lächelte. Das klang nach etwas, das meine Mutter getan hätte. Offenbar hatte ich das Glas meines Vaters erwischt. Dadurch fühlte es sich etwas weniger übergriffig an – ich scherte mich wesentlich weniger darum, ob ich seine Privatsphäre verletzte. Ich nahm einen weiteren Zettel aus der Schublade und faltete ihn auseinander.

Weil du heute Nachmittag eine Stunde lang mit Annabella geschwommen bist, obwohl du eigentlich nur am Strand sitzen und dein Buch lesen wolltest.

Das war schön. Obwohl ich ihm deshalb nicht weniger übel nahm, was er getan hatte.

Weil du, als ich ins Bad ging, um mich bettfertig zu machen, schon Zahnpasta auf meine Zahnbürste getan hattest.

Ich las den nächsten.

Weil du den ganzen Weg in die Hamptons gefahren bist, um das Buch zu besorgen, das ich unbedingt sofort lesen wollte, als es herauskam, und mich damit überrascht hast.

Ich fing an, mich über all die Erinnerungen daran zu ärgern, wie gut meine Mutter zu meinem Vater gewesen war. Wie zum Teufel hatte er sie betrügen können, wenn sie doch so aufmerksam gewesen war? Mit angespanntem Kiefer öffnete ich weitere Zettel.

Weil du mir verziehen hast, als ich es nicht verdiente.

Ich erstarrte. Wusste sie es? Da sie zusammengeblieben waren, hatte ich angenommen, dass sie keine Ahnung gehabt hatte. Ich wusste, dass Paare manchmal über das Fremdgehen hinwegkamen, aber es musste schwierig sein, und ich hatte nie Anzeichen für schwere Zeiten bemerkt. Von außen betrachtet, hatten meine Eltern eine Bilderbuchehe geführt. Ich hob einen weiteren Zettel auf … es waren noch ein Dutzend oder so übrig.

Weil du Der Bachelor *schaust, nur weil ich es so mag, obwohl du es hasst.*

Ich zog die Brauen zusammen. Mein Vater hatte diese Sendung gehasst, und doch saß er jede Woche bei meiner Mutter, wenn sie sie sich anschaute. Ich las noch einmal alle Zettel, die ich bereits geöffnet hatte. Ich hatte angenommen, dass es die Notizen meines Vaters waren, aber als ich die Handschrift genauer betrachtete, stellte ich fest, dass ich die ganze Zeit die Zettel aus dem Glas meiner Mutter gelesen hatte.

Aber was zum Teufel hatte er ihr zu verzeihen gehabt?

Ich las weiter und wurde noch misstrauischer. Aus dem Rest erfuhr ich nicht mehr darüber, was zwischen den beiden vorgefallen war, bis ich zum allerletzten kam.

Weil, auch wenn das Schicksal uns füreinander bestimmt hat, wir manchmal darum kämpfen müssen, zusammen zu bleiben. Und du erinnerst mich jeden Tag daran, dass wir den Kampf wert sind.

Ich konnte nicht schlafen. Das Blut schien so schnell durch meine Adern zu pumpen, dass ich mich nicht einmal hinlegen konnte. Ich lief im Wohnzimmer auf und ab. Alles war einfach so beschissen. Mein Vater hatte meine Mutter betrogen, vielleicht hatte meine Mutter meinen Vater betrogen, oder sie hatte ihm auf andere Weise wehgetan. Vielleicht wusste sie von seiner Affäre und hatte sich entschieden, trotzdem zu bleiben. Vielleicht hatte sie sogar selbst eine gehabt. Ich würde es nie erfahren, und zu diesem Zeitpunkt wollte ich es auch gar nicht wissen.

Das Beschissenste an der ganzen Sache war, dass ich durch sie herauszufinden versuchte, wie ich mein eigenes Leben gestalten sollte. Bevor ich nach Chicago gereist war, war ich mir wegen Valentina und mir so sicher gewesen. *Sie* war diejenige, die Zweifel gehabt hatte. Und als ich zurückkam, hatte sie offensichtlich beschlossen, dass wir versuchen sollten, die Sache zwischen uns nach dem Sommer fortzusetzen – genau das, was ich wollte. Und ich war der Idiot, der sie weggestoßen hatte. *Sie gedrängt hat, wieder zu einem Date zu gehen.* Bei dem Gedanken an das Foto von ihr und diesem Typen auf Instagram schüttelte ich den Kopf.

Verdammt gute Arbeit, Ford.

Toll gemacht!

Wenn du etwas liebst, lass es frei, und wenn es nicht zurückkommt, war es nie deins.

Das war doch ein Haufen Mist.

Wenn du etwas liebst und es freigibst – geschieht es dir ganz recht. Du hättest an dem Mist festhalten sollen.

Wenn sie nächstes Jahr noch hier ist, ist das ein Zeichen.

Ja. Da draußen stand ein Schild, schon klar.

Zum. Verdammten. Verkauf.

Ich raufte mir die Haare, zerrte an einzelnen Strähnen.

Was zum Teufel hatte ich mir dabei gedacht?

Wenn man jemanden liebt, geht man nicht weg. *Niemals.*

Fuck.

Fuck.

Fuuuuuck.

Ich musste sie sehen.

Bevor es zu spät war.

Wenn es das nicht schon war.

31. Kapitel

Valentina

Man kann nicht vorhandene Gefühle genauso wenig herbeizaubern, wie man vorhandene Gefühle wegzaubern kann.

Das Treffen meiner ehemaligen Arbeitsgruppe heute Abend war nett, und ich war froh, dass ich beschlossen hatte, nicht mehr länger Trübsal zu blasen und hinzugehen.

Allison hatte keine unbefristete Vollzeitstelle gefunden und eine Stelle als Vertretungslehrerin für den gesamten Bezirk angenommen. Im Grunde genommen spielte sie sechs Unterrichtungsstunden am Tag »Setz dich und halt die Klappe«. Sie war nicht begeistert, aber es hieß, dass ein Italienischlehrer in ihrem Bezirk Ende des Jahres in den Ruhestand ginge, und so hatte sie immerhin schon einen Fuß in der Tür. Desiree hatte eine dreimonatige Schwangerschaftsvertretung übernommen. Es schien, als hätten Mark und ich Glück gehabt, dass wir Vollzeitstellen mit Sozialleistungen für ein Jahr gefunden hatten.

Ich war mit der Bahn zum Restaurant gefahren, um ein oder zwei Gläser Wein trinken zu können, und nach dem Essen bot Mark mir an, mich nach Hause zu fahren. Mein Haus lag praktisch auf seinem Weg, deshalb wäre es seltsam gewesen, abzulehnen.

Als wir bei mir ankamen, stellte er den Wagen auf Parken

und drehte sich zu mir um. »Es war schön heute Abend. Ich bin froh, dass du gekommen bist.«

Ich lächelte. »Ich auch.«

Er fing meinen Blick auf. »Also … die Sache mit dir und dem jungen Typen ist vorbei?«

Ich schluckte. »Ja.«

Mark nickte. »Du schienst glücklich mit ihm zu sein.«

»Das war ich.«

Er nickte erneut und schaute einen Moment weg. »Wenn es mit ihm nichts wird, würde ich dich gern mal ausführen … als Freunde … oder auch mehr.«

Es schien mir eine seltsame Formulierung … wenn es mit ihm nichts wird …, nachdem ich gerade zugegeben hatte, dass wir uns getrennt hatten. Mark sah die Verwirrung in meinem Gesicht.

Er deutete mit dem Kinn in Richtung Haus. »Ich bin nicht sicher, ob er weiß, dass ihr euch getrennt habt.«

Verwirrt drehte ich mich um und sah in die Richtung, in die Mark gedeutet hatte. Mein Herz setzte einen Schlag aus.

O mein Gott!

Ford.

Er saß in der Dunkelheit auf meiner Veranda.

»Ich … ich … habe ihn nicht erwartet.«

»Das sehe ich. Kommst du klar?«

Körperlich, ja. Mental, wahrscheinlich nicht. »Also … Ja … sicher.«

Ich wollte aus dem Auto aussteigen, konnte mich aber irgendwie nicht bewegen.

Zum Glück war Mark ein Gentleman. Während ich den Mann anstarrte, der vor meinem Haus saß, stieg er aus, ging zur Beifahrerseite und öffnete mir die Tür. Er reichte mir die

Hand und half mir aus dem Auto. Doch meine Füße wollten sich immer noch nicht vom Fleck bewegen.

Mark lächelte traurig. »Ich würde dir ja gern einen Kuss auf die Wange geben, aber ich habe das Gefühl, dass mir dann die Zähne ausgeschlagen werden. Also sage ich einfach gute Nacht. Soll ich dich noch zur Tür bringen?«

»Hmmm … Nein, alles in Ordnung.« Ich machte zögernd ein paar Schritte und drehte mich dann noch mal um. »Mark?«

Er sah auf.

»Danke, dass du so ein guter Freund bist.«

Er nickte resigniert. »Jederzeit, Val. Jederzeit.«

Irgendwie schaffte ich es, einen Fuß vor den anderen zu setzen, und Mark fuhr los. Als ich die Treppe erreichte, stand Ford auf.

»Hallo.« Seine Stimme war rau, und er wirkte etwas zerzaust, aber Gott, er sah so verdammt gut aus. Das Gefühlschaos, das ich nach der Trennung empfunden hatte, kehrte mit voller Wucht zurück. Mein Puls raste, nur weil ich in seiner Nähe war, doch mein Verstand schrie: *Lauf weg!* Er übte eine derart starke, magnetische Anziehungskraft auf mich aus, dass es wie ein Kampf gegen die Schwerkraft war.

»Was machst du hier?«

Er schaute zu Boden, und es wirkte irgendwie beschämt. *Himmel! Ist er gekommen, um Sex zu haben?*

»Können wir … reingehen?«

Meine Gefühle spielten total verrückt. In der einen Minute empfand ich Hoffnung und Wärme, in der nächsten Wut und Kälte.

Ich schob mich an ihm vorbei die Treppe hinauf. »Geh in eine Bar, Ford. Du wirst bestimmt keine Probleme haben, eine zu finden, mit der du die Nacht verbringen kannst.«

»Was? Nein!« Er streckte die Hand aus und packte meinen Arm. »Das … deshalb bin ich nicht hier.« Er fuhr sich mit der Hand durchs Haar. »Ich meinte, können wir reingehen und reden?«

Ich schaute in seine Augen und sah nichts als Aufrichtigkeit. Und vielleicht auch ein bisschen Angst. Ich nickte. »Okay. Komm rein.«

Meine Schlüssel klirrten in meiner zitternden Hand, als ich sie aus der Handtasche holte und das Schloss öffnete. Ford folgte mir hinein.

Ich zeigte aufs Wohnzimmer. »Gib mir nur eine Minute. Ich bin gleich da.«

Ich zog meinen Mantel aus und hängte ihn auf, dann ging ich auf geradem Weg ins Bad. Ich brauchte einen Moment, um mich zu sortieren. Aber fünf Minuten reichten dafür nicht aus, und so ging ich genauso verwirrt wieder hinaus, wie ich hereingekommen war.

»Möchtest du was trinken?« Ich brauchte auf jeden Fall etwas.

Ford schüttelte den Kopf. »Nein, dankc.«

Ich ging in die Küche und schenkte mir ein sehr volles Glas Wein ein.

»Dein Haus ist wirklich schön. Die Lampenschirme gefallen mir.«

Das brachte mich zum Lächeln. Er hatte sich die eine Sache ausgesucht, die Ryan am meisten hasste.

»Danke. Ich hatte vergessen, dass du noch nie hier warst.«

Ford saß im Sessel, und ich ließ mich ihm gegenüber auf der Couch nieder. Er stützte sich mit den Ellbogen auf den Knien ab und hatte den Kopf in die Hände gelegt. Zuerst hatte ich gedacht, er sähe etwas zerzaust aus, weil er betrunken wäre, aber jetzt erkannte ich, dass er gestresst war.

»Ist alles in Ordnung?«

Er schüttelte den Kopf. »Nein.«

O Gott! Ich spürte Panik in mir aufsteigen. »Ist mit Bella alles okay?«

Er nickte. »Ja, ja. Ihr geht es gut. Allen geht es gut.«

»Okay …«

Er starrte noch eine ganze Weile auf den Boden, bevor er mir schließlich in die Augen schaute. »Nein, das stimmt nicht. Nicht allen geht es gut. Ich bin total durcheinander.«

Ich stellte das Weinglas auf den Tisch. »Was ist los? Du machst mich nervös.«

Er schüttelte den Kopf. »Tut mir leid.« Nach einer Minute stand er auf, setzte sich neben mich auf die Couch und nahm meine Hand in seine.

Ich versuchte, die Erschütterung zu verbergen, die seine Berührung in mir auslöste, indem ich den Blick auf unsere ineinandergelegten Hände gerichtet hielt.

Schließlich legte Ford zwei Finger unter mein Kinn und hob es an, sodass sich unsere Blicke trafen. »Ich weiß nicht, wo ich anfangen soll.«

»Sag einfach, was dir durch den Kopf geht.«

Seine Finger lagen noch immer unter meinem Kinn, und er strich zärtlich mit dem Daumen über meine Wange. »Ich hab dich so sehr vermisst.«

Ich schloss die Augen. Das wollte ich mehr als alles andere hören, aber ich hatte Angst zu glauben, dass diese Worte mehr bedeuteten. Der letzte Monat war so hart gewesen, und ich wollte keinen Rückschritt machen.

Ford drückte meine Hand. »Als ich nach Chicago gefahren bin, habe ich herausgefunden, dass mein Vater eine Affäre hatte.«

»Wie bitte?«

»Das ist eine lange Geschichte, aber die Immobilienmaklerin erwähnte ein paar Dinge, die nicht stimmten – zum Beispiel, dass sie meiner Mutter ein paarmal begegnet sei, obwohl ich wusste, dass sie nie in Chicago gewesen war.« Er zuckte mit den Schultern. »Ich bin dem nachgegangen und habe eine Frau kennengelernt, mit der mein Vater über mehrere Jahre zusammen war.«

Ich legte die Stirn in Falten. »Aber das ergibt doch keinen Sinn. Deine Eltern waren die glücklichsten Menschen, die ich kannte. Sie waren so verliebt.«

Er nickte und stieß einen tiefen Seufzer aus. »Das habe ich auch gedacht. Aber anscheinend hatte mein Vater eine Art Midlife-Crisis – er dachte, er würde etwas verpassen und es könnte noch was Besseres geben. Er war seit der Highschool mit meiner Mutter zusammen gewesen und hatte keine Erfahrungen mit anderen Frauen.«

Wir schwiegen. Ich musste erst einmal verdauen, was er gesagt hatte. Es schien unvorstellbar, dass einer seiner glücklichen Eltern fremdgegangen war. Aber vermutlich hätten einige Leute das Gleiche über meine Ehe gesagt.

»Bist du sicher?«

Er zuckte mit den Schultern. »Sie hat es zugegeben. Es ging über Jahre.«

Obwohl das eine verrückte Nachricht war, fragte ich mich, warum er mir das nicht schon früher erzählt hatte. Natürlich war Ryan da gewesen, als Ford von seiner Reise zurückkam, aber wir hatten die letzte Nacht zusammen verbracht und genug Zeit zum Reden gehabt.

Dann fiel mir wieder ein, was er gesagt hatte, und allmählich fügte sich alles.

Mein Vater dachte, er würde etwas verpassen und es könnte noch was Besseres geben. Er war seit der Highschool mit meiner Mutter zusammen gewesen und hatte keine Erfahrungen mit anderen Frauen.

Ich hatte Ford den ganzen Sommer über gesagt, dass ich Erfahrungen sammeln müsse, weil ich immer nur mit Ryan zusammen gewesen war. Als er das von seinem Vater erfahren hatte, dachte er wohl, dasselbe würde zwischen uns passieren, wenn wir uns nicht trennten.

Ich blickte in seine traurigen Augen. »Ich wollte nicht, dass es zu Ende geht. Das habe ich versucht, dir in unserer letzten gemeinsamen Nacht zu sagen.«

Er nickte. »Ich weiß. Aber ich dachte, es müsste so sein. Ich dachte, vielleicht nächsten Sommer … wenn du etwas Zeit hattest.«

»Du wolltest, dass ich bis zum nächsten Sommer andere Männer date?«

Er schnaubte. »Verdammt, nein. Aber ich dachte, so müsse es sein … das wäre das Beste für dich.«

Ich schüttelte den Kopf und traute mich nicht, die Frage zu stellen. »Und jetzt? Denkst du immer noch, dass es so sein muss?«

»Wahrscheinlich sollte es das.« Er schwieg eine lange Weile, dann sah er mir so tief in die Augen, dass ich seinen Blick in mir spürte. »Aber ich liebe dich so sehr, dass ich es einfach nicht kann.«

Tränen stiegen mir in die Augen. »Du liebst mich?«

»Ich habe dich fast von Anfang an geliebt. Ich habe nur eine Weile gebraucht, um es mir einzugestehen, weil du so sicher warst, dass wir nicht zusammen sein sollten.«

»Ich hatte Angst, wieder verletzt zu werden. Ich dachte,

wenn wir körperlich getrennt blieben, würde mein Herz nicht gebrochen werden. Aber körperlich getrennt zu sein, bedeutet nicht, dass dein Herz loslassen kann.«

Ford atmete tief ein und schien sich innerlich zu wappnen. »Bist du … mit Mark zusammen?«

Ich schüttelte den Kopf. »Nein. Überhaupt nicht. Ich war mit ihm, Allison und Desiree zum Abendessen aus. Er hat mich nur nach Hause gefahren.«

»Und der Typ von neulich Abend?«

»Welcher Typ?«

»Den Eve auf Instagram gepostet hat?«

»Er leitet am Wochenende das Restaurant. Das Bild wurde vor ein oder zwei Jahren an seinem Geburtstag aufgenommen. Wir hatten ihm nach Restaurantschluss gerade ein Ständchen gebracht. Er ist glücklich verheiratet und hat vier Töchter. Ich weiß gar nicht, warum sie es neulich gepostet hat. Ohne jeden Bezug.«

Ford stieß lange die Luft aus und fuhr sich mit den Fingern durchs Haar. »Seit du dein Profil auf Match.com wieder aktiviert hast, bin ich ein Wrack.«

Ich stutzte. »Ich habe mein Profil nicht wieder aktiviert.«

»Nein?«

»Ich habe mich vor dem Sommer zum letzten Mal dort eingeloggt.«

Da fiel mir ein, dass ich nicht die Einzige war, die Zugang zu meinem Account hatte. Eve hatte ihn eingerichtet. Ein reaktiviertes Profil, ein Bild von mir auf Instagram, auf dem ich lächelnd neben einem anderen Mann saß … Irgendetwas sagte mir, dass das keine Zufälle waren. Ich musste lachen.

»Was ist so lustig?«

»Du, eifersüchtig.«

Er hob die Brauen. »Du findest es lustig, dass ich durchdrehe?«

»Ja. Es geschieht dir recht dafür, dass du mich abserviert hast. Ich finde, ich sollte ein paar Dates haben und ein Bild auf Instagram posten, nur für dich.«

Fords Kiefermuskeln spannten sich an, aber ein Grinsen konnte er kaum verbergen. Er beugte sich vor, hob mich hoch und warf mich mit einer geschickten Bewegung auf den Rücken.

Als er über mir lehnte, strich er mir eine Haarsträhne aus dem Gesicht. »Können wir weitermachen, wo wir aufgehört haben?«

»Du meinst, du schleichst herum wie ein Teenager und versteckst dich vor meinem Sohn und deiner Schwester?«

Er rieb seine Nase an meiner. »Nein, ich meine, dass wir uns noch mehr verlieben.«

Ich schüttelte den Kopf. »Ich glaube nicht, dass ich das kann, Ford.«

Die Enttäuschung in seinem Gesicht war unübersehbar, und der Schmerz in seinen Augen echt. Ich konnte ihn nicht so verletzen, auch nicht nach dem, was er mir angetan hatte.

Ich streckte die Hand hoch und streichelte seine Wange. »Ich kann nicht, weil ich bezweifle, dass es möglich ist, sich noch mehr in dich zu verlieben.«

Er ließ das Kinn auf die Brust sinken und stieß ein tiefes Lachen aus. »Ich werde wohl noch lange büßen müssen, oder?«

Ich grinste. »O ja.«

Ford drückte seine Lippen auf meine, und sofort durchströmte eine Wärme meinen Körper, die ich seit dem Sommer vermisst hatte. Gott, ich hatte ihn so sehr vermisst.

»Es tut mir leid«, flüsterte er. »Ich hätte es nie beenden dürfen. Ich dachte, wenn ich dich gehen lasse und du dann zurückkommst, würdest du für immer mir gehören.«

»Wenn jemand bereits in deinem Inneren ist, kannst du sein Herz nicht einfach loslassen. Der einzige Weg, die Verbindung zu lösen, ist, sie zu brechen.«

»Ja. Das weiß ich jetzt. Weißt du noch, als du mich gefragt hast, ob es möglich ist, die richtigen Gefühle zur falschen Zeit zu haben?«

Ich nickte. »Damals hatte ich eine Heidenangst.«

»Die hatten wir beide, nur zu unterschiedlichen Zeiten. Die Wahrheit ist, dass man die richtigen Gefühle nie zur falschen Zeit haben kann, weil es für die richtige Person nie eine falsche Zeit gibt.«

Ich sah ihm in die Augen. »Hören wir auf, voreinander wegzulaufen.«

Ford legte seine Stirn an meine. »Ich liebe dich wie verrückt, Valentina. Ich liebe es, dass du kein Rhythmusgefühl hast, dich das aber nicht vom Tanzen abhält. Ich liebe es, dass du niest, wenn du nervös bist, und trotzdem versuchst, so zu tun, als wärst du ganz gelassen. Ich liebe das Geräusch, das du von dir gibst, wenn du kommst, und dass du dich mir so sehr hingibst, dass es dir nicht einmal bewusst ist. Ich liebe es, dass du wieder zur Uni gegangen bist und all die Dinge nachholen willst, die du nicht machen konntest. Aber vor allem liebe ich dich, weil ich es *muss* … Ich kann dich nicht *nicht* lieben. Ich habe es versucht, und es ist physisch unmöglich.«

»Gott, Ford. Ich liebe dich auch. Und ich will, dass die ganze Welt das weiß. Einschließlich meines Sohnes.«

»Gut. Ich helfe dir, es allen zu erzählen.« Er umfasste meine Taille und hob mich hoch, dann saß ich plötzlich rittlings auf seinem Schoß. »Als Erstes erzähle ich es dem Typen, der dich heute Abend nach Hause gebracht hat.«

32. Kapitel

Ford

Ich warf die Schlüssel auf den Tisch und rief: »Val?«

»Ich bin oben und zieh mich um.«

»Wir haben für halb neun reserviert. Lass dir nicht zu viel Zeit.«

Ich hatte am Nachmittag ein spätes Meeting gehabt, und heute Abend war Elternabend an ihrer Schule, darum gingen wir essen. Es war eine verdammt lange Woche gewesen, und es war noch nicht einmal Freitag.

Val war wegen der Elterngespräche ein Nervenbündel gewesen, vor allem wegen der wenigen Schülerinnen und Schüler, die in ihrer Klasse nicht so gut abschnitten. Erschwerend kam hinzu, dass sie am letzten Wochenende, als sie eine kleine Zusammenfassung der Notizen zu jedem und jeder Einzelnen vorbereiten wollte, unerwartet Besuch bekommen hatte, der den Großteil ihrer Zeit in Anspruch nahm.

Ihr Sohn hatte sie wieder überrascht und war früher für die Winterferien nach Hause gekommen. Also, eigentlich hatte er uns beide überrascht. Valentina hatte ihm noch nichts von uns erzählt. Sie wollte es ihm persönlich sagen, wenn er in den Ferien nach Hause kam, und nicht am Telefon. Ihr Plan war, einen Abend mit ihm allein essen zu gehen, um mit ihm zu reden, und dann ein oder zwei Abende später zu dritt essen zu gehen. Aber wie alles zwischen Val und mir lief auch das nicht ganz so wie geplant.

Ryans Flug sollte letzten Samstag um acht Uhr abends landen. In den letzten Monaten hatten wir abwechselnd bei dem jeweils anderen übernachtet. Nachdem Bella wieder an der Uni und ihr Sohn auch nicht da war, hatten wir uns angewöhnt, halb nackt herumzulaufen und gelegentlich auf dem Küchenboden zu vögeln, wenn uns danach war. Ich war so verrückt nach ihr wie eh und je, und uns war oft danach. So war es nicht ungewöhnlich, dass ich Val aufweckte, indem ich sie leckte, und dann meinen Schwanz im Wind baumeln ließ, wenn ich eine Stunde später in der Küche zwei Becher Kaffee kochte.

Es war allerdings ungewöhnlich, dass jemand um neun Uhr morgens die Haustür aufschloss und hereinkam, während besagter Schwanz in voller Pracht zu sehen war.

Ryans früher Heimflug überraschte uns beide. Die allmählich verblassenden Reste eines blauen Auges in meinem Gesicht zeigten, wie groß die Überraschung gewesen war. Ihr Sohn hatte erst zugeschlagen und dann Fragen gestellt. Ich konnte es ihm nicht verübeln. Unnötig zu sagen, dass der Anblick viel schwerer zu verdauen war als die Art, wie seine Mutter ihm eigentlich hatte beibringen wollen, dass sie jetzt einen Freund hatte – insbesondere, da ich dieser Freund war.

Ich zog mein Sakko aus und warf es über einen Stuhl am Küchentisch. Durch den Luftzug flog ein gefaltetes Papier von einem Stapel Post auf den Boden. Ich dachte mir nichts dabei und bückte mich, um es aufzuheben, doch dann fielen mir die Farben des Logos am oberen Rand des Briefes auf – grün, weiß und rot.

Collocamento internazionale di Roma

Mein Italienisch war eingerostet, aber ich wusste, worum es ging. Als ich die erste Zeile las, wurde mir mulmig.

Liebe Ms Di Giovanni,
herzlichen Glückwunsch! Wir freuen uns, Ihnen mitteilen zu können, dass wir Ihre Bewerbung erhalten haben und dass eine unserer Schulen Sie einlädt, das kommende Schuljahr dort zu unterrichten.

Ich hörte das Klappern von Absätzen auf der Treppe und dann Vals fröhliche Stimme. »Ich habe es überlebt und bin bereit zu feiern, dass ich keine Eltern angeniest habe!«

Ich drehte mich mit dem Brief in der Hand zu ihr um, und das Lächeln in Vals Gesicht erlosch. »Oh. Ja. Das ist heute gekommen. In den Vorschriften stand, dass es bis zu zwölf Wochen dauern kann, bis man erfährt, ob man einen Platz bekommt. Ich hatte nicht damit gerechnet, dass ich schon nach zwei Wochen etwas höre.«

Ihre Bewerbung kam nicht überraschend. Ich war schließlich derjenige gewesen, der sie ermutigt hatte, ihre Pläne nicht zu ändern. Doch dadurch wurden sie Realität.

Ich zwang mich zu einem Lächeln. »Glückwunsch. Das ist toll.«

Sie ging auf mich zu, nahm mir den Brief aus der Hand und drückte mir einen Kuss auf die Lippen. »Unsinn.«

»Nein.« Ich schüttelte den Kopf. »Das ist eine gute Nachricht. Ich habe nur heute nicht damit gerechnet, deshalb hat es mich überrascht.«

Val seufzte. »Ich habe mich noch nicht entschieden, ob ich hingehe. Ich musste mich nur bis zum Jahresende bewerben.«

»*Du gehst.*«

Sie runzelte die Stirn. »Klingt, als könntest du es kaum erwarten, mich loszuwerden.«

Ich legte die Hände um ihre Taille und verschränkte sie hinter ihrem Rücken. »Auf keinen Fall. Ich werde mich noch mehr auf die Schulferien freuen als in der Highschool. Ich hab dir doch gesagt, es braucht mehr als einen Ozean zwischen uns, um uns zu trennen.« Ich drückte sie an mich. »Das ist gut. Du wirst eine tolle Zeit haben, und ich werde auch zu tun haben, solange du weg bist.«

Vals Augen weiteten sich. »Hast du das Gebäude bekommen?«

Ich nickte. »Ja. Sie haben mein Angebot angenommen. Schon bald werde ich stolzer Besitzer eines heruntergekommenen Stahlhaufens sein.«

Sie lächelte. »Aus dem du etwas Wunderbares machen wirst.«

Nachdem ich das Gebäude in Chicago nicht gekauft hatte, war ich eigentlich nicht auf der Suche nach einem anderen Projekt gewesen, um zu expandieren. Aber eines fiel mir direkt in den Schoß. Eines Tages hatte ich Val zum Mittagessen von der Schule abgeholt, und wir waren in eine Pizzeria ein paar Straßen weiter gegangen. Danach fuhr ich auf einen nahe gelegenen Parkplatz, um sie zu küssen und überall zu berühren, bevor ich sie wieder absetzte. Der Parkplatz gehörte zufällig zu einem alten, heruntergekommenen Lagerhaus am Rande eines schönen, aufstrebenden Viertels.

Ich hatte meine Süße geküsst, bis sie dieses Geräusch machte, das ich so sehr liebte. Als ich dann mit einem breiten Grinsen im Gesicht den Rückwärtsgang einlegte, schaute ich auf und entdeckte eine Riesenanzeige für eine öffentliche Versteigerung des Gebäudes. Ich fuhr zurück, nachdem ich Val an der Schule abgesetzt hatte, und eins führte zum anderen.

»Das hoffe ich. Denn im Moment hat der Ort kaum etwas zu bieten.«

Die Sache zwischen Val und mir war ernst. Wahrscheinlich ernster, als sie es nach sechs Monaten hätte sein sollen. So verrückt es auch war, ich würde sie morgen heiraten und es keine Minute bereuen. Aber ich hielt es trotzdem für wichtig, dass sie die Erfahrungen machte, die sie machen wollte, und dass sie zu sich selbst fand. Ein Jahr lang in Rom zu unterrichten, war ein wichtiger Teil davon. Wollte ich, dass sie viertausend Meilen weit weg war? *Verdammt, nein.* Aber mein Wunsch, sie glücklich zu sehen, war stärker als mein Unglück darüber, dass sie so weit weg sein würde. Sie musste ihre Liste abarbeiten. Nun, nicht alle Punkte darauf – sie würde auf keinen Fall an sieben verschiedenen Abenden mit sieben verschiedenen Männern ausgehen. Aber ich hatte sie ermutigt, mit den wichtigen Dingen weiterzumachen – wie in Rom zu unterrichten und *Analsex auszuprobieren.*

Und als ich sie dazu drängte, ihren Träumen zu folgen, wurde mir klar, dass es in Ordnung war, auch meine eigenen zu haben – zum Beispiel das Geschäft mit den temporären Büroräumen auf ein neues Gebiet auszuweiten. Es würde nicht Chicago sein, sondern etwas nach meinen eigenen Vorstellungen.

»Da wir gerade beim Thema Immobilien und Reisen sind …« Vals Miene verfinsterte sich. »… ich habe heute den Vertrag für den Verkauf des Strandhauses unterzeichnet.«

»Ach ja? Du siehst nicht gerade glücklich darüber aus.«

»Es ist schwer. Ich freu mich, dass sie den vollen Preis geboten haben, aber es ist schwierig, sich über den Verkauf zu freuen. Mit dem Ort sind einfach so viele Erinnerungen an Ryans Kindheit und Jugend verbunden.«

Val hatte das Strandhaus überhaupt nicht verkaufen wollen,

aber ihr beschissener Ex-Mann hatte sie dazu gezwungen. Gemäß ihrer Scheidungsvereinbarung mussten sie sich die Kosten für alle größeren Reparaturen teilen. Sie hatte nicht das Geld, um die notwendige Erneuerung der Pfähle zu finanzieren, und da sie noch nicht lange genug eine feste Arbeit hatte, konnte sie auch keinen Kredit aufnehmen. Das Strandhaus bedeutete ihr sehr viel. Ich hatte ihr angeboten, ihr das Geld zu geben oder es ihr zu leihen, aber sie wollte nicht darauf eingehen. Deshalb … hatte ich es unter einem Firmennamen kaufen müssen und es ihr nicht gesagt.

»Ich weiß. Aber wenn es ein Trost ist, der neue Besitzer wird sicher auch tolle Erinnerungen mit dem Ort verbinden.«

»Vermutlich …«

»Die werden sicher überall im Haus vögeln.«

Val zuckte zusammen. »Das baut mich nicht gerade auf.«

»Warum? Der neue Besitzer hat das Recht, neue Erinnerungen zu schaffen. Das sollte deine in keiner Weise beeinträchtigen.«

Sie zuckte mit den Schultern. »Vermutlich. Es ist nur schwer, sich jemand anderen in meinem Haus vorzustellen. Verstehst du?«

Ich zog sie an mich und flüsterte ihr ins Ohr. »Ich weiß. Deshalb hab ich das Haus gekauft.«

Valentina zog abrupt den Kopf zurück. »Was hast du gesagt?«

»Ich habe das Haus gekauft. Für uns.«

»Wovon redest du? Ein Unternehmen hat das Haus gekauft.«

»Und wie lautet der Name dieses Unternehmens?«

»FV Climax, Inc.«

Ich hob eine Augenbraue. Ich hatte darauf gewartet, dass sie mir den Namen des Unternehmens verriet, was sie aber nie getan hatte. Und jetzt wusste ich, warum – sie hatte den Witz nicht kapiert.

Sie machte große Augen. »O mein Gott. Soll das ein Witz sein? FV Climax? Was zum Teufel?«

Ich lachte. »Ich wollte auf keinen Fall, dass du das Haus aufgibst, ich habe Großes damit vor.«

Sie runzelte die Stirn. »Großes?«

Ich schob ihr eine Haarsträhne hinters Ohr. »Ich werde es meiner Frau eines Tages zur Hochzeit schenken. Das ist noch ein paar Jahre hin … weil sie stur ist und es langsam angehen lassen muss. Aber das ist mein Plan.«

Valentinas Gesichtszüge wurden weich. Ihre Augen füllten sich mit Tränen. »Das ist das Süßeste, was je jemand für mich getan hat. Aber die Tatsache, dass du es tun wolltest, ist mehr als genug, Ford. Ich kann nicht zulassen, dass du so viel Geld für ein Haus ausgibst, das direkt neben deinem eigenen steht. Das ergibt keinen Sinn.«

»Meine Schwester liebt das Haus meiner Eltern sehr. Und obwohl ich es diesen Sommer genossen habe, dort zu sein, war es nur deinetwegen. Ich will das Haus unserer Familie nicht haben. Ich möchte mit dir meine eigene Familie gründen. Außerdem hast du keine andere Wahl, als den Verkauf abzuschließen. Das Geld ist bereits auf dem Treuhandkonto, und wir haben einen verbindlichen Vertrag.«

»Du bist unglaublich. Ich will dir wenigstens die Hälfte des Hauses bezahlen, damit es uns gemeinsam gehört.«

»FV Climax nimmt kein Bargeld an.«

»Ach nein?«

Ich schüttelte den Kopf. »Er akzeptiert nur Sex als Bezahlung.«

»Ist das so?« Ihre Augen funkelten schelmisch, und sie

schlang ihre Arme wieder um meinen Hals. »Gut, dann würde ich jetzt gern eine Anzahlung leisten.«

»Wir haben in fünfzehn Minuten einen Tisch reserviert.« Sie stellte sich auf die Zehenspitzen und presste ihre Lippen auf meine. »Scheiß auf das Abendessen.«

Das war eine Ansage. Ich drängte sie mit dem Rücken an die Wand. Es hatte mich belastet, ihr nicht zu erzählen, was ich mit dem Haus vorhatte. Geheimnisse hatten in einer Beziehung nichts zu suchen, und es war eine große Erleichterung, dass es jetzt raus war.

Es war erst vier Tage her, dass ich in ihr gewesen war, aber es fühlte sich an wie ein Jahr. Ich vergrub mein Gesicht an ihrem Hals und begann, an der zarten Haut bis zu ihrem Ohr zu saugen. »Gott, ich hab dich vermisst.«

Sie keuchte. »Ich dich auch. Keine Zeit zum Ausziehen. Ich hab mein Höschen ausgezogen, bevor ich nach unten kam, und es in meine Handtasche gesteckt, damit ich es dir beim Abendessen geben kann.«

Sofort griff ich unter den Saum ihres Kleides und ließ meine Hand zwischen ihre Beine gleiten. Und tatsächlich, sie war nackt. Und nass. Ich stöhnte auf. »Du bist schon ganz nass für mich.«

Val schob ihre Hände zwischen uns und begann, meinen Gürtel zu öffnen. Es gab keinen erotischeren Anblick auf der Welt als meine Süße, die zitterte, weil sie es nicht erwarten konnte, an meinen Schwanz zu kommen. Später, wenn sie begriff, dass ich tatsächlich ihr Haus gekauft und ihr gesagt hatte, dass sie es eines Tages als Hochzeitsgeschenk bekommen würde, würde ich Liebe mit ihr machen … wenn sich Zweifel einschlichen. Aber in diesem Moment? Im Moment ging es nur ums Vögeln. Darum, meine Frau zu vögeln, die mich für

Monate verlassen würde, um in Rom zu unterrichten. Und darum, dass sie mich vögelte, weil ein Teil von ihr Angst hatte und wütend über das war, was ich getan hatte.

Ich drängte sie mit den Hüften an die Wand, während ich ihr half, meine Hose nach unten zu schieben. Val schlang die Beine um meine Taille. In dem Moment, in dem mein pochender Schwanz die heiße Nässe zwischen ihren gespreizten Schenkeln spürte, war es um mich geschehen. Ich musste in ihr sein.

Ich umfasste meinen Schaft und glitt in sie hinein. Unser Stöhnen vereinte sich zu einem erotischen Lied, als ich sie gleichzeitig anhob und auf mich zog, bis ich tief in ihr versank. Dann hielt ich inne, um das Gefühl zu genießen. Nichts hatte sich jemals so verdammt gut angefühlt.

Ich versuchte, langsam anzufangen, sie in einem ruhigen Rhythmus zu nehmen, aber es dauerte nicht lange, bis ich fest in sie eindrang. Doch sie war ganz bei mir, bettelte um mehr, sagte mir, ich solle härter, schneller machen ... sie brauche *mehr*.

Dieses Wort ... *mehr* ... sagte alles, was ich für sie empfand. Ich wollte mehr – mehr von ihrem Herzen, mehr von ihrem Körper, einfach mehr von allem.

Ich zog meinen Kopf zurück, um sie anzusehen, und unsere Blicke trafen sich. Vals Stimme zitterte. »Ich liebe dich, Ford.«

»Ich liebe dich *mehr*.«

Als ich kam, bebte ihr Körper, und ich murmelte immer wieder ihren Namen.

»Danke, Ford. Und wenn das, was wir gerade getan haben, die Bezahlung ist, die FV Climax will, dann wird er davon in Zukunft noch eine Menge bekommen.«

»FV plant, jede einzelne dieser Zahlungen einzutreiben – aber es ist eine Hypothek auf fünfzig Jahre.«

»Fünfzig Jahre?« Sie zog die Augenbrauen hoch. »Ich will gar nicht erst ausrechnen, wie alt ich dann sein werde.«

»Gut. Denn das Alter ist nur eine Zahl, mit der ich all die Jahre zählen kann, die ich dich lieben werde.«

Epilog

Valentina – Fast zwei Jahre später

Keine Unterwäsche unter meinem Kleid tragen.

Ich zog die Haftnotiz von meinem Kaffeebecher und grinste von einem Ohr zum anderen. Ford musste sich mitten in der Nacht hereingeschlichen haben, um das hier anzubringen. Da die Mädels und ich erst nach ein Uhr nachts ins Bett gegangen waren, musste er ziemlich lange auf gewesen sein. Ich lachte in mich hinein – Tom leistete ihm ganz bestimmt keine Gesellschaft nebenan. Er schlief um neun Uhr ein. Wenigstens hatte er Ryan drüben bei sich.

Nach einem unglücklichen Start waren sich meine beiden Jungs nähergekommen. In letzter Zeit hatte Ryan sogar darüber gesprochen, im Hauptfach auf Architektur zu wechseln. Er hatte den ganzen letzten Sommer mit Ford an der Sanierung eines Gebäudes gearbeitet und schien sich das beruflich vorstellen zu können.

»Guten Morgen, Fast-Mrs Donovan.« Ich drehte mich um und sah meine Fast-Schwägerin, die sich den Schlaf aus den Augen rieb, während sie in die Küche tappte.

»Du bist früh auf.« Ich griff nach oben und nahm zwei Becher aus dem Schrank über der Kaffeekanne.

»Mein Bruder ist immer noch eine Nervensäge.«

»Was hat er jetzt getan?«

Bella beugte sich vor und las blinzelnd ein Post-it am Kühlschrank. Dabei verzog sie das Gesicht, als hätte sie etwas Schlechtes gerochen. »Igitt. Im Ernst? Es ist zu früh, um das von meinem Bruder zu lesen.«

Den anderen Zettel hatte ich noch nicht bemerkt. Ich riss ihn schnell ab.

Mich nackt über einen Spiegel beugen und Ford ein Selfie schicken.

Ich kicherte, sah mich dann aber im Raum um und nahm drei weitere Haftnotizen ab. Ich durfte nicht zulassen, dass der Schwester meines zukünftigen Mannes an unserem Hochzeitstag die Augen schmerzten. Was vielleicht geschehen wäre, wenn man bedenkt, dass zu den anderen Aufgaben auch gehörte: *Nach nebenan schleichen und meinem Freund zum letzten Mal einen blasen,* und: *Analplug einführen, um mich auf die Hochzeitsnacht vorzubereiten.* Doch die letzte Notiz verwirrte mich ein bisschen: *Vom Hochzeitsgeschenk abgeschleckt werden.*

Bella schenkte uns Kaffee ein und hob ihren Becher an die Lippen. »Ihr seid echt eklig. Euretwegen kommen mir noch die Kekse wieder hoch.«

»Hat jemand Kekse gesagt?« Eve schlenderte in die Küche.

Sie trug ein T-Shirt, das kaum die Hälfte ihres runden Bauches bedeckte, und dazu eine am Bund heruntergerollte Jogginghose. Sie kratzte sich an ihrem hochschwangeren Bauch.

Ich ging hinüber und neigte meinen Kopf, um mit meinem zukünftigen Patenkind zu sprechen. »Guten Morgen, meine kleine Prinzessin.«

»Oder mein kleiner Prinz.«

»Meine Patentochter ist auf keinen Fall ein Junge.«

Eve und Tom waren ziemlich schockiert gewesen, als sie vor acht Monaten erfuhren, dass sie schwanger waren. Als sie zusammenkamen, hatten sie beschlossen, das Kinderkriegen dem Schicksal zu überlassen. Nachdem Eve fast vierzig und bislang nichts passiert war, hatten sie angenommen, dass sie wohl keine Familie gründen würden. Deshalb war es ein Schock, als sich herausstellte, dass Eve keinen Magenvirus hatte, sondern im zweiten Monat schwanger war.

Ich selbst hatte letzte Woche gedacht, dass ich vielleicht schwanger sei, aber der Test war negativ gewesen. Der Stress mit der Hochzeit und dem Einzug in Fords Wohnung hatte wohl meinen Zyklus durcheinandergebracht. Wie Eve und Tom hatten auch Ford und ich uns darauf geeinigt, den Familienzuwachs dem Schicksal zu überlassen. Ich musste allerdings zugeben, dass ich ein wenig traurig war, als letzte Woche ein Minuszeichen auf dem Stick erschienen war.

»O Mist. Hätte ich fast vergessen. Mein Bruder hat mich aus einem bestimmten Grund geweckt.«

»Welchem?«

»Er hat angerufen und gesagt, ich solle zur Haustür gehen. Anscheinend hat er dort ein Hochzeitsgeschenk für dich hinterlassen, und ich soll es dir bringen.«

Ich runzelte die Stirn, und Eve und ich folgten Bella zur Tür.

Als dort eine Transportbox stand, kreischte ich. »O mein Gott! Ein Welpe!«

Der entzückende kleine Mops begann zu bellen und auf und ab zu springen. Er war so aufgeregt, dass er immer wieder mit dem Kopf gegen den Deckel der Transportbox aus Plastik schlug. »Bring ihn rein. Bring ihn rein.« Ich lachte. »Er wird sich noch wehtun.«

Bella trug die Kiste ins Haus, und ich setzte mich auf den

Wohnzimmerboden und öffnete die Metalltür. Der kleine Kerl sprang heraus und direkt auf meinen Schoß. Er warf mich tatsächlich um und fing an, mein Gesicht abzulecken.

»Na, sieh dir das an«, sagte Eve. »Er erinnert mich an deinen Verlobten, als er dich zum ersten Mal sah.«

Ah. Jetzt ergab das letzte Post-it mehr Sinn.

Ich hatte Ford schon seit ein paar Monaten damit genervt, dass ich mir einen Welpen anschaffen wollte – einer der letzten Punkte auf meiner Liste. Zuerst hatten wir es wegen meines Romaufenthalts aufgeschoben. Dann hatte ich eine neue feste Stelle an meiner Schule bekommen, und Ford war damit beschäftigt, das neue Bürogebäude für die Eröffnung vorzubereiten. In den letzten zwei Jahren waren wir einfach sehr beschäftigt gewesen. Aber in diesem Sommer wollten wir es langsamer angehen lassen, und der Zeitpunkt war perfekt, um diesen kleinen Kerl zu erziehen. Unsere Hochzeit am Memorial-Day-Wochenende war nur der Anfang eines langen und entspannten Sommers in Montauk.

»Ich kann nicht glauben, dass er das getan hat. Er ist hinreißend.« Ich kraulte ihn hinter den Ohren, und das linke Hinterbein des Welpen begann zu zucken. »Bella, würdest du bitte mein Handy holen, damit ich Ford eine Nachricht schicken kann? Ich will den kleinen Kerl nicht mehr loslassen. Es liegt auf dem Küchentisch.«

Bella fand mein Handy und machte ein Foto von meinem neuen Welpen, der mir das Gesicht leckte, während ich lächelte. Sie zeigte es mir, und ich sagte ihr, sie solle es ihrem Bruder schicken.

Eine Minute später surrte mein Telefon mit einer eingehenden Nachricht.

Ford:
Ich bin eifersüchtig auf einen Hund. Darf ich das auch?

Ich lächelte und schrieb zurück. Mein süßer kleiner Welpe war in weniger als zwei Minuten eingeschlafen und kuschelte sich nun in meinen Schoß.

Valentina:
Du darfst mein Gesicht abschlecken, nachdem du mir dein Ja-Wort gegeben hast.

Ford:
Heute Nacht werde ich nicht nur dein Gesicht abschlecken, Schätzchen.

Bella stöhnte. »Ihr zwei solltet euch ein Zimmer nehmen. Ich kann euch nicht mal dabei zusehen, wie ihr euch textet. Du machst dieses …« Sie wedelte mit der Hand vor meinem Gesicht herum. »… dieses Gesicht, das sagt, dass du mit meinem Bruder sextest. Widerlich.«

Ich lachte.

Valentina:
Übrigens, deine Schwester hat heute Morgen einen deiner Zettel gefunden.

Ford:
Warum zum Teufel war sie vor dir wach?

Valentina:
Wir waren lange auf, und ich habe ausgeschlafen. Die Luft in Montauk muss mich umgehauen haben.

Ford:
Entspann dich lieber und spar dir die ganze Energie für heute Nacht auf.

Valentina:
Das werde ich. Und danke für den Welpen! Er ist so hinreißend. Obwohl ich jetzt zum zweiten Mal ein uneheliches Kind habe. Hättest du nicht ein paar Stunden warten können, um ihn mir zu geben? ;)

Ford:
Ich kann ihn zurückholen!

Valentina:
Zu spät. Ich liebe ihn schon.
Hat er auch einen Namen?

Ford:
Nope. Das darfst
du bestimmen.
Such dir was Gutes aus.

Valentina:
Bist du nervös wegen heute?

Ford:
Nein, überhaupt nicht. Du bist schon meine Frau für die Ewigkeit. Das ist nur eine Formalität.

Ach, du meine Güte!

Ich hielt mir den Mund zu und starrte auf das Stäbchen hinunter. Das Pluszeichen war tiefdunkelblau. Den ersten Test hatte ich offenbar zu früh gemacht. Meine Hand zitterte, und ich flüsterte immer wieder *O mein Gott, O mein Gott*. Ich glaube, ich war geschockter als mit siebzehn, als es das erste Mal passiert war.

»Alles in Ordnung da drin?« Eve klopfte an die Badezimmertür.

Das Geräusch ließ mich zusammenfahren.

»Hm. Ja.« *Hatschi!* »Alles gut. Ich komme gleich.«

»In Ordnung. Noch fünfzehn Minuten bis zum Auftritt. Lass dir nicht zu viel Zeit.«

Ich bin schwanger.

O mein Gott!

Mein Sohn ist einundzwanzig.

Und ich bin wieder schwanger.

Mein Ex-Mann und ich hatten es jahrelang versucht, nachdem wir Ryan bekommen hatten, also hatte ich einfach angenommen, dass es nicht passieren könnte. Andererseits hatten Ryan und ich nie auch nur annähernd so viel geübt, schwanger zu werden, wie Ford und ich. Ich hatte viele Zweifel gehabt, was meinen zukünftigen Ehemann anging, aber sein Verlangen nach mir gehörte nie dazu. Der Mann war unersättlich, also sollte ich wirklich nicht überrascht sein, dass er mich geschwängert hatte.

O mein Gott!

Ich muss es ihm sagen.

Ich hatte ihm eine antike Taschenuhr als Hochzeitsgeschenk besorgt. Aber das hier war viel besser.

Immer noch zitternd warf ich das Stäbchen in den Mülleimer und schloss die Badezimmertür auf. Meine Trauzeugin und meine Brautjungfer warteten unten auf mich. In der Aufregung hatte ich vergessen, dass sie mich heute zum ersten Mal in meinem Hochzeitskleid sahen. Ich hatte ein einfaches Spitzenkleid mit einer Meerjungfrauensilhouette und einer leichten Schleppe ausgesucht. Es passte irgendwie zum Strand und eignete sich perfekt für eine Barfußhochzeit im Sand.

Langsam ging ich die Treppe hinunter.

»Du siehst …« Eve wischte sich über die Augen. »… umwerfend aus. Du strahlst, Val. Ich habe dich noch nie so glücklich gesehen.«

Strahlen. Gute Wortwahl.

Ich umarmte meine beste Freundin und meine Beinahe-Schwägerin. »Danke. Ihr seht beide wunderschön aus.«

»Bist du bereit zu heiraten?«

»Eigentlich nicht.«

Eves Lächeln verblasste. »Was ist los?«

»Nichts. Gar nichts. Aber ich muss vor der Trauung mit Ford sprechen.«

»Er ist schon draußen am Strand und wartet auf dich.«

»Kannst du … rausgehen und ihn bitten, herzukommen? Es dauert nur eine Minute.«

»Klar. Natürlich.« Sie zögerte. »Bist du sicher, dass alles in Ordnung ist? Ich habe dich im Bad niesen hören.«

Ich lächelte. »Das sind nur … die Pollen. Mir geht's gut.«

Eve und Bella gingen hinten raus, und ein paar Minuten später klopfte Ford an die Tür.

»Ich dachte, du wolltest mich vor der Hochzeit nicht sehen, wegen des dummen Aberglaubens?«

Meine Füße waren auf dem Boden des Wohnzimmers wie festgewachsen. Ford musste zu mir kommen. Ich konnte ihm nicht einmal auf halbem Weg entgegengehen. Sobald er einen Blick auf mein Gesicht warf, wurde er blass.

»Was ist los, Süße? Bist du nervös?«

Ich nickte.

Sofort schloss er mich in die Arme. »Schon okay. Das ist ganz normal. Atme einfach ein paarmal tief durch.«

Das tat ich auch, aber dadurch wurde ich auch nicht ruhiger. Nach einer Minute zog Ford seinen Kopf zurück und sah mich an. »Du zitterst ja.«

Ich nickte. »Ford … ich …« Ich verschluckte mich, und eine dicke Träne rann mir über die Wange.

Er wischte sie mit dem Daumen weg. »Nicht weinen, Süße. Alles wird gut. Wir müssen das nicht tun, wenn du nicht bereit bist.«

O mein Gott, nein. Das dachte er? Ich konnte mich nicht zusammenreißen, um es ihm zu erklären, also platzte ich einfach heraus: »Ich bin schwanger.«

Er erstarrte. »*Was* sagst du?«

Ich nickte. »Als ich Lippenstift auftragen wollte, wurde mir von dem Geruch übel. Ich habe immer noch nicht meine Periode bekommen, und ich hatte ein komisches Gefühl. In der Packung, die ich letzte Woche gekauft habe, waren zwei Tests, also habe ich den zweiten gemacht. Er war positiv. Ich bin schwanger. *Wir sind* schwanger.«

Ford ließ den Kopf sinken. »Mein Gott, Val. Ich dachte, du hättest kalte Füße bekommen. Du hast mich zu Tode erschreckt.«

»Es tut mir leid. Das wollte ich nicht.«

Er hob mich hoch in die Luft. »Du bist wirklich schwanger? Wir bekommen ein Kind?«

Ich lachte. »Jaaa.«

Er wirbelte mich zweimal herum und schrie noch lauter: »Wir bekommen ein Baby! Wir bekommen ein Baby!«

»Ähm … Ford, wenn du mich weiter so drehst, wirst du noch mit Kotze auf der Schulter heiraten. Mir ist mulmig, seit ich versucht habe, den Lippenstift aufzutragen. Ich dachte, es wären nur die Nerven, aber anscheinend nicht.«

»O Mist. Tut mir leid.« Er setzte mich ab und schloss mich so fest in die Arme, dass ich kaum atmen konnte. »Ich hätte nicht gedacht …« Er schüttelte den Kopf. »Ich hab einfach nicht geglaubt, dass das passieren würde. Und das hätte mich auch nicht gestört. Aber jetzt … heilige Scheiße, ich glaube, ich hab mir das wirklich gewünscht.«

Ich lächelte und unterdrückte die Tränen. »Ich auch. Mir war gar nicht klar, wie sehr, bis ich vor ein paar Minuten das Pluszeichen gesehen habe. Ich konnte nicht einmal bis nach der Trauung warten, um es dir zu sagen.«

Ford legte die Hände an meine Wangen und presste seine Lippen auf meine. »Meine Frau bekommt ein Kind von mir.«

»Nun, theoretisch bin ich noch nicht deine Frau. Wir müssen nach draußen gehen und diesen Teil erst hinter uns bringen. Da draußen sind etwa fünfzig Leute, die wir von einem Muschelessen abhalten.«

Er küsste mich leidenschaftlich. »Lass sie warten.«

Nach einem langen, emotionalen Kuss lehnte Ford seine Stirn an meine. »Weißt du, woran ich gerade gedacht habe?«

»Dass ich anscheinend nicht heiraten kann, ohne vorher schwanger zu werden?«

Er lachte. »Nein. Aber das ist ziemlich lustig.«

»Woran hast du denn gedacht?«

»Erinnerst du dich, als wir uns das erste Mal trafen, habe ich dir gesagt, dass Mrs Peabody einen Traum hatte, in dem ich meine zukünftige Frau getroffen habe?«

Ich nickte. »Ja.«

»Weißt du noch, was sie gesagt hat?«

Ich versuchte, mich zu erinnern. Er hatte etwas davon gesagt, dass sie sich übergeben musste. »Ihr wurde nach der Vorahnung schlecht, richtig?«

»Sie wachte auf, roch Zimtschnecken im Ofen und übergab sich dann. *Schnecken im Ofen.*«

Ich hielt mir den Mund zu. »O wow. Das ist verrückt.«

»Und das ist noch nicht alles. Heute Morgen rief sie an und fragte mich, ob ich zwei kleine Mädchen in unserer Hochzeitsgesellschaft hätte. Ich sagte Nein. Sie sagte, sie habe geträumt, dass Zwillingsmädchen bei unserer Hochzeit dabei wären.«

Eine Gänsehaut überlief meine Arme, und meine Augen weiteten sich. »O mein Gott. Du glaubst doch nicht …«

Ford schüttelte den Kopf, und sein Lächeln wurde schwächer. »Krass. *Zwei Mädchen.*«

Ich lachte. »Wir wissen nicht, ob das stimmt.«

»Doch. Wir kriegen Zwillingsmädchen. Und wenn sie so aussehen wie ihre Mutter, werde ich eine Schrotflinte brauchen.« Er küsste mich wieder. »Komm schon, ich muss meine Baby-Mama heiraten, damit ich wenigstens Anspruch auf ein paar eheliche Besuche habe, wenn ich im Gefängnis sitze.«

Lachend gingen wir auf die hintere Terrasse hinaus. Unten warteten unsere Freunde und Familien auf den Beginn der Trauung. Wir blieben am Geländer stehen, um alles in uns aufzunehmen. Am Strand waren zwei große weiße Partyzelte aufgebaut, und ein Holzsteg führte von den Treppen beider Häuser hinunter zu einem blumengeschmückten Torbogen. Auf beiden Seiten des Stegs waren weiße Stühle aufgestellt. Diese kleine Sommerstadt barg für uns beide so viele alte Erinnerungen. Und jetzt würden wir mit unserer eigenen Familie neue schaffen.

Ich betrachtete all die Menschen, die darauf warteten, den Tag mit uns zu erleben. Es war wirklich erstaunlich. Wir gehen durchs Leben und sammeln Puzzleteile ein, von denen wir nicht wissen, wo sie hingehören oder wie sie sich zu einem großen Bild zusammenfügen. Ich habe jahrelang versucht, die Teile an Stellen einzufügen, an die sie nicht gehörten, aber ich fühlte mich nie wirklich vollständig. Bis heute. Alle meine Puzzleteile waren endlich an ihrem Platz, und ich konnte das wunderschöne Bild sehen.

Ich holte tief Luft und prägte mir den Moment ein, bevor ich mich in Fords Armen umdrehte. »Sind Sie bereit, mich zu heiraten, Mr Donovan?«

Er küsste mich auf die Lippen. »Ich habe mein ganzes Leben darauf gewartet, Sie zu heiraten, Mrs Donovan. Tun wir es.«

Dank

Mein Dank gilt – den *Lesern*. Ob dies euer erstes oder fünfundzwanzigstes Buch von mir war, ich bin euch so dankbar, dass ihr Ford und Valentina in euer Herz und euer Zuhause gelassen haben. Ich hoffe, ihr habt die Flucht nach Montauk genossen und werdet im Herbst wiederkommen, um zu sehen, wohin wir als Nächstes reisen werden!

Penelope – In der Buchwelt wird der Wind rauer, was unsere Freundschaft umso wichtiger macht. Unsere Partnerschaft ist toll, aber zu wissen, dass, wenn morgen alles vorbei wäre, ich noch meine liebste Freundin hätte, ist von unschätzbarem Wert.

Cheri – Danke, dass du immer für eine verrückte Reise zu haben bist! Ohne dich würden Signierstunden keinen Spaß machen. Ich habe es schon einmal gesagt, aber es gilt auch heute noch: Bücher haben uns zusammengebracht, aber Freundschaft hat uns für immer zusammengeschweißt.

Julie – Danke, dass du eine der zuverlässigsten Freundinnen bist, denen ich das Glück hatte zu begegnen.

Luna – Danke für deine Freundschaft und Liebe. Und dafür, dass du meine Bücher mit deinen wunderschönen Grafiken zum Leben erweckst – jedes einzelne Mal!

Meiner wunderbaren Facebook-Lesergruppe, Vi's Violets – diese Gruppe ist ein Geschenk. Ihr feiert nicht nur meine Erfolge, sondern ihr muntert mich auf und gebt mir die Unterstützung, die ich brauche, wenn es manchmal schwierig wird. Eure Liebe und Freundlichkeit ist meine tägliche Motivation!

Sommer – wieder einmal hast du den perfekten Einband für mein Buch geschaffen. Danke, dass du auf jedes Detail achtest und dass du mich nicht feuerst, wenn ich dich als Kundin in den Wahnsinn treibe.

Meiner Agentin und Freundin Kimberly Brower – Danke für all deine harte Arbeit und dafür, dass du immer mehr tust, als man von dir erwartet. Es gibt keine Agentin, die so hart arbeitet wie du!

Jessica, Elaine und Eda – Danke, dass ihr das Lektorats-Dreamteam seid! Ihr glättet all die rauen Kanten und bringt mich zum Strahlen!

Mindy – Danke, dass du alles für *All Grown Up!* organisiert hast!

Allen Bloggerinnen und Bloggern – noch einmal vielen Dank für eure Unterstützung. Eure Leidenschaft ist ansteckend, und eure aufmerksamen Rezensionen inspirieren potenzielle Leser dazu, meine Geschichten auszuprobieren. Danke für alles, was ihr tut – dass ihr euch Zeit nehmt, um meine Geschichten zu lesen, dass ihr eure Liebe zu Büchern teilt und dass ihr meine Arbeit immer wieder unterstützt.

Alles Liebe
Vi

Autorin

Vi Keeland ist eine *New-York-Times*-Bestsellerautorin. Sie hat ihre große Liebe mit sechs Jahren kennengelernt – ein Junge mit strohblondem Haar und hellgrünen Augen schubste sie vom Fahrrad. Die Narbe an ihrem linken Knie erinnert sie täglich daran. Sie hat ihn trotzdem geheiratet und lebt mit ihm und ihren drei Kindern in New York.

Vi Keeland im Goldmann Verlag:

Mr Next Door. Roman
Bad Boss. Roman
Perfect Chemistry. Roman
Just Business. Roman
Mr. CEO. Roman
Hot Client. Roman
Best Man. Roman
Mister West. Roman
Player. Roman
Bossman. Roman

(Alle auch als E-Book erhältlich)